フェスタ

Fiesta

Hase Seishu

駆 星周

集英社

フェスタ

1

三上《みかみ》徹《とおる》は馬の引き綱を外し、放牧地の外に出た。母馬ととねっこ――今年生まれた仔馬が放牧地の奥へと駆けていく。出入口を閉め、しばらく母子の行方を目で追った。

整地されている他の放牧地とは違い、母子が放たれた放牧地は凹凸が多い。奥は小高い丘のようになっており、高低差は二十メートル近くある。自然のままの地形を利用しているからだ。

父の収《おさむ》がこの放牧地をそのような形にした。とねっこが駆け回るたびに、凹凹に脚を取られて怪《け》我《が》をするのではないかという心配が胸をよぎるのだが、収は気にかける様子もない。

雪解けが進んだ放牧地はぬかるんでいるが、母子は慣れたものだ。丘の上まで一気に駆け上がっていくと、雪の下でたくましく冬を過ごした牧草を食《は》みはじめた。

徹は踵《きびす》を返し、事務所に向かった。これで繋養《けいよう》している馬すべての放牧が終わった。馬たちが寝起きする厩舎《きゅうしゃ》では母の華《はな》と妻の美佐《みさ》が馬房の掃除に勤《いそ》しんでいるはずだ。馬房の清掃が終われば、午前の作業は一旦終了になる。午後は飼い葉――馬の餌の用意をし、放牧している馬たちを収牧して馬房に戻し、体の汚れている馬は洗ってやり、飼い葉を与える。

ルーティンとはいえ、冬場の作業は応《こた》える。暖かい日差しが恋しいが、北海道に春がやって来るのはずっと先だ。

事務所では、石油ストーブの前に陣取った収が繋養している牝馬《ひんば》たちの種付けリストに目を通していた。

徹は食器棚から自分専用のマグカップを取り出し、緑茶のティーバッグを放り込んだ。ストーブの上で湯気を噴いているヤカンのお湯をカップに注ぐ。

「そろそろフラナリーの種付けだな」

収がひび割れた声を出した。日焼けした顔には深い皺《しわ》が刻まれ、黒いニット帽の下はすっかり禿《は》げ上がっている。北の大地で五十年近く、馬の世話を焼いてきた肉体は頑健で、徹の記憶にある限り、風邪ひとつ引いたことがない。

「今年もフェスタを付けるぞ」

予想した通りの言葉が耳に飛び込んできた。

「またかよ」

徹は例年と同じ言葉を口にした。

フェスタというのはナカヤマフェスタという種牡馬《しゅぼば》のことだ。ステイゴールドの産駒《さんく》で宝塚《たからづか》記念というGⅠレースを勝ち、フランスで毎年行われる凱旋門賞という大レースで勝ち馬に肉薄する二着になったことでも有名だ。

ナカヤマフェスタに関することで有名な話がもうひとつある。産駒が走らないのだ。

父のステイゴールドが名うての気性難の馬だったが、ナカヤマフェスタはその父に輪をかけた気性難だった。一度へそを曲げると、立ち上がったり、所構わず尻っぱね——後ろ脚を蹴り上げたり、背中に跨《また》がっている人間を振り落としたりするのが常だった。

その気性が子供にも遺伝して、競馬で能力を発揮できないことが多いと徹は考えている。

ナカヤマフェスタだって、もう少し気性が穏やかだったら、GⅠのもうひとつやふたつは取っていたはずだ。凱旋門賞だって勝てたかもしれない。

それだけのポテンシャルのある競走馬だったのだ。

だが、どれだけいい馬体、いい筋肉を有していても、それが競馬の結果に繋《つな》がらないのなら話にならない。競馬は白黒がはっきりしている世界だ。勝つか負けるか。勝つ馬は賞金を稼ぎ、スター扱いされる。牝馬なら引退した後に産む子が期待されるし、牡馬は種牡馬として第二のキャリアを歩む。GⅠの勝ち鞍《くら》の多い馬ほど、産駒が活躍する馬ほど種付け料は上がり、集まってくる牝馬の数も跳ね上がる。

ナカヤマフェスタの産駒は走らない。それは生産者や馬主の間では通説になっていた。これまでに重賞を勝った産駒は一頭のみ。安い種付け料と、オルフェーヴルやゴールドシップという怪物級のスターホースと同じ父を持つのだからもしかするという期待、このふたつを胸に抱いてナカヤマフェスタを種付けする生産者は細々と繋がっている。

無事受胎して出産にこぎ着けても、セリで高値は付かないし、多くは主取《ぬしと》り――買い手が付かずに終わる。

牧場は馬が売れてなんぼの商売だ。値が付かないとわかっている馬の種を付けたがる生産者などいない。

「いい加減、諦めろよ」

徹は言った。収が首を横に振った。

「凱旋門賞を勝つには、スタミナが豊富な在来牝系にステイゴールドの血を加えるのが一番なんだ。それはナカヤマフェスタとオルフェーヴルが証明してるだろう」

収の声は相変わらずかたくなだった。ナカヤマフェスタの話をするときは決まってそうなのだ。

同じくステイゴールドの産駒であるオルフェーヴルはクラシックと呼ばれる三歳馬のGⅠレース

三つをすべて勝った。三冠馬と呼ばれる馬は、日本の競馬史においてもこれまで七頭しか出ていない。どれもこれも名馬中の名馬だ。

三冠を制した年の暮れ、オルフェーヴルは格式の高い有馬《ありま》記念というGⅠレースで古馬たちを蹴散らして勝ち、その年の年度代表馬の称号を得た。

翌年の秋、オルフェーヴルはフランスへ飛び、世界一とも称される大レース、凱旋門賞に出走したのだ。重馬場《おもばば》もなんのその、オルフェーヴルは直線で先頭に立つと他馬を置き去りにしてゴールを目指した。だれもが日本調教馬による悲願達成を確信した次の瞬間、信じられないような出来事が起きた。ゴール直前、オルフェーヴルが右にもたれて失速したのだ。そのせいで後ろの馬に抜かれ、オルフェーヴルは二着でゴールを通過した。

全国のテレビの前で、ほとんどの競馬ファンが悲鳴をあげたに違いない。

ステイゴールドの血が、歴史的快挙の目前でへそを曲げたのだ。

オルフェーヴルは翌年も凱旋門賞を目指したが、やはり、二着に終わった。

多くの日本調教馬が凱旋門賞に挑戦し続けているが、四度の二着が最高成績だ。そのうち三度はステイゴールド産駒の成績である。収がステイゴールドの血にこだわるのは理解できる。

ステイゴールドの血を引く馬たちは、日本の競馬場では苦戦することが多い。ディープインパクト産駒のように切れ味を武器とする馬に向いた馬場作りが主流だからだ。日本の競馬場の芝は、ヨーロッパなどに比べると時計――走破タイムが速い。爆発的な加速力とスピードがなければ勝ちづらいのだ。ステイゴールドはディープインパクトと同じサンデーサイレンスの息子だが、その産駒の性質は真逆だった。

開催が長引いて馬場が荒れてきたり、雨が降ったりすると、ステイゴールドの血を引く馬たちが台頭しはじめる。スピードよりパワーに寄った血統で、スタミナ勝負向きなのだ。

良馬場《りょうばば》だろうが重馬場だろうが圧倒的な勝ちっぷりを見せたオルフェーヴルは突然変異的な怪物だ。怪物はそう簡単には生まれない。

「オルフェーヴルは種付け料が高すぎる」

収が続けた。

「だったらフェスタしかいないだろう」

オルフェーヴルは引退後、日本最大の種牡馬牧場、社台《しゃだい》スタリオンステーションで種牡馬入りした。当初の種付け料は六百万。三冠馬の種付け料としては破格の安さだ。しかし、小さな牧場にはそれでも高すぎる。

対してナカヤマフェスタの種付け料は二十万だ。この値段なら、なんとかなる。それにしたってセリで馬が売れなければ話にならない。

フラナリーには三年連続でナカヤマフェスタを種付けしている。放牧地にいるとねっこもナカヤマフェスタの子だ。上の二頭はセリでも売れず、親しい馬主に庭先取引――直接交渉して買ってもらった。どちらも百万円。種付け料と売れるまでの世話にかかった金を合わせると完全な赤字である。

「道楽で牧場をやってるわけじゃないだろう」

徹は言った。

「わかってる。だから、他の繁殖の相手はおまえの意見に従ってるだろう。フラナリーだけは、おれの我《わ》が儘《まま》を聞いてくれ」

フラナリーは収が探してきて買った牝馬だ。血統を徹底的に見直し、ステイゴールドの血に一番合うはずだと、顔見知りの牧場主に無理を言って譲ってもらった。

フラナリーの子は収の執着が凝り固まってできたような馬だ。

凱旋門賞で勝つ馬を作る——それが収の執念だ。

「ナカヤマフェスタとフラナリーの子が、万一、凱旋門賞を勝てるような能力を持ってたとしても、日本の馬場で勝てなかったらそもそも凱旋門賞に行けないじゃないか」

徹は吐き捨てるように言った。凱旋門賞に挑戦する馬の多くはＧＩを勝った馬だ。

「またその台詞《せりふ》か」

収が立ち上がった。リストを傍らのテーブルの上に置き、上着を羽織る。

「夢を見なかったら、こんな商売、やってられんだろう」

そう言って、収は事務所を出ていった。

「夢で腹が膨れるなら、いくらでも見りゃいいんだよ」

でも、そうじゃないだろう——徹は最後の言葉を飲み込んだ。

自分にだって夢はある。まずは未勝利戦を勝つ馬を送り出したい。オープン馬を作りたい。できれば自分が生産した馬が重賞を勝つ姿を見たい。そして、いつか、ＧＩを勝てたら……。

日本の競馬はクラス分けがなされている。まだ一度も勝ったことのない馬たちが走る新馬・未勝利戦。一勝馬たちが走る一勝クラス。さらに、二勝クラス、三勝クラスと上がっていき、四勝すると晴れてオープン入りということになるのが基本だ。

祖父の代のころは、オープン馬が何頭も出ていたらしいが、ここ十年以上、三上牧場の生産馬でオープン入りをした馬は出ていない。

いつか、この手で——収の言うとおり、夢を見なければやっていけないのがサラブレッドの生産だ。

それでも、凱旋門賞は夢のまた夢だ。こんな小さな牧場は夢見ることすらゆるされない。

「くそったれ」

徹は毒づき、カップの中身を啜《すす》った。

＊　＊　＊

収はダウンジャケットの襟を立て、首をすくめた。風が強くなっている。ストーブで温まった体からあっという間に熱が奪われていく。手袋をはめた手をジャケットのポケットに無理矢理押し込み、その場で足踏みをしながら放牧地の二頭を見つめた。

草を食むフラナリーの周りで、生まれて間もない仔馬が駆け回っている。ぬかるんだ凸凹の地面を気にする風もないその走りは、フラナリーの体に流れる在来牝系の血と、ステイゴールドの血が奇跡的な融合を果たしているように思える。

「あの馬は、これまでの二頭とは別もんだ。それがわからんとは、徹もまだまだだな」

収は独りごちた。言葉を吐き出すたびに、白い息が宙を舞う。母馬も白い息を吐きながら草を食み、とねっこも白い息を吐きながら駆け回っている。

冬の厳しさが春に芽吹く草木の生命力を育み、それを食べる馬の強さに繋がっていく。

多くの牧夫が冬の寒さを忌み嫌うが、収は違った。もっとしばれろ――まだ暗いうちに目が覚めるたびにそう思う。しばれるというのは寒いという意味の北海道弁だ。

冬が寒ければ寒いほど、強い馬が育つはずだ。田圃《たんぼ》のようにぬかるんだ馬場を屁《へ》とも思わぬ馬になる。

収は目を閉じた。瞼《まぶた》の裏に、あの日の競馬が映し出される。

走っているのはエルコンドルパサー。一九九九年秋、フランス、ロンシャン競馬場。

エルコンドルパサーはスタートと同時にハナを切った――先頭に立った。最悪に近いぬかるんだ馬場を軽快に逃げ、最後の直線でも先頭を守っていた。

行ける。行け!!

テレビ画面を凝視しながら、何度もそう叫んでいた。

だが、モンジューという名の馬が先頭を走るエルコンドルパサーに襲いかかった。残り百メートルで並ばれ、かわされた。それでもエルコンドルパサーは諦めずに差し返そうとした。

なんという馬だ。なんという勝負根性だ。

しかし、差し返すことはかなわず、エルコンドルパサーはモンジューに先頭を譲ったまま二着でゴールした。

レース後は感動と悔しさが交互に押し寄せて来た。日本調教馬が凱旋門賞の牙城にあと一歩まで迫ったという感動。あそこまで行ったのなら勝ちたかったという悔しさ。

良馬場なら、エルコンドルパサーが勝っていたはずだ。

だが、あの年の凱旋門賞は歴史的な不良馬場で行われた。それが競馬だ。

凱旋門賞で勝てる馬を作りたい——翌日、馬の世話をしながら痛切な想いが湧いた。

自分が愛と情熱を注ぎ込んだ馬が、日本初の凱旋門賞制覇を成し遂げる。

途轍《とてつ》もない夢だ。日高《ひだか》の小さな牧場主には夢見ることすら憚《はばか》られるような夢だ。

それでも夢見ずにはいられなかった。収が諦めようとしても、夢がそれをゆるしてくれないのだ。

エルコンドルパサーはその年、競走馬を引退し、翌年、社台スタリオンステーションで種牡馬入りした。

収は遮二無二働いた。牧場の作業が終わるとスーパーで荷下ろしのバイトをした。金を貯め、その金で牧場の牝馬にエルコンドルパサーの種を付けるのだ。

夢への第一歩はそこからだ。エルコンドルパサーの血を持つ馬をフランスに送り込む。

だが、二〇〇二年、エルコンドルパサーが急逝した。腸捻転だったと発表された。種牡馬入りしてわずか二年。産駒のデビューを待つことなく、たった七歳という年齢で天に還《かえ》ってしまったのだ。

梯子《はしご》を外された形となり、収は落胆した。毎晩、酒を浴びるように飲んだ。我に返ったのは、二〇〇六年の凱旋門賞にディープインパクトが出走すると発表された時だ。

ディープインパクトは日本競馬の最高傑作とまで称された名馬だ。無敗で三冠制覇を成し遂げ、古馬に混じったGIレースでも他を寄せつけなかった。

その名馬の凱旋門賞参戦表明にメディアもファンも大いなる期待を寄せた。

だが、収は懐疑的な目で見ていた。

確かにディープインパクトは速くて強い。だが、それは日本の競馬場でこそ威力を発揮する速さであり、強さだった。

同じ芝の馬場でも、ロンシャンのそれはまったく異質だ。同じ競馬でも、違う競技に挑戦するのだと考えた方がいい。サッカーとラグビーほども違うのだ。

期待を一身に背負ったディープインパクトだったが、凱旋門賞では三着に敗れた。後の検査で禁止薬物が検出され、失格処分となったが、いずれにせよ、日本の最高傑作ですら凱旋門賞には届かなかったのだ。

自分の見立て通りだ。日本の時計が速い馬場が得意な馬は、凱旋門賞で力を発揮できない。

しかし、日本の在来牝系が持つスタミナとパワー、そこにスピードを持つ父親の血を掛け合わせれば、もしかすると——

収は酒を飲む時間を血統を学ぶ時間に置き換えた。もちろん、サラブレッドの生産者として血統の知識は豊富だという自負はあったが、それをさらに掘り下げなければと思ったのだ。

在来牝系に掛け合わせるべきはどの血統か。

日本にいる種牡馬の血統や、凱旋門賞勝ち馬の血統を徹底的に調べた。はじめのうちは五里霧中だったが、学び続けていくうちに、霧が綿菓子のような形を取りはじめ、やがて質量と硬さを伴った塊へと変貌していった。

とどめが二〇一〇年の凱旋門賞だ。気性難でまともな調教もできないと言われていたナカヤマフェスタが、エルコンドルパサーに続き、二着でゴールしたのだ。

間違いない。おれが求めていたのはステイゴールドの血だ。

ステイゴールドはディープインパクトと同じサンデーサイレンス産駒だが、母方の血統背景はまったく異なる。母方の祖父はフランス調教馬のディクタス。ディクタスの産駒には稀代《きたい》のスピードスターと呼ばれたサッカーボーイがいる。スピードとスタミナ、そして勝負根性を併せ持った血統だ。

ステイゴールド自身、シルバーコレクター、ブロンズコレクターと呼ばれたが、引退レースとなった香港《ホンコン》ヴァーズでは、目の覚めるような末脚《すえあし》を見せて遥《はる》か先頭を行く馬をゴール直前に差して優勝した。天才騎手の武豊《たけゆたか》はディープインパクトをして「飛んだ」「飛んでいる」と表現したが、香港ヴァーズでステイゴールドに跨がって勝った時にはじめて「飛んだ」という表現を使った。

気性難で二、三着が多かっただけで、天性のスピードは折り紙付きなのだ。

外れていた梯子がまたかけ直された。

収はブリーダーズ・スタリオン・ステーションという種牡馬牧場に入厩《にゅうきゅう》したステイゴールドを、何度か、牧場の牝馬に付けた。種付け料は借金で賄った。

だが、どの馬も気性に難を抱えていた。潜在能力は高いはずなのに荒ぶる感情が競走を阻害する。

妻も息子も、ステイゴールドの種を付けることに難色を示しはじめたが、収はかたくなにステイゴールド参りを続けた。凱旋門賞で勝てるのはこの血統なのだ。この血統しかないのだ。

オルフェーヴルが凱旋門賞で二年連続二着に入ったことで、その思いは確信に変わった。ステイゴールドこそが、日高の小さな牧場に夢を与えてくれる奇跡の種牡馬なのだ。

収は放牧地の改良にも取りかかった。ロンシャン競馬場に似せて、自然の凹凸がある地面に牧草を植えたのだ。子供のときからこの放牧地で駆け回っていれば、自然とロンシャンでも通じる足腰を鍛えられるのではないかという思いがあった。

ステイゴールドは二〇一五年に没した。死因は大動脈破裂。人に従うことを良しとせず、競走馬としての現役中も、種牡馬になってからも関わる人間を手こずらせ続けた馬らしい死に方だ。

ステイゴールド亡き後はナカヤマフェスタが収の夢の架け橋となった。オルフェーヴルは種付け料が高すぎて手が届かない。その頃には金を貸してくれるところもなくなっていた。

いや、それ以前に、オルフェーヴルは血統を超越した天才だった。泥臭いナカヤマフェスタの方が、収の性に合った。

とねっこが立ち止まり、収の方に顔を向けた。黒鹿毛《くろかげ》の牡馬で、額から鼻筋にかけて、刷毛《はけ》ではいたような白い毛の筋が入っている。一般には流星と呼ばれる部分だ。

黒光りする馬体と勝ち気そうな面立ちは、祖父のステイゴールドに似ていた。

収はジャケットのポケットからスマホを取りだした。右手の手袋を外して数度画面をタップし、耳に押し当てる。

電話はすぐに繋がった。

「児玉《こだま》先生、おはようございます。日高の三上です」

収は言った。

「三上さん、久しぶりじゃないですか」

児玉健司《けんじ》調教師の朗らかな声が返ってきた。穏やかな口調で耳に心地よい。数少ない三上牧場生産の中央所属馬をよく預かってくれる調教師だ。

「なかなかこれという馬が出なくて、先生に電話するの気後れしてたんですよ」

「それが電話をかけてきたということは……」

「馬鹿のひとつ覚えのフェスタの子なんですが、いいんです」

収は静かに言った。

「満を持して、ですね」

「暖かくなったら、一度おいでになりませんか？　小森《こもり》さんも一緒に。どうせ、フェスタの子だっていうだけで、セリに出してもたいして値が付きませんから、小森さんが気に入ってくれたら言い値で売りたいと思ってるんです」

「凱旋門賞ですか……賞金稼がないと出られませんよ。行けそうですか？」

どんな馬でも凱旋門賞に出られるというわけではない。事前に出走の予備登録を済ませ、その上で獲得賞金によって篩《ふる》い分けされるのだ。出走できるのは二十頭まで。最低でも重賞のふたつや三つは勝たないと話にならない。

「府中《ふちゅう》競馬場のぱんぱんの良馬場じゃきついと思いますが、時計のかかる馬場なら……雨の宝塚とか面白いんじゃないですかね。まあ、最近は重賞どころか中央で預かってもらえる馬すら生産してない牧場の人間が言うのもなんですが」

「フェスタの子ですからね。気性の方はどうなんです？」

「フェスタの子ですからね」

収は児玉の台詞を繰り返した。

「フェスタの子だもんなあ」

児玉が苦笑した。児玉はかつて、ナカヤマフェスタが所属していた厩舎で働いていた。ナカヤマフェスタの調教にも少なからず関わっていたから、あの馬のことはよく知っている。

「どうです？」

「三上さんがわざわざ電話をかけてきたんだ。行かないわけにはいかないですよ。春になったら、小森さんと一緒に伺いますよ」

「いい馬です」

収は強い口調で言った。

「フェスタもいい馬でしたよ。あの気性がなかったらもっと勝ってた。その気性を受け継いでたらどうしましょう」

「それをなんとかするのが調教師の腕じゃないですか」

「口で言うのは簡単なんですよね」

言葉は悲観的だが、相変わらず児玉の声は朗らかだった。

「とにかく、一度お伺いしますよ。小森さんと一緒に」

「よろしくお願いします」

収は丁寧に頭を下げて電話を切った。スマホをポケットに収め、手袋をはめる。指先はすっかりかじかんで、感覚が失《う》せていた。

とねっこがまた母馬の周囲を駆け回っていた。走ることが好きなようだ。

それもまた、サラブレッドの重要な才能のひとつだ。素晴らしい馬体を誇りながら、走ることが嫌いな馬もいる。

「走れ、走れ。電池が切れるまで走り続けろ」

収は目を細めた。

＊　＊　＊

七月の日高地方はまだ肌寒かった。空気は乾き、太平洋からの海風が冷たい。

小森達之助《たつのすけ》は車を降りると、ウインドブレーカーのジッパーを上げた。

「やっぱり、函館《はこだて》とは気温が違いますね」

調教師の児玉も着ていたジャンパーのジッパーを上げた。半袖のまま平気な顔をしているのは運転手役の調教助手、谷岡一郎《たにおかいちろう》だ。三十代という若さが寒さを撥《は》ねつけている。

牧場の事務所から三上収と息子の徹が出てきた。小森は会釈しながら周囲に視線を走らせた。

三上牧場は北海道浦河《うらかわ》町《ちょう》の野深《のぶか》というエリアに位置する。牧場地帯で、大小いくつもの牧場が前後左右に広がっていた。南には太平洋が広がり、北には日高山脈が連なっている。札幌から浦河までは車で三時間ほど。近くはないが、かといって遠すぎるわけでもない。

「遠いところをお疲れ様です」

息子の徹が駆け足でやって来て頭を下げた。

「いやあ、本当は春に来たかったんだけど、なかなか時間が作れなくてね。そうこうしてるうちに夏競馬がはじまってしまったよ」

六月から九月にかけて、日本の中央競馬――ＪＲＡの競馬開催はローカルと呼ばれる地方の競馬場を中心に行われるようになる。南から小倉《こくら》、新潟、福島、函館、札幌の競馬場がそれだ。対して、東京の府中、千葉の中山《なかやま》、愛知の中京《ちゅうきょう》、京都、兵庫の阪神の競馬場はメインの扱いで、ＧⅠ競走もそこで行われる。

メインの競馬場は収容人数も多く、コースも大きな作りになっているが、ローカルの競馬場はこぢんまりとしており、コースも小回りで直線の短いものが多い。メインの直線の長い競馬場ではふるわない馬も、ローカルのコースなら勝ち負けになる——一着を争える場合も多い。そうした馬たちはこぞって夏競馬に参戦する。

北海道では六月後半から九月にかけて、函館と札幌で競馬が開催される。ＪＲＡのトレーニングセンターは茨城の美浦《みほ》と滋賀の栗東《りっとう》にあり、そこから開催ごとに北海道まで馬を輸送するのは経費もかかるし、馬への負担も大きいから、たいていのトレセンの厩舎は北海道開催の間、馬と厩務員や調教助手を函館に滞在させ、調教を行い、レースに出走させるのだ。

馬主の多くも、北海道へやって来る。持ち馬のレースを見るのはもちろん、北海道の涼と美食が楽しみだからだ。

小森もそんな馬主のひとりだった。まずは函館に入って持ち馬のレースを見、海鮮を食べてから札幌に移動した。今日、明日の二日間は日高各地の牧場を回ってめぼしい馬を探す予定になっていた。

「お久しぶりです」

三上収がやって来て、深々と頭を下げた。

「こちらこそ、無沙汰をして申し訳ありません」

小森は地方競馬の馬主資格も持っているが、基本的にはＪＲＡで走らせる資質のある馬を買い求めている。三上牧場のような小さな牧場で生まれる馬の大半は地方競馬で走るため、牧場に足を運ぶ回数も自然と減っていく。

今日、久しぶりに三上牧場を訪れたのは、三上収が見て欲しい馬がいると児玉に電話をかけてきたからだ。

三上がわざわざ電話をかけてきてそんなことを言うのは珍しく、それなら見に行ってみようということになった。

さほど期待はしていない。だが、サラブレッドの生産者とよしみを通じておくのは決してマイナスではなかった。

「早速ですけど、馬を連れてきます」

徹が厩舎に向かっていった。小森は牧場の西側にある放牧地に目を向けた。小高い丘の斜面に沿って作られた放牧地で、高低差がかなりある。地面もわざと凸凹にしてあるそうだ。

凱旋門賞で勝つために、仔馬の時からロンシャンの馬場に似た環境で走らせたい。三上収がそういう思いで作った放牧地だと聞いている。

「凱旋門賞か……」

小森は呟《つぶや》いた。競馬に携わる人間なら一度は夢見る舞台だ。日高の小さな牧場の年老いた牧場主も例外ではない。

自分だって……

馬のいななきが小森の思考を中断させた。徹と、同年配の女性が母馬と仔馬を引いて厩舎から出てくるところだった。女性は徹の妻なのだろう。三上牧場の規模では、人を雇う余裕はない。家族経営が基本だった。

三上収と話し込んでいた児玉が口を閉じた。いつになく真剣な目を仔馬に向けている。

黒鹿毛の馬だった。ナカヤマフェスタ産駒ということだが、雰囲気は父より祖父のステイゴールドに似ている。まだあどけない表情の奥に、芯の強さが見え隠れしているような気がした。

「フェスタの子っていうより、ステゴの子みたいな雰囲気ですね」

児玉が三上収に言った。ステゴというのはステイゴールドのことだ。

「そうなんですよ。なんとか、ステイゴールドの血が薄まらないうちに凱旋門賞をと思ってフェスタを付け続けてたんですが、これが出ました」

三上収の横顔はどこか誇らしげだった。

児玉が仔馬の周囲を回り、子細に観察しはじめた。熱がこもっている。目の前の仔馬になにかを感じたのだろう。

小森も仔馬を眺めてみたが、なにもわからなかった。

競馬業界には相馬眼《そうまがん》という言葉がある。馬の善し悪しを吟味できる人間を、相馬眼があると言ったりする。

自分も相馬眼を養おうと数年、頑張ってみたが、結局のところなにもわからないままだった。

五十年近く競馬に携わり、相馬眼に定評のある調教師に教えを乞うてみたこともあるが、見ただけでは馬はわからないという答えが返ってきただけだ。

馬を見、実際に調教を行い、この馬は走ると確信を持ってレースに送り出しても惨敗することが多々あれば、これはものになるまいと匙《さじ》を投げていた馬がいざレースに出ると他馬を蹴散らして圧勝し、GIを勝つまで昇り詰めたこともあるという。

実際に競馬で使ってみるまで馬はわからない。

それが本当のところのようだった。

「三上さん、ちょっと放牧地に出してもらってもいいですか？　実際に動き回ってるところを見てみたいんですけど」

児玉が言った。

「かまいませんよ」

三上収が息子と嫁にうなずいてみせる。母馬と仔馬は高低差のある放牧地に引いていかれた。

引き綱を外されると、母子は丘の上に向かって駆け出した。

「ふむ」

児玉が腕を組み、走り回る仔馬を凝視する。

「どうです？」

小森は児玉の傍らに立ち、訊《き》いた。

「わかりません」

児玉が苦笑した。

「馬体はバランスが取れてるし、こういう放牧地で毎日過ごしているおかげか、筋肉もほどよくついていています。体型からすると、中長距離向きかな。フェスタの子ですしね。でも、切れる脚はなさそうだな。日本刀っていうより、鉈《なた》か斧《おの》って感じです。府中や京都じゃ厳しそうだなあ」

府中競馬場と京都競馬場の芝は名うての高速馬場だ。加速力とトップスピードの高さがものを言う。

「でも、中山や阪神、ローカルなら面白いかもしれませんね」

「有馬記念と宝塚。グランプリで勝てるかもしれませんね」

小森は言った。児玉がまた苦笑した。

中山競馬場も阪神競馬場も、最後の直線に坂があり、またトリッキーなコース形態をしているので、一般的にはトップスピードの高さより、トップスピードを維持する能力とスタミナが問われると言われている。

年末に中山で行われる有馬記念と、六月に阪神で行われる宝塚記念は、ファン投票で出走馬が選ばれ、どちらもグランプリと呼ばれている。

「実際に競馬で使ってみないとなんとも言えませんけど、買ってみても面白いかもしれませんよ」

児玉の言葉に、小森は唇を噛《か》んだ。

二百万出すと言えば、三上収は売ってくれるだろう。だが、競走馬は買えばそれでおしまいという生き物ではない。

調教師に預けることになれば、毎月預託料がかかるし、競馬場への輸送も馬主持ちだ。病気や怪我をすれば診察費や手術代もかかる。一部の大金持ちの馬主やクラブ法人の馬主を除けば、みな、賞金や特別出走手当でなんとか費用をやりくりしているというのが実態だった。

小森もその例に漏れない。高校を卒業してから、飲食店を転々としながら働き、三十歳の時に一念発起して東京の錦糸町《きんしちょう》に居酒屋を開いた。北海道から直送する海鮮が売りの店は評判になり、開店十年で首都圏に十店舗を展開するまで大きくなった。

十店舗目の開店を機に、かねてからの夢であったＪＲＡの馬主資格を取ったのだ。

同世代のサラリーマンよりは収入がある。だが、大金持ちというわけでもない。

馬の購入資金の上限は基本、一千万と決めている。よっぽど気に入った馬がいた場合は千五百万まで。

一年の購入頭数は三頭まで。購入資金と経費を合わせれば年間一億が個人馬主として運用できる金額だ。もちろん、持ち馬が賞金や出走手当を稼いでくれるから、一億が丸々消えてなくなるわけではない。

馬主は夢を買うんだ――競馬業界で長きに亘《わた》って一流馬主として活動している御大《おんたい》の言葉が忘れられない。

金のために馬主をやっているわけではない。夢を捕まえたくて馬主になったのだ。

「乳離れはもうすぐですか？」

小森が唇を嚙んだまま仔馬を眺めていると、児玉が三上収に訊いた。

「来月の予定です」

三上収が答えた。

とねっこは生後六ヶ月前後で母馬と離される。それ以降は同い年の仲間と放牧地で過ごし、時が来ればセリに出され、庭先で売られ、馴致《じゅんち》――競走馬となるための基本的な訓練を施されていく。順調にいけば二歳でデビューし、馬主や調教師やファンの夢を背中に乗せて競馬を走るのだ。

「冬か春に、もう一度見に来てもいいですかね。夏を越してどれぐらい成長するのか見てみたいんですが」

児玉が言った。三上収の顔に、一瞬、落胆の色が浮かんだ。だが、三上収はすぐに微笑《ほほえ》みを浮かべ、うなずいた。

「そうですよね。生後五ヶ月じゃまだなにもわからない。いい馬だとは思うんですが……事務所でお茶でもどうですか？」

「いただきます」

小森はうなずいた。冷たい風のせいで体が冷えている。温かいものが必要だった。

事務所に入ると、コーヒーの香りが鼻に流れ込んできた。先に放牧地を後にしていた息子の妻が淹《い》れてくれていたらしい。小森はマグカップを両手で摑《つか》み、コーヒーを啜った。

事務所の内部は、以前訪れた時となにひとつ変わっていなかった。入口の正面の壁に、凱旋門賞を走ったときのエルコンドルパサー、ナカヤマフェスタ、オルフェーヴルの写真が飾ってある。左手の壁には、この牧場で生まれ、中央や地方の重賞を勝った馬たちの写真と賞状だ。どれもこれも色褪《いろあ》せ、三上牧場の馬が競馬場を賑《にぎ》わせていたのは遠い昔のことだと匂わせている。

児玉と三上収は母馬、フラナリーの血統について話し込んでいた。小森も馬の血統についてはそれなりの知識を持っていたが、話が深すぎてついていけない。

手持ち無沙汰を解消したくて、小森は息子の徹に話しかけた。

「お父さんは変わらないねえ」

「ええ。元気なのはありがたいんですが、年をとるにつれて頑固さに拍車がかかって困ってます」

徹は複雑な思いのこもった目を父親に向けた。

「この冬で六十六歳になるんですよ。七十になったら隠居してもらうってことになってるんですけど、それまでになんとしてでも凱旋門賞を勝つ馬が作りたいって、子供の夢みたいな話をするんです。こんなちっちゃい牧場で凱旋門賞もくそもないのに」

「徹君の夢は?」

小森は訊いた。

「ここで生まれた馬が、中央で勝つことですかね」

「それだけ?　重賞勝ちたいとは思わないの?」

「だって、中央入りする馬だってほとんど出せてないんですよ」

「夢は大きく持たなきゃ」

「そりゃ、中央で重賞勝ちするような馬が出たら、お祭騒ぎですよ。これまでの苦労や辛《つら》さも、きっと全部吹き飛ぶんだろうなあ」

徹は虚《うつ》ろな目を宙に向けた。家業を継いだはいいが、現実に押し潰されそうになっているのだろう。

日高のあちこちで同じような光景が見られるはずだ。

徹のくたびれた横顔は二十年前の自分を思い起こさせた。

好きで飛び込んだ飲食業界だったが、売り上げだのノルマだのといった現実に押し潰されそうになり、夢を見失いかけていたあの頃。

夢を取り戻させてくれたのは一頭の馬だった。

エルコンドルパサー。凱旋門賞の二着。

日本調教馬が勝ち負けになるわけがないと周りに嘯《うそぶ》き、気のない素振りでテレビ観戦した。ハナを切ったエルコンドルパサーが、最後の直線、差されたモンジューを再びかわそうと踏ん張る姿に涙が止まらなくなった。

競馬に絶対はない。日本調教馬のエルコンドルパサーが凱旋門賞のタイトルに肉薄した。諦めなければ、勝てる日だってくるはずだ。

人生にも絶対はない。諦めずに夢を追いかけ続ければ、たとえ叶わなかったとしても指先で夢に触れるぐらいのことはできるかもしれない。

翌日から酒を断ち、大好きだった馬券の購入もやめた。働いて働いて金を貯め、店を出した。今では馬主になっている。

「児玉先生」

小森は児玉に声をかけた。調教師には先生と呼びかけるのがこの業界の慣わしだ。

「あの馬、見所はどうですか。正直に言ってください」

「さっきも言ったように、中山、阪神、ローカルなら勝ち上がれるかもしれません。今はそれしか言えないですね」

「オープンまで行けませんかね？」

児玉が肩をすくめた。

「馬体はいいんですよ。後は気性ですね。フェスタみたいな気性だったら、よっぽど上手に競馬を教え込まないとまともに走らない可能性の方が大きいかもしれないし」

「先生なら大丈夫でしょう。そのフェスタの調教にも関わってたんだし」

「本当に大変な馬だったんですよ」

児玉が溜息《ためいき》を漏らした。

噂《うわさ》には聞いている。調教でまともに走らないのはともかく、乗り手を振り落とすこと数知れず、トレセンでも名うての難しい馬だったそうだ。

「その時の経験を生かせば、なんとかなるんじゃないですか」

「それ以前に、走るかどうかもわからないんですよ」

走る方に賭けるか——頭の奥で声がした。自分の声なのだが、自分のものではないようにも感じる。

かつて、エルコンドルパサーに自分が救われたように、あの馬が、現実に潰されかかっている若い牧夫を救うことだってあるかもしれない。年老いた牧夫の夢を叶えることだってあるかもしれない。

「三上さん、二百万でどうでしょう？」

そう口にして、小森は瞬きを繰り返した。今日買うつもりはこれっぽっちもなかったのだ。児玉の言ったように、もう少し成長するのを待ってから見極めた方がいいと思っていた。

「本当ですか、小森さん」

三上収の顔に笑みが広がっていく。徹は呆気《あっけ》にとられていた。

「馴致をはじめるまでの預託料込みで」

「かまいません」

三上収が即答した。

「いいんですか、小森さん」

児玉が心配そうに眉をひそめている。

「順調に育って、見るものがあるようなら、児玉厩舎に預けますのでよろしくお願いします」

小森は児玉に頭を下げた。

2

小田島雅彦《おだじままさひこ》は馬運車から降りてきた黒鹿毛の馬を見て溜息を漏らした。引き綱を持つ人間に嚙みつこうと頭を激しく揺らしている。

初めての長距離輸送で気が立っているにしても、その反抗的な態度は際立っている。

「親父にそっくりじゃないか」

小田島は呟いた。

口から泡をふいて怒りをあらわにする姿は、父親のナカヤマフェスタと瓜二《うりふた》つだと言ってもいい。

ナカヤマフェスタは小田島がかつて所属していた厩舎の馬で、担当の厩務員や調教助手に限らず、厩舎のスタッフ全員にとって疫病神のような馬だった。ナカヤマフェスタが引退し、退厩していったときはだれもがほっと胸を撫《な》で下ろし、その後で、ナカヤマフェスタの扱いに慣れているからと、ナカヤマフェスタの産駒が入厩してきたらどうしようと心配した。スタッフの多くが競馬のプロでベテランだったが、人間の矜恃《きょうじ》や経験を嘲笑《あざわら》うのがナカヤマフェスタという馬だったのだ。

調教師の引退に伴う厩舎の解散で、小田島は児玉の厩舎に移籍した。まさか、ここで再びナカヤマフェスタ産駒に関わることになるとは想像したこともなかった。

カムナビと目が合った。神の座す山という意味の名前を付けられたサラブレッドは、白目を剝《む》いている。血統好きの連中が〈ディクタスアイ〉と呼ぶ目つきだ。ディクタスはナカヤマフェスタの曾祖父に当たる馬で、気性の荒さに定評があった。ディクタスの血を引く馬はその気性の荒さも引き継ぎ、白目を剝いて人間や他馬を威嚇する。

「小田島さん、お願いします」

カムナビの引き綱を持っていたスタッフが哀願してきた。小田島は渋面を作り、引き綱を受け取った。

「落ち着け、ナビ」

競走馬の名前は発音しにくかったり長ったらしいものが多いので、馬名を短くした呼び名を使うことが多い。カムナビはナビ。自分が担当することが決まったときから、そう呼ぼうと決めていた。

「とりあえず、馬房に入ろう。そうすりゃ、ひとりになれる」

カムナビがいななないた。

「後ろ！」

小田島は叫んだ。その直後、カムナビは見事な尻っぱねを見せた。後ろに人が立っていたら、後ろ脚の強烈な蹴りを食らって下手をすれば死んでいたところだ。

「危ねえなあ、この馬」

だれかが言った。

「みんな、下がって。おれとこの馬だけにしてくれ」

小田島は言った。

「ひとりで大丈夫ですか？」

小田島に引き綱を渡した男が言った。

「大丈夫じゃなかったときのために、みんな離れろと言ってるんだ」

小田島はカムナビの目を見つめたまま言った。

気のいい馬であってくれと何度も祈ったが、北海道の育成牧場から送られてくる連絡に目を通すうちに、それが儚《はかな》い希望だということを悟った。カムナビはナカヤマフェスタの気性をしっかりと受け継いでいる。

小田島以外の人間の姿が視界から消えると、カムナビは落ち着きを取り戻した。猛《たけ》っていた顔に幼さが戻ってくる。

まだ二歳なのだ。馬運車に押し込まれ、慣れ親しんだ牧場を離れて見知らぬ場所に連れてこられた。興奮するなという方が無理だった。

十分に落ち着いたと判断できるまで辛抱強く待った。馬と対峙《たいじ》するときに焦りは禁物だった。特に若馬は辛抱が重要だ。最初のとっかかりで厩舎の人間に対する不信感が植えつけられれば、調教やレースにも影響するようになる。

どんなに気性の荒い馬でも、我慢強く接していればいずれ、心を開いてくれるようになる。ナカヤマフェスタだって、担当の厩務員には他のだれにも見せないような穏やかな表情を向けていた。馬も犬や猫と同じ動物なのだ。愛を持って接すれば、愛でこたえてくれる。

「馬房に行くぞ」

小田島はカムナビに声をかけ、引き綱を引いた。

「兄さんや姉さんたちがいるけど、怖くないからな」

絶えず声をかけながら厩舎に向かってゆっくり歩く。児玉厩舎がJRAから与えられている馬房は二十房だった。調教師はその成績に応じて馬房の数が増減する。馬房が多ければ管理できる馬の数も増えるから、どこの厩舎もひとつでも馬房が増えることを願っている。そのためには結果を出さなければならない。

カムナビはおとなしく馬房に入ると、あちこちの匂いを嗅ぎはじめた。綺麗《きれい》に掃除し、真新しい寝藁《ねわら》を敷いてあるが、匂いを完全に消すことはできない。匂いに慣れるまでは落ち着かない時間を過ごすことになる。

小田島は水桶《みずおけ》に水を汲《く》んで、カムナビの馬房に運んだ。カムナビは匂いのチェックに夢中で水どころではないようだった。

作業場に戻り、飼い葉の支度をはじめる。児玉厩舎で使う飼い葉は、児玉が独自に調合したものが基本で、そこに各馬の好みに応じて他の食材を加えていく。カムナビに関しては、育成牧場の厩務員から好みを聞いてあった。青草を混ぜないと食べないらしい。神経質な若馬にはよくあることだった。飼い葉にあらかじめ用意しておいた青草を混ぜ込んでやる。

競走馬にとって、飼い葉をよく食べるというのも才能のひとつだ。たくさん食べて筋肉をつけなければ勝ち上がっていくのが難しい。

カムナビがいないいた。小田島は作業の手を止め、様子を見に戻った。匂いのチェックは終わったらしい。口の周りが濡《ぬ》れているのは水を飲んだ証拠だ。

「どうした？」

声をかけると、カムナビは馬房から顔を突き出してきた。

「寂しいのか？　すぐに慣れるから、それまでの辛抱だ」

鼻面を撫でてやろうと腕を伸ばし、次の瞬間、殺気を感じて腕を引っ込めた。

カムナビが首を伸ばし、小田島の手を嚙もうとした。歯と歯が激しくぶつかる乾いた音が響く。

「危ねぇ」

小田島は冷や汗を搔《か》いた。馬に嚙まれて指をなくした厩務員は大勢いる。肉食動物のような鋭い牙はないが、強い力で嚙まれると骨が砕けてしまうのだ。

カムナビが小田島を睨《にら》んでいた。小田島は口をへの字に曲げ、その視線を受け止めた。

この馬に気をゆるしてはならない。ナカヤマフェスタの息子なのだ。

小田島は自分の頭に、そう刻み込んだ。

頭が高い。力みながら走っているから、四肢の動きに連動性がなく、スピードが上がらない。スピードのある馬は頭を低くして、沈み込むように走るものだ。

＊　＊　＊

佐久間渉《さくまわたる》はカムナビの背中の上で溜息を漏らした。馬体のバランスや骨量、筋肉の付き方を見て、走りそうな馬だと思っていたが、実際に跨がってみると先が思いやられた。この手の馬の走り方を矯正するには時間がかかる。

手綱を緩めると、カムナビの走る速度が落ちた。物見《ものみ》をしながら息を弾ませている。物見というのは走ることに集中せず、他のものに気を取られてそこに視線を向けることだ。カムナビは調教コースを走る他の馬たちの姿を目で追いかけ続けていた。

手綱でカムナビに指示しながら調教コースを出た。調教師の児玉が待ち構えていた。

「思ってたより時計が出てないな」

児玉が言った。

「まだガキなんですよ。もう、力みっぱなしです。育成牧場でもこうだったんですかね」

佐久間はカムナビの首筋を撫でた。調教でも本番の競馬でも、走り終えた後は褒めてもらえる。そう思わせることで馬のやる気を引き出すのは常套《じょうとう》手段だが、この馬にそれが通じるとは思えなかった。

「動くようなら早めにデビューさせたかったんだが、無理か」

「まず、リラックスして走ることから覚えさせないと」

「背中の感触はどうだ？　力みがなくなったら走りそうか？」

「切れる脚はなさそうだけど、スタミナはありそうです」

児玉がうなずいた。

「なら、デビュー戦はローカルか……」

「夏の北海道か福島あたりで。間に合えば、ですけど」

「なんとか間に合わせよう。どうせ、勝ち上がるのに数戦はかかるだろうしな」

入厩してくるまで、児玉はもちろん、他のスタッフもカムナビにはさして期待はしていなかった。日高の小さな牧場で生まれたナカヤマフェスタ産駒だ。期待しろという方が無理なのだ。

しかし、入厩してきたカムナビの馬体を見て、児玉の目の色が変わった。佐久間もまじまじと馬体を見つめてしまった。胴が長く、四肢もすらりと長い。骨格や筋肉も上々で、いかにもスタミナのある中長距離ランナーという体つきだ。父親のナカヤマフェスタも稍重《ややおも》の宝塚記念を勝ち、重馬場の凱旋門賞で二着に入るなど、時計のかかる中距離の競馬で好走した。体型だけではなく、血統的にも上手く仕込めば走りそうな雰囲気が漂っている。

「気性はどうだ？」

児玉がカムナビの横顔を見つめている。

「今のところ、力むってだけですかね。今後どうなるかは……」

佐久間は肩をすくめた。ナカヤマフェスタも経験を積むごとに難しくなっていったと聞いている。その血が流れているのだ。カムナビも気難しそうだった。先が思いやられる。引退するまでの間、何度振り落とされることになるのだろう。

「じっくりやっていこう。どうせ、春のクラシックを狙えるような馬じゃないし」

児玉が言った。春のクラシックというのは、皐月《さつき》賞とダービーのことだ。秋の菊花《きっか》賞と合わせて三歳馬の頂点を競うレースになる。

春に間に合うような馬は、早い内にひとつふたつ勝ってオープン馬になり、賞金を稼いでおく必要がある。カムナビは仕上がるのに時間がかかるタイプに思えた。

「そうですね。焦らず、じっくりやっていきます」

児玉がうなずいたのを確認して、佐久間は馬に指示を出した。カムナビが歩き出す。すぐに歩く速度を上げようとするのは、前にいる他の厩舎の馬に追いつこうとしているからのようだった。

「だめだ」

佐久間は手綱を軽く引き、カムナビの気をなだめた。調教の最中にも感じたことだが、この馬は目の前に他の馬がいるとむきになる。

厩舎に戻ると、小田島が待ち構えていた。小田島の助けを借りて馬から下りる。

「どうだった?」

小田島が訊いてきた。佐久間は肩をすくめた。

「初日から振り落とされなかっただけましか」

小田島は笑い、顔をしかめた。入厩二日目に、小田島はカムナビに蹴られたのだ。幸いにも打撲だけで済んだが、当たり所が悪ければ骨折や内臓破裂ということもあり得るし、最悪の場合、死ぬことだってある。

「気をつけてくださいよ」

カムナビを洗い場に引いていく小田島の背中に声をかけた。調教を終えた馬は汗を掻いているし、土埃《つちぼこり》を浴びている。調教後の馬体を洗い、ブラシをかけ、日々の感触から馬の体調を見極めるのも厩務員の仕事のひとつだった。

「何十年やってると思ってるんだ」

小田島の言葉に微笑み、佐久間は厩舎の脇にある喫煙スペースに足を向けた。

先客が紫煙をくゆらせている。ベテランの調教助手、小池茂《こいけしげる》だ。日焼けした顔に、いくつもの皺が刻まれている。

「お疲れ」

小池が言った。

「お疲れ様です」

佐久間は挨拶を返し、小池が座っているベンチの端に腰を下ろした。灰皿の載った机の抽斗《ひきだし》を開け、自分の煙草《たばこ》とライターを取り出した。

「今日はもう上がりだろう?」

煙草に火をつけていると、小池が訊いてきた。佐久間は煙を吐きながらうなずいた。

「こっちの方はどうなった?」

小池が右手で拳を握り、小指を突き立てた。

「とっくに振られましたよ。言ってませんでした?」

佐久間は答えた。

「そうか……」

小池は自分が吐いた煙の行方を目で追った。

一年近く付き合った女と別れたのは二週間前のことだった。朝の早い仕事のため、デートをしても遅くまでゆっくりすることができず、まとまった休みもなかなか取れない。女の心の内で徐々に不満が溜《た》まっていき、とうとう爆発した。

いつもそうなのだ。最初はこちらの仕事に興味を持ってくれるが、やがて不満を溜めていく。生き物を相手にしているのだからしょうがない、わかってくれと訴えても無駄だった。

「潮時かな……」

「辞めるのか?」

思わず呟いた言葉に小池が反応した。

「どうなんでしょうね」

佐久間は曖昧に微笑んだ。

「騎手としては成功しなかったけど、おまえの馬乗りの技術は超一流なんだけどな」

小池が煙草を灰皿に押しつける。

騎手に憧れ、狭き門を突破して騎手になった。デビューした年に三十勝を挙げ、期待のホープと騒がれもした。だが、二年目からは徐々に勝ち鞍が減っていき、四年目にレース中の落馬で大怪我をした。体中の骨が折れ、苦しいリハビリを乗り越えて復帰したのは一年後。だが、騎乗の依頼は怪我をする前の三分の一以下に減ってしまっていた。

毎年、新人騎手がデビューする。彼らには減量特典が与えられ、一人前の騎手より軽い斤量《きんりょう》で騎乗できるため、騎乗依頼も多い。減量特典がある間に勝ち鞍を伸ばし、調教師や馬主に認めてもらって初めて、騎手としての未来が開けるのだ。

佐久間はそうなる前に大怪我をし、忘れ去られてしまった。

せっかく騎手になれたのだ、ここで諦めてたまるかと歯を食いしばり、美浦の厩舎を回って調教に乗せてもらった。日々の頑張りが認めてもらえれば、調教師が騎乗を依頼してくれるようになることもある。

少しずつ、少しずつ、騎乗依頼は増えていった。だが、勝ち鞍にはなかなか繋がらなかった。レースで勝てるような素質を持った馬が回ってこないのだ。

勝ち鞍がゼロという年が三年続いた。騎乗依頼も再び減りはじめた。自分のようなフリーの騎手は、競馬に乗って初めて稼ぐことができる。調教に騎乗することでいくばくかの稼ぎを得ることはできるが、先が見える金額ではない。

だれよりも目をかけてくれていた児玉に相談し、騎手を辞める決断をした。厩舎に所属する調教助手なら、毎月決まった給料を受け取ることができる。自分が手がけた馬が大きなレースを勝てば進上金《しんじょうきん》というボーナスだって入る。調教助手をしながら勉強を続ければ、いずれ調教師となる道だって開ける。

騎手としては辛酸をなめさせられてきたが、佐久間は馬が好きだった。競馬が好きだった。競馬界の末席に身を置いていたかった。

だが、その思いも年々薄れていく。

来る日も来る日も馬に跨がり、馬の面倒を見る。毎年、新しい馬がやって来て、別の馬たちが去っていく。牝馬は生まれた牧場に帰って母親になるという道が残されているが、天寿を全《まっと》うできる牡馬は一握りしかいない。競馬で結果を残して種牡馬になるしか、生き残る道はほとんどないのだ。退厩していく牡馬たちの将来はなるべく考えないようにしている。考え出したら、底なし沼にはまるようなものだからだ。なにかをすべきだと思い、しかし、ひとりの力ではなにもできないのだという現実に押し潰される。

馬が好きだという思いに変わりはない。ならば、馬のためにできることが他にもあるのではないか。

女に振られ、一緒に出かける相手もおらず、ひとり、宿舎で酒を飲んでいるとそんな思いに駆られてしまう。

「おれ、三十二なんですよ。どうやら調教師になるには頭が足りないみたいだし、この後、二十年、三十年って馬乗り続けていくのもどうなのかなと思って」

「みんなが通る道だな。去るやつもいれば、残るやつもいる。おれは残った口だ。馬乗り以外に能がないからな」

小池が腰を上げた。膝の屈伸運動をはじめる。

「おれは五十五だ。最近は体のあちこちが痛くてなあ。それでも馬乗りを辞めるわけにはいかん。食い扶持《ぶち》だからな。本気で辞めたいなら、早い内がいいぞ。年食ってからじゃ、手に職付けることもできんしな」

「辞めようかなと思う時もあるんですけど、もっと馬に乗っていたいとも思うんですよね」

「だったら、カムナビに決めてもらえ」

小池が腰を伸ばしながら言った。

「はい？」

「あの馬ととことん向き合って、結果が出たら馬乗りを続ける。だめだったら辞める。どうだ？」

佐久間は洗い場に目を向けた。小田島が手を焼きながらカムナビを洗っている。隙あらば噛みつこうとする馬なのだ。

「もうハナから辞める方向に向かいそうですけど」

「まあ、性悪なことは確かだけど、馬っぷりはいいぞ。良馬場の府中や京都じゃ切れ負けするだろうけど、渋った馬場やローカルなら走りそうな馬体と筋肉だ」

小池の馬を見る目は確かだった。

「うまく仕上げれば、ローカルの重賞ぐらい狙えそうな気がするけどな。福島や小倉とかな。ローカルでも重賞ふたつ獲れれば、宝塚に行けるかもしれん。梅雨時の阪神。夢が広がるじゃないか。もしそうなったら、馬乗り、辞められなくなるぞ」

「おれに仕上げられますかね」

佐久間は煙草を吸った。自分が手がけた馬は三勝クラスまで行ったのが最高だった。それをオープンどころか重賞勝ちとは荷が重い。

「言っただろう。おまえの馬乗りの技術は超一流だって。後は、根気だ。辛抱強く馬と付き合えるかどうか。若い乗り役に足りないのは、たいていそれだからな」

「根気ですか……」

「じゃあ、おれは行くぞ。女房が昼飯作って待ってる。料理が冷めると機嫌が悪くなるんだ」

小池は笑い、スタッフルームに姿を消した。佐久間は再び、洗い場に目をやった。

カムナビの体を洗い終えた小田島が馬体にブラシをかけている。気持ちがいいのか、カムナビはされるがままになっていた。

「おれに、できるかな……」

佐久間は短くなった煙草を消して欠伸《あくび》をした。

＊　＊　＊

西日が差し込んできて車内の温度が上がった。それと比例するように眠気も強まっていく。三上徹は眠気覚まし用のガムを口に放り込んだ。強烈なミントの刺激が眠気を吹き飛ばすが、効果はすぐに消える。

助手席の収は口を開けて鼾《いびき》を掻いていた。

車は道央道を走っている。長万部《おしゃまんべ》を過ぎたあたりだった。左手には海が広がり、真夏の日差しを浴びてきらきらと輝いている。その光の揺らめきが更なる眠気を呼ぶのだ。

徹はステアリングを握り直した。函館まではあと二時間弱。途中休憩と直行を天秤《てんびん》にかけると、直行の方に傾くのが常だ。道産子《どさんこ》は、車を運転すると先を急がずにいられなくなる。

カムナビが七月の函館でデビューするという報《しら》せが入ったのは五月のことだった。仕上げに時間がかかりそうで、デビューは秋以降になると聞いていたから、夏競馬でのデビューは驚きだった。児玉調教師の話によると、担当の調教助手が熱心に乗り込んで、ここ一ヶ月で急成長を見せているのだという。

「函館に行くぞ」

デビューの話を告げると、収はそう言い放った。目がぎらついていた。父のそんな顔を見るのは久しぶりだったから、函館までの運転手役を引き受けることにしたのだ。自分たちが手がけた馬が中央で走ることも数年ぶりだし、今後も走る馬が出るかどうかはわからない。もしかすると、収にとってはこれが最後の晴れ舞台になるかもしれないのだ。

鼾が止まった。収が目を開け、伸びをする。

「すまん。寝ちまった」

「気にするなよ」

「運転、替わるか？　樽前《たるまえ》サービスエリアで休んだきりだから、疲れたべ」

「親父の運転する車の助手席に乗ってる方が疲れる」

徹は言った。収はステアリングを握るととにかく飛ばす。年を取ってもその傾向に翳《かげ》りはなかった。収には車で遠出をさせない——母の華との間に暗黙の了解ができていた。

「函館に着いたら、まず病院だな」

収が言った。

「もう、カーナビに病院の住所入れてある」

徹は答えた。カムナビの厩務員が入院している病院だ。

夏競馬がはじまると、函館や札幌の競馬場で出走を予定している馬とその関係者たちは函館に集結する。レースのたびに茨城や滋賀から馬を移送する手間を省くためだ。函館競馬場は馬のトレーニング施設が充実しており、厩舎関係者の宿泊施設も整っている。函館に長期滞在して馬に調教を施し、函館と札幌の競馬場で馬を走らせるのだ。

カムナビも六月のはじめに函館に入厩した。慣れない環境に戸惑ったのか、馬房の中で暴れ、厩務員の小田島に怪我をさせたのだ。

「ベテラン厩務員でも怪我させられるんだからな。どんだけ暴れたんだべ」

収は欠伸をかみ殺した。

「うちにいたときからきかん坊だったしなあ」

徹は嘆息した。同世代の馬たちと放牧地を駆け回るカムナビの姿が脳裏に浮かぶ。他の馬を威嚇したり噛もうとするのは日常茶飯事で、いつも先頭を駆けていた。収には懐いていたが、他の人間に触れられることを極端に嫌がった。

父の血をしっかりと受け継いでいるのだ。育成牧場やトレセンの人間は相当苦労するだろうと思ったが、それが現実のこととなってしまった。

「雨、降らんかな?」

収が空を見上げた。雨が降って馬場が渋れば、カムナビに有利になると思っているのだ。

「明日も晴れの予報だよ。開催が進んで馬場は荒れてきてるみたいだけど、良馬場だ」

収が鼻を鳴らした。どうやら、本気でカムナビがデビュー戦を勝つことを期待しているらしい。

「中央でデビューできるだけでもめっけもんだろう」

徹は言った。中央でデビューしても、勝ち上がることのできる馬は一握り。ほとんどの馬は一勝も挙げることができず、地方競馬で再出発を目指すか、それもかなわずに死んでいくことになる。

カムナビもいずれは地方だ。

徹はそう思っていた。だったら、最初から地方でデビューさせればよかったのだ。

「テキは結構期待してるみたいだぞ」

収が徹の心を見透かしたかのように言った。テキというのは競馬業界の隠語で調教師を指す。騎手はヤネだ。

「期待外れに終わる馬が大半じゃないか」

徹は呟き、ウインカーレバーを倒した。前を走る軽自動車を追い越し、さらに車の速度を上げた。

＊＊＊

久しぶりに訪れた競馬場は相変わらず華やいでいる。ホテルを出るときに締めたネクタイも、ここにいると気にならなくなってくる。競馬場に入るまでは息苦しくて仕方がなかったというのにだ。

「小森さん、ありがとうございます」

収は左隣に座る小森に謝意を告げた。小森の厚意で馬主席に招待してもらったのだ。

「失礼ですけど、三上牧場の生産馬が中央でデビューするの久しぶりですよね。せっかくの馬の晴れ舞台、見たいだろうと思いまして」

「いくら感謝してもし足りません」

「これが府中や中山だと、招待したくても馬主席が混み合っててできないこともありますけど、函館の土曜日だと結構空きがあるんです」

重賞などの大きなレースは日曜日に組まれることが多い。馬主が競馬場に足を運ぶのも土曜よりは日曜に偏るのだ。

「こんなに早くデビューできるとは思ってませんでした」

収は言った。

「ええ、わたしも。乗り役の佐久間君が熱心に教え込んだみたいで、春の成長ぶりが目を瞠《みは》るようだったとテキが言ってましたよ」

「だけど、厩務員には怪我をさせた。昨日、お見舞いに行ってきました」

「きかん気な馬だそうです。とにかく賢くて、人のすることを覚えて、隙を狙って悪さをしてくるってぼやいてましたね」

「ナカヤマフェスタもそうだったみたいです。ステイゴールドの血を引く馬は、なぜか、気が悪い」

収は頭を掻いた。その気性の激しさがいい方向に発揮されれば、競馬で爆発的なスピードを生む。ステイゴールドがそうだった。オルフェーヴルがそうだった。ゴールドシップがそうだった。そして、ナカヤマフェスタも、その気になったときは他の馬を寄せつけない走りを見せたのだ。

「鞍上《あんじょう》は大丈夫ですかね？」

収は手にした予想紙に目を落とした。カムナビに騎乗するのはデビュー二年目の若手騎手だ。御するのが難しい馬を操るには技量も経験も足りない。

「一か八かの賭けだそうです。カムナビがちゃんと走ってくれれば、若手騎手の減量が後押しになる」

「ちゃんと走ってくれないと？」

収の言葉に、小森が肩をすくめた。

いずれにせよ、デビュー戦は力試しなのだ。馬の能力が中央競馬で走るに足りるか足りないか。勝てれば御の字。児玉調教師の思惑はそんなところだろう。

別の馬主がやって来て小森に声をかけた。収は再び予想紙に目を落とす。

十四頭立てで行われる芝の千八百メートル。クラシックに出走が有力な良血《りょうけつ》と言われる馬は登録していない。これならば、勝てるとは言わないが、馬券に絡む可能性はある。

収は腰を上げた。

「どこに行くんだよ？」

隣に座って熱心に予想紙を見つめていた徹が口を開いた。

「カムナビの馬券を買ってくる」

馬主席を出て馬券の購入窓口に足を向ける。途中でマークシートに馬券の買い目を記入した。

カムナビの単勝と複勝にそれぞれ一万円ずつ。いわゆる応援馬券と呼ばれるものだ。馬券を二万も買ったと知ると、徹は怒り出すだろうが知ったことではなかった。自分が夢見た道を走ってくれそうな馬がやっとデビューに漕《こ》ぎ着けたのだ。これは、ご祝儀だ。

馬券を買って馬主席に戻ると、小森と徹が待ち構えていた。

「もうすぐパドックがはじまります。見るでしょ？」

「もちろん」

収は即答した。牧場にいたときはまだ小さくて痩せっぽっちだったあの馬が、どれほど立派になってデビューを迎えるのか、この目にしっかりと焼き付けておきたい。

カムナビのデビュー戦は新馬戦と呼ばれるレースで、第五レースになる。出走するすべての馬が、初めて競馬を走ることになる。血統がよく、調教タイムも上々で押しも押されもせぬ一番人気の馬が惨敗することもあれば、だれも見向きもしなかった馬があれよあれよと勝ち上がることもある。

カムナビの単勝オッズは五番人気だった。調教タイムが歓迎されているのだろう。血統だけなら、もっと下の人気でもおかしくはなかった。

馬主専用のパドック見学スペースに降り、柵に両肘をついてカムナビが出てくるのを待った。カムナビの馬番号は三だ。パドックは基本的に馬番号の若い順から姿を現すから、カムナビの登場は三番目ということになる。

内枠で他の馬に囲まれるとコントロールが利かなくなる恐れがあるが、そこは神頼みしかなかった。児玉によれば、テンのスピード――ゲートが開いてからの数十メートルの速さが足りず、後方からの競馬になるので枠順はさほど問題ではないらしい。

後方で馬群を追走しながら脚を溜め、最後の直線で前団を飲み込む競馬が理想だ。

パドックに馬たちが姿を現した。初めて連れてこられた場所で、大勢の人の目にさらされると多くの馬がテンションを上げていく。馬というのはもともと繊細で臆病な動物なのだ。最初に出てきた一番の馬はすでに発汗が激しかった。前後左右に首を振り、引き綱を持つ厩務員から逃れようとしている。二番の馬はそれに比べれば落ち着いていた。一番人気に支持されている馬だった。

カムナビが姿を現した。興奮し、発汗している。前を行く馬との距離を詰めようとむきになって歩き、厩務員を困らせている。

だが、馬体は威風堂々という言葉がぴったりだった。仔馬の時より胴が伸び、四肢もすらりと長い。筋肉もほどよくついている。皮膚は薄く張りつめ、毛艶はぴかぴかだった。なによりも素晴らしいのは歩様《ほよう》だ。天性のステイヤー――長距離ランナーであることがわかる。

隣に立っている徹が溜息を漏らした。

「あれが本当にうちにいたのと同じ馬かよ」

「言ったべや、この馬は走るって」

収は答えた。徹の体が小刻みに震えている。自分の手がけた馬が、中央でも戦える馬体を有するのを見るのが初めてなのだ。

「だけど、フェスタの子だぞ」

「はんかくさい。フェスタの血と合うと見込んだから、フラナリーを買ってきたんだべや」

「だけど……」

「馬っぷりはいい。初めての場所でも物怖《ものお》じしていない。だけど、テンションが高すぎる。なにをむきになってるんだべ」

収は呟いた。

カムナビは相変わらず前の馬に追いつこうと逸《はや》っている。厩務員が引き綱を引くと、怒りをあらわにして白目を剝いた。厩務員が必死になって引き綱を握っているのがわかる。ここで引き綱を離したら、惨事が起きる。

「テンションが高すぎるなあ。テキもそこを心配してたんだけど」

小森が言った。

「若いヤネじゃ、御するのは難しそうですね」

収はズボンのポケットに押し込んだ馬券に指先で触れた。この馬券は紙くずになるだろう。パドックであれだけ力んでいたら、競馬で百パーセントの力を発揮するのはまず無理だ。

それでも、体の奥底から喜びと期待が湧き上がってくる。

今日の馬体を見る限り、カムナビには一流馬の資質が備わっている。

あとは、児玉厩舎がどう仕上げ、鞍上がどう御すかだ。しばらくは入れ込みが激しすぎて勝てない競馬が続くかもしれない。だが、それでかまわない。

クラシック出走を望んでいるわけではないのだ。望みは凱旋門賞ただひとつ。

四歳の秋、最悪でも五歳の秋まで時間がある。

収はパドックから目を離し、体を反転させた。調教師たちが陣取る観覧席に目を凝らす。

児玉がパドックを周回するカムナビをじっと見つめていた。

＊　＊　＊

小田島はスマホを握ると、病室から抜け出した。歩くたびに右の脇腹が痛む。馬房内で暴れたカムナビの体と壁に挟まれて肋骨《ろっこつ》が三本折れたのだ。

ちょっとした油断が仇《あだ》になった。調教を終えたカムナビを洗い、ブラシをかけて馬房に連れ戻したのだ。佐久間が厳しい調教を施したせいか、カムナビは疲れていて今にも眠ってしまいそうに見えた。

いつもなら馬房に入れるとすぐに外に出るのだが、脚元の寝藁が乱れているのに気づいて腰を屈《かが》めた。

カムナビはその隙を狙っていたのだ。

突然、暴れだし、小田島を壁に容赦なく押しつけた。

「まったく、ずる賢い馬だ」

他の厩務員たちが異変に気づいてすぐにカムナビを馬房の外に出してくれたからこの程度の怪我で済んだが、動けないまま長時間、カムナビと馬房内にいたら、容赦なく踏みつけられて死んでいたかもしれない。

馬は大きくて強い。馬がその気になったら、人間などいちころなのだ。

建物を出て、病院の敷地内にあるベンチに腰を下ろした。スマホで競馬中継に接続する。第五レースに出走する馬たちのパドックが映し出された。

カムナビが入れ込んでいる。前を歩く馬を追い抜きたくてしょうがないのだ。

いつもそうだった。前方に他の馬がいるとなにがなんでも追い抜こうとする。その気持ちが競馬でいい方に出れば勝ち負けになるが、カムナビにはマイナスに働くだろう。

「今日はボロ負けかな」

小田島は溜息を漏らした。

日差しが遮られて、目を上げた。小田島と同年配の男が見下ろしている。病院のパジャマを着ていた。

「競馬ですか？」

男が小田島のスマホを覗《のぞ》きこむ。

「ええ」

「入院中でもやめられないなんて、相当お好きなんですなあ。まあ、わたしも同類ですが」

男は自分のスマホを小田島にかざした。馬券のインターネット投票のサイトが映し出されている。

「どの馬から行きます？」

男が隣に腰掛けた。

「わたしは馬券は買わんのです」

「そらまたどうして？」

小田島は口ごもった。競馬ファンに厩務員だということを知られると、内部情報を教えてくれだの、面倒な会話になることが多いのだ。

「奥さんに止められてるとか？」

男が食い下がってきた。適当な受け答えでは解放してもらえそうにない。

「厩務員なんですよ。関係者は馬券が買えない。知ってるでしょう？」

男の目が丸くなった。

「もしかして、馬にやられて怪我を？」

小田島はうなずいた。

「いや、それは大変ですね。あなたたち裏方さんがいてくれるから、わたしらは安心して競馬を楽しむことができるんだ。いつも、感謝してます」

「これはご丁寧に」

小田島は慌てて頭を下げた。

「厩務員さんも大変でしょうね。このレースに出る馬ですか？」

男は小田島のスマホに顎をしゃくった。

「三番の馬です」

男が脇に抱えていたスポーツ新聞を広げた。

「カムナビね……お、ナカヤマフェスタ産駒じゃないですか。走りそうですか？」

「きょうは入れ込んでダメだと思いますよ」

「そうかあ。フェスタ産駒なら応援馬券でも買おうかと思ったんですが……わたしね、フェスタの勝った宝塚記念で美味《おい》しい思いをさせてもらったんですよ」

「そうなんですか？」

「ええ。ブエナビスタが一番人気だったでしょう？　だけど、馬場が渋った阪神ですよ。波乱が起きるんじゃないかと思って、時計のかかる馬場が得意そうなフェスタの単勝、それからブエナビスタに流した馬単《うまたん》と馬連《うまれん》。ばっちりはまりました」

男が胸を張った。あのレースのナカヤマフェスタの勝利を、まるで我がことのように誇らしく思っているのが伝わってくる。

「単勝が三千七百円、馬連が五千百円、馬単なんか一万七千円近くつきました。その馬券を二千円ずつ持ってたんです」

「大勝ですね」

「ええ」

男が微笑んだ。

「その夜は女房と子ども連れてステーキ食べに行きました。そんなことがあったもんだから、フェスタの凱旋門賞は応援に力が入りましたよ」

「そうでしょうね」

「まさか勝ち負けになるなんて思ってませんでしたからね。ゴール前では叫びっぱなしで……勝って欲しかったなあ」

「あれが競馬です。フェスタは死力を振り絞ったけど、相手が一枚上だった」

「ですよね。翌年の凱旋門賞は全然走らなかったし、結局国内で走ったのも前年の帰国してすぐのジャパンカップが最後だったし」

「気性が難しすぎて、まともな調教ができなくなってしまったんです。それでも、凱旋門賞の夢は捨てられなくて翌年もロンシャンに連れて行ったんですよね、陣営は」

「あのレース見せられるとねえ。引退して種馬になった後は、フェスタの産駒見つけると応援馬券買ってるんですけど、なかなか走りませんね」

「父親譲りの難しい馬が多いんです」

「カムナビもですか？」

「この通りですから」

小田島はパジャマのボタンを外し、コルセットを装着された胴体を見せた。

「いや、ほんと、厩務員さんは大変だ」

「滅多にあることじゃないんですが」

「新聞の調教評価もいいじゃないですか、カムナビ」

「素質はまあまあだと思いますよ。だから、五番人気なのかな」

「馬券、買ってみようかな」

「今日はやめておいた方がいいですよ。気性のコントロールができるようになったら、そのうち必ず走ってきますから、それまで待った方がいい。秋……いや、冬かな。馬場は渋った方がいいはずなんで、芝が荒れる冬が狙い時です」

「そんなことといって、父親みたいに、年を取れば取るほど気難しくなったりして」

「その可能性は大いにあります」

小田島は笑った。

「でも、そこがいいんですよ。そういう気性を含めて、あの馬が好きだった。万馬券取らせてもらっただけじゃありませんよ」

「わかりますよ」

男も笑った。

小田島はそっと目を閉じた。気分がいい。自分に関わりのある馬を愛し、熱く語る人間がいる。だからこそ、この仕事を続けてこられたのだ。

そのまま、ナカヤマフェスタ談義に花を咲かせた。馬について語り出したら止まらないのも、また、競馬ファンだ。

「お、そろそろレースがはじまる時間ですね」

話が一段落したところで、男がスマホに目を走らせた。函館第五レース発走の三分前だった。

「しまった。話に夢中になって、返し馬見られませんでしたね」

男が言った。返し馬というのは、レースがはじまる前の馬のウォーミングアップだ。実際に走るコースで馬を軽く走らせる。

「カムナビはパドックより落ち着きましたかね？」

男の言葉に、小田島は首を振った。どうせ、返し馬でも自分より前にいる馬を追い抜こうと力んでいたに決まっている。

係員がレースの開始を告げる赤旗を振り、ファンファーレが響いた。ゲートの裏でゲート入りの順番を待つために、出走馬が円状に歩き回る輪乗《わの》りをしていた馬たちが、順番にゲートに入っていく。馬番三番のカムナビは早い段階でゲートに入れられた。ゲート入りをごねるかと思っていたのだが、意外に素直だった。

大外枠の馬が最後にゲートに入り、馬のゲート入りをサポートしていた係員たちがゲートから離れた。次の瞬間、がたんという独特の音を発してゲートが開いた。各馬が一斉にターフに飛びだしていく。

カムナビはまずまずのスタートを切った。だが、騎手がすぐに手綱を引いた。カムナビは口を開け、頭を高く持ち上げて激しく首を振る。

「あちゃあ、かかっちゃってますね」

男が言った。

「ええ。引っかかりまくりです」

小田島は溜息を押し殺した。カムナビは騎手の指示を無視して遮二無二前に進もうとしている。馬の好きにさせたら脚が保《も》たなくなる。だから、騎手はなんとかスピードを落とさせようとしているのだが、まったく制御できていなかった。

「やっぱり、減量騎手じゃ無理か」

小田島は呟いた。気性の難しい馬を御すには、それなりの経験が必要なのだ。

カムナビは最後まで騎手に抗《あらが》い、最後には消耗して馬群の後方に下がってゴールを通過した。着順は十二着。最悪のデビュー戦だ。

人をこんな目に遭わせておいてこの体《てい》たらくか――スマホに映るゴール後のカムナビは泡を吹き、激しく発汗していた。

「残念でしたね」

男が言った。

「これが競馬ですわ」

小田島は答えた。

＊　＊　＊

レースが終わると、児玉は検量室に向かった。検量室とは、レースの前後に鞍などの馬具と騎手の体重を測定する部屋だ。競馬にはレースごとに背負うべき斤量が定められており、厳格に運営されている。鞭《むち》やヘルメットなども検量室に置くことがほとんどで、騎手はここで次のレースに備えるのだ。

レースを控えた騎手たちが、モニタの前に陣取っている。やはり、新馬戦は騎手たちの関心も高い。どの馬が来年のクラシックに出走しそうか、それを見極め、自分に騎乗依頼が来ないかと期待を寄せるのだ。

若林《わかばやし》孝俊《たかとし》はモニタの前の群れには加わらず、検量室の外の廊下で腰を伸ばすストレッチをしていた。

「レースは見たか」

児玉は若林に声をかけた。

「ヤンキーみたいな馬ですね」

若林がストレッチを中断した。

「でも、馬っぷりはいいだろう？　筋肉も柔らかい」

若林がうなずいた。

「どうだ？」

児玉は訊いた。若林が首を傾《かし》げた。思案している。

「頼むよ。あの馬を御せるのはおまえしかいない」

荒れ馬は若林に任せろ――美浦の調教師たちはみな、口を揃《そろ》えて言う。調教でも競馬でも、嫌な顔ひとつせずに気性の難しい馬に乗り、ひょうひょうとした顔で戻ってくる。

美浦に所属する騎手の中ではダントツで落馬回数が多いのではないか。だが、どれほどの怪我をしても文句ひとつ口にせず、また荒れ馬に跨がって仕事を続けるのだ。

「佐久間が担当してるんですよね」

若林が口を開いた。

「ああ」

「なら、いいかな」

現役の騎手だった頃から、若林は佐久間を可愛《かわい》がってきた。馬乗りの技術を買っていたのだ。

「北海道にいる間に、後、二回は競馬に使おうと思ってるんだ」

「調整します。どんな馬か探るために、来週からちょくちょく乗ります。それと、一週前追い切りには必ず乗せてください」

「わかってる」

「フェスタの子ですよね？」

「ああ」

「小田島さん、やられちゃったって」

「ああ」

「おっかねえなあ。どこまで行ける馬だと踏んでるんですか？」

児玉は唇を舐《な》めた。若林が真《ま》っ直《す》ぐに見つめてくる。

「おれたちがうまくやれれば、最低でもオープンには行ける馬だと思ってる」

「大きく出ましたね」

若林は肩をすくめると、検量室に入っていった。

3

馬房に入ろうとすると右の脇腹が引き攣《つ》れた。もう、痛みは消えたはずなのに、脳が間違った信号を送っているのだ。

「まったく。何十年厩務員をやってると思ってるんだ」

小田島は自分自身を罵《ののし》った。カムナビが神妙な顔つきで小田島を見つめている。自分が怪我をさせてしまったということを理解しているかのような顔つきだ。

「ナビよ、今日の機嫌はどうだ？」

小田島は声をかけながら馬房の中に入った。鳩尾《みぞおち》の辺りに熱感がある。熱の元はカムナビに対する恐怖だ。

馬を怖がっていては厩務員は務まらない。小田島は恐怖心を抑えつけ、カムナビに引き綱を付けた。鞍を付け、腹帯を締める。馬装（ばそう）が済むと馬房から出ようとしたが、カムナビが四肢を踏ん張って抵抗する。

追い切りを嫌がる兆候が表れている。このまま行くと、追い切りも競馬も嫌うようになって、競走馬としての未来は閉ざされてしまう。

「今日は角馬場《かくばば》だよ。安心しろ」

角馬場は柵で囲った砂の馬場だ。本格的な追い切りではなく、ウォーミングアップやクールダウンに使われることが多い。今日はヤネの若林の希望で角馬場で軽い運動を行うことになっていた。

カムナビが抵抗をやめた。言葉を理解しているわけではないが、小田島の声のトーンでなにかを察している。本当に賢い馬だった。

角馬場の入口で、若林と佐久間が話し込んでいた。カムナビの調教をどうすべきか、ふたりはいつも熱心に話し合っている。

「お待たせ」

小田島が声をかけると、若林が近寄ってきた。カムナビの首筋をぽんぽんと叩《たた》くと、鞍に手をかける。佐久間が腕を踏み台の代わりにしてやると、若林は慣れた仕草でカムナビに跨がった。小田島が引き綱を引いて角馬場に入る。コースに入るのではないと理解して、カムナビも落ち着き払っていた。

引き綱を外し、馬場から出た。若林が手綱や足、口笛を使ってカムナビを前後左右に動かしていく。競馬ではなく、馬術の乗り方だ。

若林は研究熱心で、本職の合間を縫っては乗馬クラブに通い、日本代表クラスの乗馬選手に教えを乞うている。

馬術は、文字通り人馬一体にならないと成立しない競技だ。サラブレッドの調教に乗馬のやり方を導入するのは、騎手の指示を聞き入れる馬に育てるのが目的だ。

「おれも馬術習おうかな」

佐久間が言った。カムナビを操る若林の一挙手一投足を見逃すまいと目を凝らしている。

「なんでも若いうちに覚えておいた方がいいぞ。無駄なことなんてないからな」

「若林さん、馬乗りめっちゃ上手だし、競馬だってうまいのに、なんで勝ち鞍増えないんでしょうね」

「華がないからだな」

小田島は答えた。

「へ？」

佐久間が素っ頓狂な声を出した。

「おまえが馬主なら、勝っても負けても淡々としてる騎手と、勝つときは派手に、負けたときは思い切り悔しがる騎手、どっちに乗ってもらいたい？　技量は同じだとしてだ」

「やっぱ、派手な方がいいんですかね」

「ファンの目にも留まるし、メディアにも取り上げられやすい。自分の馬が目立つ方が馬主は嬉《うれ》しいだろう？　いい馬は見栄えのする騎手に集まって、若林みたいなヤネのところには面倒な馬が集まってくる。だから、勝ち鞍が増えないんだ」

「勝てばどっちでもいいと思うんだけどなあ」

小田島は鼻を鳴らした。理不尽がまかり通るのは一般社会でも競馬の社会でも同じだ。

サラブレッドにしても、派手な逃げ切り勝ちを収めたり、最後の直線で目の覚めるような末脚を見せたりする馬が人気を集める。地味な勝ち方しかできない馬は、どんなに勝っても競馬では人気にならない。

「怪我の具合はどうですか?」

佐久間が話題を変えた。

「もう痛みはない。後は無理せず、骨がくっつくのを待つだけだ」

「田中《たなか》さんがぼやいてましたよ」

田中というのは、小田島が入院中、カムナビの面倒を見ていた厩務員だ。

「あんなヤバい馬は久々だ、小田島さん、よく面倒見てるなって。馬房に入るときもびくついてて、周りに他の人間がいるのを確かめてから入るんですよ」

「それが正解だ」

「でも、小田島さんはそこまでしないじゃないですか。暴れん坊でも、小田島さんには気を遣ってるのかな」

「メシをくれるのはおれだってことはわかってるんだろうな」

小田島は笑った。

角馬場では、若林とカムナビがドレサージュに移行していた。馬術のフィギュアスケートとも言われる競技だ。馬術による調教をはじめて間もないカムナビの動きは稚拙でぎこちない。だが、若林は根気よくカムナビを歩かせていく。

「若林さんはハナを切らせてみたいって言うんですよ」

佐久間が言った。

「ハナを?」

「ええ。カムナビは前にいる馬をとにかく追い抜こうとするじゃないですか。だったら、前に馬がいなかったら落ち着いて走れるんじゃないかって」

カムナビは札幌競馬場で行われた二走目のレースでも道中で前に行きたがり、体力を激しく消耗して二桁着順で終えていた。荒れ馬の扱いに慣れている若林をもってしても、抑えることができなかったのだ。気性が多少なりとも落ち着き、競馬の走り方を覚えない限り、前進は難しい。

「テキはなんて言ってる？」

「渋い顔してました」

ステイゴールドの血を引く馬たちに、逃げ馬のイメージはない。ナカヤマフェスタはもちろん、オルフェーヴルもゴールドシップもみな、差し、追い込み馬だ。児玉もそのつもりで道中どれだけ引っかかっても後ろの方で我慢する競馬を覚えさせようとしてきたのだ。

馬にとって先頭に立って走るのは楽だ。だが、一度楽をして走ることを覚えてしまった馬は、それ以外の競走ができなくなることが多い。最初はそれで勝てても、クラスが上がっていくと必ず、より速い馬が行く手を阻むようになる。逃げられずに惨敗を繰り返し、やがて引退に追い込まれていくのだ。

「おまえはどう思ってるんだ？」

「一理あるかなって。集団調教のときも、先頭を歩かせると落ち着きますし」

「なるほどな」

小田島は呟き、馬場に目をやった。

カムナビはドレサージュを終え、キャンターで馬場を回っている。確かに、前に馬がいなければ力むこともない。

「ハナを切る、か……」

キャンターで駆けるカムナビは気分が良さそうだった。

＊　＊　＊

児玉はいつものように調教コースの近くに陣取って、カムナビの最終追い切りを見守った。

カムナビはウッドチップのコースを一頭で走っている。できれば併《あわ》せ馬《うま》――他の馬と一緒に走らせる実戦形式の調教を施したいのだが、それだとカムナビが気負ってしまうのだ。単走での追い切りしかできないのは歯痒《はがゆ》いばかりだ。

直線に入り、鞍上の若林がカムナビに全力疾走を促した。四肢が力強く躍動し、カムナビのスピードが上がる。児玉はカムナビが目の前を走りすぎた直後に手にしていたストップウォッチを止めた。

最後の一ハロン――二百メートルは十一秒八。まずまずの時計だ。だが、全体の時計には満足できない。

今日は八ハロン――千六百メートルの追い切りを若林にさせたのだが、タイムは標準をやや下回るものだった。

なかなか良化の兆しが見えてこない。

「やっぱり、古馬になってからか。春のクラシックは難しいな」

児玉は呟いた。これまで、ステイゴールドの血を引く馬を何頭も手がけてきた。その多くは四歳を超えてから本格化――能力を発揮する。成長曲線が緩やかなのだ。

児玉は馬場を離れ、厩舎へ戻った。今日の追い切りはカムナビが最後だったのだ。他の馬が少ない時間帯しか走らせられないからそういうことになる。

クールダウンを終えたカムナビが厩舎に戻ってきたのは十分後だった。小田島がカムナビに引き綱を付け、若林が背中から下りる。小田島はカムナビを洗い場に引いて行った。

「どうだった？」

児玉は若林に訊《たず》ねた。

「見たまんまですね。現状の力では精一杯走りましたよ」

若林は額の汗を拭った。茨城の美浦に比べて函館の気温は低いが、夏は夏だ。馬に乗る者はどんな時でもプロテクターを装着し、ヘルメットを被る。万が一の時に命を守ってくれる装備だ。調教やレースが終わるとだれもが汗だくになる。

「周りに他の馬がいてもあの走りができるといいんですけどね。それと、輸送が鍵かな」

カムナビは土曜の朝、函館を出発して馬運車で札幌競馬場へ向かう。日曜日のレースに出走するためだ。メンタルがデリケートな馬は、この輸送で体調を崩すことがある。下痢をしたり、飼い葉を食べなくなったり。そうなると、せっかく厩舎のスタッフがレースに向けて体調を整えたのに、すべてがおじゃんになる。

カムナビもどちらかといえば神経質な馬だ。体重が減り、体力が落ちるだけならまだいいが、気持ちが昂《たか》ぶりすぎると最悪な結果を招くことになる。

「ハナを切らせてみたいんですが」

若林が言った。

「気持ちはわかるが――」

「馬込《うまご》みに入れたら、絶対に引っかかりますよ。とにかく、自分の目の前に他の馬がいるのが我慢ならないんです」

「それでも、辛抱強く競馬を教えないと」

「それだと間に合わないかもしれない」

若林の沈んだ声に、児玉は唇を嚙んだ。サラブレッドはとにかく一勝しないことには次のステージに進めない。まずは未勝利戦を勝つことが最低条件なのだ。その未勝利戦は来年の夏まで続く。児玉はその間に勝てればいいと踏んでいたのだが、若林の意見は違った。

「一年かけても我慢を教えるのは難しいというのか？」

若林がうなずいた。

「こいつの頑固さは並大抵じゃないですよ。さすが、ステゴの血を引くだけのことはある。我慢を強いれば強いただけ、反抗してきます」

若林は言うなれば、荒れ馬のプロだった。どれだけ気性の激しい馬でも、若林に任せてしばらくすればなんとか乗りこなせるようになる。その若林をして、カムナビは普通に乗りこなすのは無理だと言わしめるのだ。

「とりあえず勝つことじゃないですか。日曜のメンバーなら、ハナを切れば勝ち負けになると思います。ひとつ勝たせておいて、そこから時間をかけて矯正していくのが一番かなって」

児玉は腕を組んだ。首を傾げ、思案に耽《ふけ》る。

勝たせることと、競馬を覚えさせること。両立できるのなら話は簡単だが、いつもそうなるのであれば苦労はない。ほとんどの調教師は二歳馬を預かると、競馬を教えつつやがて力を付けて勝ち上がることを望む。圧倒的な力を持つ馬なら好きに走らせても勝ち続けるが、大半の馬はやがて壁にぶち当たる。

「ハナを切れば、走ると思いますよ。上のクラスに上がったら、周りも速くて逃げられなくなるかもしれませんが、今なら」

「よし。おまえの思うとおりにやってみろ」

児玉は言った。生産者の三上はこの馬で凱旋門賞を勝つことを夢見ている。児玉も、馬主の小森も、苦笑交じりに三上の夢に耳を傾けているが、とにかく、ひとつ勝たないことには凱旋門賞もくそもそもないのだ。

＊　＊　＊

小田島はカムナビの馬体に念入りにブラシをかけた。カムナビの鼻息は荒いが、今のところ暴れ出す気配はない。

どの馬もピカピカに磨き上げてレースに送り出すのが小田島の流儀だった。児玉厩舎にはクラシックの有力候補になるような良血馬はなかなか入ってこない。ならば、せめて見栄えだけでも良血馬と遜色ないぐらいにしてやりたい。

いつもそう思って馬に接している。

「今日はハナを切っていいんだってよ」

小田島はカムナビに語りかけた。

「馬込み、嫌いだもんな。気分よく走れるかもな」

ブラシをかけながらカムナビの馬体に触れていると、薄い皮膚の下に柔らかい筋肉が脈打っているのを感じる。

カムナビの筋肉は、出世する馬と似た感触があった。

この馬はいずれ走るようになる。オープンまで行くかもしれない。怪我をしなければ。気性が爆発しなければ。

怪我をしないように祈り、気性がこれ以上悪化しないよう気を遣って接する。

小田島にできることはそれだけであり、だからこそ、心を込めて祈り、接するようにしていた。

カムナビが前脚を激しく動かした。厩舎の外から佐久間の声が聞こえてきたのだ。

「落ち着け。今日は佐久間はおまえには跨がらない」

カムナビは札付きの調教嫌いだ。視界に佐久間や若林の姿が入った途端、落ち着きを失い、暴れはじめる。なんとかなだめて鞍上が乗れるようになるまで、下手をすると一時間近くかかることもある。そのため、若林と佐久間にはカムナビには真後ろから近づくように頼んであった。馬の目は三百五十度を見渡せる。死角は真後ろだけなのだ。

「思い切り走ってこい。今日勝てば、多分、秋まで放牧だ。おまえの嫌いな調教からもしばらくは解放されるぞ」

カムナビの首筋を撫でる。佐久間の声が聞こえなくなって、カムナビは落ち着きを取り戻しつつあった。

「おまえ、ブービー人気だってよ」

カムナビは十六頭立てのレースで、単勝十五番人気でしかなかった。一着になればそれだけで万馬券だ。

「前走があれだからしょうがないけどよ、一発やって、競馬ファンを見返してやれ」

小田島はブラシかけを終えると、カムナビから離れた。馬房の窓から差し込んでくる日光が、馬体の輪郭を浮かび上がらせている。艶光りする黒々とした馬体は神々しいほどだ。

「頼むよ。ちゃんと走ってきてくれ。そして、無事に戻ってくるんだぞ」

着順より、何事もなくレースを終えて戻ってくること。ほとんどの厩務員が、自分が担当する馬に願うのはそれだけだった。

＊＊＊

作業を終えて自宅に戻り、手早くシャワーを浴びる。濡れた髪の毛をタオルで拭いながら居間に行くと、すでに収がテレビの前に陣取っていた。

「なんだ、おまえもレースを見るのか？　珍しいじゃないか」

収が言った。徹はそれには答えず、収の隣に腰を下ろした。ソファは年代物だが、革張りで作りはいい。まだ徹が幼い頃、牧場の生産馬が中央の重賞を勝ったときに、祝いとして収が奮発して買ったものだ。

テレビには新潟競馬場のレースが映し出されていた。カムナビが出走するのは札幌の第四レース。芝の千八百メートルだ。

普段、徹は生産馬のレースは見ない。どうせ負けるだろうと思ってしまうし、わざわざ負けるレースを見て落胆する必要はないからだ。

だが、カムナビのデビュー戦には心が乱された。道中から引っかかりまくりでまったく競馬になっていなかったが、それでも、その荒々しい走りはこれまでの生産馬とは違うなにかが感じられたのだ。

もしかすると――レース後からその思いが胸にこびりついて離れない。

もしかすると、自分が牧場の仕事をやるようになってから、初めて、中央での一勝をプレゼントしてくれる馬になるのかもしれない。

あんな気性の荒い馬になにができる。競馬をまともに走ることもできないのに。

そう自分に言い聞かせるのだが、一度芽生えてしまった期待はそう簡単には消えなかった。

新潟のレースが終わった。アナウンサーの声が淡々としているのは人気サイドでの決着だったからだ。

「馬券、買ったのかよ？」

徹は収に訊いた。

「カムナビの単勝。千円だけだがな」

収がうなずいた。

「そっか」

徹はポケットからスマホを取りだした。滅多に馬券を買うことはないが、インターネット投票ができるようにはしてあった。

ネット投票のサイトを開き、紐付《ひもづ》けしている銀行口座から一万円を振り込む。その金で、カムナビの単勝と複勝をそれぞれ五千円ずつ買った。

購入確定のボタンをタップするときに、指先がかすかに震えた。たまに馬券を買うときでも、百円、二百円のいわゆる豆馬券しか買ったことがないのだ。徹にとっては一万円は大金だった。

馬券を購入した後で、カムナビの人気のなさに気がついた。十六頭立ての十五番人気。単勝のオッズは百五十倍を超えている。

勝てっこない。掲示板に載ったら――五着以内に来られたら御の字だ。

「ばれたらお冠《かんむり》だな」

徹は呟いた。妻の顔が脳裏に浮かぶ。一万円も馬券を買ったと知られたら、機嫌を取るのに相当苦労するだろう。

「勝てばいいんだ、勝てば。いくら買ったんだ？」

収が顔を向けてきた。

「単複、五千円ずつ」

「複勝でも配当は千円以上つく。払い戻しでハンドバッグでも買ってやれ」

「カムナビが来なきゃ話にならないじゃないか」

「あいつは来る。この程度のメンバーで勝てないようじゃ、凱旋門賞なんて夢のまた夢だ」

徹は溜息を漏らした。凱旋門賞どころか、中央で一勝できるかどうかが関の山の馬に、収は大それた夢を見ている。どうしてそんな馬鹿げた夢を見ることができるのか。

「パドックは見たの？」

徹は訊いた。

「ああ。ぴっかぴかだった。厩務員が心を込めて手入れしてくれたんだろう。皮膚も薄いし、筋肉にもめりはりがついてきた」

これまで、三頭のナカヤマフェスタ産駒を生産してきたが、収がこれほどまでに入れ込むのはカムナビだけだった。他の馬たちとなにがどう違うのか。徹には皆目見当がつかない。

ファンファーレが鳴った。間もなく、札幌第四レースがはじまる。

徹は唇を舐め、居住まいをただした。胸の前で両手を組み、祈る。

全馬、無事にゴールできますように。

生産した馬が本番や調教中に故障して死んでしまうことほどやりきれないものはない。着はどうでもいいから、とにかく無事にゴールして欲しい。ゴールさえすれば、次のチャンスに賭けることができるのだ。

ゲート裏で待機していた馬たちが続々とゲートに入っていく。カムナビは三枠六番。まずまずの枠番だし、偶数番なので、ゲートの中で待たされる時間が短くて済む。

すべての馬がゲートに入り、係員が離れていく。ゲートが開いた。

カムナビはまずまずのスタートを切った。次の瞬間、徹は目を疑った。好スタートを切ってそのまま馬群の中でレースを進めると思っていたのに、鞍上の若林がカムナビを前に行くように促している。

それじゃまた引っかかっちゃうじゃないか。

徹は唇を噛んだ。競馬では逃げ先行が有利というのが鉄則だ。だが、前めにポジションを取ろうと馬を促すと、馬が行く気になりすぎてしまうことがある。取りたいポジションを取ることができれば手綱を引くなりして馬の行く気を抑える必要がある。競馬用語では折り合いをつけるというのだが、カムナビのような気性の馬は、その折り合いをつけるのが難しい。

カムナビがハナを切った——先頭に立った。

若林が手綱を引くと、カムナビはそれに従って走る速度を落とした。

「折り合い、ついてる」

徹は思わず口にした。

「鞍上だって、考えなくハナを切ったわけじゃあるまい」

収が言った。テレビ画面を睨むように見つめている。

他に競りかけてくる馬もおらず、カムナビは気分良さそうに先頭を駆けていた。千メートル通過のタイムは五十九秒七。遅すぎず、速すぎずのイーブンペースだ。若林は逃げが上手なことでも知られている騎手だった。

騎手はストップウォッチを身につけているわけではない。経験で培った体内時計で、馬を走らせるペースを操作するのだ。若林はその体内時計が群を抜いて正確だとされていた。

いくらか縦長だった馬群が、三コーナーを前にして凝縮しはじめた。若林がカムナビの走る速度を落としたのだ。コーナーに進入すると、若林が手綱をしごいた。再びカムナビが加速する。

速度が緩んだところでポジションを上げようとしていた馬たちが、また引き離される。

「上手い」

徹は叫んだ。スピードを落として馬に息を入れさせ、他の馬が距離を詰めようとしてきたところで再び加速させる。逃げ馬が一番有利になる騎乗だ。

「コーナーも上手に回っとる」

収が呟いた。確かに、カムナビのコーナー旋回はスムーズだった。コーナーが苦手な馬は外へと膨らみ、鞍上はその軌道修正を強いられる。コーナーが上手な馬は減速幅も小さく、直線に入るとすぐに加速できるという強みがある。

四コーナーを曲がり終えたところでカムナビと二番手の馬の差は一馬身あった。若林は鞭は持ったまま、手綱を動かしてカムナビに更なる加速を促している。

鞭を使うとへそを曲げる――馬主の小森がそう言うのを耳にしたことがある。

若林は鞭を使わずにゴールさせるつもりらしい。

「それで勝てるのかよ……」

「黙って見とけ」

収が声を荒らげた。

カムナビが後続との差をじりじりと広げていく。すぱっと切れる脚はないが、スタミナに富み、長くいい脚を使うことができるのだ。

「行けっ！」

声が出た。

「行け、カムナビ！　逃げ切れ!!」

「そうだ、カムナビ、走れ、走れ」

収も腰を浮かして叫んだ。

残り五十メートルほどで後続との差が縮まりはじめた。それでも若林は鞭を使おうとしない。全身を使ってカムナビを追っている。見る間に二番手の馬が迫ってきた。

交わされる――そう思ったところがゴールだった。

わずかにカムナビが鼻差先着したように見えた。

「残したよな？」

徹は収に訊いた。

「残したな？」

収も訊いてきた。親子揃ってテレビ画面を食い入るように見つめる。すぐにゴール前のリプレイ映像が流れた。

脚が上がったカムナビに、三番の馬が迫ってくる。脚色《あしいろ》は圧倒的に三番が優勢だ。だが、交わされる寸前、カムナビの鼻先がゴールラインを通過した。

「残してる！」

徹は叫んだ。

「残した！」

収も叫んだ。

思わず収の手を握りしめ、小躍りする。父親の手を握るなど、子どもの頃以来だった。

画面が切り替わり、ゴール後のカムナビの姿が映し出された。鼻息は荒く、目が血走っている。

鞍上の若林がねぎらいを込めて首筋を撫でると、うるさいと言わんばかりに首を激しく振った。

「やったな、親父。うちの生産馬が中央で勝ったぞ」

「そんなことで喜んでたらはんかくさいべ。あの馬は、世界に行く馬だぞ」

いつもなら鼻白む父の言葉だったが、今この瞬間に限っては気にならなかった。まさか、自分が手がけた馬が、中央で勝ち上がってくれるとは。こんなに嬉しいことはない。

「ハンドバッグどころの話じゃないな」

収の言葉に、我に返る。ブービー人気だった馬の単複を、五千円ずつ持っているのだ。

「一、二番人気の馬が飛んだから、複勝も三千円近くつくぞ」

咄嗟《とっさ》に暗算する。馬券を買ったときのままのオッズなら、九十万円を超える払い戻しになるはずだ。

「マジか……」

体が震えはじめた。止めようとしても止まらない。

「マジか……」

声も震えていた。頭の奥の妻が満面の笑みを浮かべていた。

＊　＊　＊

若林は馬上から下りると、カムナビから鞍とゼッケン、腹帯を外した。馬具を脇に抱え、ヘルメットを外す。流れ落ちる汗を腕で拭った。

「よくこらえたな」

小田島が笑いながら引き綱を握っている。

「ええ、よくやってくれました。小田島さんが世話を焼いてくれてるおかげです」

「おまえも口がうまくなったたな」

小田島は豪快に笑った。

「ハナを切ったのは正解だったな。あんなに気持ちよさそうなこいつ、初めて見た」

近寄ってきた児玉の顔にも笑みが浮かんでいる。

「なんとかしのげましたが、思ったより早く息が上がっちゃいましたね」

「現状、単走の追い切りしかできないからな」

もっと追い切りで負荷をかけたいのだが、気性の問題でそれができない。児玉の苦悩はまだしばらく続くだろう。

「検量、行ってきます」

若林は児玉に頭を下げ、検量室に向かった。競馬の前後に検量があり、斤量が正確に守られているかチェックされる。

振り返ると、児玉がカムナビの脚をチェックしていた。ダメージがないか、怪我をしていないかを確認しているのだ。レースは勝ったものの、その後、致命的な負傷がわかって競走馬生活を全うできなかった馬はいくらでもいる。

検量室で体重計に乗ると、すぐにＯＫの声が出された。

これで、カムナビの一着は確定だ。若林はほっと息をついた。

三戦目で勝ち上がれたのは収穫だった。だが、それ以外では課題が多すぎる。カムナビにはなによりも、心身の成長が必要だ。

バレットと呼ばれる専属の道具係に鞍や腹帯を渡し、検量室を後にする。

レース後には口取り式が待っている。勝ち馬と馬主、騎手、それに調教師と厩務員などのスタッフが記念写真を撮るのだ。馬主にとっては晴れ舞台だ。口取り式のために馬主をやっていると公言する者も少なくない。馬主のためにも、口取り式に参加するのは騎手の義務だった。

「若林君、ありがとう」

口取り式の場に行くと、小森が満面の笑みで近寄ってきた。若林の右手を両手で握る。小森クラスの馬主は、口取り式を行うのも年に数える程度しかない。喜びもひとしおだろう。

「ハナを切るかもとはテキから聞かされてたけど、いざ、ハナを切ってるところを目の前にすると大丈夫かと心配になったが、鞍上の手腕だね」

「そんなことはないですよ。馬が頑張っただけです」

「いや、最後、カムナビが踏ん張れたのも、ヤネが荒れ馬の若林たればこそですよ」

「なにも出ませんよ」

小田島と佐久間がカムナビを引いてきた。すぐ後ろに児玉の姿もある。馬主関係者は小森の友人たちだ。小森の妻は競馬に興味がないと聞いている。

カムナビは落ち着きがなかった。レースが終わって休めると思っていたのに、いきなりわけのわからない場所に連れてこられて気が立っている。

なんとかカムナビをなだめて口取り式を済ませると、若林は児玉と肩を並べて検量室に戻った。次の騎乗予定は第七レース。時間に余裕はある。

「札幌開催が終わるまでにもう一回使おうか、迷ってるんだ」

児玉が言った。

「秋まで休ませた方がいいと思います」

若林は即座に答えた。

「そう思うか？」

「放牧に出して、追い切りと競馬のことを忘れさせた方がいい。このまま調教を続けると、へそを曲げるかもしれません」

「今日の勝ちで、小森さんがクラシックに色気を出してるんだ」

「クラシックに出られるとしても菊ですよ。まだ、体ができてない」

「菊花賞、狙えると思うか?」

若林は足を止めた。カムナビに跨がったときの背中の感触がよみがえる。

「いい馬です。きっと、テキが思ってる以上に能力はある。ただ――」

「気性か」

「ええ。心が成長して少しは落ち着いてくれたらいいんですけど、ステゴの血を引く馬たちは、年をとるにつれて難しくなっていく傾向がありますからね。慎重に慎重を期した方がいいと思うんです」

「秋はどこで使う?」

「東京スポーツ杯2歳ステークスなんてどうです。親父のナカヤマフェスタも勝ったレースです」

児玉がうなずいた。

「また、ハナを切らせるつもりか?」

今度は若林がうなずいた。

「府中の長い直線、逃げ粘れるかな?」

「箸にも棒にもかからなかったら、そりゃもう、死に物狂いで控える競馬を教えるしかないですよ」

「やってみるか……」

児玉が腕を組んだ。

「それじゃ、また追い切りのときに」

若林は軽く頭を下げ、児玉のそばを離れた。シャワーを浴びたい。レースに出ればまた汗だくになるのはわかっているが、今はとにかくこの不快感を拭い去るのが先決だ。

「いい逃げでしたね」

佐野正樹《さのまさき》がすれ違いざま、そう声をかけてきた。佐野はトップジョッキーのひとりだ。デビューした直後は目立つ存在ではなかったが、三年目辺りから頭角を現し、今では、GⅠを勝つのが当たり前の騎手になっている。普段の競馬でも、乗るのは決まって上位人気の馬だ。

「おまえはいいよな」

若林は佐野には聞こえないよう呟いた。佐野は毎年、百勝以上の勝ち鞍を誇り、常にリーディングのトップ争いに加わっている。対して、若林は年間三十勝がやっとだ。

技量にそれだけの差があるとは思っていない。乗る馬の能力が違うのだ。

佐野の乗る馬は苦労することなく理想のポジションを取ることができる。持っているスピードが違うからだ。だが、若林の乗る馬は苦労して誘導しなければポジションを取れないし、なんとかいいポジションを取らせることができたとしても、そこで脚を使ってしまう。最後の直線を向いたときには持って生まれた能力の差に疲労が加わって勝負にならない。

いい馬が回ってくれば――若い頃は一敗地に塗《まみ》れるたびに歯噛みしながらそう思った。だが、騎手を十年も続ければ、自分にいい馬が回ってくることは滅多にないのだと気づかされる。どれだけ頑張っても日の当たらない場所にしか立ち位置がない騎手がいるのだ。自分もそのひとりだ。

だからといって、騎手を辞めようと思ったことはなかった。自分は馬が好きだ。馬乗りが好きだ。競馬が好きだ。できるだけ長く、この仕事を続けたい。

幸い、競馬のシステムでは、勝ち鞍は少なくとも乗り鞍をある程度確保できれば、騎手は食べていくことができる。騎手の収入というのは、基本は乗った馬が獲得する賞金の五パーセントが入ってくる進上金と騎乗手当だ。進上金が少なくても、騎乗手当である程度の収入は確保できる。

乗り鞍を増やすにはどうしたらいいか。考えた末に辿《たど》り着いた答えが、他の騎手が乗りたがらない馬に乗るということだった。

気性に問題のある馬の追い切りに志願して乗り続け、やがて、それが乗り鞍の増加にも繋がった。怪我も増えたが、それでめげることはなかった。

いつしか、荒れ馬の若林と関係者からもファンからも呼ばれるようになった。

佐野のような騎手がほとんど乗ることのない馬を操り、なんとか糊口《ここう》をしのいでいる。

それが若林という騎手だ。

それでいい。

荒れ馬にだって乗り役は必要なのだ。自分が必要とされるなら、役目を全うするだけだ。

ただ――一度ぐらいはスポットライトを浴びてみたい。

その思いは決して消えることがない。

これまで、重賞は五度、勝たせてもらった。だが、GⅠは二十回挑戦して五着が最高順位。

一度でいいからGⅠを勝ってみたい。

若林は足を止め、次のレースの準備に勤しむ他の騎手たちを眺めた。

GⅠを何度も勝っているトップジョッキーもいれば、若林のような鳴かず飛ばずの中堅騎手もいる。前途洋々の未来を夢見ている若手騎手もいる。

GⅠを勝ちたい――すべての騎手がそう願っているはずだ。

突然、下半身にカムナビの背中の感触がよみがえった。

あの馬ならば、もしかすると。

まだ未完成の馬体だが、背中の感触は若林がこれまでに乗ったどんな馬よりもよかった。

気性に問題さえなければ、いつかGⅠで主役を張ってもおかしくはない。

「気性に問題がなけりゃ、な……」

若林は首を振り、再び歩きはじめた。

4

三上収は放牧地で草を食むカムナビを呆《ほう》けたように眺め続けた。札幌での競馬を勝ったカムナビは美浦の厩舎には向かわず、秋に向けて英気を養うために生まれた牧場に戻ってきたのだ。

はじめの数日は、高低差の激しい凸凹だらけの放牧地に戸惑いを見せていたが、すぐに子どもの頃を思い出したのか、脚元を気にせずに駆け回り、草を食むようになった。

この一月《ひとつき》で、体が一回り大きくなったように思える。新聞などで来年のクラシック候補と呼ばれる馬たちに比べれば遅いが、この馬なりに成長しているということだった。

特にトモと呼ばれる後軀《こうく》の発達が目立つ。放牧地の地形のせいもあるだろうが、元々、トモの強い体型なのだ。後ろ脚で強く地面を蹴る走りは、ヨーロッパの馬場も問題にしないだろう。凱旋門賞を勝つために、長年追いかけてきた馬体のひとつの答えがカムナビだった。

日本の馬場では苦戦するだろう。日本の中距離戦線は、もっとすらりとした馬体の切れる脚を持った馬に向いているし、多くの生産者がそうした馬を作っている。

だから、凱旋門賞に挑んでも撥ね返され続けてきたのだ。

日本の良馬場では苦戦する。だが、ひとたび雨が降り、馬場が荒れればカムナビの出番だ。他の馬たちが苦労する中、その力強いトモでぬかるんだ馬場を蹴り、先頭でゴールを通過するだろう。

朝の作業を終えた徹がやって来た。今では徹もカムナビに首ったけだ。無理もない。徹が牧場の仕事を本格的にはじめてから、中央で勝ったのはカムナビが初めてなのだ。

「また少し大きくなったかな」

牧柵《ぼくさく》に両肘を乗せ、徹はカムナビを見つめた。

「ああ。日に日に成長してるな」

「このまま順調に成長していったら、もしかして、クラシックに行けるんじゃないかな」

収は息子の言葉に鼻を鳴らした。

「クラシックなんぞ出んでもいい」

「クラシックに勝つ馬じゃ、凱旋門で勝てないってか」

徹が唇を尖《とが》らせた。

「じっくりゆっくり成長すればいいんだ」

「凱旋門には勝てなくても、クラシックに出て欲しいと思ったことはないのかよ」

「うちの繁殖の血統じゃ、クラシックは勝てん。あれは、良血馬たちの庭だ。うちみたいな牧場に万が一でもチャンスがあるとしたら、ダービーとは真逆の馬場でやるレースだけじゃないか」

「そりゃそうだけど」

徹の頬が膨らんでいる。納得するしかないが、したくはない。そういう顔つきだ。

「クラシックを目指したいなら、そういう馬をおまえが作ればいい」

収は諭すように言った。

「出走するだけなら、夢じゃない。血統を学んで、なんとかいい繁殖を見つけて買って、その血統に一番合う種馬を付ければいいんだ。仔馬が十頭生まれれば、そのうち一頭ぐらいは菊花賞あたりに出られるかもしれん」

徹は口を閉じたままカムナビを眺めている。

「おれはもうそういうのは諦めた。いずれ、この牧場もおまえが全部継いでいくことになる。牧夫を続けられる時間はそう長くはないからな。その間に見たい夢は、凱旋門賞だけなんだ」

「同じ海外なら、ブリーダーズカップとかじゃダメなのか？」

徹が顔を向けてきた。ブリーダーズカップというのはアメリカで行われるＧⅠ競走だ。二日に亘って異なるカテゴリーのＧⅠレースが複数、行われる。アメリカの主流はダートのレースだが、ブリーダーズカップでは芝のレースも行われる。

「アメリカは日本と同じだ。スピードのある馬じゃなきゃ勝てん。やっぱり、チャンスがあるのはヨーロッパなんだ」

「おれにはわからないな」

「それでいいんだ。人にはそれぞれの夢がある。おまえはおまえの夢を見つければいい」

「こないだまでは、中央で勝つ馬を作ることが夢だった。でも、カムナビがその夢を叶えてくれた」

「カムナビを作ったのはおれだぞ。おまえが反対するのに、ナカヤマフェスタを付けたんだからな」

徹が苦笑した。

「それは言いっこなしだよ、親父。三上牧場が作った馬って意味だから」

「わかってる」

収も微笑んだ。牧場の仕事をはじめてから、息子が嬉しそうに笑うのを見たのは、カムナビが勝ったときが初めてだった。コツコツと仕事を続けていけば、神様が微笑みかけてくれることもあると学んだのだ。

「おれの夢か……次は、中央でオープンまで行く馬を作ることかな」

「それでいい」

収はゆっくりうなずいた。

＊＊＊

一ヶ月ぶりに跨がったカムナビは、体が一回り大きくなっていた。成長したというのもあるが、調教のない一ヶ月で体に締まりがなくなったとも言える。

次のレースまでの間に競馬に対応できる体に作り替えていかねばならない。

厩舎を出るときは酷《ひど》く素直だったカムナビだったが、調教コースが見えてきたあたりで足取りが鈍りはじめた。

「今日はキャンターでコースを回るだけだよ。そんなにビビるな」

佐久間はカムナビに語りかけたが、効果はなかった。カムナビの足取りは遅くなる一方で、とう、馬場の入口で立ち止まってしまった。押しても引いても動かない。

「頑固さに磨きがかかったな」

佐久間は馬上で嘆息した。これが他の馬なら、一緒に調教する馬に乗る乗り役がいて手を貸してくれる。だが、カムナビの調教は単走で、他の厩舎の調教が終わる頃を見計らって馬場に出る。だから、手を貸してくれそうな人間はどこにもいなかった。

「勘弁してくれよ」

佐久間は呟いた。こうなってしまったら、後は馬と人間の根比べだ。人間が勝てば馬は動き出すし、馬が勝てば人間は背中から下りることになる。

佐久間は歌いはじめた。次から次へと、頭に浮かぶままに好きな曲のメロディを口ずさんでいく。

「なにやってんだ、佐久間」

六曲目を歌い終えるのを待っていたというように右手から声がかかった。高島《たかしま》厩舎の厩務員、野《の》田《だ》だった。

「こいつが馬場に入るの嫌がって、動かないんですよ」

佐久間は答えた。

「ああ、暴れん坊の黒鹿毛じゃないか。ここんとこ静かだと思ってたのに、放牧から戻ってきたのか」

「手を貸してもらえます？」

「しょうがねえな」

「気をつけてください。急に暴れ出すこともありますから」

「小田島さんが病院送りにされたのは知ってる」

野田が真顔になった。慎重にカムナビに近づき、自前の引き綱を使ってカムナビを馬場に誘導しはじめた。野田はベテランだ。癖馬《くせうま》の扱い方は心得ている。

野田の力を借りて、なんとかカムナビを馬場に入れることができた。佐久間は丁重に礼を言った。

「気にすんな。困ったときはお互い様だ。厩舎に戻るところだから、児玉先生のとこに寄って、おまえが困ってると伝えておくよ」

「ありがとうございます」

立ち去っていく野田に馬上から手を振り、姿が見えなくなると、手綱を持ち直した。

「一周して帰ってくるだけだ」

カムナビの耳に口を寄せて囁《ささや》く。佐久間の意図を察したのか、カムナビが歩きはじめた。

「そう。その調子だ」

カムナビに声をかけながら、意識を下半身に集中させる。カムナビが脚を動かすたびに筋肉が躍動し、それが佐久間に伝わってくる。

この馬の背中は特別だ――名馬に跨がる騎手や調教助手は決まって同じような台詞を口にする。佐久間はそんな背中の馬に跨がったことがなかった。現役時代も、調教助手になってからも、名馬を任されたことがないからだ。

血統のよい馬は一流の厩舎に預けられ、一流の調教助手が追い切りをし、一流の騎手が乗って競馬に出走する。そういう馬は滅多に児玉厩舎にはやってこないし、たまたまそういう馬がやってきたとしても、調教をつけるのはベテラン勢だ。

名馬の背中を感じてみたい。ずっとそう願っていたが、もしかすると、今、自分が跨がっている背中がそうなのかもしれない。

そう思えるほど、カムナビの背中は柔らかく、しなやかだった。

若林も言っていた。

ポテンシャルは相当高い、と。

問題はやはり、気性だ。体と共に心も成長して落ち着いてくれれば調教もやりやすくなるのだが、馬場に入るのすら嫌がるとは、先が思いやられる。

馬場を半周したところで、カムナビが走る速度を上げた。

「なにやってんだよ?」

佐久間は慌てて手綱を引いた。カムナビが頭を上げ、首を左右に激しく振る。だが、速度は下がらない。

「おまえ、まさか……」

馬場の出入口が見える。カムナビは馬場から出たくて遮二無二そこに向かっているのだ。父親のナカヤマフェスタも、馬場の外に出たくて数えきれないぐらいの悪さをしでかしたと聞いたことがある。

「止まれ」

祈りながら手綱を引き絞った。

突然、尻が鞍から浮いた。カムナビが急に立ち止まったのだ。慣性の法則が体を前方に投げだそうとしている。こらえようと重心を後ろに下げた。

その瞬間を待っていたというようにカムナビが立ち上がった。こらえるのは無理だった。佐久間は背中から馬場に叩きつけられた。

「ってぇ……」

背中と腰に激しい衝撃を受け、顔をしかめる。腰の痛みは痛烈だった。

「カムナビ！」

腰を押さえながら体を起こした。カムナビの行方を目で追う。

カムナビは何事もなかったかのように出入口へ向かい、馬場から出ていった。

「マジかよ……」

佐久間は右手で拳を握り、馬場に叩きつけた。

＊＊＊

腰を押さえて顔をしかめる佐久間を囲んで、スタッフたちが笑っている。ナカヤマフェスタに関わった人間もいるのだ。佐久間を落として馬場を出ていったカムナビに、父のナカヤマフェスタの面影を強く感じているらしい。

「さもありなんだな」

児玉は呟き、厩舎に足を踏み入れた。カムナビの馬房の前で立ち止まる。

小田島が念入りに手入れをしているおかげか、黒鹿毛の馬体は艶光りしていた。馬体だけで競馬の勝敗が決まるなら、カムナビは一番人気を争うだろう。それほど見事な馬体だった。

クラシックの常連であるディープインパクト産駒のようなスマートさはない。向こうは四肢がすらりと長く、胴も伸びていかにも大きな完歩《かんぽ》――歩幅で悠然と走りそうだ。

それに比べてカムナビは胴がやや詰まり気味で前後のバランスも悪い。後肢――トモが前肢に比べて強く発達しているのだ。大きな臀部《でんぶ》は柔らかく厚い筋肉で覆われ、遠目で見るとダート馬と見間違えそうだ。

「親父には似ないで欲しいんですけどね」

厩舎の入口の方で声が響いた。調教助手の小池だった。微笑みながら近づいてくる。

「気性は似て欲しくないよな」

児玉は答えた。

「だが、走る能力は父親譲りのものを持っていそうだ」

「庭先で二百万でしたっけ。掘り出し物ってやつだ。でも、テキもご存知でしょうが、どれだけ能力が高くても、気持ちが競馬に向かなきゃ勝てるものも勝てない。フェスタがそうだったようにね」

「わかってる。これまで以上に慎重にやっていかないとな」

「佐久間じゃ荷が重いんじゃないですか。なんなら、追い切り、おれが乗りますよ」

小池がカムナビに目を向けた。小池も、ナカヤマフェスタの現役時代を知っている。人間の指示に従わせようと関わる者すべてがむきになり、結果、フェスタの難しい気性をさらにこじらせてしまった。

小田島のように決して諦めることなくこつこつと馬と向き合う人間こそが、カムナビのような馬には相応《ふさわ》しいのだ。

その点、佐久間は若い。若さは焦りに直結する。

「いや、これまで通り、カムナビの乗り役は佐久間だ」

児玉は言った。

若さは無謀と紙一重だ。拙速に結果を求めてしくじることも多い。だが、若さはまた柔軟さと同義でもある。若い佐久間と若いカムナビが共に成長してくれれば、予想もつかない好結果をもたらすかもしれない。

その可能性に賭けてみたかった。小池に任せれば安心だが、馬が小さくまとまってしまう可能性も否定できないのだ。

「そうですか。よかった。おれもできることなら、フェスタに似た馬になんか跨がりたくないもんな。命がいくつあっても足りない」

小池が笑った。

調教における事故は日常茶飯事だ。馬に振り落とされる者、馬に踏まれて骨折する者、馬に指を嚙み千切られた厩務員の話を耳にしたこともある。怪我ならばまだましだ。下手をすれば命に関わる。

大きく強い馬の前では人間など紙人形に等しい。馬がその気になれば命など簡単に奪える。

小池をはじめとする厩舎スタッフのホースマン人生は怪我との闘いでもあった。

「次はどこで使います？」

小池が言った。小池は調教助手として日々の追い切りに精を出すだけではなく、厩舎のレーシングマネージャーの業務にも当たっている。どの馬を放牧に出し、どの馬を厩舎に呼び戻し、どの馬をどのレースに出走させるかといった細々《こまごま》としたことを児玉と相談しながら決めるのだ。

「野路菊《のじぎく》ステークスはどうだ？」

児玉は言った。野路菊ステークスは二歳馬によるオープン特別競走だ。例年は阪神競馬場の芝千八百メートルで行われるが、昨年からの京都競馬場の改修工事による変則開催で、今年は中京競馬場の芝二千メートルで行われる予定になっていた。東スポ杯を考えたこともあったが、いきなり重賞に挑むより、オープン特別を走らせる方が現実的だった。

「距離はよさそうですね。長けりゃ長いほどいいタイプだ」

「もし野路菊を勝てたら、ホープフルステークスを目指そうかと思っているんだが」

ホープフルステークスは年末に行われる二歳馬によるGIレースだ。中山競馬場の芝二千メートル。翌年のクラシック有力候補馬たちが揃い、覇権を争う。

「勝てたら、ですよ」

小池が言った。

「九月の中京だから、空気もそろそろ乾いて馬場はぱんぱんの良馬場です。台風でも来ない限り……」

小池は最後まで言わず、肩をすくめた。

児玉にも小池の言いたいことはわかっていた。芝の良馬場で、クラシックを狙う良血馬たちに勝つのは至難の業だ。それでも、もしここで好走できるようならクラシックへの期待が膨らむ。今年、児玉厩舎に入厩してきた二歳馬で、クラシック出走のチャンスがありそうなのはカムナビしかいなかった。

「勝てないかな」

児玉は言った。視線の先のカムナビは、こちらの考えなど知ったことではないと言わんばかりに馬房の外に顔を向けている。

「真面目に走ればチャンスはあるとは思いますよ。真面目に走ればね。次もハナを切らせるつもりですか」

「どう思う?」

「控えて馬群に入れたら暴発しそうですよね」

小池が頭を掻いた。

「こうなったら、逃げ馬として育ててみようと思うんだ。なにがなんでもハナを切って、粘れるかどうか」

「テンが速くないから、ハナに立つまでに脚を使っちゃいそうだなあ」

テンが速いとはゲートが開いた直後のスピードが速いということだ。テンが速い馬は逃げたり、先行したり、馬群の前の方で競馬ができる。逆にテンが遅いと後方からの競馬ということになり、勝ち負けできるかどうかは展開に左右されてしまう。

競馬というのはつまるところ、決められた距離をどの馬が一番速く走りきるのかということに尽きるのだが、テンが速いとそれだけ有利にレースを進められる。

スタートダッシュは遅くとも、初手の加速に優れた馬は二の脚が速いと言われる。テンが速くて二の脚も速ければ、これはもう立派な逃げ馬だ。

「二の脚は遅くないから、なんとかなるんじゃないかと踏んでるんだが。スタミナは豊富だから、ハナに立てれば粘り込める」

「いずれにせよ、相手次第ですね。速い馬がいて先を行かれたら、遮二無二抜きに行こうとするでしょうから。そうなったら、若林でも抑えきれない」

「操縦性がよくて脚も速い馬なんて、うちには入ってこない」

児玉は自嘲した。

「任された馬を淡々と仕上げて、淡々とレースに挑む。それがうちのスタイルだ」

「でも、夢は見るでしょう？　もしクラシックを狙えるような馬が来たらとか、ダービーに出走できたらとか」

「今だって、こいつにちっぽけな夢は見ているさ」

児玉はカムナビに目をやった。カムナビは相変わらず馬房の外を見ている。

「凱旋門ですか」

小池が言った。

「三上さんの頭の中には凱旋門しかないんでしょうけど」

「だれもナカヤマフェスタが凱旋門賞で勝ち負けの競馬をするなんて思ってなかった。カムナビはあいつの息子だぞ。夢を見るなという方が無理だ」

「親父はフランスに行く前にＧⅠ獲りましたけど、こいつはどうですかね」

児玉は腕を組んだ。夢を見るのは自由だ。だが、凱旋門賞に出走するためには越えなければならないハードルがいくつもある。

まずは賞金を稼ぐこと。凱旋門賞の出走馬は獲得賞金順に決まる。他にも細かい規定はいくつかあるのだが、基本は獲得賞金だ。日本の中央競馬は諸外国に比べて賞金が高額なので、たとえＧⅠを勝ったことがなくても、他の重賞などで賞金を稼げば出走がかなうこともある。

「走れよ。三上の親父さんのために走れ。いや、日高の生産者たちが両手じゃ抱えきれないぐらいの夢を見られるよう、走ってくれ」

児玉はカムナビに語りかけた。カムナビは一切の反応を見せなかった。

＊＊＊

野路菊ステークスの登録馬が記されたリストを眺めながら、若林は顔をしかめた。

エルプロモがいる。デビューから三戦連続でハナを切っていた馬だ。テンのスピードもカムナビより速い。もし、枠順がカムナビより内に入ったら、間違いなくカムナビより先に一コーナーに進入するだろう。

「こりゃ厄介だな」

おそらく、児玉も出走登録を見て頭を抱えていることだろう。若林はリストを折り畳んでジーンズの尻ポケットに押し込んだ。ヘルメットとステッキを脇に抱え、駐車場に足を向ける。

「若林さん」

背後からの声に振り返ると佐久間がこちらに向かって駆けてくるところだった。

「どうした？」

「お伺いしたいことがあって」

若林はうなずき、再び歩き出した。佐久間が肩を並べてくる。

「今朝の追い切り、カムナビのやつ、ごねることなく馬場に入っていったじゃないですか。おれが跨がるときと、なにが違うんですか？」

「さてな。おれはなにも特別なことはしていない。今朝はあいつも機嫌がよかったんじゃないか」

佐久間は不服そうに唇を尖らせた。

「あの馬が追い切りの日に機嫌がいいことなんかありませんよ」

「今日に限ってあいつがどうして素直に馬場に入ったのか、おれにも本当にわからん。気まぐれなんだ。腰は大丈夫か？」

若林は訊いた。佐久間は先日、カムナビに振り落とされて腰を打撲している。

「だいぶ痛みも引きました」

「どこも折れてなくてよかった」

佐久間は足を止め、ぺこりと頭を下げた。

「それじゃ、おれはこれで」

「佐久間――」

立ち去ろうとする佐久間を呼び止める。

「なんですか？」

「あいつに焦りは禁物だ。お互い、じっくりのんびりやっていこう」

「はい」

佐久間は潑剌《はつらつ》とした声を出して歩き去っていく。若林は首を振った。

「あんちゃんみたいじゃないか」

あんちゃんというのは競馬業界の隠語で新人ジョッキーを指す。トレセン内に坊主頭の背の小さな子どもみたいな若者がいたら、たいていはあんちゃんだ。もっとも、最近は女性ジョッキーも増えている。あんちゃんという呼び方も変わっていくだろう。

車に乗り、自宅に戻った。五年前に買った小さな建て売りだ。同業者の中には豪邸を建て、東京や京都あたりに遠征時の滞在用にマンションを持っている者もいる。若林には建て売りを一軒買うのがやっとだった。それも、茨城の田舎だからこその値段でだ。

車を降りると、ピアノの音色が聞こえた。妻の梓《あずさ》が弾いているのだ。梓は作曲をし、詞も書き、自らピアノを弾いて歌う。かつてはシンガーソングライター志望だった。

それが若林と出会い、恋に落ちたりしたものだから、こんな田舎でピアノ教室を開く羽目になっている。

若林は静かに家の中に入った。梓が弾いているのは十年ほど前に流行《はや》ったポップスだった。ピアノの音色に混じって鼻歌も聞こえる。

田舎のいいところは昼間っからピアノを演奏しても周りを気にする必要がないところだ。夏休みや冬休みになれば、ピアノ教室の子どもが昼過ぎにやってきて夕方までレッスンに明け暮れるが、近隣から苦情が来たことはない。

ピアノの邪魔をしないように着替えを用意し、シャワーを浴びた。バスルームから出てくると、ピアノの音が消えていた。

「ごめん、帰ってきたの気がつかなかった。声、かけてくれればよかったのに」

梓はエプロン姿で昼食の支度をしていた。

「気持ちよさそうに弾いてたからさ、邪魔しちゃ悪いと思って」

「疲れて帰ってくるんだから、そんなこと気にしなくていいのに」

梓は話しながら、手際よく料理をしていく。料理といっても、若林が食べるのはカットフルーツにヨーグルトをかけたものだ。

しっかりと食べるのは一日一食、夜だけと決まっている。騎手はみな似たようなものだ。体重をコントロールできるようになってはじめて、一人前となる。

「長野の親戚から桃が送られてきたの。我慢できなくてつまみ食いしちゃったけど、瑞々《みずみず》しくて甘くて美味しいわよ」

ガラスの器に切り分けた桃にヨーグルトをかけ、食卓に並べる。梓も、若林に気を遣って昼は小食だ。朝、若林が仕事に出かけた後にちゃんと食べているから気にするなとは言われている。

「この前、逃げて勝った馬、どうなの？」

桃を頬張りながら梓が訊いてきた。

「逃げた馬？」

「カムナビっていう馬。走る姿は格好良かったけど」

梓は若林の騎乗するレースすべてをテレビ中継で見ている。新聞や雑誌にもマメに目を通していた。

「そんなこと言うなんて、珍しいじゃないか」

「そろそろボーナスが入ってもいいんじゃないかと思って。最後に重賞勝ったの、一昨年《おととし》よ。今年、ひとつぐらい勝ってもいいんじゃない」

「なにか欲しいものでもあるのか」

「特にないけど、史哉《ふみや》も来年、小学校だし、少し蓄えが欲しいかな」

史哉が生まれたのをきっかけに、長年の借家住まいに別れを告げた。家の購入費でそれまでの蓄えはほとんど消えてしまっている。小学校に上がればなにかと入り用だ。たしかに、ボーナスが欲しかった。

「すまないな。おれにもう少しいい馬が回ってきたら……」

「しょうがないじゃない。一流騎手は一握り。いい馬はみんなそっちに集まっちゃう。好きな仕事して食べていけるんだから、贅沢《ぜいたく》は言わないの」

桃とヨーグルトはあっという間になくなった。

「おまえはもっと食べていいんだぞ」

「もうお腹いっぱい。あなたに付き合ってる内に、わたしの胃も小さくなったのよ。おかげでダイエットに血眼にならなくて済んでるから、感謝、感謝」

梓が立ち上がり、エプロンを外して若林の背後に移動してきた。背中から抱きついてくる。

「どうした？」

「欲情しちゃったみたい」

梓が耳元で囁いた。吐息が熱い。

「なんだよ、急に」

「史哉を幼稚園に迎えに行くまで時間があるから。史哉が帰ってきたら、そう簡単にはできないし」

梓の舌が耳朶《みみたぶ》を舐める。股間が急速に熱くなった。

「そうだな」

若林は腰を上げ、梓を抱き上げた。そのまま寝室に直行し、梓をベッドの上に横たえる。覆い被さり、唇を吸った。

梓の口は桃の味がした。

＊＊＊

小森はノートパソコンのディスプレイを見つめながら溜息を漏らした。表示されているのは全店舗の先月の収支だ。

昨年までは右肩上がりの業績だったが、今年に入ってその勢いに翳りが見えている。このままではジリ貧だ。天にも昇るような勢いだった飲食店が、あるときを境に客足が鈍るようになり、いつの間にか消えていった例を小森は嫌になるほど見てきた。

なにかてこ入れになるような新メニューが必要なのだが、咄嗟にはなにも思い浮かばなかった。

イカに鮭、イクラ、タコ、ウニ、ホッキ貝、ツブ貝――北海道の海鮮は、たいていのものを仕入れている。それらは小森の店だけではなく、ありとあらゆる場所で、ありとあらゆる料理法で食べられているのだ。

なにかないか。道外の人間がまだ知らず、そのくせ、北海道の代表的な味になりそうな海鮮。そう簡単に見つかるはずがない――そう諦めかけた矢先、思い出したのだ。日高の牧場を巡っていたとき、とある居酒屋で食べた食材だ。

白貝という貝だ。ハマグリを薄くしたような白い二枚貝で、味はハマグリより濃厚だった。身だけではなく、貝からも濃厚な出汁《だし》が出て、酒蒸しや白ワイン蒸しにした後の出汁でうどんやパスタを作ると絶妙な味になる。

かつては漁師たちが見向きもしなかったのだという。それが近年、他の魚介の漁獲量が減ったことで脚光を浴びるようになったのだ。

機内アナウンスがもうすぐ着陸だと告げた。小森はノートパソコンを閉じ、ブリーフケースにしまった。座席のリクライニングを元に戻す。

目を閉じると眠気が襲ってきた。店の売り上げをなんとか伸ばそうと、幹部たちと連日、深夜まで話し合いを続けているのだ。疲れが溜まっている。今回の北海道行きは、白貝の仕入れの可能性を探ることが本題だが、気持ちをリフレッシュさせる意味合いも強かった。仕事の合間に牧場を回って放牧地で草を食む牝馬を眺めれば、気持ちも和むというものだ。

うとうとしているうちに飛行機が着陸した。その衝撃で目覚め、伸びをする。機内は七割ほどが埋まっていた。観光客が半分、ビジネス客が半分というところだろうか。

のんびりと飛行機を降り、レンタカー会社に移動する。利用頻度が高いので手続きはすぐに済んだ。いつも借りる四駆は、もう小森の専用車と呼んでもかまわないぐらいだ。運転席のシートを調節するのもすぐに済む。

車のエンジンをかけると、日高に向けてアクセルを踏む。

千歳《ちとせ》を過ぎて厚真《あつま》からむかわ町までは道の両側に広大な畑が広がっている。その景色が変わるのは、やはり日高地方に入ってからだ。畑が牧草地になり、放牧されている馬たちが初秋の日差しを浴びながら草を食んでいる。

「帰ってきたな」

車窓の外に目をやりながら、小森は呟いた。馬主資格を得る前から、仕事の関係で北海道にはたびたび訪れていた。昆布や貝を仕入れるために日高を訪れるたび、この地方独特の景観に目を奪われながら、いつか、馬主になるのだと自分に言い聞かせたものだ。

事業は大きくできた。馬主にもなった。若い頃に見た夢は叶えた。次は、馬主になってから見た夢を叶えたい。

そのためにも、ここが踏ん張りどころだ。

終点で日高道を降り、国道を南東方面に向かう。最初の目的地は新ひだか町の東静内《ひがししずない》にある魚屋だった。近海で揚がる魚介の多くを仕入れており、事前の打ち合わせでこちらの希望は伝えてある。その店の仕入れ量を増やすこともできるし、漁師を紹介してくれるという話も出てきた。温暖化で魚の生息域が変わったり、それまで獲れていたものが獲れなくなったりと、日高の漁業関係者も必死なのだ。

静内で昼飯がてら時間を調整し、東静内には約束の時間に着いた。商談はすぐにまとまり、小森はほっと胸を撫で下ろした。

東静内を発《た》って、浦河に向かう。今宵《こよい》は三上牧場に泊めてもらうことになっていた。三上収と凱旋門賞とナカヤマフェスタについて熱く語り合い、翌日は十勝《とかち》方面に向かう予定になっている。そちらでは豚肉に関する情報を仕入れる予定だ。海鮮だけでの商品展開では先が見えてしまう。道産の食材なら、どんなものでも食べられるという店にしたかった。

浦河に着いたのは夕方だった。三上牧場では収と徹の親子が収牧作業をしていた。車を敷地に停《と》めると、徹がにこやかな笑みを浮かべてやって来た。

「お疲れ様です」

「作業は終わりかい？」

「あとは飼い葉をやれば。すぐに終わりますから、あがってくつろいでいてください。よかったら、風呂にでも入って」

「ありがとう」

スーツケースを引いて家に入ると、徹の妻の美佐がにこやかな笑顔で出迎えてくれた。

「こちらへどうぞ」

客室に通され、荷ほどきをしているとお茶を持った美佐が戻ってくる。

「お風呂の用意できてますから、いい時間にお入りください」

「忙しいときに、申し訳ありません」

小森は恐縮した。

「いいんです。義父《ちち》が、小森さんとお話しできるの、とっても楽しみにしてるんです。普段はとっつきにくい人なのに、珍しいんですよ」

「そうですか」

「義父の機嫌がいいと、この家の風通しもよくなりますから、小森さんならいつでも大歓迎です」

「そう言ってもらえると、助かります」

小森は笑って頭を下げた。実際、浦河に行くことを告げると、家に泊まっていけと強く言い張ったのは収なのだ。

「ごゆっくりどうぞ。牧場の作業も、一時間もかからないうちに終わりますから。浴室は廊下の突き当たりです。フェイスタオルもバスタオルも用意してありますから、着替えだけ持ってどうぞ」

美佐が去っていった。小森は荷ほどきを手早く済ませ、着替えと洗面道具を携え、浴室に向かった。

牧場の家に招かれ、馬の話をする。二十年前の自分に話して聞かせたら、きっと笑い飛ばされるだろう。

おまえはがむしゃらに働き、夢を叶えるのだ。自分の会社を興し、馬主になり、生産者の家に泊まって自分が買った馬のことを熱く語り合う。

笑うなら笑えばいい。だが、二十年後のおまえは間違いなくそうなっている。

まだ夢の途中じゃないか——頭の奥の若い自分が言った。

順調に来ていた会社の経営も翳りが見えてきている。馬主になったといったって、重賞馬のオーナーになったわけじゃない。

まだ、夢は全然叶えていない。

「そうだな」

小森は呟いた。おまえの言うとおりだ。おれはまだ、夢の途上にいる。

脱衣所で服を脱ぎ、体を洗ってから湯船に浸かる。肌がひりつくほど熱い湯だったが、我慢して浸かっていると、運転の疲れがほぐれていくのがわかった。

今日は美味い酒を飲もう。夢を叶えるために、くたびれた脳と体に活力を注ぎ込むのだ。

この熱い湯でたっぷり汗を搔けば、食前に飲むビールも最高に美味しく感じられるだろう。

＊　＊　＊

収と小森は顔を赤くしてカムナビについて語り合っている。海鮮を肴《さかな》に日本酒が進んだ収は常になく饒舌《じょうぜつ》だ。こんなに口の軽い収を、徹は見たことがなかった。

「カムナビはね、小森さん、とにかく生まれたときからトモの筋肉が今までの子とは違ったんだ。やっと、ナカヤマフェスタの走る体を受け継いだ馬が生まれてきた。おれにはすぐにわかったのさ」

「父親のように、GIを勝つ馬になれますかね」

小森の顔も綻びっぱなしだ。わずか三戦で未勝利戦を勝ち上がったのは初めてのことだと喜んでいた。

「さて、どうだべ」

収は首を傾げた。

「うちの牝馬にナカヤマフェスタだから、日本の馬場はあまり合わないわな。可能性があるとしたら、宝塚記念や有馬記念だと思うけど、雨が降らないと厳しいかもしれんね」

「でも、GI勝たないと凱旋門賞に行けないじゃないですか」

「そんなことはないべ。重賞のふたつかみっつ勝って、賞金加算すればいいのさ。日本の賞金は高いから、それでなんとかなる。行っちまえばこっちのもんさ。向こうの馬場なら、カムナビは走るぞ。間違いない」

徹はグラスに残っていたビールを一息で飲み干した。そうだ。海外の馬場でなら、カムナビは走るだろう。日本の競馬のことなど度外視して、収が執念で作り上げた馬なのだ。

ヨーロッパの馬場は間違いなく合う。だが、適性があるからといって勝てるほど競馬は甘いものではない。適性と能力のふたつが嚙み合ってこそ、勝利は近づいてくる。

カムナビにヨーロッパのGIを勝てるほどの能力があるのか。

徹にはそこまでの自信は持てない。なんといっても、まだ一勝しただけの馬なのだ。収の言うとおり、たとえ日本でGIを勝っていなくても凱旋門賞には出走できる。だが、最低でもオープン馬になっていることが前提だ。

古馬――四歳以上の馬なら基本、四勝してはじめてオープン馬になれる。クラシック戦線を戦う若馬は二勝するか、重賞で二着以上に入って賞金を加算すればオープン馬になれる。

カムナビはそこまで行けるのだろうか。

「小森さん、ちょっとお伺いしてもいいですか?」

徹は収と小森の会話に割り込んだ。

「なんだい?」

小森も酔っているせいか、口調がざっくばらんになっていた。

「もしですよ、もし、カムナビが凱旋門賞の出走権を得ることができたとして、遠征の費用って出せるんですか? 最低でも一億はかかるって聞いたことがあるんですけど」

日本酒の入っているお猪口《ちょこ》を口に運びかけていた小森の動きが止まった。

「クラブの馬なら一口会員に出資を募ればいいし、何億もする馬をばんばん買う馬主には問題ない金額なんでしょうけど、小森さんは大丈夫なんですか?」

「徹――」

収の低い声が飛んできた。徹は慌てて口をつぐんだ。酔っているのは自分も同じだ。調子に乗って失礼なことを口にしてしまった。

「もし、カムナビが凱旋門賞に出られるってなったら、遠征費はなんとかしますよ」

小森が言った。目はお猪口に注がれている。

「すみません。失礼なことを言いました」

「いや、疑問に思うのも当然です。これまで、凱旋門賞に挑んだ馬たちは、みんなクラブの馬か、大金持ちの馬主の馬ですもんね。確かに、金がかかる」

馬の輸送費はもちろん、向こうでの滞在費も馬鹿にならない。馬一頭だけで送り出すわけにはいかないのだ。スタッフも数人送り込まねばならないし、数ヶ月にわたる彼らの生活費も馬主が負担しなければならない。

「でも、なんとかします。カムナビがロンシャンで走るなら、それこそ、会社を売ってでも金を作ります」

「小森さん、そこまで思い詰めなくてもいいべ」

収が取りなすように言った。

「いいえ。それぐらいの覚悟がないと叶えられない夢じゃないですか。凱旋門賞ですよ」

「ああ。それが凱旋門賞だな」

収がうなずき、酒を呷《あお》った。それまでの饒舌が嘘《うそ》だったかのような沈黙が収と小森を覆っていた。

5

返し馬をはじめた途端、カムナビが入れ込みはじめた。パドックではなんとか落ち着いていたのだが、そばにいた馬が走りはじめた途端、その馬を追い抜きたくてたまらなくなったらしい。

若林は手綱を引き、カムナビを制御した。カムナビは不満げに首を振り、その場で足踏みをする。

「参ったな」

呟きながら、カムナビをゲート裏に誘導する。このまま返し馬を行ったら制御不能になりそうだった。そうなったら、レース前に体力を消耗してしまう。

カムナビを立ち止まらせ、返し馬をしている他馬に目をやる。

一番のゼッケンをつけたエルプロモが軽快な足取りを見せている。

カムナビの馬番は四番だった。悪くはないが、エルプロモが最内枠に入ったことでレース運びが難しくなった。ハナを切りたくてもテンは向こうの方が速い。エルプロモが目の前にいたら、カムナビはなにがなんでも抜こうとするだろう。それを制御することはできない。ならば、できるだけ早い内にエルプロモを交わしてしまうことだ。

できるか？

若林は自分に問うた。

「できようができまいが、やるしかないじゃないか。こいつはそういう馬だ」

返し馬を終えた馬たちが続々とゲート裏に集まってくる。カムナビの鼻息が荒くなった。

「他の馬は全部敵か、おい？」

声をかけ、首筋を撫で、なんとか落ち着かせようと努めたが、輪乗りがはじまると、カムナビの興奮は高まった。

「しょうのねえやつだな」

手綱を緩めたら、即、他の馬たちに襲いかかっていきそうな雰囲気だった。そういえば、カムナビの祖父にあたるステイゴールドも相当に気性が荒く、「肉を与えたら食っちまうんじゃないか」と言われていたそうだ。草食動物なのに、肉食獣の雰囲気を色濃くまとった血筋。その気性が競馬に向けば、爆発的な力となるはずなのだが、そうでなければ脆《もろ》い。荒い気性はまさに諸刃《もろは》の剣だ。

ゲート入りの順番がやって来た。カムナビは周りの馬を睨みながらゲートに入った。ゲートで問題を起こしたことはない。ゲートに入るのも出るのも優等生だ。

最後の馬がゲートに入り、スターターが旗を振った。次の瞬間、ガシャンと音がしてゲートが開いた。カムナビは待ち侘《わ》びていたというように飛び出した。速い。競馬を三度経験したことで、先頭を走るためには最初から全力で走らなければならないということを学んだのだろう。実際、カムナビのテンはこれまでのレースよりもかなり速かった。だが、内にもっと速い馬がいた。エルプロモだ。内ラチ沿いを滑るように駆けていく。

それを見たカムナビにスイッチが入った。若林がなんとか抑えこもうとしてもそれに抗い、自分の前を行く馬を抜こうと走る速度をさらに上げる。

「それじゃ最後まで保たないって言ってるだろうが」

若林は歯を食いしばり、手綱を絞った。カムナビが激しく首を振る。従うつもりはさらさらないのだ。だれよりも前を走る。カムナビの頭にあるのはそれだけだ。

「くそっ」

若林は折り合いをつけることを諦めた。このままではどのみち体力を消耗してバテる。ならば、カムナビの走りたいように走らせた方が望みはあるというものだ。

カムナビが加速する。背中の動きはなめらかで、惚《ほ》れ惚《ぼ》れするほどだ。

エルプロモを抜いた。すぐに第一コーナーが迫ってくる。若林は再び手綱を引いた。カムナビがすぐに従った。目の前に他の馬はいない。そうなると落ち着いて走れるのだ。

だが、息づかいが荒かった。エルプロモを抜くのに相当の体力を使ったのだ。

カムナビのスピードを抑えながら後ろの様子を確認する。真後ろにエルプロモがいた。他の馬たちはさらにその後ろだ。だれかが仕掛けてくる気配はない。

一コーナー、二コーナーと回り、向こう正面の直線に出る。さらにスピードを落とさせようかと考えた次の瞬間、右側に圧力を感じた。エルプロモが並びかけてくる。向こうの騎手もこちらの手の内はお見通しなのだ。思い通りにはさせまいとプレッシャーをかけにきた。

カムナビが即座に反応した。馬の視界は三百五十度もある。真後ろ以外は見えるのだ。自分を追い抜こうとするエルプロモを見て、落ち着いていた気持ちにまた火が点《つ》いたのだろう。

「くそ」

若林は唇を噛んだ。最後の直線まで息を入れさせて、スパートをかけるという作戦が頓挫したのだ。後は運を天に任せるほかない。

カムナビが唸《うな》りながら加速する。エルプロモが後ろに下がった。それでも、カムナビは加速し続けた。

＊＊＊

エルプロモに並びかけられたカムナビが再び加速しはじめたのを見て、児玉は天を仰いだ。あれでは間違いなくガス欠になる。

カムナビは三コーナーに向かいながら、後続との差を広げていく。しかし、四コーナーにさしかかったところで脚色が鈍りはじめた。後続との差が詰まり、最後の直線に入る頃には二番手につけていたエルプロモに交わされ、ついで馬群に飲み込まれた。危惧していたとおりの結果だ。

勝ったのはエルプロモ。カムナビが勝手にお膳立てしてくれたのだ。楽勝だった。

カムナビは十六頭立ての十四着。最下位じゃないだけましという結果だった。

児玉は観覧席を離れ、検量室に移動した。すでに若林は下りており、小田島がカムナビを引いていた。カムナビは疲労困憊《ひろうこんぱい》という体だ。

「すみません。やっぱり、抑えが利きませんでした」

若林が近づいてきた。息が荒い。全身全霊でカムナビと戦っていたのだろう。

「あれじゃしょうがない。お疲れ様」

「本当にすみませんでした」

若林は律儀に頭を下げ、検量室に駆け込んでいった。

「様子はどうですか?」

児玉は小田島に訊いた。

「息は荒いけど、どこも傷んではいませんね。体力だけは無駄にある」

小田島が笑った。

「連闘も行けると思いますよ」

連闘というのは、二週続けて競馬に使うことを言う。体質の弱い馬はレース間隔を空けてやる必要があるが、カムナビにその心配はなかった。

「しかし、困ったやつだな、おまえは」

小田島がカムナビを見上げた。カムナビは息を荒らげながら、血走った目で他の馬たちを睨んでいる。

「次はいつ、どこで使うかな……」

児玉は呟いた。

「だから、連闘行きましょうよ」

小田島が言った。

「今日の競馬ぐらい走れば、こいつにはガス抜きになったかもしれませんよ。来週使えば、少しはリラックスして走るかも」

「本当にそう思いますか？」

「まあ、わかりませんけど。型破りの馬なんだから、常識に囚われない方がいいかもと思って」

「連闘か……やってみますか」

「年内にもうひとつ、ふたつ、勝っておきたいですからね」

小田島の言葉に、児玉は右の眉を吊り上げた。

小田島がそんなことを言うのは珍しい。カムナビに手応えを感じている証拠だった。気性さえなんとかなれば、真面目に走ってくれさえすれば、オープンまで行く馬だと確信しているのだろう。ベテラン厩務員ならではの感触だ。

「小田島さん、こいつ、どう思います？」

児玉は訊いた。

「どうって……困ったやつですわ。ただね、困ったやつほど可愛いって言うでしょ？　こいつは困ったやつで、可愛いやつですわ」

小田島はそう言って、嬉しそうに笑った。

＊　＊　＊

カムナビの次走は連闘で、芙蓉《ふよう》ステークスになると児玉から連絡が入ったのは、無残に負ける姿をさらしたレースの翌日だった。

連闘で二歳馬のオープン特別に使うというところに、陣営の期待がうかがえた。

カムナビが負けたことによる鬱屈はそれでいくぶんか和らいだ。

芙蓉ステークスは中山競馬場、芝の二千メートルで行われる。中山競馬場は最後の直線に急な坂があり、そのトリッキーなコース形態と相俟《あいま》って、スピードよりタフさが必要とされる競馬場だ。カムナビにはいかにも合っている。

土曜日、徹は牧場の作業を終えると車に乗り、場外馬券売場のＡｉｂａに向かった。野路菊ステークスのときは収と一緒に家で観戦していたのだが、レースの途中から気まずい空気が立ちこめ、夜が更けてもその空気は消えなかった。

ひとりで観戦する方が気が楽だ。

そう思い、車に乗ったのだ。場外馬券売場ではレース映像も流されている。

Ａｉｂａに着いたのは昼過ぎだった。芙蓉ステークスは第九レース、発走時刻は午後二時三十五分が予定されている。

Ａｉｂａの入っている商業施設で遅い昼食を摂《と》りながら、コンビニで買い求めた競馬の予想紙を開いた。カムナビは七枠八番、十頭立ての七番人気だ。前走の結果を見れば、人気が急落するのも仕方がない。予想紙でも、白い三角がぽつんぽつんと打たれているだけだった。本命が二重丸、対抗が白丸。俗に単穴《たんあな》と呼ばれる三番手評価の馬は黒三角。白三角はそれ以下、馬券に絡んでもおかしくはないというぐらいの評価だ。

一番人気はノーザンファーム生産のオーシャンジュエルだった。二歳馬の芝二千メートルの競走というのは、いつだってノーザンファーム生産馬の独壇場だからいたしかたない。来年のクラシックを狙う馬たちがこぞって参加する距離であり、クラシックに強いのはノーザンファーム生産馬だった。

出走馬の脚質をチェックすると、ハナを切りそうな馬はカムナビしか見当たらなかった。他は軒並み追い込み馬だ。だれにも邪魔されることなく、マイペースで逃げを打てれば、カムナビにもワンチャンスはあるはずだ。

腹が満ちると、Ａｉｂａに移動した。マークシートと鉛筆を手に取り、馬券の買い目の検討に入る。オーシャンジュエル以外にも強そうな馬は数頭いた。いずれもノーザンファーム、もしくは同族牧場の社台ファーム生産の良血馬たちだ。

迷った末に、徹はカムナビとオーシャンジュエルの馬連とワイドを買うことに決めた。馬連は一着と二着に来る馬の組み合わせを予想する馬券で、ワイドは三着までに選んだ二頭が入ればいい。配当は低くなるが、確率は高くなる。

馬連を二千円、ワイドを三千円。

カムナビが勝った時に儲《もう》けた資金がまだ十分にあるじゃないかという声が頭の奥で響いていた。だが、前走の競馬を見た後では強気になれなかった。

馬連で三十倍、ワイドでも十倍前後の配当がつく。それで十分だ。自分にそう言い聞かせ、徹は馬券を買った。空いている席に座り、モニタに目をやる。

中京のレースが映し出されていた。今週は、中京と中山の二場開催だ。芙蓉ステークスまではまだ三十分近くある。

「あれ？　三上じゃないか。こんなところにいるなんて珍しいな」

聞き慣れた声がして振り返る。田口《たぐち》スタッドの三代目、田口弘幸《ひろゆき》だった。幼馴染《おさなな じ》みであり、今では同業者でもある。三上牧場は生産牧場で、田口スタッドは育成牧場だが、馬屋であることに違いはない。

「おまえ、馬券買うの？」

田口が隣の席に腰を下ろした。

「今日はうちのカムナビが走るんだ」

「自分のところの馬の馬券なんか買ったことないだろう?」

「滅多に馬券に絡まないからな」

徹は苦笑しながら答えた。

「それにしたって、ネット使えば家でも馬券は買えるだろうに」

「親父と一緒にカムナビの競馬見てると、気まずくなるんだよ」

田口の顔に皮肉な笑みが浮かんだ。

「相変わらず、凱旋門賞を夢見てるのか、親父さん」

「ああ」

「困った人だな。ああいう年寄りはとっとと引退して、おれたち若い世代に全部任せてくれれば、牧場経営も変わるってのに」

「そうだな」

徹は小さくうなずいた。田口の牧場は元々は生産牧場だった。田口の父が亡くなり、田口が牧場を引き継いでから、育成牧場へと舵《かじ》を切ったのだ。今では田口スタッドで育成された馬はよく走るという評判を勝ち取り、経営も順調だと聞いている。

「おまえも後を継いだら育成牧場に切り替えろよ。日高で生産やってても、先は見えてるぜ」

「だけど、みんながみんな育成牧場に宗旨替えしたらおまえたちも困るだろう」

「そりゃそうだけど——日高の生産牧場なんて、今後は淘汰《とうた》されていく一方じゃないか。おまえのところみたいな家族経営の小さな牧場から潰れていくんだ」

「かもしれないけど、やれるところまでやってみるさ」

育成牧場への転換を考えたことはある。だが、自分が作り上げた馬が競馬を勝つシーンを見たいという思いは、自分でも驚くほど強かった。カムナビが未勝利戦を勝ってからはその思いが一層強くなった。収のように経営に目をつぶってまで理想の配合を追い求めるということはできない。それでも日々苦労する中、考えに考えた配合で作り上げた馬が中央競馬で勝つ夢を見ることは可能なはずだ。

田口が持っていたスポーツ新聞を広げた。

「芙蓉ステークスか。残念だけど、勝つのはノーザンの馬だろ、どうせ」

出馬表を見て、田口が鼻を鳴らす。

「そんなの、走ってみなきゃわからないだろう」

徹は声を荒らげた。田口が意外だという表情を浮かべた。

「なにむきになってるんだよ。二歳馬の芝の二千は社台グループの主戦場だろ。クラシックを狙う馬たちが集うんだ。日高の馬には荷が重いよ」

「確かに荷は重いけど、可能性はゼロじゃない」

徹は立ち上がり、新しいマークシートを手に取った。カムナビの単勝にマークをつける。オッズが表示されているモニタに目をやった。カムナビの単勝は約三十倍のオッズがついていた。

いくら買おうかと迷っていると、田口の視線に気づいた。

「やめとけよ、単勝なんて。せめて、ワイドか三連複がいいんじゃないのか」

「おまえの金じゃないだろうが」

徹は鉛筆でマークを塗った。一万円。ドブに捨てることになるかもしれないが、田口の言葉が癪《しゃく》だった。

「見てろよ」

田口に言い捨て、券売機に向かう。一万円分の馬券を購入して席に戻った。

「どうせなら、札幌に繰り出してキャバクラにでも行った方がよかったのに」

「いいんだよ。もうすぐレースがはじまるぞ」

目を向けたモニタには芙蓉ステークス出走馬の返し馬の様子が映っていた。前走では返し馬を行えなかったカムナビだが、今日は気分が良さそうにターフの上を走っていた。

調子は良さそうだ。入れ込んでもいない。これなら、チャンスはある。

「この後、用事があるんだけど、一緒にこのレース見てから行くわ。おれも馬券買おうっと。遊びでな」

田口は不敵な笑みを浮かべ、マークシートを塗りはじめた。どうやら、オーシャンジュエルの馬単を買うつもりらしい。相手はやはり、ノーザンファームや社台ファームの馬だ。

「あんまり配当つかないけど、しょうがないだろう」

田口は券売機に足を向けた。徹は鼻を鳴らした。券売機には駆け込みで馬券を買おうとする者たちの列ができており、田口が馬券を買えたのは締め切りぎりぎりの時間だった。

「危ねえ、締め切られるところだった」

田口は戻ってくると、徹と肩を並べてモニタを見上げた。レースの発走を告げるファンファーレが流れてきた。

出走馬たちが続々とゲートに入っていく。カムナビは返し馬のときより興奮していたが、許容範囲に思えた。

うまくハナを切ってくれ――徹は祈った。次の瞬間、ゲートが開いた。

カムナビは一瞬、出遅れたように見えた。だが、すぐに追い上げを開始し、先頭の馬を交わしてハナに立った。

落ち着いている。すぐに先頭に立てたおかげか、カムナビは力むこともなく、スムーズに駆けていた。

徹は両の手で拳を握った。

行け、カムナビ。田口の鼻を明かしてやれ。おまえに低い評価しか与えなかった競馬ファンの度肝を抜いてやれ。

カムナビと他の馬たちの差が徐々に広がっていく。カムナビが速いペースで逃げているわけではない。有力馬たちが直線で勝負を賭けようと脚を溜めている――体力を温存しているからだ。

向こう正面でカムナビと二番手の馬の差は十馬身ほどに広がった。カムナビの走る速度が若干落ちる。鞍上の若林がカムナビに息を入れさせているのだ。

三コーナーの入口で、後ろの馬との差が一気に縮まった。徹は息を飲んだ。このままでは馬群に飲み込まれてしまう。

後続の馬が殺到してきたことで闘志に火が点いたのか、カムナビは四コーナーで一気に速度を上げた。

カムナビに並びかけていた馬の息が上がった。コーナーで脚を使うと馬にかかる負担が大きくなる。追いついたと思ったところで突き放されると、走る気を失う馬も多い。

カムナビのスピードを意に介さず追い上げてくる馬が一頭いた。

オーシャンジュエルだ。

持ったまま――騎手がゴーサインを出すまでもなく、前を行くカムナビに自分のリズムで迫っていく。

「見ろよ、あの手応え。持ったままだぜ。このまま圧勝するよ」

田口が勝ち誇った声を上げた。

「おまえのとこの馬は垂れるだろうよ」

「うるさい」

徹は低い声で言った。目はモニタに釘付《くぎづ》けだった。

ゴールまで残り五十メートルというところでオーシャンジュエルがカムナビに並びかけた。勢いはオーシャンジュエルが圧倒的に勝っている。他の馬たちはまだ後ろだった。二頭の一騎打ちだ。

オーシャンジュエルがカムナビの前に出た。徹は溜息を漏らした。やはり、単勝の馬券を買ったのは無謀だった。日高の小さな牧場の馬が、ノーザンファームの馬に勝てるわけがないのだ。

どよめきが起こった。

オーシャンジュエルに一旦は抜かれたカムナビが、差し返そうと再び脚を伸ばしたのだ。

自分より前に馬がいると、なにがなんでも抜こうとする——カムナビの気性をそう評した児玉調教師の言葉が脳裏によみがえった。

その言葉通り、カムナビは自分の前にいる馬を抜こうとしているのだ。

「行け、カムナビ」

徹は叫んでいた。

「差せ、差せ、差せ！」

徹の叫びに呼応する者はいなかった。みな、オーシャンジュエルから馬券を買っているのだ。

勝て、カムナビ。日高の意地を見せてやれ！

徹は右手で拳を作った。爪が掌《てのひら》に食い込んだが、痛みは感じない。

ゴールまで残り二十メートル。オーシャンジュエルの脚色が鈍った。カムナビの気迫に怯《おび》えたようにも見えた。カムナビがオーシャンジュエルに並びかけていく。

「嘘だろ」

田口の呟きは、徹の耳を素通りした。

「差せ！　差し返せ!!」

カムナビは諦めることなく走り、オーシャンジュエルと鼻面を並べた――そこがゴールだった。

「どっちだ？」

徹は田口に目を向けた。田口が首を振る。肉眼では、どちらが先着したか見分けがつかなかった。

「差し返したよな？」

「いや、おれにはオーシャンジュエルが残したように見えたけどな」

「脚色じゃ、カムナビの方が上だった」

「そんなの、わかるかよ。一ミリでも先にゴールラインを越えた方が勝ちだ。脚色なんて関係ねえ」

確かに田口の言うとおりだった。レース実況のアナウンサーも、きわどい勝負という言葉で結果を口にするのを避けていた。

競馬場の電光掲示板がモニタに映し出された。一、二着は写真判定と表示されている。

徹は目を閉じ、溜息を漏らした。

頼む。勝っていてくれ。

「ちぇっ。オーシャンジュエルから馬連で何点か買ってるけど、おまえんとこの馬は切っちまったよ」

「馬券なんかどうでもいいよ」

徹は言った。オーシャンジュエルとの馬連とワイドは持っているから馬券は当たりだ。しかし、そんなことより、とにかくカムナビに勝って欲しかった。

モニタには次のレースのパドックの様子が流れていた。その後に他会場のレースが行われ、写真判定の結果が出て着順確定が発表されるのはその前後だ。

「いいレースだったな」

田口が言った。

「レース前は失礼なことを言った。あれは、いい馬だ。根性がある」

「あ、ああ」

田口の突然の謝罪に戸惑いながら、徹はうなずいた。

馬券が外れたり、自分が応援している馬が負けたとしても、白熱した競馬が見られると、素直な賞賛の念が湧く。それが競馬ファンや競馬に携わる者の性《さが》だ。

「ナカヤマフェスタの子か……ステイゴールドの血が流れてるんだもんな。舐めちゃいけなかった」

「オープンまで行ってくれるといいんだけど」

「行くだろう。オーシャンジュエルはノーザンの期待の馬なんだぞ。間違いなくクラシックに出る馬だ。そんなのと勝ち負けのレースしたんだ。オープンどころか、どっかで重賞のひとつぐらい勝つんじゃねえのか」

「本当にそう思うか？」

「オーシャンジュエルを差し返そうとしたんだぞ。いい馬だ」

「ありがとう」

頬が自然と緩んでくる。自分が生産した馬が人に褒められると嬉しくなるのも、生産者の性だ。

次のレースがはじまったが、徹は気もそぞろだった。早く、さっきのレースの確定が出て欲しい。

レースが終わり、画面が切り替わった。掲示板が映し出されると、再びどよめきが起こった。

同着——掲示板にはそう表示されていた。カムナビとオーシャンジュエルが共に一着ということだ。珍しいことではないが、そうたびたびあることでもない。

「同着でも一着は一着だ。カムナビには大きい勝利だな」

田口が言った。

「ああ」

徹は呆然《ぼうぜん》としたまま答えた。オーシャンジュエルを差し返すことはできなかった。だが、負けもしなかったのだ。

「単勝の配当は半分くらいになったけど、馬連、三千円もついてるぜ。いくら持ってる？」

「ああ」

「ああ、じゃねえよ。いくら持ってるんだって訊いてるんだよ」

「ええっと、馬連は二千円かな。ワイドも三千円持ってる」

田口が口笛を吹いた。

「それだけでほとんど十万の払い戻しじゃないか。それに単勝も買ってたよな？　単勝はいくら持ってるんだよ？」

「一万円」

田口がまた口笛を吹いた。さっきより音程が高い。

カムナビの単勝は三千円をわずかに超える配当のはずだったが、一着同着ということで払い戻しは約半額になる。それでも、およそ十五万円の払い戻しだ。馬連とワイドを合わせると二十五万円前後の儲けが出たことになる。

田口が肩に腕を回してきた。

「逃がさないぞ、徹。今夜はおまえの奢りで祝勝会だ。いいな？」

「ああ」

徹は気のない返事をした。

あのカムナビが、ノーザンファームの良血馬と死闘を演じ、一着同着でレースを終えたのだ。

信じられなかった。

収の執念が、とんでもない馬を作り出したのかもしれない。

そう思った途端、体が震えはじめた。

＊＊＊

真横に圧力を感じて、カムナビが一瞬、怯《ひる》んだ。

オーシャンジュエルが追いついてきたのだ。

ここまでか――半ば諦めながら、若林はカムナビに鞭を入れた。オーシャンジュエルはカムナビを抜き、半馬身ほどのリードをさらに広げようとしている。

次の瞬間、カムナビがしなやかに躍動した。ガス欠寸前と思っていた馬体がきゅっと締まり、ストライドが大きくなっていく。

跨がっている馬が限界を超えて加速する感覚に、全身の肌が粟立《あわだ》っていく。長い騎手人生の中でも、初めて味わう感覚だった。

広がりかけていた差が縮まった。凄《すさ》まじい加速に、まるでカムナビが唸り声を上げているかのような錯覚を覚えた。

オーシャンジュエルも同じだったのか、脚色がわずかに鈍った。

そんなに他の馬に前を走られるのが嫌なのか――

若林は左手でカムナビを追い、右腕で鞭を入れた。諦めようとしていた自分が恥ずかしい。馬は諦めるどころか逆に闘志をかき立てている。

オーシャンジュエルとの差がどんどん縮まっていく。ノーザンファーム期待の良血馬を、日高の小さな牧場で生まれた馬が追い詰めようとしている。

行け、ここまで来たなら、勝ってみろ！

若林はカムナビを必死で鼓舞した。

ゴール板が見えてきた。オーシャンジュエルに跨がる騎手の息づかいが聞こえる。

相手もまた必死なのだ。

追いくらべは永遠に続くかに思われた。精も根も尽きかけたところで、カムナビがゴールラインを駆け抜けた。

どっちだ？

若林は顔を上げた。オーシャンジュエルの鞍上も若林に目を向けてきた。向こうもどちらが勝ったのか、判断がつかないのだ。

「いい競馬でしたね」

相手が口を開いた。それで、オーシャンジュエルに跨がっていたのが佐野正樹だったことを思い出した。

「久しぶりに必死で追ったよ。こっちはおまえと違って、ゴール前で接戦になるような馬、なかなかまわってこないからな」

「いい馬、まわってきたじゃないですか。そいつ、強いですよ」

トップジョッキーの言葉に、心が躍った。

「写真判定みたいですね」

佐野が場内の電光掲示板に目を向けた。確かに、一着と二着は写真判定と表示されている。

若林はカムナビの首筋を叩いて労《ねぎら》った。カムナビは荒い呼吸を繰り返しながら、まだ、オーシャンジュエルの前に出ようとしている。

「どっちの鼻面が先にゴールしたか、全然わからねえよ」

「同着だと思いますよ」

佐野が笑った。

「このレース勝って、ホープフルステークスまで休ませる予定なんです。同着じゃなきゃ困る」

「こっちも勝てば休ませてやれるからな。でも、同着よりは一着がいいな」

「手応えはそっちの方が上だったから、同着でいいって言ってるんですよ」

話しながら検量室へ向かう。相変わらず、カムナビはオーシャンジュエルの前に出ようと息を荒くしていた。

検量室に到着する直前、場内にどよめきが起こった。

若林は振り返った。電光掲示板に今のレースの結果が表示されている。

「やっぱり同着でしたね」

佐野が言った。

若林は唇を嚙んだ。負けなかったのはいい。一着は一着だ。だが、やはり勝ちたかった。

うなだれそうになる視界に、両手を振って喜びを表現している男の姿が飛び込んできた。小田島だ。検量室の前、一着馬が誘導される場所に陣取って辺り憚ることなく喜んでいる。

その姿を見た瞬間、顔がほころんだ。

「小田島さん、こいつ、やりましたよ」

「凄《すご》い脚だったな。いい追いくらべだった。勝ち負けは置いといて、最高の競馬をしてくれたよ」

小田島は近づいてきたカムナビに手を差し伸べた。顔を撫でてやろうとしたのだ。

カムナビがいななき、立ち上がった。

虚を突かれた若林にはなすすべがなかった。鞍からずり落ち、固い地面に背中をしたたかに打ちつけた。

＊＊＊

小森は呆然としたまま、電光掲示板を見つめた。

一着同着——確かにそう表示されている。

馬主席では溜息交じりの歓声が沸き起こった。ほとんどの人間は、オーシャンジュエルの勝ちを確信して馬券を買っている。単勝や馬単を厚く買っていた人間にとっては、配当が半分ほどになってしまうまさかの結果だ。

「いい競馬だったね、小森君」

隣の席に座っていた真木芳治《まきよしはる》が言った。キサラギの冠名で有名な古参馬主で、競馬に関わる多くの人間の尊敬を勝ち得ている。

「ありがとうございます、キサラギさん」

真木のことを本名で呼ぶ人間は少ない。みな、その冠名を使い、親しみを込めてキサラギさんと呼ぶのだ。

「ぼんやりしてる場合じゃないぞ。口取りに行かなきゃ」

「あ、そうですね」

小森は慌てて腰を上げた。馬主席を出て、口取り式が行われるウイナーズサークルに向かう。途中、先を行く児玉の背中が見えた。

「テキ！」

小森は児玉に声をかけた。

「ああ、小森さん。おめでとうございます」

児玉が足を止めて振り返る。小森に向かって丁寧にお辞儀をした。

「いや、児玉厩舎のおかげです。あんな癖馬をよく、勝ち負けできるまでに仕上げましたね」

「それが……」

児玉の顔に苦笑いが広がった。

「わたしもちんぷんかんぷんなんですよ。どうしてあいつが急に真面目に走ったのか、全然わからない」

小森は児玉と肩を並べて歩いた。

「若林君はなんて言ってるんです？」

「それが、検量室の前で振り落とされちゃって。今、医務室です」

「振り落とされた……」

「興奮した小田島さんが我を忘れて撫でようとしたら立ち上がったそうなんです」

「そうなんですか。若林君、大丈夫ですか？」

「打ち身だけみたいです。競走中の落馬じゃないんでね」

「よかった」

小森はほっと息を漏らした。自分の馬に乗った騎手が落馬などで大怪我をしたら心が痛む。怪我だけならまだいい。死と隣り合わせなのが騎手という職業だった。

「まあ、今日は、前にいる馬を抜かないと気が済まないっていうあいつの気性がいい方に出ましたね」

児玉はそう言って続けた。

「いつもあんなふうに走ってくれたらいいのになあ」

「次もあんなふうに走るということにはなりませんか？」

「ステゴの血が入ってますからねえ」

ナカヤマフェスタの父、ステイゴールドはとんでもない馬だった。新しいファンでもない限り、知らない人間などいない。

「わたしは、あの馬が本気出して走ったのはラストランの香港ヴァーズだけだったと思ってるんですよ。それぐらい凄まじい末脚でしたからね。いつもあの調子で走ってたら、ＧＩのもうふたつや三つは軽く獲ってたと思うんです」

香港ヴァーズのステイゴールドはだれもが知っているステイゴールドとは別の馬だった。直線に入った時、先頭を走る馬との差は絶望的な距離だった。それを飛ぶように駆けてあっという間に差を詰め、ゴール寸前で交わしたのだ。

なにが起こったのか理解できない。それぐらいの圧倒的な末脚だった。いつもあの走りをしていたら、シルバーコレクターというありがたくない渾名《あだな》がつくこともなかっただろう。

「気まぐれというか、人間に従うことをよしとしないというか……その血がカムナビにも流れているんです」

「でも、その気になれば走るっていうことでもあるんですよね」

「ええ」

児玉がうなずいた。

「おかげで、クラシックの目が出てきました。次はホープフルステークスを目指そうと思ってるんですが、いかがです？」

「カムナビがホープフルにですか……」

鼓動が速くなる。ホープフルステークスは中山競馬場、芝二千メートルで行われる二歳馬による

ＧⅠだ。翌年のクラシック——皐月賞やダービーを睨む強豪たちが駒を進めてくる。その中に、自分の持ち馬が混じるかもしれないとは。

もちろん、馬主となったからには、いつか、クラシックを狙える馬を持ちたいとは常日頃から思っている。だが、その馬はセリで吟味に吟味を重ね、幾多の購買希望者たちに競り勝った末に手に入れる馬なのだろうとぼんやりと思っていた。

実際には、庭先取引で二百万で手に入れた馬が、クラシックの有力候補とされるノーザンファーム生産馬と互角の競馬を演じたのだ。

馬はわからない——何千頭という馬を見、接し、調教してきた調教師たちが口を揃えて言う。馬はわからない。

走ると思っていた馬が散々だったり、逆に走らないと思っていた馬がオープンまで駆け上がっていくことなど、この世界ではよくあることだ。しかし、自分が大方の見立ての逆を行く馬を持つことになるとは想像もしなかった。

「かまいませんか？」

児玉が言った。

「も、もちろん。勝ち目はあると思いますか？」

「年末の中山ですからね。馬場もある程度は荒れてるだろうし、ノーチャンスではないと思っています」

「そうですか……」

「皐月賞やダービーが良馬場で行われたら、ちょっと厳しいかなと思うんですが、できるだけ賞金を加算しておいて、秋の菊花賞を来年の目標にしようと思ってるんです」

芝三千メートルで行われるクラシックの最終戦。三歳の若駒《わかごま》は三千メートルという距離を走ることがほとんどないため、適性を含め、手探りでの競馬となることが多い。

皐月賞は最も速い馬が勝つ。

ダービーは最も運の強い馬が勝つ。

菊花賞は最も強い馬が勝つ。

昔から言われている格言だ。秋に開催される菊花賞は雨が降るなど、タフな馬場で行われることも多い。ダービーを圧勝した馬が菊花賞では惨敗するということもあり得るのだ。

血統から見ても、カムナビに最もあいそうなのは菊花賞だった。

「もし、菊を獲れたら、再来年の目標は凱旋門賞。どうです？」

「本気で言ってます？」

「本気ですよ」

児玉が苦笑した。

「菊花賞で勝てるかどうかは別にして、あいつの脚質だと、古馬になってから日本のGⅠ目指しても厳しいと思います。ぱんぱんの良馬場は向きませんから。なんとかなるとしたら、宝塚記念か有馬記念」

どちらもグランプリと呼ばれる格式の高いレースだが、宝塚記念は梅雨時に、有馬記念は年末に行われるため、馬場が荒れることの多いレースだった。ノーザンファームの生産馬はそういう馬場を苦手にすることが多く、紛れが生じやすくなる。

「レースのたびに雨乞いをするぐらいなら、いっそのこと、ヨーロッパを主戦場にしてもいいんじゃないかなって思ってるんです」

「ヨーロッパですか」

「金はかかりますし、向こうの賞金は日本にくらべると安いですからね、小森さん次第になりますが」

「そこはちょっと考えないとですね。ぼくは大馬主じゃないですから」

「まあ、なんにしろ、ホープフルでどんな走りをするか、見てからになりますが。箸にも棒にもかからなかったってことも大いにあり得ますからね」

小森はうなずき、口を閉じた。

自分の馬が、欧州のターフを駆け回る。そう思うだけで胸が疼《うず》いた。

ウイナーズサークルにはカムナビの姿があった。小田島と佐久間が引き綱を持っている。目は血走り、口から泡を吹いていた。まだ、レースの興奮が冷めないのだ。

カメラマンが準備をしていると、騎手の若林が腰をさすりながらやって来た。

「具合はどうだ?」

児玉が訊いた。

「ただの打撲です。最終レースは乗りませんけど、一日休めば大丈夫だと思うんで、火曜からは普通に乗りますよ」

「あいつの走り、どうだった?」

児玉がカムナビに目をやった。

「鳥肌が立ちましたよ。オーシャンジュエルに抜かれてからの脚はとんでもなかったですね」

「余力があったわけじゃないんだろう?」

「もういっぱいいっぱいでした。それなのに、オーシャンジュエルに抜かれた途端、自分からもう一段階ギアを上げたんですよ。だれにも自分の前を走らせないっていうあいつの意地ですね」

「また、同じ走りできるかな」

「さあ。気まぐれな馬ですから」

「ホープフルに向かおうかと思ってるんだ」

「いいんじゃないですか。距離は長けりゃ長いほどいい気がします」

「わかった。そのつもりでいてくれ」

ふたりの会話が終わった。小森は若林の手を取った。

「お疲れ様。ありがとう。レース後落馬したって聞いて、心配してたんだ」

「ちょっと気を抜いてるときにやられちゃいました。ステゴの一族は、下馬するまで気を抜いちゃいけないってこと、ちょっと興奮して忘れてましたね」

「いい競馬だった」

「はい。小森オーナー、いい馬がまわってきましたね」

「いい馬か……本当にそう思う?」

「じゃなきゃ、あんな走り、できませんよ」

若林の言葉に、小森は何度も何度もうなずいた。

6

佐久間はカムナビに跨がったまま、ワイヤレスのイヤホンを耳に装着した。スマホを操作して、音楽を流す。

カムナビは突っ立ったままだ。僚馬《りょうば》たち——同じ厩舎に所属する馬たちは、とっくの昔に追い切りのために馬場へ向かっていった。カムナビだけが厩舎の前で動こうとしない。

佐久間はイヤホンから流れてくる音楽に合わせて口笛を吹いた。カムナビの両耳が後ろに傾く。

佐久間が跨がってから見せた、初めての反応だった。

「なんだ、音楽が好きか？」

佐久間はそう言って、また口笛を吹いた。

カムナビの追い切りは、いつも根比べだった。最初はてこでも動こうとしない。無理矢理動かそうとすれば、かたくなになるだけだ。

ブーツの踵でカムナビの腹を軽く蹴ってみた。やはり、カムナビに動く気はない。追い切りが嫌いで仕方がないのだ。

佐久間は口笛を吹きながら、スマホで動画を再生した。先日のレース映像だ。

何度見てもぞくぞくする。

ハナを切り、後続を従えて悠々と道中を走り、最後の直線でいっぱいいっぱいになりながら、オーシャンジュエルが並びかけ、抜いていこうとするともう一段、ギアを上げて伸びた。

どうせなら単独で勝って欲しかったが、同着でも文句はない。クラシック有力候補の呼び声が高い馬に負けなかったのだ。

「やればできるじゃん」

佐久間はカムナビの首筋を撫でた。

「おまえのお父ちゃんも本気出したら凄かったけど、滅多にその本気を出さなかったらしいぜ。おまえもその口だな」

カムナビがゆっくりと歩き出した。

「お？　なんだよ、褒められてその気になったか？　おまえ、褒められて伸びるタイプ？」

スマホをしまい、手綱を持ち直す。佐久間が指示するまでもなく、カムナビは馬場に向かっていた。

「どういう風の吹き回しだよ」

佐久間は目を細め、風向きを読んだ。風は追い切りをやる馬場からこちらに向かって吹いている。

「ははあ……牝馬の匂いかよ」

馬も他の動物と変わらない。牡馬は牝馬を求め、時に牝馬を巡って命懸けの戦いをする。

「GI獲ってみろよ」

佐久間はカムナビに語りかけた。

「種馬になれば、牝馬なんてよりどりみどりだぞ」

馬場の出入口付近に厩舎のスタッフが集まっているのが見えた。他の馬たちが追い切りを終えたところなのだろう。それぞれの担当馬を馬房に連れて帰り、体を洗ってやる。それがルーティンだった。

「今日は早いじゃないか」

小田島がこちらに向かってきた。

「牝馬の匂いを嗅ぎつけたらしくて」

「しょうがねえなあ」

小田島が苦笑した。

「じゃあ、その牝馬の匂いとやらに気を取られてるうちに馬場に入れちまおう」

小田島がカムナビに引き綱をつけた。

「馬場に入っても走らないかもしれませんよ」

「自分の意志でここまで来ただけでも上出来だ」

小田島はカムナビが気分を害さないようにしながら馬場の中へと引いていく。カムナビはしきりに鼻を蠢《うごめ》かせていた。

馬場へ入ると、小田島が引き綱を外し、遠ざかっていく。

カムナビに関する児玉の指示はいつも同じだ。気分を害さないように馬なりで走らせ、行けるようなら追って負荷をかけてくれ。

「おい、この匂いの先に牝馬がいるかもしれないぜ。追いかけてみないか？」

カムナビが首を曲げた。ツル頸《くび》と呼ばれる姿勢だ。馬が闘志をかき立てるときにする姿勢だと言われている。

カムナビはツル頸の姿勢のまま、前脚で地面を掻いた。

「よし、行け」

佐久間がゴーサインを出すと、カムナビが駆けだした。すぐにも全力疾走しようとするカムナビを、手綱を引いてなだめる。

「ゆっくりでいいんだ、ゆっくりで。牝馬は逃げたりしないからさ」

カムナビは指示に従ったが、隙を見せればすぐにでも全力で走り出しそうだった。佐久間は辛抱強く手綱を操作した。動き出すのも根比べなら、走り出してからも根比べだ。

最近、カムナビにどう接すべきなのかがぼんやりとわかってきた。

馬場を一周したところでカムナビが頭を上げた。牝馬がいないことに気づいたのだ。荒ぶる猛獣さながら頭を左右に振る。

佐久間は手綱を緩めた。

どうせ、牝馬がいないとわかったからには、一刻も早く馬場から出たくて出入口を目指して駆けていくはずだ。いい運動になる。

上体を低く保って体の動きをカムナビのリズムに合わせる。カムナビは綺麗なストライドで走る馬だった。完歩が大きく、四肢がしなやかに伸びる。

乗り味がいい馬はよく走ると言われる。

カムナビもまた間違いなく乗り味のいい馬だった。普通に追い切りができて、普通に競馬で走ればGIだって夢ではないのかもしれない。

だが、普通の追い切りができず、普通の競馬もできないのがカムナビという馬だった。

「頼むよ、おい。まともに走れば、おまえは強いんだからさ」

佐久間は呟き、カムナビの乗り味を存分に味わった。

＊＊＊

「最近、佐久間が背中に乗っても駄々こねなくなったじゃないか。少しは大人になったか？」

小田島はカムナビに水を浴びせながら言った。追い切りが終われば体を洗うというのは厩務員の仕事のひとつだ。

慣れているとはいえ、冬の足音が聞こえはじめたこの時期は、水もいっそう冷たく感じる。昔は平気だったが、寄る年波か、様々なことが応えるようになってきている。

顔に水をかけるとカムナビがいないた。目を剝いている。顔に水をかけられるのが嫌いなのだ。洗い場の左右の壁に繫いだ綱で固定されているからいいようなものの、それがなかったら襲いかかってくるだろう。

「しょうがねえだろう。顔だけ洗わないってわけにもいかねえんだからよ」

小田島はホースの向きを変えた。カムナビが鼻息を漏らす。

「おまえ、ホープフルに向かうんだってよ。わかってるか？　GIだぞ。GI。まさか、この年になってGIに出走する馬の担当になるとは思わなかったよ」

小田島は水を止め、カムナビの体をタオルで拭きはじめた。追い切りで熱を帯びた体から湯気が立ち上っている。

「あと三年だからな」

ＪＲＡ所属の厩務員は六十五歳が定年だ。この世界に飛び込んだ頃は、十年も働いたら別の仕事を見つけようと思っていた。それが、もう四十年以上も同じことを続けている。

「おまえみたいな荒くれ者がＧⅠだってよ」

ＧⅠに出走できる馬は、それだけで特別だ。いくつもの関門を突破してきた馬だけが、その場に立てる。

ＧⅠを勝つ馬は神様と同じだ――かつて、小田島が担当した馬の生産者がしみじみと口にした言葉が今でも耳に残っている。日高の小さな牧場の二代目だった。血統を学び、馬の栄養管理について学び、苦労に苦労を重ねて生産した馬たちが、中央の壁に撥ね返される。たまに、中央で勝利を挙げる馬が出てくるが、それにしたって重賞に出られるようになるには遥か彼方《かなた》まで行かねばならない。ＧⅠは辿り着くだけでも至難の業なのだ。ましてや、そこで勝つ馬は神にも等しい。

小田島の四十年を超える厩務員生活でも、ＧⅠ馬を手がけたことはない。神の座に就ける馬は限られており、その馬に携わる人間も限られている。

いつかＧⅠ馬を手がけたい。そう思って仕事に励んできたが、夢が実現する前に定年を迎えてしまいそうだった。

「人間の年寄りのことなんて、おまえには関係ないだろうけどよ、こんな寒い中、冷たい水でおまえの体を洗ってるおれのために、ホープフル、本気で走ってくれねえかな。勝てとは言わねえよ。なんたってＧⅠだ。出走してくるのは強い馬ばかりだからな。ただ、そんな馬たちを相手に、本気で走るおまえの姿が見たいんだ。どうだ、やってくれねえか？」

小田島はカムナビの体を拭く手を止めた。カムナビは鼻から白い息を吐き出しながら小田島を見た。

「真面目に追い切りやって、真面目に走るだけでいいんだ。そんな無理な頼みじゃねえだろう？」

カムナビがそっぽを向いた。小田島は苦笑した。

「そうか、知ったこっちゃねえか」

苦笑したまま、カムナビの体を再び拭きはじめる。

「人間ってのはろくなもんじゃねえ。諦めてたくせに、ちょっとでも可能性が出てくると欲をかく。おまえたちは好きで競馬やってるわけじゃねえもんな。サラブレッドに生まれついたから、仕方なく人間に走らされてるだけだもんな。真面目もクソもねえよな」

体を拭き終えると、カムナビの肩を優しく叩いた。

「好きにやれ。GI馬と巡り会えなかったホースマンなんざ、腐るほどいるんだ」

左右の壁に固定している綱を外し、カムナビを馬房に引いていく。カムナビが鼻面でしきりに小田島の肩を突いてくる。

早く飼い葉を食わせろと催促しているのだ。

「飼い葉は馬房に戻ってからだろうが。そのせっかちな性格、なんとかならんか」

そういう性格だから、競馬でもハナを切らずにいられないのだ。

「まあ、おまえらしいっちゃらしいか。そんなおまえにもよ、熱いファンがいるんだぞ。ピンかパーかって馬に引き寄せられる人間ってのは必ずいるからな。そのファンから、おまえに食わせてやってくれってニンジンがどっさり届いたんだ。後で食わせてやる」

カムナビがいなないた。馬に人間の言葉が理解できるはずはないのだが、カムナビは時として、こちらの言っていることがわかっているのではないかと思わせる反応を見せる。

そういうところも変わった馬だった。

「後でって言ったろ、後でって」

小田島は笑った。入厩してきた当初は怪我もさせられたし、散々手こずった。それでも、自分はこの馬が気に入っているらしい。

「まあ、おれも変わり者で通ってる厩務員だからな。変な馬と変な人間で気が合うんだ」

厩舎に入り、カムナビの馬房の仕切り棒を外す。カムナビと一緒に中に入るときは額に汗が滲《にじ》んだ。怪我をさせられたときの記憶がよみがえるのだ。素早く引き綱を外し、外に出た。扉を閉めると、溜めていた息を吐き出す。

カムナビがドアの上から顔を出して、早く飼い葉をよこせとせっついてくる。馬房の扉はたいてい、馬が顔を出せるような造りになっている。

小田島はカムナビを見つめた。その大きさに溜息を漏らす。

カムナビの馬体重はおおよそ四百八十キログラム。サラブレッドとしてはまずまずの馬格だ。大型馬になると五百五十キロを優に超えることもある。

馬は大きくて強い。その気になれば一撃で人間を屠《ほふ》ることができる動物だ。

だが、多くの馬は人間に従順で、人間に尽くす。カムナビのような気性の荒い馬でも、気をゆるした人間を襲うことはない。

「ありがたいことだ」

小田島はカムナビに向かって両手を合わせた。カムナビだけではなく、自分が担当する馬には必ず、こうやって感謝の気持ちを伝えている。

「すぐに飼い葉持ってくるからな。待ってろよ」

小田島は馬房の前を離れた。背中にカムナビの視線を感じる。生きるために食う。人間も馬も、そこだけは変わらない。

厩舎にいるのは小田島だけだった。他の厩務員仲間はルーティンの仕事を終え、スタッフルームでだべったり、弁当を食べたりしているはずだ。カムナビだけ、追い切りに時間がかかるから、必然的に小田島の仕事時間も長くなる。

「しょうがねえ」

何事においても馬を優先する。馬に食わせてもらっている人間の最低限の礼儀だと思っていた。

＊＊＊

最後の追い切りを終えると、若林は駐車場に足を向けた。これから家に戻り、風呂に浸かった後は昼寝だ。その後、史哉を幼稚園まで迎えに行き、遊びに付き合う。晩酌がてらの晩飯を食った後は、先週末のレース映像を見返して自分の騎乗法や、他の騎手、馬の走りをチェックする。それが終わる頃には午後十時近くになっていて、就寝だ。

翌日はまだ暗いうちから起きて、午前五時にはトレセンに出向いて依頼のあった馬の追い切りをやる。この時期は調教用の馬場の開門が夏場より一時間遅くなる。一時間でも余計に寝られるのはありがたかった。

若林はこのルーティンを二十年近く続けてきた。競馬にシーズンオフはない。十二月二十八日までレースがあり、年が明けたらまたすぐにレースがはじまる。若い頃はもっと休みが欲しいと思った。だが、騎乗依頼が減ったらと考えると、恐ろしくて長い休みを取ることはできなかった。今はなにも思わない。

これが騎手の仕事なのだ。

駐車場の手前で、児玉にばったり出くわした。

「お、いいところで会ったな」

児玉が言った。右手にはスマホを握っている。

「なんですか？」

「ホープフルステークス、決まったぞ。今年はフルゲート割れしそうだから、カムナビも出走できる」

フルゲートというのは、そのレースに出走できる最大頭数を言う。ホープフルステークスのフルゲートは十八頭。それより多い頭数が出走を希望すれば出走条件や収得賞金などでふるいにかけられ、最後は抽選で出走できるかどうかが決まる。

カムナビはこれまで二勝。オープン特別を勝ったとはいえ、難しい立場にあった。

「本当ですか？」

「うん。今、オーナーと電話で話して決めた。行くぞ、ホープフル。乗ってくれるよな？」

「もちろんです。よろしくお願いします」

若林は深々と頭を下げた。心臓がでたらめに脈を打っている。最後にＧⅠレースに乗ったのはいつだったろうか。

「一年の締めくくりのＧⅠだ。気合いが入るよな。頼んだぞ」

児玉は満面の笑みを浮かべて立ち去っていった。児玉厩舎にしても、ＧⅠに管理馬を送り込むのは久しぶりのことだった。

若林は車に乗り込み、エンジンをかけた。座席の座り心地がいつもと違う。なんだかふわふわしていて別の車に座っているかのようだ。

自分の心が浮ついているからだ。

すべてのホースマンの夢はダービーを勝つことだ。

しかし、ダービーの壁は分厚く、ダービー馬の称号に輝く馬のほとんどはノーザンファームの生産馬だ。そうした馬を管理するのはこれまた一握りの有力厩舎。児玉厩舎や若林のような騎手にはおいそれと見られる夢ではない。

しかし、ダービー以外のGⅠなら、もっとリアルに夢を見ることができる。日高の生産馬や、弱小厩舎の管理馬がGⅠを勝つことだってままあるのだ。

ホープフルステークスに駒を進めてくるのは来年のダービーを見据えた名だたる有力馬たちだ。カムナビにはまだ荷が重いかもしれない。それでも、ノーチャンスではない。

馬場が渋れば、有力馬たちが後ろの方で互いに牽制《けんせい》し合ってくれれば、あるいは……。

気がつけば自宅に到着していた。道中、どうやって運転していたのかまったく覚えていない。頭の中はホープフルステークスのことで一杯だった。

車を降りるとピアノの音色が聞こえてきた。梓のピアノは軽やかだった。

「ただいま」

若林は玄関で声を張り上げた。ピアノの音色が途絶えた。

「お帰りなさい。お風呂、すぐに入れるわよ――」

廊下を進んできた梓が言葉を途中で切った。

「珍しくにやけてる。なにかいいことでもあったの？」

若林は靴を乱暴に脱ぎ捨てると、梓を抱きしめた。

「ちょっと、どうしたのよ？」

「決まったぞ。カムナビと一緒にホープフルステークスに出る」

「ほんと？」

梓の目が輝いた。

「本当だ。帰り際、テキに騎乗を依頼された」

「凄いじゃない。GⅠよ」

「ああ、GⅠだ」

「今夜はいいお肉焼こうかしら?」

「馬鹿。それは勝った時だろう」

「だってGⅠだもの。勝てるかどうかわからないし、なにより、出られるだけでも凄いわ」

「まあ、そうだけど」

「そうだ。ちょうどすき焼き食べたいなって思ってたの。これから買い物に行って、具材買ってくる」

梓も浮ついていた。二流の騎手とその妻にとって、GⅠ出走というのはそれだけ特別なことなのだ。

「事故に気をつけろよ」

若林は言った。

「うん。奮発して特上のお肉買ってくるね」

「今日は上でいい。特上は勝った時のお楽しみだ」

「特上食べたいの!」

「わかった。好きな肉買ってこいよ」

若林は苦笑した。

「赤ワインもいいの見繕ってくるわね」

梓は出かける支度をしながら言った。

「任せるよ。おれは風呂に入って、ホープフルに出てくる馬たちのレース映像を確認しておく」

「頑張ってね」

梓は若林の頰にキスした。笑顔を振りまきながら買い物に出かけていく。

できた女房に巡り会えて、おれは果報者だ。

若林は浴室に向かいながら思った。

そのできた女房のためにも、結果を出したかった。

＊＊＊

スーツの上着に袖を通しながら、小田島は顔をしかめた。太ったからか、腕が通りづらい。十年ほど前に買ったスーツだし、そもそも、スーツを着ることなど滅多にない。ネクタイの締め方もすっかり忘れていて、仲間に締めてもらったのだ。

普段、パドックで担当馬を引くときもラフな格好で通している。

だが、ＧＩとなれば話は別だ。スーツに革靴。パドック周回中にボロ——馬の糞《ふん》を踏んでしまっても涼しい顔で歩き続けなければならない。

「小田島さん、そろそろですよ」

佐久間が外から声をかけてきた。

「今行く」

小田島はなんとか上着に腕を通し、ボタンを留めた。姿見の前で自身をチェックする。ネクタイのせいで喉元が苦しいし、胸元や腹回りも窮屈だ。だが、カムナビの晴れ舞台なのだ。我慢するしかない。

外に出ると、佐久間が待っていた。

「行くか」

「はい」

佐久間の声は上ずっていた。頬も紅潮している。無理もない。佐久間にとっては、騎手時代も含めてこれが初めてのGⅠなのだ。

厩舎に入り、カムナビの馬房の前で足を止める。カムナビがいなないた。競馬が近づいていることを察しているのだ。

「そう逸るな」

小田島は語りかけながら馬房に入り、カムナビに引き綱をつけた。佐久間と共にカムナビを引き、馬房を出る。いわゆる二人引きというやつだ。従順な馬は、パドックも担当厩務員がひとりで引く。気性の荒い馬は万一のことを考えてふたりで引く。カムナビは油断のならない馬だ。常に二人引きでパドックを周回する。

「めっちゃ喉が渇く」

佐久間が言った。

「おまえが緊張してどうするよ」

「だって、GⅠですよ」

「そうだ。GⅠだ。うちの馬がGⅠに出ることなんか滅多にない。だったら、楽しまなきゃ損じゃないか」

「それはわかりますけど……」

佐久間は言葉を切り、唇を舐めた。

「そのうち慣れる、と言ってやりたいけど、この後、うちの馬がいつGⅠに出られるかなんてわからねえしなあ」

小田島は笑った。実際、自分が佐久間の年齢の時には、GⅠはおろか、GⅢに自分の担当馬が出ただけで目眩《めまい》がしたものだ。

装鞍所では児玉が待っていた。

「まだ落ち着きがあるな」

カムナビを見ながら呟く。

「パドックに出てどうか、返し馬でどうか、ですね。いつも、装鞍所を出るまでは手を焼かせませんよ」

小田島は答えた。

装鞍所では獣医による馬体検査、蹄鉄《ていてつ》のチェック、馬体重の測定などを経て、割り当てられた繋ぎ馬房で鞍の装着など馬装を整える。それが済んだらパドックに向かうのだ。

馬体検査を待つ間、佐久間が両腕をさすりはじめた。年の瀬に、コートも着ずに外にいるのはかなり応える。ゆるされるならダウンジャケットを羽織りたいぐらいだ。

「寒いっすね」

カムナビの馬体重は四百七十五キロだった。前走より五キロ軽い。いくぶん緩めだった馬体がシャープに締まっている。

佐久間と若林が根気よく調教を続けたおかげだ。カムナビの体調はすこぶるいい。あとは、ダービーを目指す良血馬たちとの力関係だ。足りるのか、足りないのか。

実際にレースがはじまるまでは、だれにも答えはわからない。

カムナビに鞍を装着し、メンコをつける。

メンコとは馬につける覆面のようなものだ。耳も一緒に覆うので、馬の聴覚を抑える役目を担っている。馬は音に敏感で、競馬場に集ったファンの声援でテンションを上げてしまうことがよくある。カムナビはいつもメンコをつけてパドックを周回し、返し馬の直前に外すようにしている。

児玉はレースの時もメンコをつけてみたいと思っているようだが、若林が反対していた。カムナビは逃げ馬だ。後ろから追ってくる馬の足音が聞こえづらいのはマイナスになる。若林はそう言うのだ。

レースの結果と同じで、正解はだれにもわからない。だからこそ、競馬は面白い。

装鞍所を出てパドックに向かう。佐久間が何度もえずいた。

パドックに出る。観客の声援が耳に飛び込んでくる。JRAの一年を締めくくるGIレースに、ファンのボルテージも上がる一方なのだ。

声援に耳を傾けながら、小田島は生唾を飲み込んだ。

GIはやっぱり特別だな――胸の奥で呟きながらカムナビをパドックで周回させた。歓声の多さに驚かされる。あちこちでカメラのシャッター音が響いた。

カムナビには熱心なファンが増えている。逃げ切るか、負けるか。ピンかパーかの個性的な走りをする馬が人気になりやすいのはわかっていたが、まさか自分の担当する馬がGIでこれだけの歓声を浴びるとは想像もしていなかった。

佐久間の顔が青ざめていた。ファンの歓声が緊張を助長しているのだ。

「佐久間、さっきも言ったろ、せっかくなんだから楽しまなきゃ損だぞ」

小田島は囁くように言った。

「無理っすよ。こんな熱い歓声の中でパドックまわるのはじめてなんですから」

佐久間の声は震えていた。

「これが最初で最後かもしれないんだぜ。おれなんて、五十年近い馬人生でこれが初めてだからな」

佐久間は答えなかった。空を見上げている。

頬に冷たい物が当たった。小田島は深く息を吸い込んだ。

「雨が降ってきた。こいつにとっちゃ、恵みの雨だぞ、佐久間」

「ほんとに降ってきましたね。もっと降れ、じゃんじゃん降れ。土砂降りになって、時計のかかる馬場にしてくれ」

佐久間が空を見上げたまま、祈るように呟いた。

＊＊＊

「もたなかったか……」

だれかが呻《うめ》くように言った。小森はしかめていた顔を窓に向けた。よく磨き上げられたガラスが雨に打たれている。

天気予報では午後から雨が降ると言っていたのだが、天気はなんとかもっていた。それが、ホープフルステークスの発走まで三十分を切ったというところで降りはじめたのだ。

本降りですぐにはやみそうもない。開催最終日で、使い込まれて傷みが目立つ中山競馬場の芝の馬場はさらに時計を要するようになるだろう。

カムナビにとっては文字通り、恵みの雨だ。

腰を浮かそうとして、腰に走る痛みに呻く。

ここ数日、腰から背中にかけてが痛むのだ。ぎっくり腰の前兆かと思っていたが、どうも様子が違う。年が明けたら、一度、病院へ行った方がいいのかもしれない。

「あなた、大丈夫？」

妻の朋香《ともか》が心配そうに顔を覗きこんできた。所有馬が初めてＧⅠに出走するのだからと言って、朋香と息子の勇馬《ゆうま》を馬主席に連れてきたのだ。朋香が競馬場に来るのは小森の馬が初めて中央のレースに出走した時以来だ。勇馬はもちろん初めてだった。

まだ五歳の息子は競馬にまったく興味を示さず、午前中は朋香と一緒に競馬場内に設けられたアトラクションを楽しんでいた。今はくたびれ果てて眠っている。

「大丈夫。急に動いたから、電気が走ったみたいになっただけさ。でも、念のため、レースがはじまる前に痛み止めを飲んでおくか。もしかしたら、ゴール前、我を忘れて絶叫するかもしれないしな」

小森は痛みをこらえて笑みを浮かべた。

「勝つのは難しいって言ってたじゃない」

「良馬場だったら難しい。でも、恵みの雨が降ってきた。このまま降り続けたら、中山競馬場はカムナビの庭になるんだ」

小森は腰をさすりながら窓の向こうの馬場を凝視した。

＊　＊　＊

「雨ですよ、雨」

調教助手の谷岡が掌を上に向けていた。帽子を被っているせいで気づかなかったが、確かに雨が地面を濡らしていた。

「雨だ！」

別の方角でだれかが叫んだ。児玉厩舎のスタッフたちが俄《にわか》に勢いづいていく。

来年のクラシックを狙う馬たちが集うホープフルステークスだ。良血馬たちは良馬場でレースがしたいはずだ。もちろん、中にはパワータイプで雨の馬場を苦にしない馬もいるだろう。だが、カムナビは別格だ。発達したトモの筋肉が重い馬場をものともせず、厚い蹄《ひづめ》はぬかるんだ路盤を確実に捉えて前進する。

三上収の執念が作りだした馬は、まさしく重馬場を走るために生まれてきたのだ。

「もっと降れ、じゃんじゃん降れ」

谷岡が胸の前で手を組んだ。一週間前から、佐久間とともにてるてる坊主ならぬ逆さてるてる坊主を作って雨乞いしていたのだ。

雨が降ればチャンスが生まれる。スタッフ全員がそう信じていた。担当の小田島と佐久間だけではなく、厩舎の全員が、久しぶりのGⅠ出走に盛り上がり、心をひとつにしてきたからだ。だれもが、カムナビがどんな馬か理解している。

「いい厩舎になったな」

児玉は独りごちた。

「これで、もっといい馬が集まったらな」

そのためにも、カムナビに対する期待は高まる。GⅠで管理馬が活躍すれば、必ず馬主たちの目に留まるのだ。

あそこの厩舎はGⅠで走る馬を作れる。

そう考える馬主が増えれば、児玉厩舎が管理する馬の質も上がっていく。

頼むぞ、若林。おまえにとってもこのレースは正念場だ——児玉は谷岡と同じように胸の前で手を組み、もっと降れと空に祈った。

＊　＊　＊

「雨だ。雨が降ってきたぞ」

収がテレビ画面を見ながら興奮していた。

「うん。雨だな」

徹はそう言って生唾を飲み込んだ。天気予報が外れて、ここまでは良馬場のまま競馬が進んだ。鉛色の雲が垂れ込めた空は今にも破裂しそうでいながらずっと持ちこたえていたのだ。

それが、メインレースがはじまる直前になってこらえきれなくなった。

出走馬たちが周回するパドックの路面が瞬く間に濡れていく。船橋《ふなばし》では本格的な雨が降りはじめたのだ。

「恵みの雨だ」

収が言った。声には張りがある。

カムナビのホープフルステークス出走が決まった当初は、収はさほど気に留める様子を見せなかった。

日本のＧＩを勝てるとは思わない。あれは、フランスの重馬場を走るために生まれてきた馬なんだ。

収はそう言った。ＧＩに出るだけで喜ぶには馬作りに携わってきた年月が長すぎる、と。

だが、一週間前に出た天気予報で収の態度が豹変《ひょうへん》した。低気圧の接近に伴って、関東地方は日曜日に強い雨が降ると予報されたのだ。

雨が降るなら話は別だ。開催が進んで荒れた馬場が雨でぬかるみ、さらに時計がかかるようになる。それこそ、カムナビのための馬場じゃないか。

興奮する収は、まるで十歳以上若返ったかのような精気を迸《ほとばし》らせていた。

「徹、家《うち》の馬がＧⅠ勝っちまうかもしれんぞ」

収が言った。

「いくら馬場が悪くなったからって、勝ち負けできるかどうかは別だろう」

徹は内心の昂ぶりを抑えて答えた。

「馬鹿言え。たかだか中山の重馬場の坂を圧勝しないで凱旋門で勝てるか」

雨は次第に激しさを増しているようだった。このまま降り続けば、あるいは……。

ついこの前までは、中央で勝つ馬を作るのが夢だった。中央で一勝が目標。それをクリアしたら二勝目、三勝目。もし、自分が手がけた馬が重賞を勝ったら、自分はどうなってしまうのだろう。

馬房の清掃や放牧地の整備に明け暮れながら、ときおり、そんな夢想に浸っていた。

それが、いきなりＧⅠを勝つかもしれないというのだ。

素直にうなずけるわけがなかった。日高の、今にも潰れそうな小さな小さな牧場で産声を上げた馬がＧⅠに出走するだけでもとんでもないことなのに、勝つなどとは競馬の神様がゆるしてはくれないだろう。

それでも――カムナビが先頭でゴールを駆け抜ける姿が何度も何度も頭の奥で繰り返し映し出される。

勝ってくれ。

徹は顔の前で手を組んだ。

雨よ、降れ。降り続け。カムナビを勝たせてくれ。

何度も祈ってから目を開けた。テレビ画面に映る雨脚に、白いものが混じっていた。

「みぞれだ」

収が言った。

「ますます、おあつらえ向きになってきたぞ」

収の目は、熱に浮かされたかのようにぎらついていた。

＊　＊　＊

カムナビはいつもと同じように、輪乗りには加わらず、他の馬たちを睨みつけていた。絶対におれより前は走らせない――突き刺すような視線で、他馬に宣言しているように思える。

若林はカムナビの首筋を撫でた。師走の寒気と雨に凍えた体に、馬の体温が心地よい。冬期は手袋をはめて騎乗する騎手も多いが、若林は決してはめなかった。微妙な感覚が失われるような気がするからだ。

長年、手袋をはめずに馬乗りを続けているおかげで、剝き出しの手もずいぶん強くなった。寒さにかじかみ動きが鈍くなるということもない。

スターターがスタート台に乗り、ファンファーレが奏でられた。ＧＩレース専用のファンファーレだ。聞いている内に気持ちが昂ぶってくる。若林は深呼吸を繰り返し、心を落ち着かせた。騎手の昂ぶりが馬に伝わるのはいいことではない。

雨はみぞれに変わろうとしていた。雨脚はいくぶん弱まっているとはいえ、芝はしっとりと濡れ、その下の地盤も緩んでいる。開催が進んで芝が剝げ、路盤が剝き出しになっているところが多いインコースにはあちこちに水が浮いていた。

行けるのかもしれない――雨が降りはじめたときに心をよぎった思いがよみがえった。

カムナビの枠番は三枠五番。内にいる四頭はテンがそれほど速くない。カムナビと先陣争いができるほどテンが速い馬たちは外枠に集中している。それに、外枠の馬たちは重馬場を苦にするだろう。ゲートさえ普通に出れば、ハナを切れる。この馬場なら、ハナを切ってリズム良く走らせればチャンスはある。

馬にはそれぞれの適性があるのだ。パンパンの良馬場で直線が長い方が実力を発揮できる馬。上り坂の苦手な馬、苦にしない馬。コーナリングが上手で小回りの競馬場でその能力を存分に発揮する馬。短距離が得意なスプリンター、長距離が得意なステイヤー。そして、重馬場巧者。

カムナビは坂を苦にしないステイヤーであり、重馬場巧者でもあった。みぞれが降る中山競馬場、芝二千メートルは格好の舞台だ。

ファンファーレが終わり、ゲート入りがはじまった。カムナビは奇数の五番だ。早めにゲートに入ることになる。係員が引き綱を引いてゲートに入れようとするとカムナビが抗った。

「落ち着け。これからレースがはじまる。だれにも前を走らせないんだろう？　ここでカリカリしてたらやられちまうぞ」

若林はカムナビの首を撫でながら辛抱強く語りかけた。言葉を理解したとは思わないが、カムナビが抗うのをやめ、すんなりとゲートに入った。鼻息は荒いが、余計な仕草は見せない。気合いが入り、集中している。いい傾向だった。

若林は手綱を握り直し、腰を浮かせた。意識をゲートの前扉に集中させる。

ゲートが開いた。カムナビが飛びだしていく。若林は左右に視線を走らせた。ほんのわずかだが、他馬に比べると出遅れた。手綱をしごき、カムナビに気合いをつける。カムナビは他馬の間をするすると抜け、すぐに先頭に立った。やはり、外枠の先行馬たちは重い馬場に脚を取られているようだった。カムナビはスタート直後の急坂をまるで平坦《へいたん》なコースを走るように駆けていく。

競りかけてくる馬がいないことを確認して若林はカムナビを追うのをやめた。カムナビが走るスピードをわずかにゆるめた。相変わらず頭は高いが、気持ちよさそうに駆けている。湿った馬場に脚を取られることもない。力強い完歩で一コーナーに進入していく。

若林は振り返った。二番手の馬が一馬身後ろにいる。すでに、カムナビの蹴り上げた泥を浴びて、馬も騎手も真っ黒になっている。

ここからは体内時計が頼りだ。遅すぎず、速すぎず。カムナビの体力がもつぎりぎりのラップを刻み、後続の脚を削る。この馬場ではどの馬も追走に脚を使わざるを得ない。

直線に入った時にカムナビに余力があれば勝てる。

一コーナーから二コーナーと、カムナビは軽快に駆けていく。コーナリングも抜群に上手い馬なのだ。

二コーナーを終えて向こう正面の直線に出る。

遅すぎず、速すぎず。

若林は胸の奥で呪文のように唱えながらカムナビの様子を探った。問題はない。前に馬はおらず、競りかけてくる馬もいない。カムナビは気持ちよさそうに走っている。

後ろを確認する。後続は一団の馬群となって走っていた。どの馬も泥まみれだ。馬群の先頭を走る馬とカムナビの差は三馬身。思ったより差が開いている。

カムナビの手応えはいい。若林が指示を出さなくても、むきになることも、気を抜くこともない。

そうだ、その調子だ。いつものように、だれにも前を走らせるな。最後までそれを続けりゃ、勝つのはおまえだ。

やけに喉が渇いていた。柄にもなく緊張している。待ち望んでいたGⅠの勝利が手を伸ばせば届くところにある。

焦るな、逸るな。走っているのはおまえじゃない、カムナビだ。

若林は己を一喝した。競馬の主役はあくまで馬だ。騎手は添え物にすぎない。その添え物が欲をかけばろくなことにはならない。

これまで、多くの騎手がGⅠ勝利を目前に、冷静さを保つことができずに敗れていく姿を見てきた。

三コーナーが迫ってくる。若林は振り返った。各馬に跨がる騎手たちの腕が動いている。カムナビとの差を詰めようとしているのだ。だが、騎手のアクションに対する馬の反応は鈍い。来年のダービーで主役を務めると見なされている良血馬たちはぬめる馬場にもがいている。

道悪《みちわる》の得意な数頭が馬群の外にコースをとった。道悪の不得意な馬たちを尻目に、前団に追い上げてくる。

若林は一呼吸おいた。三コーナーにさしかかったところで、カムナビに「行け」と合図を送った。

コーナーを回りながらカムナビが加速しはじめる。

コーナリングが上手で、道悪も坂も苦にしないカムナビならではのレースプランだ。

向こう正面の直線が終わるまでは馬なりで。三コーナーからラップを上げていく。カムナビとの差を詰めようとしていた馬たちは加速したカムナビに追いつくためにさらに脚を使う。最後の直線に入った時には、もう、カムナビを追い抜く力は残っていないはずだ。

カムナビの加速はスムーズだった。馬場が悪ければ悪いほど、この馬は走るのだ。

四コーナーを曲がり終えた。坂が見える。坂を登り切ったその先がゴールだ。

「行け！　だれにも抜かせるな」

若林は叫び、カムナビに鞭をくれた。カムナビがさらに加速する。

大歓声が耳に飛び込んでくる。

若林は全身の肌が粟立っていくのを感じながら、カムナビを必死で追った。

＊　＊　＊

「行け、カムナビ！　粘れ!!」

小森は腰痛を忘れて叫んだ。

追ってくる馬とカムナビの差は四馬身。その差はなかなか縮まらない。

ゴール板まではあと百メートルといったところだろうか。無限の彼方にあるようにさえ思える。

「カムナビ!!」

いつの間にか起き出していた勇馬が隣で叫んでいた。

「頑張れ、カムナビ」

朋香も丸めたレーシングプログラムを握りしめながら声援を送っている。

勝つのか？　本当におれの馬がＧⅠ馬になるのか？

震えが止まらない。

「行け、カムナビ!!」

小森は震えながら、力の限り叫んだ。

＊　＊　＊

「粘れ、粘れ、粘れ!!」

小田島が声を嗄《か》らして叫んでいる。

カムナビを勝たせてください——佐久間は叫ぶ代わりに祈った。

心臓が潰れそうでレースを見ていられない。小田島の声で、カムナビがまだ先頭を走っているのだということがわかる。

「ここで勝たないでいつ勝つんだよ。粘れ、粘れ！」

小田島のこんな声は聞いたことがない。鬼気迫るというやつだ。

お願いです、お願いです、お願いです——佐久間は祈り続けた。

＊　＊　＊

「勝っちゃうんじゃないですか、これ。勝っちゃいますよ」

谷岡が児玉に振り向いた。

「ああ」

児玉は素っ気ない返事をした。

「ＧⅠっすよ、ＧⅠ。なにのんびりしてるんすか」

ゴールまで後百メートルというところまで来ても、カムナビと後続の差が詰まらない。カムナビは脚があがりかけているが、まだ余力はありそうだ。

勝つのか？　おれの管理馬が？　庭先取引で二百万だった馬が？　ＧⅠを勝つのか？

実感が湧かない。まるで夢を見ているかのようだ。

「勝っちゃいますよ、勝っちゃいますよ」

谷岡が飛び跳ねはじめた。

＊＊＊

「カムナビが行くぞ、親父。行っちゃうぞ」

徹が立ち上がった。居ても立ってもいられないらしい。

当たり前だ。ふたりで力を合わせて産道から引きずり出した馬が、ＧⅠのレースで先頭を走っている。

みぞれはまだ降り続いていた。ノーザンファームの誇る良血馬たちがぬかるんだ馬場に喘《あえ》いでいる。

そんな中、カムナビ一頭だけが、まるで良馬場を走っているかのように軽やかだった。

＊＊＊

若林は鞭を振るいながら後方を確認した。

他馬はまだ数馬身後ろにいる。もう、追いつかれることはない。

勝つのだ。このおれが、このカムナビが、ぬかるんだ馬場を切り裂いて先頭でゴールするのだ。ＧⅠ馬になるのだ。ＧⅠ騎手になるのだ。

半ば諦めかけていた夢が実現する。

若林はカムナビを追うのをやめた。それでも、カムナビは全力で駆け続けた。

歓声が唸りとなって競馬場を包み込んでいる。

ゴール板を通過した直後、若林は腰を浮かせ、鞭を握っていた右手を宙に向かって突き上げた。

直線の短い中山競馬場、ゴール前の直線の急坂、そしてレース前に降り出した雨。いくつもの僥倖《ぎょうこう》に恵まれたが、この日この場所で勝つのはカムナビとあらかじめ決められていたに違いない。

カムナビが全力疾走をやめた。キャンターで進んでいく。レースが終わったことを理解しているのだ。

「気性はめちゃくちゃだが、賢い馬だな、おまえは」

若林はカムナビの激走を讃《たた》えるため、首筋をぽんと叩いた。

カムナビがいきなり立ち上がった。予期していなかった若林は地面に叩きつけられた。

いつもなら腹立たしいが、今日は笑いがこみ上げてくる。

若林は声を上げて笑いながら、放馬して駆け去っていくカムナビの姿を見つめ続けた。

カムナビが勝ったのだ。日高の小さな小さな牧場で生まれ、庭先取引で二百万で買われ、生産者と馬主と所属厩舎のスタッフ以外、だれも見向きもしなかった馬がGⅠ馬になったのだ。

そして、自分の手の中に、一生無理なのだろうと諦めかけていたGⅠジョッキーの称号が転がり込んできた。

なんて日だ。

体は寒さに凍えているはずなのに、腹の奥が熱い。その熱が全身を火照らせている。

若林はぬかるんだ地面に寝そべったまま、いつまでも笑い続けた。

7

朋香は医者の横顔に胸が締めつけられた。パソコンのモニタを見つめる視線が厳しい。映し出されているのは夫の達之助のCT画像だ。

昨年、師走の声が聞こえはじめた頃から腰の痛みを訴えるようになり、年が明けたところで診察を受けた。

「結論から申しますと——」

医者がいきなり朋香に顔を向けてきた。

「は、はい」

「膵臓癌《すいぞうがん》です。ステージ4」

血の気が引いていくのがわかった。達之助も朋香も、ヘルニアかなにかだろうと軽い気持ちでいたのだ。

「かなり進行しています。他の器官に転移している可能性も高い」

「間違いじゃないんですか?」

「残念ながら」

医者が首を振った。

「余命は三ヶ月から半年。これはわたしの見立てですが、専門医なら別の見方があるかもしれません。膵臓癌の専門医がいる病院を紹介しますので、そこでもう一度検査と診察を受けてみてはいかがでしょう」

医者の言葉がどこか遠くから聞こえてくるようだった。

そこから先は、医者の話をどう聞き、どう答えたのかもはっきりしなかった。気づけば達之助のいる病室の前で、中の様子をうかがっている自分がいた。

「ママ、どうしたの?」

目敏《めざと》く朋香に気づいた勇馬が達之助のベッドのそばを離れて駆け寄ってくる。朋香は勇馬を抱き上げた。勇馬の体の温かさと無邪気さに涙腺が緩みそうになる。

必死でこらえながら、無理矢理笑みを浮かべた。

「遅かったじゃないか。先生、なんだって？」

達之助の笑みもまた、年に似合わず無邪気なものだった。朋香は自分の笑みが強張《こわば》るのを止めることができなかった。

「どうした」

達之助が怪訝《けげん》そうに右の眉を吊り上げた。朋香は口の中に溜まった唾液を飲み込み、勇馬を床に立たせた。

「勇馬、エレベーターのそばに自販機があったでしょ？　パパのために、ジュース買ってきてくれる？」

勇馬の顔を覗きこみ、ハンドバッグから財布を取り出した。五百円玉を小さな手に握らせる。

「いいよ。なにジュース？」

勇馬が達之助に顔を向けた。

「オレンジジュースがいいな」

「わかった。買ってくる」

勇馬が病室を駆け出ていった。

「なんだよ、なんかヤバい病気なのか？」

達之助が言った。軽い声音を出そうとしたようだったが、見事に失敗していた。

「癌だって」

朋香は言った。

「嘘だろう。胃癌？　それとも肺か？」

達之助の声が震えている。朋香はベッドの端に腰を下ろした。

「膵臓だって。それもかなり進行してるって。どうしよう」

「どうしようって言われても……」

「ここのお医者さんは専門医のいる病院に行った方がいいって。ねえ、馬主さんってお金持ちがたくさんいるんでしょう? だれか、いいお医者さん知らないかしら?」

「そ、そうだな。当たってみる……ステージは?」

達之助は枕元のスマホを手に取りながら訊いてきた。

「4だって」

朋香は答えた。達之助が目を閉じ、長い溜息を漏らした。

＊＊＊

馬房掃除をしていると、児玉が厩舎に姿を現した。真っ直ぐ、小田島のいる馬房に向かってくる。小田島がスタッフルームを出る間際に、小森から電話がかかってきたようだった。

「カムナビのローテ決まりましたか」

小田島は寝藁を整えながら訊いた。晴れてGI馬となったカムナビは、北海道に戻り、生まれ故郷の三上牧場で放牧に出されている。帰厩するのは二月の予定だった。そこから、春のクラシックに向けた調教がはじまり、トライアルレースを経て、本番の皐月賞に向かうはずだ。

「それどころじゃなくなりました」

児玉の声に尋常じゃない響きを感じ、小田島は作業の手を止めた。

「どうしたんですか?」

「小森さんが、癌で入院したんです」

「癌？」

「ええ。膵臓癌だと。かなりまずい状態らしい」

「年末は元気そうだったのに……」

「カムナビがホープフル勝った喜びで具合の悪さも吹き飛んでたんでしょう。年が明けて病院に行ったら、一発で癌だって宣告されたそうです」

「治るんですか？」

「ホッカイさんに紹介してもらった病院に入ってるそうですが……」

ホッカイさんとは馬主の竹田俊夫《たけだとしお》のことだ。ホッカイの冠名で長い間馬主を続けており、業界ではホッカイさんで通っている。札幌の大きな病院の院長だ。

「カムナビはどうなります？」

「わかりません。今は競馬どころじゃないでしょうから。どのみち、春のクラシックは良馬場で開催されるのがほとんどだからカムナビの出番はないかもしれない」

「当日、雨が降るかもしれないじゃないですか。土砂降りの雨が降れば、府中だってあいつは走りますよ。それに――」

小田島は途中で言葉を飲み込んだ。自分が熱くなりすぎていると感じたからだ。

「それに、なんですか？」

「カムナビがいい競走をすれば、小森さんも力づけられるんじゃないですか」

結局は言ってしまった。カムナビを走らせたい。馬の相手ばかりしていると、つい、人間のことは二の次になってしまう。

「まあ、そうかもしれませんが……自分が生きる死ぬってときに、馬のことまで考えちゃいられないでしょう。もしかすると、所有馬を他の馬主に売るってこともあるかもしれない」

「そうなったら、もしかすると……」

「ええ。転厩ってこともありえる。馬場に恵まれたとはいえ、ホープフルを勝った馬だ。オーナーになったら一流の厩舎に預けたいと考えるのが普通でしょう」

「おれたちが手塩にかけて育ててきた馬ですよ」

小田島は言ってから口を閉じた。自分が子どものように駄々をこねている。馬主が代われば馬の処遇も変わる。そんなことはごく当たり前に行われており、この数十年、それを目の当たりにしてきたのだ。たかが厩務員が抗ったところでどうにもならないことはわかっている。

それでも、カムナビの世話ができなくなると考えただけで居ても立ってもいられなくなる。

「まあ、万が一のことだけど、そういうことも頭に入れておいてください」

児玉は首を振ると、厩舎から出ていった。

「小森オーナーが癌……」

小田島は呟き、その場に立ち尽くした。

＊＊＊

佐久間は預金通帳を広げて満足の溜息を漏らした。頰の筋肉が緩むのを止められない。

通帳にはこれまで見たことのない数字が並んでいる。ホープフルステークスの進上金が入ったのだ。

競馬で馬が賞金を獲得すると、その八十パーセントを馬主が手にし、残りは調教師に十パーセント、騎手と厩務員にそれぞれ五パーセントの額を進上金として分配するのが普通だ。

児玉厩舎では、その馬を担当する厩務員と調教助手が五パーセントを折半することになっていた。

ホープフルステークスの優勝賞金は七千万円。その二・五パーセントの百七十五万ほどの額が佐久間の懐に入ったのだ。これまでに受け取った進上金とは比べものにならない数字だった。

佐久間はにやつきながらスマホに手を伸ばした。

〈ちょっとボーナスが入ったんで食事にでも行かない？　もちろん、奢るよ〉

田村美優《たむらみゆ》にダイレクトメッセージを送る。美優はＳＮＳで知り合ったカムナビのファンだ。いわゆるウマ女《じょ》と呼ばれる女性競馬ファンで、開催がある週末は府中競馬場や中山競馬場に足繁く通い、夏休みには北海道や小倉にもよく遠征するという。

年齢は二十五歳。ＳＮＳに掲載されている写真はつねに口元が隠されているが、可愛らしさがうかがえた。

〈もしかして、ボーナスってカムナビの進上金ですか？〉

さすがはウマ女だ。進上金のこともよく知っている。

〈ビンゴ！〉

佐久間は返信した。

〈うわあ、いいなあ。トレセンの方は基本、月曜が休みなんですよね？　じゃあ、来週の月曜はどうですか？〉

〈いいの？　じゃあ、来週の月曜で。なにが食べたい？〉

〈お鮨《すし》！〉

「鮨か……」

上等な鮨屋など行ったことがない。ネットで検索して探すにしても時間がかかるし、外れの店に当たると腹立たしい。

「テキがいるか」

佐久間はうなずいた。児玉なら馬主に誘われて東京で食事をする機会が多々ある。いい鮨屋も知っているだろう。

〈美味しい鮨屋探しておくよ。来週の月曜、楽しみにしてるから〉

〈わたしも楽しみ。カムナビのこといっぱい聞かせてね〉

〈OK〉

佐久間はにやけたまま美優とのメッセージのやりとりを終えた。気づくとLINEに新着メッセージがある。

「あれ？　厩舎のLINEじゃん。なんだろう？」

メッセージを開き、佐久間は凍りついた。

メッセージにはカムナビの馬主、小森達之助が末期癌で入院したと記されていた。

「嘘だろ」

佐久間は呆然と呟き、震える指でスマホを操作し、児玉に電話をかけた。

＊　＊　＊

小森はベッドの上でノートパソコンをいじっていた。若干痩せたように思えるが、その横顔は普段と変わらず、とても大病を患っているようには見えない。

「失礼します」

若林は声をかけ、病室に足を踏み入れた。

「おお、若林君。わざわざ来てくれなくてもよかったのに」

小森はノートパソコンを閉じ、若林に笑顔を向けた。

「オーナーのおかげでGIジョッキーになれたんです。せめてお見舞いぐらいは……」

「おれじゃなくて、カムナビと厩舎スタッフのおかげでしょ。それに、若林君があいつを育てたんだから」

「それでも……」

「まあ、とにかく久しぶりに顔が見られて嬉しいよ」

「これ――」

若林は持参した紙袋をベッド脇のキャビネットの上に置いた。東京駅構内にある、ベルギーのショコラティエが出した店で買ってきたチョコレートの詰め合わせだ。

「ピエールマルコリーニか。彼のチョコレート、大好きなんだ。ありがとう」

小森がチョコレートを好きなことは知っていた。

「食べられますか？」

「ああ。まだ食欲はあるんだ。ここでやってくれるのは遺伝子治療ってやつでさ、化学療法よりは体への負担が少ないんだ」

「それはよかった」

「ただ、魔法の治療じゃないんでね。効くかどうかは神様のみぞ知る。競馬と同じだね。どの馬が勝つかはレースが終わるまでわからない」

「なんと言ったらいいか……」

若林は口ごもった。

「まあ、そうだよな。若林君、ナカヤマフェスタが凱旋門賞に挑戦することになった経緯、知ってるだろう？」

「ええ」

ナカヤマフェスタの馬主は和泉信子《いずみのぶこ》という女性だった。父親の信一《しんいち》も馬主だ。和泉信子はナカヤマフェスタが三歳の十一月、病没した。父の信一がナカヤマフェスタの新しい馬主となったのだ。

和泉信子は大の宝塚ファンだったそうだ。娘の馬だったナカヤマフェスタを『ベルサイユのばら』縁《ゆかり》の地であるフランスへ連れて行こうと、信一はナカヤマフェスタを凱旋門賞に登録した。

ナカヤマフェスタはその年の宝塚記念で見事優勝し、GI馬としてフランスに飛び立ったのだ。馬主の和泉信一をはじめ、調教師の二ノ宮敬宇《にのみやよしたか》とそのスタッフも〈チームすみれの花〉としてフランスに向かい、凱旋門賞に臨んだ。競馬業界では、調教師の二ノ宮がかつて、エルコンドルパサーで凱旋門賞に挑み、際どい二着に導いていたのも不思議な縁だとだれもが話したものだ。

「もしかすると、おれも和泉信子さんみたいになって、家族にカムナビを託すことになるのかなんて考えちゃってさ」

小森が言った。笑顔を浮かべようとしていたが、失敗していた。

「やめてくださいよ」

若林は言った。もっと気の利いたことを言うべきだとはわかっていたが、それ以外の言葉が浮かんでこない。

「だけど、小説みたいな話じゃないか」

「小森さんは死なないから、そんなできすぎたストーリーにはなりません」

小森が視線を落とした。自分の右の掌をじっと見つめている。

「クラシックは多分、だめだと思うんだ。皐月賞もダービーも、基本、良馬場だろう？　日本の良馬場の芝のGIで勝てる馬じゃないのはわかってる。でも、ホープフルを勝ってくれたから、登録してくる馬の数次第じゃ、凱旋門賞に出られる可能性が高い」

「ええ。そのとおりです。もし出られたら、三歳馬で斤量が軽いし、十中八九雨が降るから、カムナビは水を得た魚のように走りますよ」

「あいつが凱旋門賞で走る姿を見たいんだ」

「見ましょうよ。一緒にロンシャンに行きましょう」

「行けるといいな」

「行けますよ。行きましょうよ」

「若林君……」

小森が顔を上げた。

「なんですか？」

「カムナビをホープフルで勝たせてくれて、本当にありがとう」

「なに言ってるんですか。こちらこそ、カムナビに乗せ続けていただいて、感謝してもしきれません」

若林は深々と頭を下げた。

「ぼくですか？」

「もし、カムナビが凱旋門に挑むことになったら、その時も頼むよ」

若林は目を丸くした。カムナビが本当に凱旋門賞に行くのなら、その時の鞍上は日本の一流騎手か、欧州をよく知っている向こうの騎手になるのだろうと漠然と思っていた。

「そうだよ。カムナビの鞍上は若林孝俊しかいないじゃないか」

「ありがとうございます」

若林はもう一度頭を下げた。声が震えている。胸の奥が熱くて体が燃え上がってしまいそうだ。

「でも、ぼくなんか二流の騎手ですし、凱旋門を本気で狙うなら、それなりの騎手の方が――」

「君だってＧⅠジョッキーじゃないか。胸を張ってカムナビに乗ってくれよ」

「わかりました」

若林は頭を下げたまま言った。今にも溢れそうな涙を、小森に見られたくなかった。

＊＊＊

徹はカムナビを放牧地に放し、柵の外に出た。出入口をしっかりと閉じる。

カムナビは放牧地の斜面を軽快に駆けのぼっていく。

その姿を見ていると、頰が緩む。収が苦心して作り上げた放牧地を、徹はいつも苦々しい思いで見ていた。

金をかけてこんな放牧地を作ってなんになる。日本の馬場は多少の坂はあっても、平坦が基本だ。馬場に極端な凹凸はない。

ロンシャンを模した放牧地で育てたところで、日本の競馬で勝てない馬になるだけではないか。そう思っていたのだ。

だが、この放牧地を幼い頃から駆け回っていたおかげでホープフルステークスに勝てたのだと思うと、すべてが変わって見えてくる。

うちのような小さな牧場が、大きな牧場と同じようなことをやっていたのではだめなのだ。

良馬場で速い馬を作りたいと思っても、逆立ちしたってノーザンファームの良血馬たちにはかなわない。ならば、その良血馬たちが苦手とする馬場でこそ強みを発揮する馬を作った方が勝利への近道なのではないか。

ＪＲＡが開催する芝のレースは、七、八割がたが良馬場で行われる。だが、残りの二、三割は渋った馬場で行われるのだ。

雨が降ることに望みをかけて馬を作る。それもありなのではないか。

カムナビは放牧地の一番高い場所まで駆け上がっていくと、そこで立ち止まり、雪の間から顔を出している草を食みはじめた。

ここで二週間ほどのんびり過ごして暮れの疲れを癒した後は、日高の育成牧場に移動してトレセンに戻るための基礎体力作りをはじめる。二月には美浦のトレセンに帰厩して春のクラシックに備えるのだ。

皐月賞に直行するのか、それともその前に一度走らせるのか。児玉調教師はまだ結論を出していない。

「それより、気になるのはあっちだよなあ」

馬主の小森が癌に冒されていると聞かされたのは先週のことだった。末期癌だという。まだ四十代半ばだ。もうすぐ不惑の声が聞こえてくる自分にとっても他人事《ひとごと》だとは思えない。

馬房掃除のために厩舎に戻る途中で、収の運転する軽トラが帰ってくるのが見えた。軽トラは家の玄関の前に停まった。運転席から降りてきた収は、コンビニのレジ袋を手にしていた。

「なにを買ってきたんだ？」

徹は収に声をかけた。

「鈴井《すずい》さんのところ行って、カバノアナタケを分けてもらってきたんだ」

収が言った。鈴井というのはここから車で十分ほどのところに住む猟師だった。キノコ採りの名人としても知られている。

カバノアナタケは白樺《しらかば》などの木の幹にできるキノコだ。ロシアや北欧などの寒冷地でしか採れず、癌などの重い病気に効くとされている。アイヌ民族も昔からこのキノコを重宝してきたそうだ。

「小森さんに？」

徹の言葉に収がうなずいた。

「そんなもん、飲むか？　遺伝子なんとかっていう治療受けてるんだろう」

「飲むか飲まないかは本人が決めればいい。おれはただ、送りたいから送る。あの人にはなんとか生きて欲しいべや」

収は玄関に足を向けた。

「もしあの人が死んだら、カムナビは別の馬主のところに行くことになる。それが欲の皮のつっぱったやつだったらカムナビはどうなる。凱旋門賞は行くだけで金がかかるんだ。どうせなら日本でちびちび賞金稼いだ方がいいって考えるやつかもしれんべ」

収は怒ったような口調で喋《しゃべ》り続けた。

「小森さんはおれが見込んだ男だ。ここが熱いのよ」

収は自分の胸を叩いた。

「金を出すならだれでもいいってわけじゃなかった。小森さんだからカムナビを売りたかったんだ」

「おれが伝票書いて送ってくるよ」

徹は言った。

「小森さんと一緒にロンシャンに行こうぜ、親父」

カムナビが凱旋門に出るときは、牧場のことは母の華と妻の美佐に任せて、ふたりでロンシャンに行くと決めてあった。

「ああ。小森さんも一緒にロンシャンに行くんだ」

収がうなずいた。

＊＊＊

「おはよう。気分はどう？」

朋香は努めて明るい声を出しながら病室に入った。夫の達之助はベッドの上でノートパソコンのモニタを睨んでいる。

「おはよう。上々だよ」

達之助が微笑む。達之助の笑顔を見るたびに心が痛む。ステージ4の癌に冒され、余命を宣告されているのだ。心穏やかでいられるはずがない。それなのに、朋香と勇馬の前ではそんな心の裡《うち》を微塵《みじん》も晒《さら》さず、常に笑みを浮かべる。

無理をしなくてもいいのにと思う反面、ほっとするのも確かだった。

実際、朋香の心も穏やかではない。達之助の癌が判明してからは、今後のことを思い悩み、眠れない夜も多いのだ。

「勇馬は？」

「お義母《かあ》さんが幼稚園まで送っていってくれた。迎えも任せろって。だから、今日はゆっくりできるわ」

朋香は背負っていたナップザックを病室の隅にあるタンスの上に置いた。中には達之助の下着の替えと、頼まれていた本、それに、北海道の三上収が送ってきた干したキノコが入っている。

「お袋も勇馬と水入らずなら文句はないな」

達之助が言った。

「これ――」

朋香はザックから取り出した紙袋を達之助に手渡した。

「北海道の三上牧場さんからなんだけど」

「三上さんから？　なんだろう？」

達之助が袋の中を覗きこむ。

「カバノアナタケっていうキノコを干したものなんですって。なんでも、北欧では癌に効くってされていて、アイヌ民族も昔から薬として重宝してきたんだそうよ。よかったら使ってくれって」

「どうやって使うんだ？」

荷物に同梱《どうこん》されていた三上収からの手紙には、カバノアナタケの使い方が丁寧に書き記されていた。

「滅茶苦茶《めちゃくちゃ》硬いぞ、これ」

干したカバノアナタケは石のように硬い。まず、煮込み、柔らかくなったら細かく刻んで、後はお茶のように煮出すのだそうだ。

そう説明すると、達之助は困ったというような表情を浮かべた。

「そこまでやるの、大変だな」

「わたしはかまわないのよ、全然。ただ、今の治療の妨げになると困るから、先生に訊いてからの方がいいかなと思って」

「ケミカルなものじゃないから平気だと思うけど、一応先生にお伺いを立ててみるか。ありがたいな。みんな、おれのことを心配してできるだけのことをしてくれる」

「あなたの人徳ね」

朋香は言った。本心だった。家でも会社でも、達之助は何事にも誠意を尽くす。その誠意が人の心を摑み、店の客足が伸び、取引先の業者の覚えもよく、会社は少しずつ、だが確実に売り上げを伸ばしてきた。

馬主としても同じに決まっている。生産者にも厩舎のスタッフにも、もちろん、馬にも誠意を尽くして接しているはずだ。

「人徳で癌も逃げ出してくれりゃいいんだけどなあ」

達之助が溜息を漏らした。

「回診の時に、先生にこれを使ってもいいかどうか、訊いてみましょうね」

朋香はカバノアナタケの入った袋を取り上げ、タンスの奥に押し込んだ。持ってきた本を、ベッドの横のサイドボードに並べる。

「朋香、ありがとうな」

達之助が手を握ってきた。指先が冷たく、手の全体が骨張っているように思える。少しずつ少しずつ、達之助は痩せていっているのだ。

「なによ急に」

朋香は笑みを浮かべ、心に湧いた不安を押し隠した。

「ちょっと話があるんだけど、いいかな」

達之助があらたまった顔で言った。

「なに？」

「今、会社を売る算段をしてる」

達之助はノートパソコンに目をやった。

「やっぱり、売っちゃうの？」

「まだしばらく退院できそうにないし、だったら、高く売れるうちに売っちゃえって思ってね。今の話がうまくまとまれば、おれに万一のことがあっても、朋香と勇馬に五億ほどの財産を遺《のこ》してやれそうだ」

「万一なんてないわよ」

「そうだといいんだけどな……その他に、生命保険が一億ある」

「そうね」

達之助の生命保険の受取額を一億に変えたのは勇馬が生まれた直後だった。保険金の受取人は朋香になっているが、勇馬のために使う金だとふたりで話し合った。

勇馬がこの生命保険の金を受け取る頃には、インフレが進んでたいした価値がなくなっているかもなと、達之助が冗談交じりで話したことを今でも鮮明に覚えている。

「勇馬のために使う金だってことになってるけど、生命保険の金、カムナビに使って欲しいんだ」

朋香は思わず達之助の顔を凝視した。

「癌のせいで頭までおかしくなったと思うかもしれないけど、いたって正気だよ、おれ」

「馬に一億？」

「日本で走らせるだけなら、そんなにはかからない。でも、あいつには凱旋門賞に行って欲しいんだ。前に話したことがあるだろう？　凱旋門賞に出る馬のオーナーになるのがおれの夢だって。カムナビはその夢を叶えてくれる。ただ、凱旋門賞に出るには金がかかるんだ。カムナビの輸送代、現地での滞在費、世話をしてくれるスタッフに払う金も馬主が負担しなきゃならないし、なんだかんだで一億近くかかる計算になる」

「そんなに……」

「それでも行かせたい。カムナビを走らせたい。本気でそう思ってるし、そう思ってるのはおれだけじゃない。生産者の三上さんも、調教師の児玉さんも、スタッフも、ジョッキーの若林君もみんな、あの馬に夢を見ている」

朋香はベッドの端に腰を下ろした。達之助の頬が紅潮している。思い入れの強いものに関して話すときはいつもそうなのだ。

初めてのデートの行き先は府中競馬場だった。どうして初デートで競馬場なんかに行かなければならないのかと最初から乗り気ではなく、おまけに競馬場は立錐《りっすい》の余地もないほどの大混雑で、もう二度とこの人とは会わないと心に決めていた。

それが変わったのは、その日のメインレースに出走する一頭の馬について語る達之助の目に心を奪われたからだ。

その馬の血統背景、戦績、そして、どれだけ自分がこの馬に惹《ひ》かれているのか。達之助は目を爛々《らんらん》と輝かせて語った。

朋香がこれまでデートしてきた相手は、頭の中に朋香をベッドまで誘う予定表が組み立てられていて、映画だの食事だのは前菜に過ぎなかった。

だが、達之助は違った。本当に競馬を愛していて、自分がなによりも好きなものを朋香に見せたかったのだ。

できれば朋香と行けるところまで行きたいという欲望はあっただろうが、サラブレッドのことを話すときはとにかく純粋だった。

それで、またデートに行くことにしたのだ。ただし、どれだけ競馬が好きかはわかったから、今度は競馬場以外の場所でと注文をつけた。

あの時の競馬への、サラブレッドへの愛はまだ続いているのだ。

「おれの夢を、朋香に託したい」

達之助が言った。思い詰めたような目で朋香を見つめている。

「そんなにかなえたい夢なら、それまで生きて、自分で自分のお金をカムナビのために使えばいいじゃない。わたし、ちょっとお手洗いに行ってくる」

朋香は逃げるように病室を出た。

思い詰めた目つきでわかった。達之助は自分の死を覚悟しているのだ。

冗談じゃないわ、勝手に死ぬって決めないでよ――朋香は目から溢れてくる涙を拭った。

8

「参ったな……」

佐久間はカムナビの背中で溜息を漏らした。調教用のウッドチップの馬場の近くで一時間、カムナビはぴくりとも動かずに立ち尽くしたままだ。

日に日に頑固さが増していき、調教を嫌う態度も酷くなっていく。なんとかなだめて馬場に入れても、真面目に走ることは滅多になく、佐久間を振り落とそうと暴れることの方が多かった。

カムナビの今後の予定は皐月賞トライアルの弥生賞と皐月賞、ダービーに出走した後、秋の菊花賞は見送ってフランスに飛び、凱旋門賞に出走することになっている。そのための予備登録も済ませてあった。

馬主の小森が、自分になにがあってもカムナビを凱旋門賞で走らせてくれとテキに懇願したそうだ。

いよいよナカヤマフェスタじみてきたな――カムナビの凱旋門賞への登録が済んだ後、小田島がしみじみとした声でそう言った。

ナカヤマフェスタが凱旋門賞に挑戦することになったときの逸話は聞いている。フェスタの馬主だった娘が亡くなり、代わりに馬主となった父親が娘のためにと凱旋門賞に連れて行ったのだ。

凱旋門賞で二着になった日本調教馬はこれまで三頭。エルコンドルパサーにナカヤマフェスタ、オルフェーヴル。オルフェーヴルは二年連続の二着。最初の二着は勝ちに等しい二着だった。ゴール直前まで他馬の追随をゆるさずに走っていたのに、もうすぐ日本競馬の悲願が達成されるとだれもが確信した次の瞬間、オルフェーヴルはあろうことか内にささり、後ろにいた馬に交わされてしまったのだ。

オルフェーヴルのあの競走こそが、間違いなく日本調教馬が凱旋門賞制覇に限りなく近づいたレースだった。だが、着差で言えば凱旋門賞に最も肉薄したのは頭差で二着だったナカヤマフェスタだ。

オルフェーヴルもナカヤマフェスタもステイゴールドの産駒だ。オルフェーヴルは良馬場も重馬場も、日本の馬場も欧州の馬場も関係なく走る化け物だったが、ナカヤマフェスタは時計のかかる馬場でこそ、そのポテンシャルを余すところなく発揮した。

ステイゴールドの血というのはそういう特性を持っているのだろう。

ならば、カムナビが重馬場に強いのも納得がいく。頑固な気性だけでなく、競走馬としての特質も受け継いでいるのだ。

梃子《てこ》でも動かない様子のカムナビの背中でどうしたものかと頭を悩ませていると、カムナビが耳を絞り、鼻息を荒くした。

耳は馬のコミュニケーションツールのひとつだ。耳の形や向きから、馬のその時の感情を推し量ることができる。耳を絞っている——耳が後ろにぴたっと倒れている状態の時、馬はたいてい怒っている。耳を絞った馬にうかつに近づけば、噛まれたり蹴られたり、ろくな目には遭わない。

カムナビはよく耳を絞っている。

カムナビの視線を追うと、こちらに向かってくる若林に気づいた。

「動かないのか?」

若林が距離をとって佐久間を見上げた。カムナビが耳を絞っていることに気づいている。

「ええ。もう一時間近くこのままです」

佐久間は答えた。

「この野郎、そんなにおれが嫌いか。そこまで耳を絞ることねえだろう」

若林が苦笑する。

ほとんどの馬が騎手を嫌う。競馬で苦しいこと、辛いことを強いるのが騎手だからだ。乗り役もあまり好かれないが、騎手ほどではなかった。

「おい、佐久間。こいつに追いかけっこさせようか」

「追いかけっこですか?」

「ちょうど、フヒトに調教つけるところなんだ。おれがフヒトに跨がって先を行けば、こいつ追い抜こうとむきになるんじゃないか」

フヒトというのは児玉厩舎が管理するサラブレッドだ。ダート馬で三週間後に競馬を控えている。

「追いかけますかね?」

「追いかけるさ。こいつはそういう馬だ。テキに話してフヒトを連れてくる。少し待ってろ」

若林はそう言い残して去っていった。若林の背中が遠ざかると、カムナビの緊張もほぐれていく。

フヒトはクロフネという名馬の血を引く三歳馬だ。いずれ重賞で戦えるだけの素質があると児玉も期待を寄せている。

十分ほどすると、若林を乗せたフヒトが姿を現した。若林はヘルメットを被り、ゴーグルで目の周りを覆っている。カムナビは鼻を動かした。匂いでフヒトの鞍上が若林だとわかったのだろう。

再び耳を絞って怒りをあらわにした。

若林はわざとフヒトをカムナビの前で往復させてから馬場に入っていった。カムナビがその後を追う。自分の前を他の馬が歩くだけでもゆるせないのに、その馬の背中には若林がいる。

フヒトがキャンターで馬場を進んでいく。カムナビもキャンターになった。

「本当に追いかけてるよ、こいつ」

佐久間は手綱を握り直した。鐙《あぶみ》にかけていた足に力を入れ、腰を浮かせる。むきになりはじめているカムナビを落ち着かせようと手綱を引いた。カムナビの速度がわずかに落ちた。

それを見計らっていたとでもいうように、フヒトが走る速度を上げはじめた。

カムナビが後を追う。手綱を引こうがなにをしようが、もはや制御不能だった。がむしゃらにフヒトを追っていく。

フヒトも速度を上げていた。ここに来る前に準備運動は終えていたのだろう。軽快なフットワークでウッドチップを蹴り上げている。

カムナビとフヒトの差は二十メートルあまり。佐久間は若林より五キロほど重い。騎手と違ってきつい体重制限がないせいで年々体重が増えている。

これが実際の競馬なら、五キロの斤量差は苦しい。向こうも将来を期待されている馬だ。差を詰めるのは難しいはずだが、カムナビは背中にのしかかる重さをものともせず、フヒトを追いかけていく。

佐久間は背中がぞわっと音を立てて粟立っていくのを感じた。これまでに感じたことのない疾走感だ。カムナビの背中は柔らかく、ストライドは大きく、力強い。

切れるという脚ではない。どこまでもどこまでも力強く伸びていく。カムナビはそういう脚質の馬だ。府中のぱんぱんの良馬場なら良血馬たちの切れ味に後れをとる。だが、荒れた馬場ならカムナビの敵はいないのではないか。そう思わせる走りだった。

調教を嫌がり、思い切り負荷をかけることができない状況でこの力感なら、調教を思い通りにできたらどんな走りをするのだろう。

フヒトとの距離が見る間に詰まっていく。並ぶ間もなく追い抜くと、カムナビはおれについてこられるかと言わんばかりに、さらに走る速度を上げた。

実際には、若林が途中からフヒトに制御をかけていたのだが、カムナビには知るよしもない。後ろを振り返る。若林がフヒトを追いはじめていた。フヒトの走る速度がまた上がる。若林はフヒトがカムナビの視界に入るよう、真後ろではなく右斜め後ろを走らせていた。

カムナビは走り続けている。フヒトとの距離が思ったほど開かないことがわかっているのだ。突き放そうと筋力を振り絞っている。

馬場をほぼ一周したところでカムナビの走る速度が落ちはじめた。ガス欠だ。筋肉に乳酸が溜まり、呼吸が苦しくなっている。

佐久間は手綱を緩めた。カムナビがキャンターから速歩《はやあし》、常歩《なみあし》と脚を緩めていく。

「いい調教になったんじゃないか」

後ろから若林の声が飛んできた。

「ええ。こいつ、マジ、久々に本気出しましたよ」

「フヒトの調教にもいいし、これからはこの二頭で併せ馬をするのもいいかもな。後でテキに話しておくよ」

「若林さん、頭回りますよね」

「おれをGIジョッキーにしてくれた馬だからな。このまま終わらせたくはない。おまえだってわかってるだろう？　ちゃんと調教ができれば、この馬にはもっと上がある」

「ほんと、真面目に走ってくれれば、こいつ、めっちゃ凄いですよ」

「真面目に走らせるのがおれたちの仕事だ」

若林が隣に並んできた。カムナビはもはや、耳を絞る気力もない。

「わかってるんですけどねえ。おれだって、こいつはＧⅠに連れてってくれて、勝たせてくれた馬だから思い入れは人一倍あるんですけど……」

「人間と馬の知恵比べだな。負けないよう、力を合わせてなんとかやっていこうぜ」

「はい。頑張ります」

佐久間は答えた。

ダービーは通常、ぱんぱんの良馬場で行われる。五月後半で、雨が降ることは滅多にないし、馬場を管理するＪＲＡの馬場造園課もダービーを良馬場で行うために持てる力をすべて注ぎ込むのだ。

カムナビがダービー馬になる目はない。適性が違いすぎるのだ。

だが、中山で行われる皐月賞なら――直線が短く、急坂があり、そこに雨が降れば。

カムナビはクラシックの一冠を勝ち取ることができるかもしれない。

凱旋門賞で走るためには、皐月賞はともかく、あとひとつは重賞を勝っておきたかった。ホープフルステークスの優勝賞金は七千万。ぎりぎり足りそうだが、登録頭数が多くなれば撥ねられる。獲得賞金が一億を超えれば、九割九分、出走がかなうだろう。

「もうひとつ、小森さんのためにもなんとか勝とうぜ」

佐久間はカムナビの首筋を優しく叩いた。

「小森さんの病気のこと、あれからなにか聞いてますか？」

「さあな」

若林が肩をすくめた。

「もし小森さんが死んだら、こいつはどうなるんですかね」

「小森さんは死なねえよ」

若林は怒ったような声を出した。

＊＊＊

「雨、降りそうにないな」

児玉はスマホを睨みながら呟いた。カムナビが出走する予定の弥生賞まで残り一週間を切り、レース当日の中山競馬場周辺の天気予報を調べたのだが、雨は一ミリも降りそうにない。

弥生賞は、四月に行われる皐月賞のトライアルレースだ。芝二千メートル。三月、春の中山開催二週目に行われるため、馬場は良好な状態だろう。

もうひとつのトライアルレースであるスプリングステークスまで待てば、馬場も多少は荒れ、時計がかかるようになるかもしれないが、こちらは千八百メートルの距離で行われる。

カムナビはホープフルステークスを勝っているおかげで賞金は十分に足り、皐月賞に直行しても出走はかなう。だが、いきなり本番に挑むよりは、その前に一度競馬で使っておきたかった。

クラシックの有力馬はトライアルレースは使わずに本番に直行するというのが近年の主流だ。従って、トライアルレースにはクラシック出走が可能なギリギリのラインにいる馬たちが集う。つまり、メンバーが小粒で勝てる可能性が高まる。凱旋門賞に向け、少しでも賞金を加算しておきたいカムナビには格好のレースでもある。

着信音が鳴った。小森からの電話だった。

「もしもし、小森さん？　体の具合はいかがですか？」

児玉は電話に出た。

「可も不可もないね。調子のいい日もあれば悪い日もある。一進一退ってところ。今日はいい方ですよ」

「そうですか……」

なんと答えるべきか判断がつかず、児玉は言葉を濁した。

「カムナビ、調子はどうですか？　一週前の追い切りのタイムはいつもと変わらないみたいだけど」

「佐久間と若林君がいろいろ工夫してやってくれてます。調教を嫌う馬なので、時計はなかなか出ませんが、馬の出来としては上々ですよ」

「でも、雨が欲しい」

「はい。雨が欲しいです」

「天気予報どおりだと難しそうだ」

「ええ。それでも頑張ってもらって、なんとか賞金加算をと思ってるんですけど」

「もし、春に賞金加算ができなかったとして、梅雨時まで待つことになりますかね。というか、それだと宝塚記念か」

宝塚記念は六月に阪神競馬場で行われるＧⅠレースだ。ファン投票上位に選ばれた馬に優先出走権が与えられ、冬の中山で開催される有馬記念と共に、グランプリと別称される。カムナビにはファンが多いため、出走権は得られるだろう。

だが、十月の凱旋門賞を目指すなら、その前に出走を確定させ、準備に入っておきたいところだ。

「カムナビと一緒にロンシャンに行けるかなあ」

小森が言った。力のない声だった。

「行けますよ。行きましょうよ」

児玉は反射的にそう言った。乾いた笑い声が聞こえた。

「そう言ってくれてありがとう。あのね、児玉さん――」

「なんでしょう？」

「もし、弥生賞で賞金加算できたら、クラシック、出さなくていいですよ」

「なにを言ってるんですか」

児玉は目を丸くした。クラシックに出る権利があるのに出さなくていいという馬主など、聞いたことがない。だれもがクラシック優勝馬の馬主になることを夢見ているのだ。牡馬なら皐月賞、ダービー、菊花賞。牝馬なら桜花賞にオークス。歴史が浅くてクラシックには入らないが、秋華賞もある。

毎年、七千頭前後の馬が生産され、そのうち、ダービーに出走できるのは十八頭だけだ。どんな生産者も、どんな馬主も、どんな調教師も、どんな騎手も、自分の関わる馬がダービーに出走できるようにと持てる力のすべてを注ぎ込む。

たとえ弥生賞で勝ち負けの勝負ができなくても、カムナビは皐月賞にもダービーにも出走できる。ホープフルステークスで勝つというのはそういうことなのだ。

「凱旋門賞に集中してほしいんです。馬も、児玉厩舎のみんなも」

「皐月賞にダービーですよ」

また、乾いた笑い声が聞こえた。

「こんな病魔に冒されなかったら、やっぱ、欲をかいちゃったと思うんですよ。皐月賞勝てるかも、ダービーも勝てるかも。下手したら、三冠馬だって夢じゃない」

小森が言葉を切った。呼吸を整えているのがうかがえる。

「でもね、ずっと病院のベッドで寝てて、考えたんですよ。自分が馬主としてなによりも手に入れたいものはなにかって。皐月賞馬やダービー馬は毎年誕生するじゃないですか。三冠馬だってこれまでに何頭も出た。だけど、凱旋門賞勝ち馬の馬主になるっていうのは、日本人はまだだれも成し遂げてないんです」

「それはそうですけど……」

「カムナビで凱旋門賞勝ちたいんですよ。そのために三上さんが作った馬じゃないですか。日本の馬場より、あっちの馬場の方が合ってるに決まってるじゃないですか。カムナビなら、ロンシャンにどんな雨が降ったって走れるじゃないですか」

「小森さん……」

小森の声には鬼気迫るものがあった。

「覚えてますか？　初めて、カムナビを見たときのこと」

「ええ」

児玉はうなずいた。

「三上さんは自信満々でカムナビをぼくたちの前に連れてきたけど、ぼくには全然カムナビの良さがわからなかった」

「恥ずかしながら、わたしにもわかりませんでした」

児玉は苦笑した。実際、カムナビが厩舎にやって来て調教をはじめるまでは、未勝利を勝ち上がることもなく埋もれていくのだろうと思っていた。

「三上さんの執念に負けたんですよ。それで、カムナビを買った」

「ええ」

「カムナビが凱旋門賞馬になるっていうのは、ぼくだけの夢じゃない。三上さんの夢でもある。日高のあんな小さな牧場で生まれた馬が、日本競馬界の悲願を達成するなんて、ドラマじゃないですか」

　競馬はドラマだ。それぞれの馬に、それぞれのドラマがある。

「ぼくがカムナビに連れて行ってもらいたいのはダービーじゃない。ロンシャンなんです。カムナビがロンシャンで走るなら、それを現地で見て応援するために、闘病にも力が入る」

「本当にいいんですか？　皐月賞にもダービーにも出さないで」

「ええ」

　小森は即答した。よくよく考えてのことなのだ。

「でも、厩舎には厩舎の思いというものがあります。みんな、クラシックを夢見てる。うちみたいな厩舎が管理する馬がクラシックに出走できるってのは、本当に奇跡みたいなことなんですよ」

「なるほど……」

「せめて、皐月賞には出させてください。そこで勝ち負けできるようなら、ダービーにも。ダービーの後でも凱旋門賞は間に合います」

　返事はなかった。

「小森さん？」

「厩舎の思いか……そこまでは気が回らなかったなあ。申し訳ない」

「謝る必要はありませんよ。馬は馬主のものです。ただ、少しだけ我が儘を言わせてください」

「ローテーションは児玉さんに一任します。ただし、今年、必ず凱旋門賞に向かうこと。来年だと、ぼくが間に合わないかもしれないから」

「小森さん――」

「向こうに行く金のことは心配しないでください。会社を売りました。女房にも、ぼくに万一のことがあっても、カムナビのために一億使ってやってくれと頼んであります」

「小森さん――」

「癌が見つかった直後に、女房の馬主申請してるんですよ。一応、会社の専務ってことになってるんで、金銭面の条件はクリアできるはずなんで。ぼくが死んだら、カムナビは女房の馬ということにします」

「それは決断が早すぎますよ。馬主は小森さんのままで、小森さんの馬として、ロンシャンに向かいましょう」

また、乾いた笑い声が聞こえた。小森は自分が癌に打ち克《か》てるとは思っていないのだ。

「カムナビをお願いします」

「もちろんです。本当に、あんな馬を預けていただいて、感謝しかありません」

「少し喋りすぎたかな。ちょっと疲れました。弥生賞の後、また電話します」

「はい。ゆっくり休んでください」

電話が切れた。児玉はだれもいない空間に向かって深々と頭を下げた。

＊＊＊

カムナビがいつものようにハナを切るのを小田島は下馬所へと向かうバスに据え付けられたモニタで見つめていた。隣の佐久間も食い入るような目つきをモニタに向けている。

厩務員はレース直前の本馬場入場まで馬を引く。役目を終えた後はバスに乗って下馬所まで戻り、レースを終えた馬を迎えるのだ。だから、自分の担当する馬のレースを直接見ることは少ない。

カムナビは後続との距離を広げながら向こう正面の直線に入っていく。中山の芝コースは良馬場だ。まだ荒れていない芝が春の日差しを浴びて青々としている。そのせいか、カムナビの走りもホープフルステークスの時ほどの力強さが見られなかった。

児玉の若林への指示では、大逃げは打たず、後続を引きつけたままで逃げ、三コーナーに入る直前にペースを上げるというものだった。作戦どおりにいっていないということは、カムナビが若林の指示を無視しているのだろう。気の向くまま、好き勝手に走っているのだ。

「馬鹿野郎が」

小田島は舌打ちした。

三コーナーに入る。後続との差は十馬身ほど。重馬場ならセーフティリードだが、ぱんぱんの良馬場なら後続の馬たちの脚も溜まっているはずだ。コーナーを回る間に距離が詰まっていく。

直線に入ると、カムナビの脚色が目に見えて鈍った。後続との距離が見る間に詰まっていく。

ゴールまで残り百メートルの辺りでは、馬群に飲み込まれるのは時間の問題に思えた。

だが、カムナビはそこから加速した。自分を追ってくる馬たちの足音が聞こえたのだろう。抜かせまいと尽きかけている力を振り絞ったのだ。

「まったく、負けず嫌いだけは化け物級だよな」

小田島は呟いた。

再加速したカムナビだが、馬群から抜け出して追ってくる栗毛《くりげ》の馬との脚色の差は明らかだった。

ゴール寸前、カムナビは栗毛の馬に交わされた。

「賞金はなんとか加算できたか……」

小田島はモニタから目を逸《そ》らした。栗毛の馬は確かにいい馬だが、クラシックで勝ち負けできるほどの能力はない。

若林の指示を無視したからとはいえ、その程度の馬に負けてしまったのだ。

「やっぱり、良馬場じゃきついか。また、逆さてるてる坊主吊《つる》すかな」

小田島は嘆息した。

＊＊＊

下馬所に戻ると、児玉と小田島、佐久間が待ち構えていた。若林はカムナビの背中から下りると、腹帯を外し、鞍と一緒に脇に抱えた。

小田島と佐久間がカムナビに引き綱をつけ、引いていった。

「手こずったみたいだな」

児玉が声をかけてくる。

「まったく言うことを聞いてくれませんでした。でも、逆にそれがよかった。プランどおり後続を引きつけて逃げてたら、直線でガンガン抜かれてたと思います」

若林は答えた。

「怪我の功名か……この面子《メンツ》であれだと、やっぱり、良馬場で一線級相手は厳しいな」

「タフな馬場でこその馬ですよ——後検量、済ませてきます」

児玉と一旦別れ、検量室に足を向けた。

検量を受けながら、若林は最後の直線を思い出した。カムナビの脚はあがりかけていた。雨でぬかるんだ年末の中山を生き生きと駆けた馬とは別の馬のような手応えだった。

らしさを見せたのはゴールまで残り百メートル。後ろから追いかけてくる他馬の足音が聞こえた途端、カムナビのエンジンは息を吹き返した。

だれにも抜かせない。だれにも前を走らせない。

背中からカムナビの強靱《きょうじん》な意志が伝わってきた。たいした根性だ。

――それほど前を走られるのが嫌なら、もっと調教に身を入れりゃいいんだよ。

若林はカムナビを追いながら苦笑した。

検量室を出ると、児玉が待っていた。

「さっきの続きですけど、調教をびっしりやれれば、良馬場でもある程度は走れそうな気はします」

若林は言った。

「やれるか？」

児玉の顔には諦めに似た笑みが浮かんでいた。

「難しいですね」

佐久間と共に、ああでもないこうでもないと頭を捻《ひね》りながらカムナビに調教をつけているが、芳しい成果は上がらない。

若林が跨がった馬と追いかけっこをさせるという手も、はじめのうちは効果があったが、やがてカムナビは興味を失った。どんなことでも、慣れてしまうとやる気が失せるのだ。きつい調教なんてうっちゃって、早く馬房に戻り、飼い葉を食べて寝る。カムナビの頭にあるのはそれだけのような気がしてくる。

「良馬場でも、中山でやる皐月賞ならなんとかならんかと思ったんだが……」

「ヒートウェーヴがいますからね」

若林は言った。ヒートウェーヴはカムナビと同じく、徹底先行で勝ち上がってきた馬だ。能力はカムナビの方が上だと思うが、ヒートウェーヴと先行争いになれば、カムナビの脚は削られる。切れ味自慢の良血馬たちとの戦いには分が悪い。

「テンが速いわけじゃないからな。ヒートウェーヴを交わすのに脚を使うか」

「府中の良馬場なら、こいつはハナから用無しです」

若林の言葉に児玉がうなずいた。直線の長い高速馬場の府中では、どう足掻《あが》いてもカムナビに勝ち目はない。

「小森さんは、皐月賞もダービーも使わないでロンシャンに直行して欲しいって言うんだ」

若林は思わず目を剝いた。

「クラシックに出られるのに、出なくていいなんて馬主、いるんですか」

「病気じゃなきゃ、なにがなんでも出すって言うさ。ただな……馬にもおれたちにも凱旋門賞に集中して欲しいんだと」

「そんなことを……」

「クラシック、カムナビに乗って出たいだろう？　こう言っちゃなんだが、滅多にないチャンスだ」

若林はそれには答えず、唇を嚙んだ。

確かに、クラシックには出たい。すべての騎手が夢見るのは、自分がダービージョッキーになることだ。これまでは、ダービージョッキーになるどころか、ダービーに出走する馬に跨がることさえかなわなかった。

「おれもそうだけど、スタッフだってダービーに出たいと思ってる。初めてのダービーなんだぞ」

そう。生産者の夢はダービー馬を作ること。騎手の夢はダービージョッキーになること。調教師の夢はダービートレーナーになること。厩務員や調教助手の夢は、自分が手がける馬がダービー馬になること。

昔からそれは変わらない。日本の競馬はダービーを中心に回っているのだ。

出走できるのはたったの十八頭。一生ダービーに縁のない生産者は腐るほどいる。騎手も調教師も同じだ。ダービーに出走する権利があるのに、それをふいにするなど考えられない。

しかし――小森が自分の死期を悟っているのだとしたら、その気持ちはわからなくもない。

カムナビはダービーに出られる。だが、勝ち目はゼロに等しい。しかし、凱旋門賞なら。雨でぬかるんだロンシャンの馬場なら。

あるいは、カムナビが固く閉じられていた門をこじ開けるのかもしれない。ダービーで勝つことより、そちらの方が可能性はある。

「小森さんはこう言ってた。ダービー馬は毎年誕生する。三冠馬だってこれまで何頭も出てきた。だけど、凱旋門賞勝ち馬はまだいないんだって」

「皐月賞もダービーも振って、ロンシャン行っちゃいますか」

若林は言った。

「いいのか？」

「そりゃ、ダービーに乗りたいです。でも、カムナビは小森さんの馬じゃないですか。小森さんの夢に乗っかりましょうよ。ダービーに出る騎手は毎年十八人いますけど、凱旋門賞に乗れる日本の騎手は数えるほどしかいない。おれ、そっちがいいです」

「そうか。そうするか」

児玉の顔が綻んだ。なにかを吹っ切ったかのような爽やかな笑顔だった。

＊＊＊

「親父、親父!!」

三上徹は軽トラから降りると、コンビニで買ってきたスポーツ紙の束を手に取り、厩舎に向かって駆けた。

収が厩舎から出てくる。

「なんだ朝っぱらからガキみたいに喚《わめ》いて。はんかくさい」

「これ見ろよ、これ」

徹は手にしていた一紙を収に渡した。すでに競馬面を開いてある。

特大の見出しで〈カムナビ　クラシックに見向きもせず　凱旋門へ！〉と書かれていた。

収が手にしていた飼い葉用のバケツを地面に落とした。両手で広げた新聞を食い入るように見つめる。

記事には、児玉調教師が、カムナビはクラシックには出走させず、凱旋門賞に向けて調整を進めていくと話したと記されている。皐月賞にもダービーにも出ない理由は、カムナビには日本の馬場より向こうの馬場の方が合うからだと児玉は語ったそうだ。弥生賞で二着に入ったことで、獲得賞金も足りそうだ、と。

他の新聞でも書かれていることは大同小異だ。それでも、居ても立ってもいられずにコンビニに置いてあるスポーツ紙を全紙、買ってきてしまったのだ。

「皐月賞にもダービーにも出ないなんて、正気の沙汰かよ」

徹は言った。

「出たってどうせ勝てんべ。そういう馬だし、おれはそういう馬を作りたかったんだわ」

収はまだ紙面を睨んでいた。

「だけど、クラシックだぜ。うちの生産馬がクラシックに出たのなんて、何十年前の話だよ」

「凱旋門賞には一度も出たことがないべよ」

「そういうことじゃないって」

徹はスポーツ紙を握りしめた。

カムナビが皐月賞とダービーに出る。そう考えただけで胸が高鳴り、眠れなくなる。三上牧場の生産馬がクラシックに出るというのはそれほどまでに稀《まれ》なことなのだ。町内の牧場関係者とどこかですれ違えば、必ずと言っていいほど「カムナビ、わやだな。クラシック出られるなんて、すげえ馬だわ」と声をかけてくる。

それなのに、クラシックには見向きもせず、凱旋門賞に専念するというのは受け入れがたいものがあった。

「小森さん、あんまりよくないみたいなんだわ」

収が言った。

「小森さんだって、自分の所有馬がクラシックに出るの初めてなんだ。出したいに決まってるべや。だけど、それよりも凱旋門賞をってことなら、よっぽどの覚悟なんだ」

徹は口を閉じた。小森の病気のことは頭から消えていた。

「ダービーに出ても、大雨が降らん限り勝てん。なら、少しでも勝ち目のある凱旋門賞に行く。そう決めたんだと思う。最近のカムナビはますます父親に似てきて、調教も身が入らんそうだ。フェスタも、フランス行ったらピリッとしたというから、カムナビも向こうの方が真面目に走るべな」

徹は俯《うつむ》いた。小森のことに思いが及ばなかった自分の身勝手さに腹が立ち、それでもなお、カムナビがクラシックに出ないという理不尽さが受け入れがたい。

「クラシックに出る馬はな、おまえが作ればいい」

収が言葉を続けた。

「美佐と力合わせて、うちの繁殖と相性のいい種馬見つけて、細々とでも一生懸命馬を作るのさ。そしたら、競馬の神様もたまにはいい目見させてやるべかと思うこともある。おれにとっちゃ、カムナビがそうだ。おまえも、おまえのカムナビ作ればいいのさ」

「親父……」

「クラシックに出られるのに出ないってのは歯痒いわなあ。その気持ちはよくわかる。でも、おれは凱旋門賞で勝ちたくてカムナビを作ったんだ。おまえに嫌み言われても、他の牧場の連中に笑われても、懲りずにフェスタの種をうちの繁殖につけ続けた。カムナビはおれの夢だ。おまえはおまえの夢を見つけれ」

収の声が震えていた。徹は収の顔を見た。

収の目が潤んでいた。

「カムナビが本当に凱旋門賞に向かうんだなあ……」

収の目尻から涙がこぼれた。収が泣くのを見るのは、生まれて初めてだった。

＊　＊　＊

新聞を持つ達之助の腕は痛々しいほどに細かった。遺伝子治療ははじめのうちは効いているようだったが、途中から癌細胞の増殖が抑えられなくなり、一月《ひとつき》ほど前から抗癌剤と放射線をメインにした治療に切り替わっていた。

副作用が辛いのかいつも渋面で、笑うことも滅多になくなった。

その達之助の横顔に、うっすらと笑みが浮かんでいる。

新聞には、カムナビが凱旋門賞を目指すという記事が載っているのだ。

「はい、できたわよ」

朋香はマグカップを達之助に手渡した。中に入っているのは三上収が送ってきたカバノアナタケを煎じた液体だ。達之助は毎日欠かさず飲んでいる。

「ありがとう」

達之助は新聞を朋香に渡し、マグカップを両手で包むように持って中身を啜った。気のせいかもしれないが、カバノアナタケを飲んだ後の一時間ぐらいは、達之助の調子がいいように思える。

「児玉さん、とうとう公にしたよ」

達之助が言った。

「うん。先に新聞読んじゃったから知ってる。本当に行くのね、フランスに」

「ああ。できればおれも行きたいんだけど、この調子じゃ無理っぽいな」

「レースがあるのは十月でしょ？　まだ時間があるわ。それまでに治せばいいのよ」

朋香は達之助から目を逸らした。実のない言葉を口にするのはいつだって心苦しい。

「おれの代わりに、朋香がロンシャンに行ってくれ。勇馬はお袋が面倒見てくれるだろう」

「一緒に行くのよ」

「勇馬とカムナビのこと、頼んだぞ。大変だと思うけど、おまえしかいないんだ」

「そういうこと言うのやめてって言ってるじゃない。言われなくてもちゃんとやるから安心して」

「すまん――」

達之助の言葉が途切れ、マグカップが床に落ちて割れた。

「あなた？」

達之助の腕が力なく落ちた。達之助は目を閉じている。意識を失ったようだった。

朋香は慌ててナースコールのボタンを押した。すぐに、看護師がふたり、病室に飛び込んでくる。

「先生を呼んで、大至急」

年かさの看護師が若い看護師に命じた。

「どうなってるんですか？　主人は大丈夫ですか？」

朋香は看護師に訊いた。

「すぐに先生が来ますから。奥さんは病室の外でお待ちください」

看護師に押し出されるようにして病室の外に出た。朋香はその場にしゃがみ込み、自分で自分の肩を抱いた。

神様、お願い、お願い、神様――うまく回らない頭で祈った。

9

車から降りると、小田島は鼻から空気を吸い込んだ。

緑の芝生が広がり、厩舎がある。それだけだとトレセンのある美浦の景色とさほど変わりはないが、匂いは明確に違った。気候のせいだろうか、美浦より空気が乾いており、匂いも華やかに感じる。

反対側のドアから車を降りた佐久間が物珍しげに左右に視線を走らせている。

「やっぱ、美浦とはなんか違いますね」

佐久間が言った。

小田島たちが到着したのはフランス、シャンティイ調教場にある袴田《はかまだ》厩舎だった。おっつけ、カムナビもやって来る。

カムナビは袴田厩舎の馬房を借りてシャンティイに三ヶ月と少し滞在し、前哨《ぜんしょう》戦であるGⅡレースのニエル賞、そして凱旋門賞に出走する予定になっている。

小田島と佐久間はカムナビの面倒を見、また調教をつけるために先陣として美浦からフランスにやって来たのだ。

「さすがに疲れたでしょう。時差ボケは大丈夫ですか」

運転席から出てきた袴田薫《かおる》が小田島たちに声をかけてきた。わざわざパリ＝シャルル・ド・ゴール空港まで迎えに来てくれたのだ。袴田がいなければ空港からシャンティイまで辿り着くのに数倍の時間がかかっていただろう。小田島と佐久間はフランス語が話せないどころか、海外に来ること自体が初めてだった。

競馬関係の仕事に就いている者はまとまった休みがなかなか取れない。旅行に行くにしてももっぱら国内で、せいぜいが二泊三日というところだ。

「おかげで助かりました、袴田先生」

小田島は頭を下げた。

「先生はやめてください。調教師に先生をつけて呼ぶのは日本だけですよ」

「どこの国の人だって、調教師は先生なんです」

小田島が応じると、袴田は苦笑した。

袴田は麻布《あざぶ》大学獣医学部を卒業後、競馬に携わりたいと北海道の牧場に就職した。そこで五年ほど働いた後で、中央競馬の厩務員試験を受けたが落第。日本を出て、オーストラリア、アイルランド、フランスの厩舎で働いた後、五年前にフランスの調教師試験に合格して開業した。

フランスで行われる競馬に挑む日本馬とその陣営の多くが、袴田の世話になっている。

「部屋を用意してありますから、そちらでお休みください。シャワーを浴びたければどうぞ。食事は午後八時ぐらいを目処《めど》に。こっちは日本より晩飯の時間が遅いんです」

小田島は腕時計に目を走らせた。午後五時を少し回ったところだ。太陽はまだ空の高いところにあり、時差ボケとあいまって時間の感覚が狂う。

佐久間が車の荷室からスーツケースを下ろしはじめた。小田島は小振りのスーツケースがひとつだけだが、佐久間はかなり大きめのスーツケースをふたつ運んできていた。

「小田島さん、三ヶ月以上滞在するのに、ほんとに荷物これだけしかないんですか？」

「替えの下着があれば十分だ。服はよれよれになったら買えばいい」

「そりゃそうですけど……」

小田島は自分のスーツケースを受け取り、歩き出した袴田の後についていった。厩舎の敷地内に洋風の家が建っており、そこに袴田と家族が暮らしていると聞いていた。

本宅の近くには離れのような小さな家が二棟建っている。日本の競馬関係者が大勢訪れたときはその二棟も使うのだそうだ。

今年、凱旋門賞挑戦を表明している日本馬は三頭。カムナビ以外の二頭は宝塚記念に出走することが決まっており、渡仏するのはカムナビ陣営が最初だった。だから、小田島と佐久間は離れではなく、本宅の客間を使えることになったのだ。

「豪勢な家ですね。美浦の宿舎とは大違いだ」

家に入るなり、小田島は嘆息した。中は広く、天井も高い。まさしく映画やドラマで見る金持ちの欧米人が暮らす家だった。

「こっちではこれが普通です。日本人には広すぎて、メンテナンスが大変なんですよ」

奥から女の子がふたり、廊下を駆けてきた。袴田の娘たちだろう。金色の髪をなびかせ、笑みを浮かべて袴田に飛びつく。

「アンナ、マリー、日本からのお客さんだよ」

袴田が日本語で言った。

「ようこそいらっしゃいませ」

背の高い方の娘が言った。長女のアンナだと自己紹介する。マリーの方ははにかんで、袴田の後ろに隠れてしまった。

「マサとワタルだ。よろしくね」

小田島はアンナに微笑んだ。

「さあ、ママのところに行ってお手伝いしておいで」

袴田が優しい仕草でふたりを追い返す。

「娘さんたち、フランス語もできるんですよね？」

佐久間が言った。

「ええ。母親と話すときはフランス語、ぼくと話すときは日本語です」

「すげえ、バイリンガルじゃん」

「こういう家に生まれ育ったら普通だろう」

小田島は言った。

「二階の手前の部屋を小田島さんが使ってください。佐久間君はその隣の部屋。バスルームとトイレは廊下の突き当たり。左手のドアがバスルーム、右手がトイレです」

「ありがとうございます。しばらくお世話になります」

「カムナビ、面白い馬だって聞いてますよ。楽しみですね」

袴田が微笑み、娘たちの消えた方に歩き去っていった。

「おまえ、シャワー浴びるなら先に使っていいぞ」

階段を上りながら、小田島は佐久間に言った。

「いいんですか？」

「おれはテキに電話する。到着したってことを報せるのと、小森さんの容体も知りたい」

「そうですね。元気になってこっちでカムナビを応援できたらいいのに」

佐久間が肩を落とした。

「おれたちにできるのは、カムナビをぴっちり仕上げて競馬に送り出すことだけだ。カムナビが好走すれば、小森さんだって元気を取り戻すかもしれん」

「そのぴっちり仕上げるってのが難しいんじゃないですか、あの馬は」

佐久間は顔をしかめながら自分にあてがわれた部屋に消えていった。小田島も自分の部屋に入る。シングルベッドがひとつにライティングデスクとテレビがあるだけのシンプルな部屋だった。小型の冷蔵庫も置かれている。冷蔵庫を開けると、ミネラルウォーターと缶ビール、オレンジジュースなどが用意されていた。

「ありがたい」

小田島は缶ビールを手に取り、荷ほどきは後回しにして日本に電話をかけた。

日本とフランスの時差は普通八時間だが、こちらはサマータイムだから時差は七時間になる。日本は午前零時過ぎ。到着したら時間は気にせずに連絡しろと言われていた。

児玉は通常、午後九時には床に就き、午前二時には起きて、その日の調教メニューなどを考える。今夜はいつもより早起きしているのだろう。

案の定、電話はすぐに繋がった。

「小田島です。たった今、袴田厩舎に到着しました」

「お疲れさまです。様子はどうですか？」

「むちゃくちゃいい天気です。空気も乾いてて過ごしやすい。日本とは雲泥の差ですね」

「だが、十月に入ると逆転する」

「ええ」

小田島は頭を掻いた。凱旋門賞が行われるロンシャンでは、十月になると雨が多くなる。凱旋門賞が重馬場で行われることが多いのはそのせいだった。

「小森オーナーはどんな感じですか？」

「昨日、奥さんと話したけど、一進一退といったところだそうです。たまに意識がはっきりするときもあるけど、たいていは寝てるか朦朧《もうろう》としてるそうで」

小森の容体が急変したのは春先のことだ。一時は意識不明の重体に陥り、医師も諦めかけたという。病院側の懸命の治療でなんとか一命を取り留めたものの、以来、予断をゆるさない状態が続いていた。

「なんとか元気になってもらいたいけど……」

「その気持ちはみんな同じですよ。一番辛いのは奥さんと息子さんだろうから、ぼくたちはいつもと変わりなく行きましょう」

「はい。カムナビはどうですか？」

「今日、予定どおり飛行機に乗せます」

「了解です。こっちの手配は全部、袴田さんがやってくれてるので安心ですね」

「ほんと、袴田さんがいなかったらと思うとぞっとしますよ。児玉厩舎は海外遠征自体が初めてだし、右も左もわからないところを袴田さんがサポートしてくれる。頭が上がらないですね」

「ナカヤマフェスタの時代とは違いますね」

以前は専用の飼い葉はもちろん、馬が飲む水まで運んできたらしい。文字通り、右も左もわからず、できるだけ日本にいるのと似たような環境を作ろうとだれもが四苦八苦していた。

今は袴田のような日本人調教師もいるし、日本のやり方に慣れている厩舎もある。

「来週、ぼくと若林君でそっちに飛ぶのも予定どおりです」

児玉と若林は二週間間隔でこちらに来て、カムナビの様子を確かめる。もちろん、若林は調教にも乗る予定だった。

「今のうちから逆さてるてる坊主ぶら下げておきましょうか」

小田島は言った。

「当週になってからでいいですよ」

児玉が笑った。レース当日、雨が降ってくれと凱旋門賞の登録を済ませたときから祈っているはずだ。

「それじゃ、また連絡します」

「うん。なにかあったらすぐに報せてください」

小田島は電話を切り、缶ビールを開けた。宙に向けて缶を掲げる。

「フランス競馬に。小森さんが回復しますように」

祈るように言って、缶ビールを飲んだ。

＊　＊　＊

シャンティイの調教馬場は森の中にある。芝生の直線コースで、距離の目安となるハロン棒もなにもないから面食らう。

これでどうやってタイムを計れと言うのだろう。話には聞いていたがとんでもない。

佐久間とカムナビは、袴田厩舎の馬たちと隊列を組んで、芝の馬場を進んでいた。佐久間以外の人間はみなフランス人で言葉も通じない。そのほとんどは男だが、中には顔立ちの整った女性もふたり、混じっていた。

欧州では厩務員はもちろん、乗り役にも女性が普通にいる。

ときおり、ジャパンカップに外国馬が出走すると、ミニスカートにハイヒールの女性厩務員がパドックで馬を引く姿が目に留まる。

馬が暴れて転んだら下着が丸見えじゃないかと期待したりもするのだが、そんなことはまず起こらない。馬も人も互いを信用しているからだ。

カムナビは神妙な面持ちで隊列の後ろを歩いていた。

一昨日、袴田厩舎に到着してからはずっと馬房の中にいた。体を動かしたくてうずうずしているだろうと思ったのだが、厩舎の外に出てもおとなしく、袴田厩舎の馬が視界に入ってもテンションを上げることなく、静かにたたずんでいた。

「おまえ、あれか？　緊張してんのか？」

佐久間は背中の上からカムナビに声をかけた。カムナビの耳が前後に動く。聞き慣れた声に安堵《あんど》しているようにも思えた。

カムナビの父、ナカヤマフェスタもフランス初遠征のときは馬が変わったと聞いている。日本のトレセンでは調教を嫌がって暴れまくっていたのが、フランスの調教場ではおとなしく乗り役の指示に従ったというのだ。

慣れない場所で緊張していたのだろうとナカヤマフェスタに携わった人たちが言っている。カムナビも同じだ。慣れない場所、慣れない馬たち、慣れない人間たちに緊張し、慣れた佐久間の指示を待っている。

「可愛いとこあるじゃんか」

佐久間はカムナビの首を撫でた。

カムナビのフランス入りに関しては、レース直前の方がいいのではないかという意見が多かった。

ナカヤマフェスタと同じように、慣れない環境下で最初は従順でも、滞在が長くなって慣れてしまえば元の木阿弥《もくあみ》になるのではないか。

もっともな意見だと思う。

しかし、児玉の判断は違った。

今年に入ってから、カムナビはまともな調教ができていない。佐久間と若林で頭を捻り、あの手この手を使ってもそれに慣れるとまた走らなくなるからだ。

児玉厩舎に入厩した当初は気の悪さもさほど見せず、調教もなんとか駆けていた。シャンティイでも三ヶ月なら我慢が利くのではないか。

いきなり本番で走らせるより、前哨戦のニエル賞でひと叩きしておいた方がいい。

児玉の考えももっともだと思う。

カムナビは間違いなく一度競馬を使ってからの方が体の張りがよくなる。ぶっつけ本番は合わない馬なのだ。

小一時間ほどの軽い運動を終えて厩舎に戻る。小田島がカムナビの馬体を洗っている間に馬房の掃除をし、飼い葉を用意する。

こちらで食べさせる飼い葉は、袴田厩舎が普段使っているものに、日本から持ってきた児玉厩舎特製のサプリを混ぜるだけだ。

カムナビを馬房に戻すと、やっと朝食の時間だった。袴田の家のダイニングキッチンにスタッフが集合し、袴田の妻であるイヴリンのこしらえた料理を食べるのだ。

佐久間と小田島の席は到着翌日に決まってしまっていた。十人ほどが座れる大きなダイニングテーブルの端の方でアンナを挟んで座る。フランス人スタッフたちの言葉を、アンナが通訳してくれるのだ。

今朝は、佐久間の隣に運動でも一緒だった女性の乗り役が座った。金髪を短く刈り、化粧っ気はないが愛くるしい顔立ちのフランス人だ。

「ワタル、彼女はヴィヴィエンヌ」

アンナが言った。ヴィヴィエンヌが佐久間を見て微笑む。

「ボンジュール」

佐久間は辛うじて知っているフランス語を口にした。

「ボンジュール」

ヴィヴィエンヌは佐久間を見て早口のフランス語をまくし立てた。佐久間は途方に暮れ、アンナに顔を向けた。

「ヴィヴィエンヌはね、昨日、ネットでカムナビのレースを見たんだって。素晴らしい馬だって言ってるよ」

「メ、メルシ」

「ヴィヴィエンヌは二十一歳なの。ボーイフレンドはいないみたいよ」

アンナが囁くように言った。

「それに、ヴィヴィエンヌは日本のアニメに目がないの。ワタルはアニメ好き？　話が合うかもよ」

「アニメなら任せておけ」

佐久間は胸を張った。

ＳＮＳで知り合ったカムナビ好きのウマ女とはあまり進展がない。

フランスのウマ女と付き合うというのもありかもしれない。

カムナビが手がかからないことといい、ヴィヴィエンヌといい、フランスはいいところじゃないか。

三ヶ月も滞在させられると聞いて一時は腐ったものだが、これはこれで悪くない。

佐久間は上機嫌でカフェオレを啜り、アンナを介してヴィヴィエンヌと日本のアニメの話をはじめた。

＊＊＊

カムナビは弾むように芝の上を駆けていた。

「おいおいおい」

若林は感嘆の声を上げた。

カムナビが自らハミを取っている。それればかりではなく、若林に促されることなく走る速度を上げていくのだ。日本にいるときとは別馬だ。

ハミというのは馬の口の中に入れる馬具だ。様々な形状のものがあるが、このハミがあって初めて、人間は手綱で馬を操ることができるようになる。

カムナビは普段は口向きが悪いとされる馬だった。ハミを嫌がり、きちんと噛もうとしないのだ。ハミを取るというのはそれとは逆に、馬が自分からハミを正しい位置に置くことを言う。

「どうしちゃったんだよ、おまえ」

他の馬がいるのなら、追い抜こうとしたり、抜かせまいとするのがカムナビの気性だが、今は単独で走っている。

まるで優等生ではないか。

「よく似た他の馬なんじゃないだろうな」

首を捻ってみたが、跨がった感触は間違いなくカムナビのものだった。

調教場の端まで走らせ、キャンターでスタート地点まで戻った。

「どうだった？」

待ち構えていた児玉が訊いてきた。首から双眼鏡をぶら下げている。

「別馬みたいに真面目に走ります」

若林は答えた。

「でしょ、でしょ。こいつ、こっちに着いてからは滅茶苦茶真面目に走るんですよ」

佐久間が叫ぶように言った。

若林は児玉と目を合わせ、肩をすくめた。昨日、佐久間から聞いたときは半信半疑だったのだ。

こちらがなにか工夫したわけでもないのにカムナビが真面目に走る？

そんなことがあるはずがない。

しかし、実際にカムナビに跨がってみると佐久間の言うとおりだった。

若林は小田島が引き綱をつけるのを待って、カムナビから下りた。カムナビを見上げる。

「本当にこの調子であと三ヶ月頑張ってくれるのか？」

カムナビは若林の問いかけを無視するように歩き出した。早く馬房に戻り、飼い葉を食べたいのだ。その辺だけは日本にいるときと変わらない。

小田島がカムナビを厩舎に連れていく。

「ちょっとした作戦会議を開こう」

児玉が言った。左手にはタブレットが握られている。児玉はそのタブレットを慣れた手つきで操作した。

「おれたちが一番心配しなきゃならないのは、カムナビがシャンティイの環境に慣れて、また駄々を捏《こ》ねはじめることだ」

児玉の言葉に若林はうなずいた。

ナカヤマフェスタもフランス滞在初年度は殊勝な態度だったが、翌年は環境に慣れてしまい、暴れまくるだけでまったく調教ができなかったと聞いている。

父も、その息子も賢い馬だ。賢すぎると言ってもいい。その賢さが人間には仇となる。

「当面、負荷をかける調教は週に一度だけにしよう。それ以外は引き運動ぐらいにとどめて、歩かせる場所もいろいろ変える。できるか？」

児玉が佐久間に訊いた。

「シャンティイは広いですからね。大丈夫です」

佐久間が胸を張って答えた。フランスに来て一週間の間にずいぶんと逞《たくま》しくなったように思えた。

袴田厩舎の女性スタッフと仲良くなり、フランス語の語彙もかなり増えたと聞く。

「ニエル賞のひと月前から本格的な調教をはじめて、ニエル賞後は一旦休ませてから、強い調教を二本。それで凱旋門賞に向かう。どう思う？」

「それがベストかな……できれば、もうちょっとやらせたいですけど」

「とりあえず、朝飯食って、もう少し煮詰めよう」

「了解です。シャワー浴びたら、ダイニングに向かいます」

若林は言い、児玉と佐久間に背を向けた。家に入ると、袴田と鉢合わせしそうになった。

「おはようございます」

「ベッドの寝心地はどうでした？」

袴田が言った。

「最高です。ぐっすり寝て、時差ボケも吹っ飛びましたよ」

「それはよかった」

「袴田さん、折り入って頼みたいことがあるんですが」

若林は口調を変えた。

「なんでしょう？」

「ニエル賞のひと月前から、ぼくもここに滞在させてもらえないでしょうか。凱旋門賞が終わるまで」

「それはかまいませんが……日本での騎乗はいいんですか？」

「日本の競馬は来年も続きます。でも、ぼくが凱旋門賞に乗れるのは、今年が最初で最後かもしれない」

袴田がうなずいた。

「なるほど」

「袴田厩舎の馬の調教にも乗ります。馬房掃除でもなんでもします」

「調教はお願いするかもしれませんが、馬房掃除までは……うちのスタッフの仕事を奪わないでください」

袴田が苦笑する。

「できれば、こっちで競馬に乗れればと思うんですが、難しいですかね」

本番の前に、こっちの競馬に慣れておきたかった。だが、それ以上に、日本以外の国の競馬に騎乗できるかもしれないと考えると胸が躍った。

競馬学校時代、絶え間なく襲いかかってくる空腹に耐えながら夢見たのは、GIジョッキーになること。そして、海外で活躍するジョッキーになることだった。

「馬主に相談はしてみますが……条件戦数鞍《すうくら》ならなんとかなるかな。後は、若林さんが出す結果次第」

「それはわかってます。よろしくお願いします」

若林は深々と頭を下げた。部屋に戻り、スマホを手に取る。

時差を確認し、日本のエージェントである渡邊弘司《わたなべひろし》に電話をかけた。

エージェントというのは、騎手と契約し、騎手に代わって騎乗馬の調整をする人間のことだ。エージェントの多くは競馬予想紙の記者だった。馬のことがある程度わかる人間でなければ競馬のエージェントは務まらない。

「ボンジュール」

電話が繋がると、渡邊は鼻にかかったフランス語を口にした。

「八月から十月初めまで、日本での騎乗、やめます」

若林はいきなり本題を口にした。

「騎乗やめるってなに言ってんの？　ん？　もしかして、カムナビと一緒にずっとフランスにいるつもり？」

「そのつもり」

「ちょっと待てよ。ＧＩジョッキーがなに言ってんのよ。ホープフル勝ったおかげで、いい馬の騎乗依頼も以前よりぐんと増えてるんだよ。ここで結果出して、トップジョッキーの仲間入り果たすってのが本筋じゃないの？」

「それはそうなんでしょうけど」

若林は頭を掻いた。

「それを二ヶ月も留守にするなんて、若手ジョッキーじゃないんだからさ」

「最初で最後の凱旋門賞かもしれないんです。悔いが残らないよう、ベストを尽くしたくて」

舌打ちが聞こえた。若林は渡邊と騎乗する馬の進上金の五パーセントを支払うという契約を結んでいた。たいした額ではないが、二ヶ月分丸々となるとそれなりの金額にはなる。

「まあ、しょうがねえかなあ、それじゃ。戻ってきたら騎乗馬がないってことにならないよう、祈っておきなよ」

「そのときはそのときです。それぐらいの覚悟なんです。わかってください」

「わかってるよ。ワカちゃんクラスのジョッキーが日本を二ヶ月留守にするってことの意味と覚悟はさ。で、どうなの？　カムナビ、行けそうなの？」

「美浦にいるよりは調教で負荷をかけられそうです。あとは、天候次第」

「土砂降りの雨が降って欲しいよなあ。今から雨乞いしておくか。凱旋門賞ジョッキーになったら、いや、馬券に絡むだけでもワカちゃんの評判、うなぎ登りだよ。保証する」

「頑張ります。それじゃ、よろしく」

若林は電話を切った。続いて妻の梓に電話をかけた。

フランスに長期滞在するという考えは、こちらに到着してから頭に浮かんだのだ。梓にはなんの相談もしていない。

さすがの梓も怒るだろうかと思いながら、呼び出し音に耳を傾けた。

＊＊＊

「どうぞ」

イヴリンがコーヒーの入ったマグカップをテーブルに置いた。

「砂糖とミルクは？」

アクセントはおかしいが、ちゃんとした日本語だった。

「このままで大丈夫。日本語、お上手ですね」

「ちょっとだけ」

イヴリンは照れくさそうに微笑んだ。

電話を終えた袴田が戻ってきた。

「結婚したての頃は、日本語を覚えるつもりなんてこれっぽっちもなかったみたいなんですけど、娘ができて、ぼくとは日本語で話すのを見ているうちに少しずつ覚えてきてるんですよ」

袴田は児玉の隣に腰を下ろした。イヴリンにフランス語で話しかける。イヴリンはうなずき、キッチンに消えていった。

「朝食は足りていますか？　こっちの人は朝食はあまり量を摂らないんです。その代わり、昼と夜はたくさん食べますけど」

「大丈夫です。日本でもおにぎり一個とか、素うどん一杯とか、そんな朝飯ですから」

「忙しいですからね、朝は」

袴田は飲みかけのマグカップに手を伸ばした。中に入っているのは日本茶だ。コーヒーは体が受けつけないらしい。

「馬主からの了解は取り付けました」

「ありがとうございます」

児玉は頭を下げた。カムナビの調教が本格的にはじまったら、併せ馬の相手として袴田厩舎の管理馬を使わせてもらえないかと頼んだのだ。

「併せ馬の相手にはこんな馬がいいというリクエストがあったら、探しますよ」

「そこまでしてもらったら申し訳が立ちません。ただでさえ、いろいろしていただいているのに」

フランス国内の馬運車の手配から、馬やスタッフの食事まで、袴田にはおんぶに抱っこだ。海外遠征が初めてだという児玉たちの事情を察して、痒いところに手が届くような配慮を見せてくれている。

これが自分とスタッフだけなら、カムナビが滞在する厩舎との交渉からはじまって、気が遠くなるような時間と労力がかかっていたに違いない。

エルコンドルパサーで凱旋門賞に挑んだ陣営には袴田はいなかった。日本の事情に詳しいフランス人関係者もいなかった。無数の試行錯誤を経て、あの競馬があったのだ。

自分たちは恵まれている。そのことに日々感謝するのを忘れないようにしたい。

「さっき、若林君から、八月から凱旋門賞が終わるまでこっちに滞在したいという話がありました。児玉さん、ご存知でしたか」

「初耳です」

児玉は目を丸くした。日本からこちらへ来る飛行機の座席も隣で、寝ている時間以外はずっとカムナビと凱旋門賞の話をしていた。だが、こちらに長期滞在するという話はまったく出なかった。

「並々ならぬ覚悟があるみたいですね」

「馬乗りは抜群に上手いのに、これまでは運がなかった騎手ですからね。カムナビと巡り会って、運も開けてきた」

ホープフルステークスの後の祝勝会のことが思い出された。あの夜、若林は痛飲し、文字通りべろんべろんに酔っ払っていた。普段は自制心が強く、酒席でも乱れることのない男だ。よほど嬉しかったのだろう。

「こっちの馬は、日本の高速馬場だとお手上げですけど、こっちの馬場で走ると強いですよ」

袴田が言った。

「カムナビも、日本の馬場はあんまり得意じゃないんですよ。雨が降ってくれてなんとか」

「そんな馬をよく、日本の生産者が作りましたね」

「なんとしてでも凱旋門賞で勝てる馬を作りたいっていう執念の人がいましてね」

袴田が相好を崩した。

「そんな人がいるんですか。ぼくも、自分の管理する馬でいつかジャパンカップを勝ちたいと思ってましてね。馬主に日本でディープインパクトやハーツクライの産駒買ってきてくれってお願いしてるんですけどね」

ディープインパクトもハーツクライも、日本における大種牡馬だ。ダービーに勝ちたいのなら、どちらかの血を引く産駒を所有するのが一番の近道だとも言われてきた。

「ディープ産駒は日本の高速馬場はよくても、こっちの重い馬場は走らないなんて言われてますけど、若馬のうちからこっちの馬場に慣れて育てば結構走るんじゃないかって昔から思ってるんですよ。そうじゃなかったら、ガリレオやフランケルの血を引く牝馬に日本の種牡馬を掛け合わせればいい」

ガリレオとフランケルは欧州の大種牡馬だ。フランケルはガリレオの息子に当たる。ガリレオは欧州のリーディングサイヤー——産駒の獲得賞金が一番多い種牡馬——の地位を長年保持してきたが、昨年、他界した。今では息子のフランケルがリーディングサイヤーだ。

「ガリレオやフランケルのパワーにディープのスピードが足されたらどんな馬ができると思いますか？」

そのディープインパクトも二〇一九年に他界した。ディープインパクトとリーディングサイヤー争いを常に繰り広げていたキングカメハメハも同年に他界し、ハーツクライなどの種牡馬たちも老年の域に入ってきている。

日本のリーディングサイヤー争いは戦国時代に突入したと言われる所以《ゆえん》だ。

「日本の馬が凱旋門賞を勝つならオルフェーヴルの血を引く馬かなと思ってたけど、ナカヤマフェスタを持ってきましたか。当時、トニー・クラウト厩舎で働いていた人を知ってるんですが、あんな馬は見たことがないと笑ってましたよ」

トニー・クラウト厩舎はエルコンドルパサーやナカヤマフェスタが滞在した厩舎だ。

「気性面も親父とそっくりです」

「なら、可能性はありますね。二年目は気性難が前面に出てほとんど調教ができなかったそうじゃないですか。その人は、あの馬が真面目に調教をこなして真面目に競馬で走ったらオルフェーヴルより強かったんじゃないかと言ってます」

「真面目に調教に向かうようにするのが一苦労なんです」

児玉は苦笑した。

ステイゴールド産駒で化け物級と言われたのはオルフェーヴルとゴールドシップだ。ともにＧⅠを六勝している名馬だが、ナカヤマフェスタの素質もその二頭には劣らなかった。オルフェーヴルもゴールドシップも癖馬として名を馳《は》せたが、ナカヤマフェスタはそれに輪をかけていた。父親の気性を一番引き継いだ馬なのかもしれない。

「馬主のためにも、せめて本番で力を出し切れるように仕上げたいんですがね」

袴田が右の眉毛を吊り上げた。袴田には小森のことは伝えていなかった。

「末期癌で生死の境を彷徨《さまよ》っているんです。クラシックを蹴って凱旋門賞にというのも、馬主さんの希望で。病状が好転すれば、本人もこっちまで来て応援したいはずなんです」

袴田が目を丸くした。

「そういえば、ナカヤマフェスタも馬主が早世したんでしたね。お父さんが馬主になって、娘のためにと凱旋門賞に連れてきた」

「ええ」

「児玉さん、運命って信じます？」

袴田はマグカップを両手で握った。

「さあ、どうかな」

「馬に携わる仕事をしてると、時々、運命ってあるよなって思うんです。大好きになって一生懸命世話をした馬の産駒とまた関わることになったり、ある血統の中に潜むポテンシャルに賭けて延々と繁殖を繰り返して、やがて、名馬が生まれてきたり」

児玉はうなずいた。袴田の言いたいことはよくわかる。競馬は人と馬が寄り添うことで成り立っている競技だ。

人は馬がいなければ競馬ができず、サラブレッドは人がいなければ生きていけない。

そんな人と馬の運命が交錯する瞬間を、何度も目にしてきた。

他のことは知らない。だが、競馬には、人とサラブレッドの間には、運命としか呼びようのないものが確かにある。

「児玉さんもナカヤマフェスタの厩舎にいたんですよね？」

「ええ、ほんの少しだけですが、関わってましたよ」

「凱旋門賞に執念を見せる生産者がナカヤマフェスタ産駒を作りだして、その馬が児玉さんのところに来て、オーナーが重い病気と闘っている。運命ですよ、これ」

「馬主に死なれちゃ困るし、また二着じゃ笑い話にもならないですよ」

「そういう運命を背負った馬が、日本競馬界の悲願を成し遂げる。そういうストーリーなのかもしれませんよ」

「だといいんですが」

児玉はコーヒーを飲み干し、腰を上げた。

「ぼくと若林は明日、日本に戻りますが、馬とスタッフのこと、よろしくお願いします」

これから十月まで、日本とフランスを行ったり来たりする生活がはじまる。

去年までは、自分の管理馬で海外の競馬に挑戦するなど、考えたこともなかった。

カムナビは厩舎に初めてのGIタイトルをもたらしてくれただけではなく、海外への扉も開いてくれたのだ。

なんとかGIもう一勝。そうすれば、今度はカムナビの種牡馬としての扉が開く。

次は人間がその扉を開けてやる番だ。ナカヤマフェスタは種牡馬としてはぱっとした成績を残せていない。しかし、競走馬としてのポテンシャルを考えれば、もっと走る産駒が出てもおかしくはない。

カムナビが走れば種牡馬としてのナカヤマフェスタの価値も上がる。そして、その後継者として、カムナビも種牡馬になれるのだ。

疲れたなどと寝言は言っていられない。これからの数ヶ月、自分に鞭打ってカムナビと小森のために働くのだ。

＊　＊　＊

三上徹はネクタイの結び目を締め直した。七月の東京はうだるような暑さだった。湿気も凄まじく、まるで街全体がサウナと化しているかのようだ。北海道で、気温が二十度を超えた途端に暑い暑いと顔をしかめる道民は、なんと恵まれているのか。

病院内は冷房が効いていたが、それでも、外で火照った体からは汗が流れ落ちる。真新しいワイシャツも汗でじっとりと濡れていた。

受付で小森の病室の番号を聞き、記帳した。小森は五階の個室にいるとのことだった。エレベーターに乗ると、花束を持ち直し、スーツのポケットに手を入れて持参したお守りを軽く握った。

エレベーターを降りるとまたネクタイの結び目に手をやり、左右に視線を走らせる。病室の部屋番号の並びを見ると、小森の病室は右手の奥にあるようだった。

廊下を進み、ハンカチで額の汗を拭う。五〇二号室という表記が目に入った。その下に、小森達之助と手書きのプレートがあった。病室のドアは開いたままになっている。

徹はそのドアをノックした。

「はい」

女性の声が中から響く。小森の妻、朋香のものだろう。

「浦河の三上牧場の三上徹と申します」

「どうぞ、お入りになってください」

「失礼します」

一礼して病室に入る。ベッドの上の小森の姿を見て絶句した。すっかり痩せこけている。

「短い時間なら目を覚ますこともあるんですけど、今日はずっと眠ったままで。せっかく遠くからお見舞いに来ていただいたのに」

妻の朋香もやつれが目立った。メイクもおざなりだ。

「いいんです。気にしないでください。所用で東京に来ることになったので、だったら小森さんの顔だけでも見ようと思って立ち寄っただけですから。これ――」

徹は朋香に花束を渡した。

なにを持っていこうか散々迷った挙げ句、当たり障りのない花束に落ち着いたのだ。食べ物を持参するのは無配慮に思えた。

「ありがとうございます」

「それから、これも――」

スーツのポケットからお守りを取り出す。

「お守りの中に、カムナビが子どもだったときの鬣《たてがみ》が入ってます」

「たてがみ？」

「はい。馬に生えてる鬣。親父が後生大事に取っておいたんです」

「そんな大事なものをよろしいんですか？」

徹は首を振った。

「カムナビの……馬の強い生命力が小森さんの力になればと思って」

「ありがとうございます」

朋香はお守りを押しいただき、小森の枕の下に収めた。

「冷たいお茶はいかがですか？　北海道からいらしたなら、東京の暑さは応えますよね」

「空港からモノレールに乗って、駅でモノレールを降りた瞬間、溶けるかと思いました」

徹はぎごちない笑みを浮かべた。

「東京に住んでいる人間でさえへとへとですから」

朋香はベッドのサイドボードに置いてあるポットを手に取り、ガラスのコップに中の液体を注いだ。緑茶のようだ。徹は受け取り、半分ほどを一息に飲んだ。よく冷えており、火照った体にはありがたい。

「あなた、浦河の三上牧場の方がいらしてくれたわよ」

朋香がベッドの小森に話しかける。だが、反応はなかった。

「無理に起こさなくて結構です。寝かせたままに……少しでも体力を温存しないと」

「目覚めると、無理矢理笑おうとするんです」

朋香の顔が歪《ゆが》んだ。泣きそうになるのを必死でこらえている。

「小森さんの様子は聞いてましたから。今日は、奥さんにお礼が言いたくて来たんです」

「わたしにお礼？」

「はい。カムナビがフランスに行くお金を出してくれて、本当にありがとうございます。それどころじゃないんでしょうけど……」

「主人の願いなんです。自分になにがあっても、カムナビが凱旋門賞に行くお金は絶対に出すって、約束させられちゃいました」

朋香は小森に視線を向けた。

「自分の命より馬が大事ってなんなんでしょうね」

「申し訳ありません」

「あ、違うんです。別に、三上さんや競馬に携わってる方たちを非難しようというんじゃなくて――」

「競馬なんて、この世からなくなったってだれもなんとも思わないんですよ。競馬に関わってる人間たちが必死なだけで」

徹は言った。

「でも、ぼくたち、ほんとに必死なんです。自分たちが生産した馬が競馬で勝って、いい成績収めて、怪我せずに無事引退してくれって、毎日祈ってます。競馬を知らない人たちにしたら勝手な言い草なんでしょうけど、毎日ほんとに必死なんです」

朋香は困ったというような表情を浮かべていた。

「うちの親父、心の底から小森さんと奥さんに感謝してます。カムナビを買ってくれただけじゃなくて、病気で大変なときに、カムナビを凱旋門賞に送り出してくれた。凱旋門賞で勝てる馬を作るっていうのが、親父の長年の夢だったんです。カムナビが無事フランスに到着したって報せを聞いたときは放心したようになってました」

「そんなに凄いことなんですね。凱旋門賞に出走することって」

朋香の言葉に、徹はうなずいた。

「毎年、日本馬が挑戦してます。でも、その馬は大手が生産した馬で、大手のクラブや大馬主の持ち馬なんです。うちみたいな小さな牧場で生まれた馬が凱旋門賞に出るなんて、夢を見るだけでも罰当たりなんです」

朋香が苦笑した。

「本当なんですよ。カムナビがＧＩ勝ってくれたけど、三上牧場生産馬では何十年ぶりって快挙なんです。最後に生産馬がＧＩ勝ったのは昭和の時代ですから」

「夫も、三上さんたちと夢を分かち合えて幸せだったんだと思います」

朋香が口を開いた。

「最初は驚きました。だって、自分が死ぬかもしれないのに、わたしと息子がどうなるかもわからないのに、馬のために大金を使ってくれなんて」

「驚いて当然です」

「でも、思ったんです。死ぬかもしれないからこそ、夢を叶えたいんじゃないかなって。ほんとに競馬が好きなんですよ、この人」

朋香はベッドに視線を向けた。

「初めてのデートも競馬場だったぐらいですから」

「そうなんですか……」

「馬主仲間の方も何人か見舞いにきてくれたんですけど、みんなおっしゃってました。せっかくクラシックに出る権利があるのに見送って凱旋門賞なんて、馬鹿のすることだって。クラシックに出るのって馬主の夢なんですよね？」

「ええ」

「重い病気じゃなかったら、きっとカムナビをクラシックに出してたと思うんです。でも……」

朋香は口を閉ざし、視線を宙に彷徨わせた。徹は朋香が再び話しはじめるのを待った。

「きっと、クラシックに向かってた方がお金もかかりませんよね」

「まあ、確かにそうです」

「仕方ないな。そういう人と結婚しちゃったんだもん」

朋香が笑った。切なくて、今にも消えてしまいそうな笑みだった。

「状況がゆるせば、奥さんも是非ロンシャンでカムナビを応援してやってください。向こうに行ったら、小森さんがどうしてそうまでして凱旋門賞にこだわったのか、少しはわかると思います」

「三上さんは行くの？」

「はい。牧場はお袋と妻に任せて、親父とふたりで必ず行くつもりです」

「主人の容体次第だけど、行けるなら行きます……」

朋香は首を振った。

「きっと、お医者さんに今日明日の命だって言われても、カムナビのために行けって言うわね」

「そのときは、小森さんがなんと言おうとそばにいてあげてください」

朋香が何度もうなずいた。

「そうだ。お父様にいただいたカバノアナタケ、主人、ずっと飲んでたんですよ。お心遣い、ありがとうございますとお伝えください」

「必ず伝えます」

徹は汗が引いていることに気づいた。心の奥底からの言葉を口にするときは、暑さも忘れてしまうのだ。

ベッドの上の小森に目をやる。

小森は悲しいまでに痩せてしまっている。

十月まで、なんとか頑張ってください。ベッドの上からでも、カムナビの勇姿をその目で見届けてください――徹は祈った。

10

ヴィヴィエンヌの跨がる馬をカムナビが追いかけていく。

佐久間は手綱を握り直した。ヴィヴィエンヌの尻に目が釘付けになってしまう。

なんと美しい形のお尻だろう。白い乗馬ズボンに浮かび上がる下着の形も扇情的だ。

指示を出したわけでもないのにカムナビが走る速度を上げた。

ぼやっとしてるんじゃねえぞ――そう言われた気がして、佐久間はヴィヴィエンヌの尻から視線を外した。

ヴィヴィエンヌが騎乗しているのは袴田厩舎期待の若駒と聞いていた。グランノワールという馬名だった。大いなる黒という意味に相応しい黒鹿毛だ。

カムナビはデビューに向けての調教を受けているグランノワールに付き合わせてもらっている。

期待されているだけあって、ストライドの大きい、いい走りをする馬だった。トモの筋肉がよく発達しており、地面を掻き込む前肢の動きもパワフルだった。体つきや走り方がどことなくカムナビに似ていた。

父親はフランケル。欧州の大種牡馬だ。現役の競走馬としては十四戦して負けなし。GⅠも十勝した。化け物と言っていい戦績だ。種牡馬となってからもその産駒が多く活躍している。

袴田厩舎が期待するのもうなずける血統背景を持つ馬だった。

カムナビがグランノワールに並びかける。前を走る馬がいたら抜かずにはいられない――カムナビのそうした気質はフランスにいても変わらなかった。

カムナビの闘志に怯んだのか、グランノワールが右にもたれていった。ヴィヴィエンヌが手綱を操り、その動きを修正しようと試みる。

だが、無駄だった。グランノワールは走る気力を失い、減速していった。

眼前に馬がいなくなると、カムナビは気分が良さそうだった。リズムよく走り、息が上がることもない。シャンティイの馬場も気にならない様子だ。

これなら、もしかすると――期待に胸が膨らんでいく。夏のシャンティイは雨がほとんど降らず、調教馬場は乾いている。それでも、府中競馬場の芝に比べれば重たく感じるコンディションだ。

この状態でこれだけの走りができるなら、雨の降るロンシャン競馬場ではさらなる伸びしろがあってもおかしくはない。

調教馬場の端が見えてきて、佐久間はカムナビの走る速度を落とさせた。周回コースではないこちらの馬場にもやっと慣れてきたところだった。

この後は厩舎までキャンターで戻り、小田島にカムナビを預ければ、今日の仕事は終わりだ。

しばらく待っていると、グランノワールがやって来た。ヴィヴィエンヌが苦笑している。

「いい馬だね」

佐久間はヴィヴィエンヌに声をかけた。

「ウィ」

ヴィヴィエンヌがうなずく。互いに互いの話す言葉がわからなくても、馬に関することならなんとなく察しがつくのだ。

ヴィヴィエンヌがフランス語でなにかを言った。

「こいつは本当に前にいる馬を抜かないと気が済まないんだよ」

佐久間が日本語で答えると、ヴィヴィエンヌがうなずいた。

なにも知らない人間が見たらぽかんと口を開けるだろう。日本語とフランス語でなんとなく会話が嚙み合っている。

「厩舎に戻ろう」

二頭並んで、厩舎へ戻りはじめる。カムナビは例によってグランノワールの前に出ようとした。

佐久間は手綱を引き、カムナビをなだめる。

「もう走ってねえだろう。歩くときでも前に出なきゃ気が済まねえのかよ」

ヴィヴィエンヌがおかしそうに笑った。

「あれ？　おれがこいつになんて言ったか、わかった？」

佐久間が訊くと、ヴィヴィエンヌがフランス語で答えた。

「いや、さすがになに言ってるかわかんないわ」

佐久間は苦笑し、頭を搔いた。

厩舎に戻ると、小田島がカムナビを洗い場に連れて行った。体を洗い、飼い葉を食べさせ、休ませる。日本でもフランスでもやることは同じだ。

自室に戻ろうとしたところで、ヴィヴィエンヌが手招きしているのに気づいた。スマホを手にしている。

「どうした？」

佐久間が近づくと、ヴィヴィエンヌはスマホに向かってなにかを言い、画面をタップした。

『わたしに日本語を教えてください』

スマホから声が流れてきた。

「すげえ。もしかして、翻訳アプリ？」

ヴィヴィエンヌが首を傾げた。馬以外のことは、本当に話が通じない。

「ちょっと待ってて」

佐久間は自分のスマホを取りだし、アプリストアで翻訳アプリを探した。評価の高いものをインストールする。

「これで通じるかな？」

おそるおそる、スマホに話しかける。

「君の騎乗する姿は美しい」

アプリのボタンをタップすると、スマホからフランス語が流れてきた。

「メルシ」

ヴィヴィエンヌが微笑んだ。

「翻訳アプリがあれば、お互いに日本語とフランス語勉強できるじゃん。いいね」

ヴィヴィエンヌが自分のスマホに話しかける。

『日本のアニメを見ながら、日本語を教えてもらいたいです』

スマホから日本語が流れてくる。

「いいよ、もちろん」

佐久間はうなずいた。

『後でわたしの部屋に来てください』

佐久間は目を丸くした。ヴィヴィエンヌは厩舎の西に建つ小さな家で、他の女性スタッフたちと共同生活を送っている。

「君の部屋で？　ふたりきりで？」

スマホに話しかけ、ボタンをタップする。スマホから流れてきたフランス語を聞いて、ヴィヴィエンヌが笑った。

『はい。だめですか？』

スマホから流れてくる日本語に、佐久間は首を振った。

「行くよ」

そう答えながら、頭の中でヴィヴィエンヌの形のいい尻を思い描いた。

フランスも悪くない。全然悪くない。

『それでは、朝ご飯の後で』

スマホがそう告げると、ヴィヴィエンヌは踵を返して歩き出した。

佐久間はヴィヴィエンヌの尻を、飽きることなく眺め続けた。

＊＊＊

小森はタブレットの画面を見つめた。

児玉調教師から、フランスにいるカムナビの様子が毎日メールで送られてくる。それに目を通すのが調子のいいときの日課になっていた。

日本にいるときと違って、カムナビは調教でごねることもなく、順調に日々を過ごしているらしい。現地にいる厩舎のスタッフが撮った写真を見ると、馬体が一回り大きくなり、元々発達していたトモの筋肉がさらに膨れ上がっているように見える。

重いフランスの馬場に、体が適応しはじめているのかもしれない。

メールを読み終えると、小森は枕に頭を乗せ、目頭を揉《も》んだ。

メールに目を通す、たったそれだけのことでも疲れを感じる。起きている間は倦怠感《けんたいかん》が消えず、頭がぼうっとして集中力も続かない。食欲はまったくなく、無理に食べても嘔吐《おうと》するだけだった。点滴で注入される補液がなければ、もう自分の体は保たないのだ。

深く息を吸い、ゆっくり吐き出す。それだけで息切れしそうになる。

体はしんどい。だが、気持ちは落ち着いている。

余命を告げられた当初はこうではなかった。妻子の前では強がり、無理に笑っていたが、ひとりになると泣いた。不安と恐怖と怒りが胸の奥で渦巻き、眠れない夜を何度も過ごした。そんな夜は決まって、これまで信じたこともない神だか仏だかに祈るのだ。

助けてください。まだ死にたくないんです。せめて、勇馬が成人するまで生かしてください、お願いします。

しかし、祈りが聞き入れられる様子はなく、少しずつ、だが確実に体力が落ちていく。

死に向かって着実に前進していく自分を客観的に眺めると、なぜだかすべてを受け入れることができるようになっていった。

自分は死ぬのだ。それが自分の運命なのだ。

妻子を置いて自分だけ先に逝くのは心残りだが、運命に抗っても意味はない。

事業を整理し、ふたりにせめてもの金を残す。自分にできるのはそれだけだ。

幸い、会社を丸ごと買ってもらい、従業員たちもそのまま継続雇用してくれるという約束も取り付けた。

最後の最後にはまた泣いてしまうだろう。勇馬のいたいけな姿に後ろ髪を引かれてしまうだろう。

それでも、自分は死ぬのだ。

明日なのか、来週なのか、来月なのか、来年なのかはわからない。

だが、死は必ずやって来る。

そのときのための準備はすべて整えた。

後は――

小森は再びタブレットに手を伸ばした。スリープを解除し、暗証番号を入力する。それだけで息が切れた。

荒い呼吸を繰り返しながら、カムナビの写真を表示させる。

GI馬の馬主になりたい。その夢がこんなに早く現実のものになるとは思ってもいなかった。

夢を叶えてくれたのは、日高の小さな牧場で、たった二百万で買い取った馬だ。生産者以外のだれにも期待されず、自分が馬主になって児玉厩舎に預けなければ、なんの結果も出せずに競走馬失格の烙印《らくいん》を押されていたかもしれない。

頑固で意固地で怒りっぽく、稀代の負けず嫌い。

そんな馬が、児玉厩舎と若林騎手の尽力でGI勝ち馬になったのだ。

ならば、もうひとつぐらい奇跡を夢見てもいいのではないか。

小森はカムナビの写真を指先で撫でた。

もう、実際のカムナビにこの手で触れることもないのだ。

「あら、起きてたの？」

病室のドアが開き、朋香が姿を見せた。小ぶりのスーツケースを引いている。

「ちょっと手伝ってもらいたいんだけどな」

小森は言った。

「なに？」

「シャンティイにビデオレターを送りたいんだ。撮影してくれないかな」

小森はカムナビの写真に目を戻し、微笑んだ。

＊＊＊

「おい、おれだ」

小田島は声を発しながらカムナビの馬房の前に立った。いきなり姿を現すと暴れ出すことがあるのだ。

馬房は自分の縄張りで、許可なく立ち入る者は断じてゆるさない。

それがカムナビという馬だ。カムナビの世話をしていると生傷が絶えないが、それでも、小田島には少しは気をゆるしてくれるようになっている。

「具合はどうだ？」

話しかけながらカムナビを観察する。今日は引き運動だけで、カムナビは体力があり余っているように見える。飼い葉桶は空っぽで、食欲も旺盛なようだった。

突然、カムナビの耳が前方に向けられた。人間には聞こえない音を察知したのだ。やがて、小走りに駆けてくる足音が小田島の耳にも聞こえてきた。

「遅くなってすみません」

佐久間は欠伸を噛み殺しながらやって来た。ここのところ、ヴィヴィエンヌという娘と懇ろになっているらしい。晩飯が終わるとふたりでどこかへ出かけ、夜遅くに戻ってくる。

もういい大人なのだし、寝坊するわけでもないから、小田島は口出しせずにいた。むしろ、佐久間のフランス語が急速に上達して助かることの方が多い。

「昨晩もお出かけか」

「ヴィヴィがアニソン歌いたいって言うんで、カラオケやりに行ってきました」

「アニソン？」

「アニメの主題歌ですよ。あの子、日本のアニメにめちゃくちゃ詳しくて。おれの知らない歌まで歌いまくってました」

佐久間が笑う。小田島はうなずいた。

佐久間が一年ほど前に、当時付き合っていた彼女と別れたことは知っていた。よっぽど物わかりがいいか、馬が大好きだという女以外は、競馬関係者と付き合っていくのは大変なのだ。夜は早くに寝て、朝はまだ暗い内から起きる。休日はほとんどなく、みなが遊びに出かける週末は競馬がある。すれ違いが多くなり、やがて女の我慢が限界に達する。

それが普通だった。

女と別れた後はずっと腐っていた佐久間が、カムナビと出会い、カムナビと共にフランスに来たことで新たな恋を育む。悪い話ではなかった。

「なんなんですか、急にカムナビの馬房に来いなんて」

「小森さんからメールでビデオレターが送られてきたんだ。おれらふたりと、カムナビも一緒に見てくれって書かれてた」

「ビデオレター？　小田島さんはもう見たんですか？」

小田島はかぶりを振った。

「みんなで一緒に見ようと思ってな」

「小森さん、どうなんすかね。ビデオレター送ってくるなんて、調子いいのかな。早く見ましょうよ」

ふたりでカムナビに背を向けて立った。カムナビにもビデオレターを見せるためだ。

スマホのメール画面を開き、添付された動画を再生する。

ベッドに横たわる小森の姿が現れた。

佐久間が息を飲んだ。

「こんなガリガリに痩せちゃって……まるで別人じゃないですか」

「静かにしろ」

小田島は動揺を抑えて言った。佐久間と同じく、小森の調子がいいのだと思っていたのだ。画面に映る小森は死神に魅入られた老人のようだった。

『小田島さん、佐久間君、ご苦労様です』

スマホから流れてくる小森の声はか細く、かすれていた。

『ぼくの我が儘のせいで、フランスに長く滞在させることになって、本当に申し訳なく思ってます――』

画面の中の小森が咳《せ》き込んだ。

「ヤバくないすか、これ？」

佐久間の声が震えている。

「静かにしろって言っただろう」

小田島は佐久間を叱責した。

『失礼。とにかく、おふたりには感謝してもしきれません。ありがとうございます。カムナビの様子はどうですか？　迷惑をかけてませんか？　カムナビがホープフルステークスを勝てたのもふたりのおかげです。逆さてるてる坊主つるしたそうじゃないですか』

小森が笑った。笑ったと思っただけで、実際には泣いているように見えた。

『なにか必要なものがあったら、遠慮なく言ってください。送ります。本当に遠慮は要りませんよ。できれば、カムナビが凱旋門賞を走る姿を現地で見たかったんですが、無理っぽいです。そもそも、その日まで生きているかどうかもわかりません』

「やめてくださいよ、小森さん」

佐久間が言った。小田島はもう叱らなかった。佐久間の目に涙が滲んでいる。

『ぼくが死んだら、カムナビの馬主は妻が代わりにやってくれることになっています。引き続き児玉厩舎に預けますので、妻とカムナビをよろしくお願いします』

画面の中の小森が頭を下げた。それだけでも辛いらしく、息が荒くなる。

『カムナビ、見てるか？』

小森の声がほんのわずかだが大きくなった。小田島は振り返った。カムナビが物珍しそうな目をスマホに向けている。好奇心は強いのだ。

『ふたりに迷惑をかけるんじゃないぞ。袴田厩舎のみんなにもだ。みんな、精一杯おまえのために力を尽くしてくれてるんだから、おまえもそれに応えろよ。真面目に調教で走るんだ。ろくに稽古もせずに結果を出すなんて、だれにもできないんだからな。

GI馬の馬主になるのが夢だったんだ。おまえがその夢を叶えてくれた。あのときは本当に嬉しかった。おまえが誇らしかった。今度はどんなレースをしてくれるんだろう。どのGIを勝ってくれるんだろう。そう考えると胸が躍って眠れなかったぐらいだ』

小森が言葉を切り、唇を舐めた。

『おまえに巡り会えたおれは、幸せ者だ。多分、長生きして何頭もの馬を買ったって、おまえみたいな馬には出会えないんだろうな。だれかが言ってたよ。GIを勝つ馬の馬主になれるってのは、年末ジャンボ宝くじを当てるより難しいって。実際、そのとおりなんだろうな。おれより成功して、おれより金をたくさん持ってる馬主が、毎年、何億もの金を費やして馬を買って、それでもGIを勝てない姿をたくさん見てきた。

今はこのベッドで寝てる以外、なんにもできることがないから、いつもおまえのことを考えてる。おまえはおれの夢を叶えてくれた。そう言ったけど、実はそうじゃないんじゃないかって、最近は思ってるんだ。おまえこそがおれの夢なんだってな。おまえがダービーを走る姿も見たかった。天皇賞や有馬記念を走る姿も見たかった。でも、一番見たかったのはおまえが凱旋門賞で走る姿だ。だって、おれの夢の馬が、日本競馬界の夢でもある凱旋門賞で走るんだぞ。馬主冥利に尽きるってもんじゃないか。

勝てなくてもいい。全力で走ってくれ。おまえの逃げで世界中の競馬ファンの度肝を抜いてやってくれ。それでおれは十分満足だ。だって、おれの夢はもう叶ったんだ。おまえみたいな馬の馬主になるっていう夢がな。

おれが死んだ後のことは朋香に託してある。朋香っていうのはおれの女房だ。おまえの新しい馬主になるんだぞ』

小森がまた言葉を切った。画面の端から腕が伸びてくる。その手は水の入ったコップを握っていた。スマホで動画を撮影している小森の妻のようだった。

小森はコップを両手で抱え、中の水を舐めるように飲んだ。すぐに顔を上げ、また話し出す。

『朋香には競走馬としてのおまえだけじゃなく、引退したあとのおまえのことも頼んである。おまえを種馬にする。それがこの世でのおれの最後の仕事だ。おまえのお父さんがいるアローススタッドにもう打診はしてるんだ』

アロースタッドというのは、新ひだか町にある種牡馬を繋養する牧場だ。

『アロースタッドがだめでも、他のスタリオンステーションに頼む。どこも引き受けてくれなかったら、三上牧場でプライベート種牡馬として繋養してもらう。

おまえは種馬になるんだ、カムナビ。ナカヤマフェスタの後継種牡馬だ。たくさん産駒を送り出して、おれみたいな馬主を増やしてくれ――』

小森が突然、激しく咳き込みだした。

『あなた！』

小森の妻の声が聞こえ、画面が揺れ、映像が乱れる。

小田島は隣の佐久間に顔を向けた。佐久間と目が合った。佐久間は動揺している。小田島も同じだった。

『失礼しました』

唐突に画面が元に戻った。

『最近、話すのもしんどくて、こんなに長く話すのは久しぶりだから……』

再開された動画に映る小森は死人のようだった。顔に血の気がなく、目が落ちくぼんでいる。

『とにかく、カムナビ、おまえは種馬になるんだ。おまえがおれの夢になってくれたように、おまえの子どもたちがだれかの夢になる。これって最高じゃないか。これこそが競馬の醍醐味だよ。だから、カムナビ、凱旋門賞は全力で走れ。だけど、勝つことより大事なのは、無事にゴールすることだ。怪我だけはするな。いいな？　これは馬主からの最後のお願いだ』

小田島は左手で自分の口を押さえた。嗚咽《おえつ》が漏れそうになったのだ。小森は自分の命を削って話しているように見える。

ただのビデオレターではない。これは、小森の遺言なのだ。

『小田島さん、佐久間君、長々とすみませんでした。どうしてもカムナビに自分の思いを伝えたくて。伝わってるかな？』

小田島は振り返った。カムナビはすでにスマホへの興味をなくし、寝藁を貪っていた。

「あんなだけど、きっと伝わってますよ」

佐久間が言った。

「ああ、伝わってるとも」

小田島は言った。

「めちゃくちゃ賢い馬だからな」

『凱旋門賞を終えて、おふたりが日本に戻って来るときには、ぼくはもうこの世にいないかもしれません。だから、今のうちに言っておきます』

小森とは別のだれかが嗚咽するのが聞こえてきた。画面が揺れている。小森の妻が撮影しながら泣いているのだ。

『ありがとう。あなたたちが児玉厩舎のスタッフで本当によかった。あなたたちなら、安心してカムナビを託せます。これからも、カムナビをよろしくお願いします』

小森が頭を下げたところで動画が止まった。

「ヤバくないっすか、これ」

佐久間が言った。

「辛いはずなのに、小森さん、ずっと微笑んでて。めっちゃ無理してますよ」

「そうだな」

「こんなお願いされて、カムナビが本番でやらかしちゃったら、恨まれちゃいますよ」

「やらかさないようにすればいいだけだろうが」

小田島は声を荒らげた。

「そりゃそうだけど……」

佐久間が肩を落とす。

「小森さん、死んじゃうんですね」

「そうだな」

小田島は俯いた。医者でなくてもわかる。小森の真後ろに死神が立っている。その死神からはだれも逃げられない。

「切ないなあ。動画撮ってたの、奥さんですよね。まだ子どもも小さいのに。それでも、カムナビのことが気にかかるんですかね」

「言ってたじゃないか。カムナビは自分の夢だって。おまえもいつかわかるときが来るかもしれないが、子どもってのは夢だとか愛情だとか、そんなんじゃ言い表せないぐらい大切なものだ。だけど、子どもには母さんがいる。ひとりじゃない」

小田島は馬房の中のカムナビに顔を向けた。カムナビは窓から顔を出し、外の景色を眺めている。どこかに牝馬がいないかと探しているのだ。

「カムナビは、馬は人間ひとりじゃ面倒見きれない。厩務員のおれと乗り役のおまえと、テキと騎手と、それからここのスタッフが協力し合ってやっと競馬で走らせることができるんだ。小森さんはそれがわかってるから、こんなビデオレターよこしたんじゃねえのか。自分が死んだ後も、カムナビを頼むってよ。なんとしてでもカムナビを種馬にしてくれってよ」

小田島は佐久間に目を向けた。佐久間は唇をきつく噛んでいた。

「やってやろうぜ。勝ち負けなんか、おれたちの知ったことじゃねえ。ただ、万全に仕上げて凱旋門賞に送り出してやるんだ。おれたちにできるのはそこまで。後はテキと騎手の仕事だ」

佐久間がうなずいた。

「やってやりますよ。言うこと聞かないだの暴れるだの、もう、そういう愚痴言うのやめます。おれはカムナビの乗り役なんだ。仕上げてやりますよ」

「おれたちはおれたちにできることを全力でやる。それが、小森さんへのせめてもの報いになるはずだ」

小田島は戸を開け、馬房の中に入った。上着のポケットに押し込んでいたニンジンを掴み出す。カムナビがそれに気づき、窓から離れて近づいてきた。

掌に載せたニンジンをカムナビの鼻面に突き出す。カムナビがばりばりと音を立ててニンジンを食べはじめた。

最初のうちは日本とは品種の違うフランスのニンジンを嫌っていたが、最近では好んで食べるようになった。こちらの風土に、心と体が馴染んできた証拠だ。

「頼むぜ、カムナビ。今回だけでいい、真面目に追い切りやってくれよ。な？」

小田島はカムナビの顔を撫でた。カムナビが大きくて真っ黒な瞳を向けてくる。その目は、ニンジンをもっとよこせと訴えていた。

＊＊＊

ヴィヴィエンヌはグランノワールに跨がってキャンターをさせていた。鞍の上に腰を下ろしていいるが、遠くからでも尻の形の良さはよくわかる。

佐久間は牧柵に上体を預け、ヴィヴィエンヌとグランノワールの姿を眺めた。乾いた夏の空は怖いほどに青く、芝生の緑とのコントラストが強烈だ。グランノワールの漆黒の馬体と、ヴィヴィエンヌの白い乗馬ズボンがよく映える。

十分ほどでグランノワールの運動が終わった。引き上げてきたヴィヴィエンヌが佐久間に微笑みかけてくる。

アニメを見たり、アニソンをカラオケで歌ったりしながら、お互いに片言のフランス語と片言の日本語でコミュニケーションを深めてきた。今では簡単なフランス語なら受け答えもできる。

外国語を覚えたければ、その国の女と仲良くなるのが一番だと聞いたことがあるが、あながち間違いではない。

ヴィヴィエンヌは二十一歳。リヨンという街の近くの田舎で生まれ育ったそうだ。近所に馬を飼っている家があり、その馬と接している内にどうしようもなく馬が好きになった。馬と一緒にいられる仕事がしたくてあちこち訪ね歩き、十八歳のときにシャンティイにある厩舎と縁ができて雇われた。

袴田厩舎に移ってきたのは一年ほど前。日本人の調教師のところで働けば、日本のアニメをもっと深く知ることができるかもしれないと思ったのがきっかけだとヴィヴィエンヌは笑いながら教えてくれた。

袴田はアニメをほとんど見ないのでがっかりしたとも言っていた。

「どうしたの？　あんまり元気がなさそう」

ヴィヴィエンヌがグランノワールに跨がったまま佐久間を見下ろした。

「ちょっと話したいことがあるんだ」

佐久間は言った。時制はでたらめだが、それでもなんとか通じる。ヴィヴィエンヌには発音がうまいと褒められてその気になってしまった。

「今すぐ？」

「うん」

「いいわよ」

ヴィヴィエンヌがグランノワールから下りた。引き綱をつけ、グランノワールを引きながら厩舎に向かっていく。佐久間はヴィヴィエンヌに肩を並べた。スマホを取りだして、翻訳アプリを立ち上げる。さすがに込み入った話にはアプリが必要だった。

「カムナビの馬主が病気で死にそうなんだ」

「そうなの？」

ヴィヴィエンヌの表情が曇った。

「癌で、もうそんなに長くないと思う」

「それは悲しいわね」

「馬主のために、カムナビをきっちり仕上げたいんだけど、君も知ってるように、難しい馬だろう。なんとかうまくやる知恵を貸してもらえないかと思って」

ヴィヴィエンヌもスマホを取りだした。

『わたしが以前勤めていたヴァラン厩舎にティエリというベテランの厩務員がいます』

ヴィヴィエンヌの言葉に佐久間はうなずいた。ヴァラン厩舎なら耳にしたことはある。フランスの名門厩舎だ。

『癖馬を手なずけるのがとても上手な人です。彼なら、なにかいい知恵があるかもしれません』

「その人、紹介してくれる？」

『もちろん。後で一緒に行ってみましょう』

「ありがとう」

佐久間は日本語で言った。

「ドウイタシマシテ」

ヴィヴィエンヌも日本語で返してきた。

＊＊＊

児玉は飛行機を降りるとスマホを取り出した。機内モードを解除し、日本に電話をかける。厩舎の番頭役である稲森《いなもり》がすぐに電話に出た。

「今、到着した。小森さんの容体はどうだ？」

「変わりないようです」

「そうか。なにかあるか？」

「管理馬もスタッフもみんな順調ですよ。どうせ金曜には戻って来るじゃないですか。こっちは我々に任せて、そっちの仕事に専念してください」

「わかった。もし、小森さんの容体が悪化するようなことがあったら、時間は気にしないで電話をくれ」

「わかってます」

児玉は溜息と共に電話を切った。

「どうです？」

横を歩く若林が訊いてきた。同じ飛行機でフランスまで飛んできたのだ。

「変わりないそうだ」

児玉は答えた。

小森の容体が急変したという報せが届いたのは、飛行機への搭乗がはじまる直前だった。なにかあったら報せろと稲森に連絡し、飛行機の中では機内のWi-Fiにスマホを接続してメールやＬＩＮＥを数分おきにチェックしていたのだが、連絡はなかった。

「そうですか。まだ意識不明のままですかね」

「おそらく」

「なんとか、凱旋門賞まで保ってくれるといいんですが」

「そうだな」

児玉は口を閉じた。若林もそれ以上口を開こうとはしない。ふたりの間に重苦しい沈黙が横たわった。

手荷物を受け取り、到着ロビーに出ると、佐久間が手を振っていた。隣には金髪の若い白人女性がいる。

「あの娘《こ》が噂のヴィヴィエンヌですかね」

若林が言った。

佐久間が袴田厩舎の女性スタッフと仲良くしているというのは、小田島からのメールで知らされていた。彼女のおかげで佐久間のフランス語が急速に上達しているらしい。

「確かに、袴田厩舎にいた女の子だな」

児玉は答えた。

「児玉先生、長旅お疲れ様です」

佐久間が児玉のスーツケースの持ち手を取った。

「彼女は袴田厩舎のヴィヴィエンヌ。前回、会ってますよね？　シャンティイからここまで車を運転してくれたんです」

「それは、わざわざありがとうございます」

「今日は休みだから、大丈夫です」

ヴィヴィエンヌが日本語で答えた。児玉は目を瞠った。

「日本語、ワタルに教えてもらってます」

「そうですか」

児玉はうなずいた。なるほど、お互いにお互いの言葉を教え合っているのだ。ヴィヴィエンヌは小柄でキュートな娘で、佐久間とはお似合いに思えた。

「じゃ、行きましょう。カムナビが待ってます」

「カムナビの様子は？」

「絶好調ですよ。まだ、体は太いけど、本番に向けて順調にいってます」

「そうか」

「小森さんはどうです？　ＬＩＮＥで容体が急変したって報せが来て、小田島さんも心配してるんですけど」

「意識がなくなったそうだ。容体はそのままで、予断をゆるさない状況らしい」

「なんとか頑張ってくれるといいんですけど」

少し離れたところを歩く若林が電話でだれかと話しはじめた。妻に到着の連絡を入れているようだ。

駐車場で車に乗り込むと、児玉は目を閉じた。飛行機の中で寝るつもりだったのだが、小森が心配で眠れなかったのだ。若林も同じだったようで、すぐに寝息を立てはじめた。

運転席と助手席で、佐久間とヴィヴィエンヌが話している。日本語とフランス語がちゃんぽんで、聞いていると奇妙な会話だった。

だが、微笑ましい。

ふたりの会話を聞きながら、児玉は眠りに落ちた。

＊＊＊

カムナビが小田島に引かれて厩舎から出てきた。佐久間が言ったとおり、まだ体は太めだが毛艶はいい。体調がいい証拠だ。

若林に気づくと、カムナビは睨みつけてきた。

「そんな怖い顔するなよ。今日は軽くキャンターで走るだけだ」

若林はカムナビに語りかけた。興奮して立ち上がろうとするカムナビを、小田島が懸命になだめている。

「若林さんを見て興奮してるわけじゃないんすよ」

佐久間が言った。

「どういうことだ？」

訊いたのは児玉だった。

「袴田先生に協力してもらって、牝馬たちを先に調教馬場に入れてもらってるんです。あいつ、早く牝馬の近くに行きたくて居ても立ってもいられないんですよ」

「へえ。それならカムナビも素直に調教馬場に入るってわけか。よく考えついたな」

若林は言った。日本のトレセンでは調教をする馬がごった返していて、そこまで気を回すことはできない。広い調教馬場を持つシャンティイならではの作戦だ。

「おれが考えたわけじゃないんです」

佐久間が頭を掻いた。

「ヴィヴィにベテランのホースマンを紹介してもらって、知恵を借りたんです」

「ヴィヴィねえ。彼女もおまえのこと、ワタルって呼んでるな」

「それはヴィヴィだけじゃなく、みんなワタルって呼びますよ。小田島さんのこともマサだし」

若林はうなずき、カムナビに近づいた。佐久間の助けを借りて背中に跨がる。途端にカムナビが歩き出した。これまでに見たことのない前進気勢——やる気だ。

「まずは馬なりで走らせてみてくれ。様子を見て追い切りをどうやるか決めよう」

児玉が言った。

「了解です」

ゴーグルを目にかけ、手綱を握る。カムナビは引き綱を持つ小田島を急かすような仕草を見せていた。

「おや？」

若林は首を傾げた。背中の感触が以前とは違うのだ。歩くたびに背中の筋肉が収縮するのだが、伸びやかで力強い。

カムナビの馬体が完成したらこうなるのではないかとぼんやり想像していた背中に近くなっている。

しかし、カムナビはまだ三歳だ。血統背景的にも本格的に強くなるのは四歳を過ぎてからだろう。日本のスピードの出る馬場は致命的に合わない。しかし、道悪になったり、あるいは欧州の馬場なら、相当走るようになるのではないか。三上収の執念が、ある種の化け物を生み出したのだ。

「小森さんは日高で種馬にすると言ってたけど、案外、こっちで種馬になったら面白いのかもな」

若林は呟いた。

カムナビは調教馬場にすんなりと入った。すでに準備運動は佐久間が済ませている。小田島が引き綱を外し、離れていく。

いきなり、カムナビが駆けだした。

「おいおい」

若林は手綱を強く握った。児玉は馬なりでと言っていたが、馬なりでこの速さはない。まるでメイチ——完璧な仕上げをするときの追い切りのような速度だ。

「落ち着け」

手綱を引き、カムナビに制御をかける。だが、カムナビに若林の指示を受け入れる気はないようだった。手綱に抗いながら、さらに速度を上げていく。

「むちゃくちゃなところはなんにも変わってないか……」

若林は苦笑し、カムナビの行く気に任せた。どうせ指示を無視されるなら、その気になったカムナビがどれだけ走るのか体感するのも悪くはない。

カムナビの走りは滑らかだった。凹凸が多く、芝生も長い。その下の土は粘土質だ。瞬発力とスピードを武器とする日本の馬たちはこの馬場ではうまく走れない。カムナビはそうした馬たちとは違う適性を持つ馬だった。

少しずつ、少しずつカムナビのストライドが大きくなっていく。馬場を掻き込む前肢は力強く、馬場を蹴り上げる後肢の伸びやかさは格別だ。

カムナビなら、このままどこまでも走っていける。翼をつけてやれば空にだって舞い上がっていくだろう。

埒《らち》もない考えを弄《もてあそ》びながら、若林はカムナビの走りを楽しんだ。

＊＊＊

「すっ飛んでっちゃいましたね」

佐久間が言った。児玉は双眼鏡でカムナビの姿を追いながらうなずいた。

「速すぎる」

「でも、いつもあんなもんですよ。あいつにとっちゃ、あれぐらいが普通なんです」

「追い切りは別にやってるんだろう？」

「はい。指示どおりにやってますよ。道中は我慢させて、終《しま》いだけ伸ばす。こっちじゃタイム計れないですけど、まあまあの時計出してると思います」

「にしては、まだ体が太く見えるな」

児玉は双眼鏡を目から外した。すでに、双眼鏡を通してもカムナビの姿は豆粒ぐらいの大きさになっていた。

「飼い葉、めっちゃ食いますからね。それでも、少しずつ絞れてはきてるんです」

確かに、児玉が前回来たときよりは絞れている。児玉は頭の中の電卓を叩いた。前哨戦のニエル賞までに八割方仕上げ、凱旋門賞で最高の状態に持っていくにはどうすべきか。ニエル賞と凱旋門賞はほぼ一ヶ月の間隔が空く。長年の経験が最良の答えを導き出してくれた。

今のままの調教を続け、ニエル賞後に負荷をかけた調教を積んでいくのだ。

「面白い馬ですね」

背中に声がかけられ、児玉は振り返った。馬に跨がった袴田がこちらに向かってくる。

「なにも知らなかったら、フランスの調教馬だと思いますよ。それぐらい、トモが発達してる。日本の馬場では苦労しそうですね」

「切れる脚がないんで、パンパンの良馬場だと荷が重いですね。その代わり、スタミナは無尽蔵です」

「理想の逃げ馬だ」

「逃げ馬にしたかったわけじゃないんですけどね。気性的にハナを切らないと気が済まないんで。テンがとびきり速いわけじゃないんで大変なんですが」

「これまでうちが面倒を見てきた日本馬とはまるで違う。あの馬なら、もしかしたらもしかするかもしれませんね」

「凱旋門賞ですよ。そう簡単なレースじゃない」

「なんにせよ、本番が楽しみです。それと、こっちのメディアが児玉さんにインタビューしたいと言ってきてるんですが」

「ぼくにですか？」

袴田が微笑んだ。

「こっちでも結構話題になってるんですよ、カムナビ。ダービーに出走する権利があるのに、それを蹴って凱旋門賞に駒を進めてきたって」

どの国においても、ダービーは特別なレースなのだ。出走する権利を持っているのにダービーを走らないというのは怪我なりなんなりの特別な事情を持つ馬に限られる。

かつて凱旋門賞に挑戦した日本の三歳馬のほとんどは、ダービーを勝ったあとにやって来たのだ。

「かまいません」

児玉は言った。これを機に、小森の現状とカムナビに賭ける夢をこちらのホースマンたちにも知ってもらいたいという気持ちがあった。

「でも、ぼくは明日のフライトで帰りますが」

「次にこちらに来るときに。スケジュールの調整はぼくの方でやっておきます」

「なにからなにまで、本当にありがとうございます」

「じゃあ、ぼくはこの馬の調教があるので……今夜のディナーは妻が腕によりをかけて作るそうですよ。楽しみにしていてください」

袴田はそう言うと、馬を馬場の入口の方にいざなった。

馬の群れがこちらに向かって駆けてくる。五、六頭はいるだろうか。そのずっと後ろの方に猛然と駆けてくる馬がいた。

カムナビだった。

となれば、群れは牝馬の群れなのだ。

袴田の馬が馬場に入り、それと入れ違いに牝馬たちが出てくる。群れはお行儀よく隊列を組み、厩舎に向かっていった。

少し遅れてカムナビがやって来た。目が血走り、口から泡を吹いている。血走った目を左右に走らせ、牝馬の姿がないと知っていななないた。

待ち構えていた小田島が引き綱をつける。若林がカムナビから下りてこちらへ向かってきた。

「相変わらずむちゃくちゃです」

若林は笑っていた。

「こっちの指示なんてどこ吹く風。牝馬はどこだって目の色変えて走ってましたよ」

「走りは？」

「上々です。オーバーペースだろっていうぐらいの走りでしたけど、けろっとしてますしね。スタミナお化けですよ」

児玉はうなずきながら頭の中の電卓を叩き直した。

「牝馬の群れを使えばこれぐらいで走ってくれるっていうなら、ニエル賞まではこのままで行こうかと思うんだが、どうかな？」

「どうでしょう。勝ち負けまでは難しいかもしれません」

若林が答えた。

「ニエル賞は勝てなくてもいい。本番できっちり仕上げたいんだ」

ニエル賞は三歳馬限定の重賞だ。凱旋門賞と同じく、ロンシャン競馬場の芝、二千四百メートルで行われる。しかし、ここのところ、ニエル賞の勝ち馬がそのまま凱旋門賞で勝つことはなくなっていた。

「なら、大丈夫だと思います。佐久間のやつ、いい仕事してますよ。これも、国際恋愛のおかげですかね」

若林は小田島とともにカムナビを引いていく佐久間に視線を飛ばした。

「フランス語がめきめき上達してるから、こっちのスタッフにもあれこれ注文を出してるみたいだぞ。こんなに頼もしいとは思ってもいなかった」

「あいつはこれまで運がなかっただけなんです。騎手になってもぱっとせず、調教助手になってもぱっとせず。それが、カムナビと出会って眠っていた才能が目覚めたんですよ」

「そうかもしれないな」

児玉はうなずいた。そもそも、カムナビがいなければ佐久間がフランスに長期滞在することもなかったのだ。児玉自身にしても、自分の調教師人生で凱旋門賞に挑戦する機会に恵まれることがあるなどとは、予想もしていなかった。

カムナビは競りに出しても売れなかっただろう。自分と小森が三上牧場に赴き、小森が二百万で買うことになった。カムナビが気に入ったというより、三上収の情熱にほだされたのだ。

その馬がGIを勝ち、凱旋門賞に出走する。そして、小森は死に瀕《ひん》している。

カムナビの父であるナカヤマフェスタと似たような道を歩むカムナビに、運命を感じないと言ったら嘘になる。

競馬は人間の思いが作り上げている。血統に対する情熱だったり、勝利に対する執念だったり、馬に関わる多くの人間たちの情念が競馬を続けさせているのだ。

運命を感じた馬に思いを乗せる。

それもまた競馬だった。

11

朋香は病室のベッドの脇に置いたパイプ椅子に座り、胸の前で両手を組んだ。

神様だか仏様だかなんだかわからないが、人智《じんち》を超越した存在に祈る。

――どうか、あとほんの少しだけ、この人を生かしてやってください、お願いします。

達之助は眠ったままだ。口には酸素吸入用のマスクが付けられている。医者には挿管をして人工呼吸器を付けることを勧められたのだが、意識がなくなる前、達之助にそうした延命処置はやめてくれと懇願されたのだ。

死ぬのなら、そのまま自然に逝きたい。

達之助は朋香の手を握り、そう言った。

機械に頼ることになったとしても、生きていて欲しい。それが朋香の本音だった。勇馬のためにもそうして欲しいと思う。

だが、達之助の意志を無下にすることもできない。

達之助の意識がなくなってからは葛藤し続けた。今はそれにもくたびれ果て、神頼みに走っている。

今朝、担当医から覚悟しておいてくれと言われた。今日、明日が山だと。これ以上の衰弱に、達之助の体は保たない。

まもなく達之助の両親もやって来ることになっている。

「……と、も、か」

か細い声に目を開けた。達之助の目と目が合った。

「気づいたの？　大丈夫？」

朋香は達之助の手を握った。左手を伸ばし、ナースコールのボタンを押す。

「勇馬とカムナビを頼む」

達之助がかすれた声で言った。

「わかってる」

「おまえには死んだ後も迷惑をかけるな。すまん」

「変なこと言わないでよ。わたし、迷惑だなんてこれっぽっちも思ってないし、今すぐ死ぬわけでもないじゃない」

「勇馬が大人になった姿を見たかったな。カムナビがロンシャンで走る姿が見たかったな」

達之助が目を閉じた。心拍をモニタする機械が単調な高い音を発した。

「あなた――」

朋香は達之助の肩をゆすった。達之助は動かない。

「いやよ、あなた。いやっ」

朋香は達之助に覆い被さり、辺りを憚らずに泣きはじめた。

＊＊＊

僧侶の読経が広間に響く。その合間合間に、小森の息子である勇馬の悲痛な声が合いの手のように入る。

「パパー、パパー」

勇馬の声がするたびに、広間のあちこちで忍び泣く声が聞こえてくる。

「これ、きついですね」

隣の席の若林が囁いた。児玉はうなずいた。児玉の周囲にいるのは競馬関係者ばかりだ。小森の馬を預かったことのある厩舎の関係者、騎手、馬主仲間――だれもが沈痛な面持ちで小森の遺影を見つめていた。

少しずつ、焼香の順番が近づいてくる。児玉は父を呼ぶ勇馬の声を聞きながら、頭の中で今後の日程を吟味した。

日本の競馬にシーズンオフはない。家族が死のうが親しい者が死のうが、毎週末、競馬は行われる。

調教師として身を立てた以上、いついかなるときでも馬を優先して考えなければならない。

一頭でも多く勝たせるために、調教師は全身全霊を捧《ささ》げるべきなのだ。

若林が腰を上げた。焼香の順番がやって来たのだ。児玉も腰を上げ、若林に続いた。数珠《じゅず》を握りしめ、遺族席の横で足を止める。

小森朋香は魂が抜けたような顔つきだった。勇馬は父の死をまだ理解できていないようにも思える。勇馬の横に並んでいるのは小森の両親だ。

息子の葬式に出なければならない親の気持ちを思うと、心が締めつけられた。

朋香に一礼し、焼香台に向かう。

――カムナビの調整は順調に進んでます。それもこれも、小森さんのおかげかな。あちらから、ロンシャンのカムナビの走りを見届けてください。

遺影に無言で語りかけ、焼香を済ませた。

葬儀が終わると、若林と連れだって外に出た。これから美浦に戻り、厩舎に残してきた雑事を片づけなければならない。

「いや、きつかった」

若林が言った。目が赤い。葬儀の間中、ずっと洟《はな》を啜っていた。

「あの子どもの声はたまらんよな」

児玉はうなずき、駐車場に足を向けた。

「児玉先生」

背中に声が飛んできた。振り返ると、朋香が斎場から小走りに出てきた。

「今日はお忙しいところ、本当にありがとうございます」

朋香が丁寧に頭を下げる。

「いえ。当然のことですから。頭を上げてください、奥さん」

朋香が顔を上げげた。やつれ、一回り小さくなったような感じがする。

「ひとつ、お伺いしたいことがあって」

「なんでしょう?」

「カムナビが凱旋門賞に出るとき、わたしと勇馬が現地で観戦することは可能なんでしょうか？主人の夢を背負って走る馬を、競馬場で応援したいんです」

「もちろん、可能ですよ。奥さんはカムナビの馬主になるんですから、馬主席に入れます」

「馬主席ですか……昔、主人からちらっと聞いたことがあるんですが、向こうはドレスコードが厳しいとか」

児玉はうなずいた。

「男性はジャケットにネクタイ必須、女性は――奥さん、着物はお持ちですか？」

「はい」

「なら、着物でも大丈夫です。勇馬君は蝶《ちょう》ネクタイでもすればＯＫですよ」

「それならなんとかなります。でも、着付けはどうしよう。恥ずかしい話ですけど、ひとりじゃ着られないんです」

「うちの妻に手伝わせましょう」

「奥様も行かれるんですか？」

「うちの厩舎の馬が凱旋門賞に出るなんて、最初で最後かもしれませんから、記念に連れて行く予定なんです」

朋香がほっと息を吐いた。

「それならお願いします。助かります」

朋香は口を閉じ、斎場に目を向けた。入口の近くで、愚図る勇馬を小森の母があやしている。

「主人との初めてのデートは競馬場だったんです」

朋香が振り返った。

「それ以来、主人が馬主になった後は何度か誘われて行ったんですけど、競馬にはあんまり興味が湧かなくて。馬主の妻っていうのもなんとなく気後れがするし」

「ロンシャンに行きましょう」

児玉は言った。

「現地でカムナビが懸命に走る姿を見たら、きっと、奥さんも勇馬君も競馬が大好きになりますよ」

「そうでしょうか……」

「ええ。競馬場は美しく、ターフの上を走るサラブレッドも美しい。魅了されない人はいません」

「とにかく、勇馬を連れてロンシャンに行きます」

「手配をしておきます」

児玉は言った。

「宿はどうします？　競馬場の近くでよければそっちも手配できます。競馬場に行くのに便利だし、なんなら、うちのスタッフかカムナビを繋養してもらってる袴田厩舎のだれかに送り迎えさせることもできます」

「お願いします。なにからなにまですみません」

朋香がまた頭を下げた。

「競馬の前後に何日か向こうに滞在されるようだったら、パリの宿も手配できます」

「競馬が終わったら帰国します。観光や買い物を楽しむ気分じゃないですもの」

「そうですね。じゃあ、厩舎に戻ったらすぐに手配しておきます」

「よろしくお願いします」

朋香はもう一度頭を下げ、息子のところへ戻っていった。

「競馬、好きになってくれますかね」

そばにいた若林が口を開いた。

「なってほしいな」

児玉は言った。

「たいていのホースマンは、実際にレースを見て競馬に魅了されたやつばっかりだ。あの親子だって、きっとそうなるさ」

「そうですね」

若林がうなずき、駐車場に向かって歩きはじめた。児玉はその後を追った。

＊＊＊

「雨は降りそうにないわね」

スマホを睨んでいたヴィヴィエンヌが言った。佐久間はその程度のフランス語なら理解できるようになっていた。

「そうか」

佐久間は頭を振った。

「秋と違って、夏はあんまり雨は降らないのよ」

「それは知ってるけどさ。万が一ってこともあるからさ」

ニエル賞が十日後に迫っている。カムナビの調教は牝馬たちのおかげで順調だが、できることなら雨が降ってほしい。重馬場でこそのカムナビなのだ。

厩舎の敷地内に小型のバンが入ってきた。宅配業者の車だ。

「あ、届いたかな」

佐久間は日本語で呟いた。

「なになに？」

ヴィヴィエンヌが食いついてきた。彼女も、日本語の日常会話はかなり聞き取れるようになっていた。佐久間と小田島の会話にいつも聞き耳を立てている成果だ。

「前に話しただろう？　日本の友達が、アニメのＤＶＤを送ってくれるって」

フランス語で言うと、ヴィヴィエンヌが飛び跳ねた。

「本当？　わたしがリクエストしたアニメもある？」

「もちろん」

佐久間の言葉が終わる前に、ヴィヴィエンヌが家から飛び出ていった。車を停めた宅配業者を捕まえ、段ボール箱を奪い取る。

「やれやれ」

佐久間はにやつきながら、受け取りのサインをするために外に出た。

馬乗りは上手だし、普段口にする言葉も大人びている。そのくせ、アニメのことになると童心に返るのだ。ヴィヴィエンヌは本当に可愛い女性だった。

受け取りのサインをしていると、厩舎の方から小田島がやって来た。

「ヴィヴィが段ボール抱えて凄い勢いで駆けていったぞ」

小田島が言った。

「日本からアニメのＤＶＤが届いたんですよ」

「アニメなあ。なにがそんなに面白いんだ？」

小田島が首を振った。先日、小田島を誘って三人でカラオケ屋に行ったのだが、日本のアニメソングを歌いまくるヴィヴィエンヌに、小田島は目を白黒させていた。

「今度三人で一緒に見ますか。面白いですよ」

「おれは遠慮する」

「言葉がわからない映画やドラマを見るよりいいと思うけどな」

シャンティイでの滞在がはじまった最初のうちは、初めてのことばかりで面食らい、やらなければならない作業が夜になっても終わらずに、小田島も佐久間も時間のやりくりに苦労したものだ。しかし、今ではこちらのやり方にもすっかり慣れ、夜は時間を持て余すことが多くなっている。

佐久間はヴィヴィエンヌと出かけるが、小田島はひとり、自分の部屋でテレビを見ていることが多かった。フランス語の映画やドラマを見ては、筋が追えないと文句を言うのだ。

「話は変わりますけど、ニエル賞当日も晴れみたいですね」

佐久間は言った。

「だろうな。もう十日近く雨が一滴も降ってない。馬場はパンパンだろうぜ」

「カムナビにはきついですね」

「ああ。だが、ここで好走できないようじゃ、本番も期待できなくなる。海外デビュー戦だし、なんとか格好はつけようぜ。小森さんの弔い合戦だ」

佐久間はうなずいた。

ニエル賞は凱旋門賞と同じ舞台、パリロンシャンの芝二千四百メートルで行われる三歳のサラブレッドたちによるGⅡ競走だ。

凱旋門賞の前哨戦という性格が強く、凱旋門賞出走を狙う三歳馬たちが集結する。

すでにこちらのブックメーカーでは馬券も発売されており、カムナビは十二頭中の六番人気になっていた。配当はおよそ十五倍。佐久間と小田島はそれぞれ十ユーロ分の単勝を買ってカムナビを応援することに決めていた。

「ネットで出走馬のプロフィール調べてみたけど、良馬場でもカムナビは行けそうだぞ」

小田島が言った。

「ネットのプロフィールって、フランス語か英語しかないじゃないですか。小田島さん、いつの間にフランス語読めるようになったんですか？」

「馬鹿野郎。読めるわけねえじゃねえか。英語のページをつらつら眺めてりゃ、なんとなくわかってくるんだよ。言葉は違ったって、やってることは日本と一緒だろうが」

「そりゃそうですけど」

佐久間は頭を掻いた。

「出走してくる馬はみんなそこそこの成績挙げてるけど、カムナビだって負けちゃいねえ。三歳馬限定といったって、こっちはＧＩ馬だしな。若林がうまい具合に乗れば勝ち負けすると思う」

小田島はいつになく真剣な表情を浮かべていた。

「それでも、念のため、逆さてるてる坊主は作りましょうよ」

「当たりめえじゃねえか。雨が降るに越したことはねえんだからよ」

小田島は空を見上げて顔をしかめた。ヨーロッパの夏の日差しは強烈だ。

「日本にいるときは嫌で嫌でしょうがなかったんだけどよ、こうも降らねえと、梅雨が恋しくなる。人間ってのは勝手なもんだな」

「その気持ち、わかります。傘差さないで雨ん中突っ立ってびしょ濡れになりたいって思いますもん」

「そうだ、家の換気、だれかに頼んでるか？　空気入れ換えたり、たまに冷房つけてもらわねえと、部屋ん中、カビだらけだぞ」

「初めて北海道滞在したとき、二ヶ月留守にして戻ったら大変なことになってたんですよ。それ以来、友達に週に二、三回、エアコンつけるよう頼んであります」

佐久間は答えた。

六月から三ヶ月ほど、中央競馬では北海道競馬が開催される。前半は函館競馬場、後半は札幌競馬場というのが普通だ。函館競馬場には調教施設と厩舎があるので、多くの馬が函館に滞在して北海道競馬に挑む。馬に関わるスタッフや騎手も函館に滞在することになるのだ。

佐久間は毎年志願して夏は函館に滞在していた。美浦にいるよりよっぽど過ごしやすいし、食べ物も美味い。行かない手はないのだ。ただし、梅雨から真夏にかけての三ヶ月もの間、家を空けることになるからカビ対策は大変だった。

「しかし、暑いな。きんきんに冷えた白ワインかシャンパンをやりたくなる」

小田島の言葉に、佐久間はにやりと笑った。

「日本にいるときはビールしか飲まなかったのに、小田島さん、すっかりフランスかぶれですね」

「こっちにいると、ビールよりよっぽど美味く感じるんだからしょうがねえだろう」

小田島は豪快に笑い、また厩舎の方へ戻っていった。

＊＊＊

勝負服の下に着たアンダーウェアが汗でじっとりと湿っている。湿度が低いとはいえ、三十度の気温はさすがに暑い。ターフの周りには日陰を作ってくれるものがなにもない。日光の照り返しも加わって、実際よりもずっと暑く感じてしまう。

競馬に臨む騎手は、勝負服を着る決まりになっている。勝負服のデザインは馬主が申請して決める。遠くからでも騎手の勝負服を見ればどの馬主の馬かがわかるのだ。

勝負服は長袖だ。その下にアンダーウェアと、防護用のプロテクターを付ける。頭にはヘルメット、目の周りにはゴーグル、下半身は薄手の白い乗馬ズボンにこれまた薄い乗馬ブーツ。いざ馬が走り出せば風が当たっていくらか涼しくなるが、そうでないときは暑いばかりだ。逆に、冬は寒くてたまらない。

小田島と佐久間に引かれたカムナビがやって来た。パドック周回を終え、これから本馬場に向かうのだ。

カムナビは適度に気合いが入っているようだった。気合いが入っていないのも困るが、入りすぎるのもまた困る。

若林はシャンティイに来て以来、追い切りを含めて毎日カムナビに跨がってきたが、具合の良さに顔がほころぶのを止められなかった。佐久間がいい仕事をしたのだ。若林は児玉の指示に従ってカムナビを走らせるだけでよかった。

——日本じゃ考えられないな。

水曜日の追い切りの後に児玉が言った。

日本では馬場に向かわせるのも一苦労だったし、なんとか馬場に入れても思うように走ってくれる馬ではなかった。

それがシャンティイでは馬が変わったかのように動き、走るのだ。

父のナカヤマフェスタも同じだったという。日本では大の字がつく問題児だったが、フランスに来たら、ちゃんと調教ができるようになったらしい。環境が変わって、人に従うことをよしとしなかった馬が人に頼るようになったのだ。

だが、それも初年度だけの話で、二年目は日本にいるときと変わらなくなったらしい。環境に慣れてしまったのだ。

カムナビも同じかもしれない。ならば、本気の勝負ができるのは今年だけだ。

佐久間の手を借りてカムナビに跨がった。

「いつものようにハナを切って、カムナビの気分を壊さないよう乗ってくれ」

児玉が若林を見上げて言った。児玉はスーツにネクタイ姿だった。小田島と佐久間も首にネクタイを締めている。こちらではそれがルールなのだ。

「わかってます」

若林はうなずいた。

「カムナビ、いい感じですよ。ホープフルステークスのときより数段いい」

「フェスタも凱旋門賞で走ったし、ステイゴールドも海外じゃべらぼうに強かったからな。そういう血筋なのかもしれない」

児玉が答えた。

「よし、行こう」

児玉の声を合図に、小田島と佐久間が再びカムナビを引いて歩き出す。

日本の競馬場では、客席とパドックや馬道は完全に切り離されているが、欧州ではパドックでも馬道でも人がひしめき合っている。

そんな中で、馬をパドックで周回させたり本馬場に向かうために引いて歩かせたりするのだ。客のほとんどが馬という生き物の習性を心得ているからこそできるのだろう。

いつか、日本もそうなればいいと思う。日本は人と馬の距離が開きすぎなのだ。

本馬場に出ると、カムナビが興奮するのが伝わってきた。もうすぐレースがはじまるということを理解しているのだ。

他の馬たちの動静を探り、静かに闘志を掻きたてている。

「いいぞ、カムナビ。その調子で気合いを入れろ」

若林はカムナビの肩を叩きながら話しかけた。カムナビが鼻息を荒くする。

カムナビとは逆に、若林は自分を落ち着かせようと努めた。

海外で競馬に乗るのは今回が初めてだ。袴田の計らいで午前中、ふたつのレースに乗せてもらったのでコースの特徴はほぼ頭に入っている。とはいえ、ニエル賞は重賞だ。出走してくる馬の能力や騎手のやる気も違う。ここでカムナビをエスコートするには、なによりも冷静さが必要とされる。

秋に行われる凱旋門賞とは違い、夏のパリロンシャン競馬場の馬場はパンパンに乾いている。もちろん、日本の競馬場とは違い、あちこちに凹凸のある馬場だ。乾いた良馬場とはいえ、それほど走破時計が速くなるわけではない。だからこそ、カムナビにもチャンスがあるのだ。

小田島が引き綱を外した。待っていたと言わんばかりにカムナビがターフの上を駆けだしていく。スピードを出しすぎないよう手綱を操りながら、若林はカムナビの動きを確認した。

体はまだ少し太い。本番の凱旋門賞まではあと一ヶ月弱。その前に体を作り上げてしまうわけにはいかないので、児玉や佐久間が頭を絞って運動量を調節している。

今の状態でも八割の力は出せるだろう。本番では十割の力を出して挑まなければならない。

返し馬を終えると、いよいよ発走の時間が近づいてきた。ゲート裏にカムナビを誘い、待機する。

輪乗りに加わらないことはあらかじめ主催者側に伝えてあった。

カムナビは四肢を踏ん張り、輪乗りする馬たちを睨みつけている。

おれの前を走るんじゃない、わかってるな——そう言って馬たちを威嚇しているかのようだ。

係員が馬をゲートに入れろと指示してきた。カムナビは馬番五番、ゲート番号は一番。

日本では枠番と馬番が連動しているが、こちらには枠番はない。まず、馬番が割り当てられ、その後に抽選でゲート番号が決められる。最内の一番ゲートはカムナビには願ったり叶ったりだ。距離のロスを考えることなく内ラチ沿いを走らせ、ハナを奪うことができる。

カムナビは素直にゲートに入った。調教ではごねるが、競馬ではレースに集中する。本番に強いタイプだ。全馬がゲートインするまでの待ち時間にちゃかつくこともない。だれよりも速くゲートを出て、ハナを奪って走ることがすべてなのだ。

最後の馬がゲート入りした。若林は深く息を吸い、手綱を握った。なにもする必要はない。ハナを奪うまではカムナビのやりたいようにやらせればいいのだ。

ゲートが開いた。カムナビが猛然と飛びだしていく。日本ではテンの速い方ではないが、ヨーロッパではダントツに速い。日本の競馬の方がよりスピード重視なので全体の走破時計が速くなる。そこで走り慣れているカムナビにとって、他の馬は歩いているように思えるかもしれない。

カムナビがハナを切る。若林は後方を確認した。競りかけてくる馬はいない。手綱を引いてカムナビにスピードを落とせと指示を出す。

「ハナを切るだけじゃなくて勝ちたいんだろう？　だったら、道中はおれに任せろ」

声に出してカムナビに語りかけた。

カムナビが速度を緩めた。怒ることも力むこともない。気分よく自分のリズムで駆けている。

若林は五感を研ぎ澄ました。良馬場でも、カムナビが苦にしている感じはない。日本と違ってグリップのよく利く重たい馬場だからだろう。背中の動きは躍動感に満ち溢れ、四肢でしっかりとターフを蹴っている。

後ろの馬との差は三馬身ほど。ジョッキーたちにはその差を詰める気はなさそうだった。カムナビに好きなだけ行かせて、直線でスパートをかけるつもりなのだ。

「そうは行くかよ」

若林は呟いた。体内時計を吟味する。このペースなら、千メートルは一分を少し切るぐらいで通過する。カムナビにとっては遅すぎるぐらいのペースだ。

上り坂がはじまった。パリロンシャン競馬場の二千四百メートルのコースはスタートから千メートルまでは直線だ。その途中に坂がある。坂を登り切ると下りながらコーナーに進入していく。勝負所はその下りだ。下りながらペースを上げ、後続に脚を使わせる。長いコーナーを曲がり終えると、その先はフォルスストレートと呼ばれる緩やかな直線となり、最後に五百メートルを超える実際の直線が待っている。

カムナビには切れる脚はない。下り坂からのロングスパートを決めて逃げ切る。

それが児玉と立てた作戦だった。

カムナビは勾配を苦にすることもなく駆けていた。幼いときからアップダウンの激しい放牧地を駆け回っていたのだ。心肺機能はぬきんでている。

振り返る。後続との差がわずかに縮まっていた。フォルスストレートに入る前にカムナビとの差をできるだけ詰めておきたいとだれもが考えている。

そこが狙い目だ。

坂を登り切った。

若林は舌を鳴らした。舌鼓《ぜっこ》と呼ばれる馬への合図だ。舌を上顎の奥の方に押しつけて鳴らす。カムナビが徐々にスピードを上げはじめた。全力疾走しろという合図は鞭だが、舌鼓のときは少しずつ速度を上げていく。この一年、カムナビに辛抱強く教え込んだのだ。

カムナビが手前を替えた。手前というのは走っているときに前に出る前肢のことだ。右脚が先なら右手前、逆は左手前。ロンシャンのように右回りのコーナーなら、右手前で走る方が曲がりやすい。

教えなくてもカムナビは理解している。賢い馬だ。コーナーを曲がり終えたら、また左手前に替えるだろう。

カムナビがコーナーに進入していく。馬にもコーナリングの得手不得手がある。強い馬は大抵、コーナリングが上手だ。カムナビも例外ではなかった。

コーナリングの下手な馬はカーブの緩い、大箱の競馬場でしかいい成績を挙げられない。上手な馬は場を問わない。

もう一度振り返る。後続の馬たちも走る速度を上げていた。コーナーの出口でカムナビに追いつき、直線に出たら早々にかわす腹づもりなのだ。

「こいつはスタミナお化けだぞ。わかってるのか？」

若林は呟いた。カムナビの手応えは抜群だった。若林が指示を出さずとも、馬なりで速度を上げながらコーナーを曲がっていく。

「やりゃあできるんだよな、やりゃあ」

若林は再び呟き、手綱を握り直した。コーナーを抜けたら後は全力で追うだけだ。カムナビが後続の追撃を振り払って先頭でゴールを駆け抜けられるかどうかは神のみぞ知る。

コーナーを抜けた。

若林は右手でカムナビに鞭を入れ、手綱を押した。

カムナビの肩の筋肉が盛り上がったような気がした。

次の瞬間、カムナビが全力疾走に入った。

いい手応えだ。いい走りだ。

これで負けるなら納得がいく。

カムナビと出会って一年と少し。かつてない力感でカムナビは駆けている。

シャンティイで牝馬を求めて走り回りながら、その肉体は確実に成長したのだ。

手綱を引き、引いた手綱を放す感覚で押す。引いて、押す。引いて、押す。そのたびにカムナビの速度は上がり、やがてトップスピードに達した。あとはこのスピードをどこまで維持できるかだ。

若林は頭を下げ、股の間から後ろを確認した。後続との差は五馬身。瞬発力に長《た》けた馬たちが差を詰めてくる。

手綱を引いて、押す。引いて、押す。その合間に鞭を入れる。

カムナビの鬣が風になびいている。景色が猛スピードで後ろに流れていく。

最高に気分がよかった。これが騎手の醍醐味だ。これがあるから、みな、騎手をやめられなくなる。

後続の馬たちの足音が近づいてくる。カムナビにも聞こえているはずだ。辛く、苦しいはずだが、カムナビは走る速度を落とさない。

だれにもハナは譲らない。その気迫が若林には感じられた。

負けず嫌いの意地っ張り。それがこの血統の本質だ。ステイゴールドからナカヤマフェスタを通じてカムナビに受け継がれた気性だ。

後続の足音がさらに近づいてくる。ゴール板まではあと二百メートル。永遠にも思える二百メートル。

走れ、カムナビ。頑張れ、カムナビ。小森さんのために、残された妻子のために走れ。問題児のおまえに愛を持って接する小田島さんのために力を振り絞れ、おまえをここまで仕上げた佐久間のために先頭でゴールを駆け抜けろ。

おれのために勝ってくれ。勝って、堂々たる主役の一頭として凱旋門賞に向かうんだ。

他馬の足音が間近に迫っていた。左目の視界の隅に、追いすがってくる栗毛の馬の顔が入ってきた。

ゴールはまだか？

あと五十メートル。

しのげ、しのげ、しのぐんだ、カムナビ！

若林は祈りながらカムナビを鼓舞した。

隣の馬が伸びている。このままでは差される——そう思った次の瞬間、カムナビが加速した。

意地でも他の馬に自分の前を走られたくないのだ。

若林はカムナビの根性に感嘆した。

ゴールが目の前に迫っていた。

＊＊＊

「差し返した！　勝ちましたよね？」

カムナビがゴールした瞬間、隣にいた袴田が興奮した顔を向けてきた。

「微妙ですね」

児玉は答えた。カムナビが差し返したようにも思えるし、届かなかったようにも思える。一度は抜かれたのだ。それをカムナビが差し返そうとしたところがゴールだった。

場内はどよめいていた。白熱のゴール前の攻防に、馬券を買った者もそうでない者も興奮している。

「差してきた馬はルロワといって、末脚に定評のある馬です。王という名前を付けられただけあって、将来を嘱望されてますよ」

袴田の言葉に児玉はうなずいた。このレースに出走する馬たちのプロフィールは頭に叩きこんである。一番の強敵だと見なしていたのがルロワだった。

「一、二着は写真判定だとアナウンスが流れてます」

袴田は場内放送に耳を傾けていた。

「とりあえず、下馬所に向かいます」

児玉は言った。写真判定で結果が出るまではなにもすることがない。ならば、レースを終えたカムナビと若林を労おうと思ったのだ。児玉は下馬所に足を向けた。

「しかし、呆れた勝負根性ですね。普通ならそのまま失速してますよ」

袴田が肩を並べてきた。

「他の馬に前を走られるのがゆるせないみたいなんですよ」

児玉は苦笑した。

「テンが速いわけでもないのに、とにかくハナを切って先頭のままゴールしないと気が済まない。控える競馬ができたらもっと余裕のあるレースができるし、こっちも楽なんですが」

「馬は人間の思うとおりにはならない——ぼくのお師匠さんの言葉です」

袴田のフランスでの師匠といえばジャック・ランパルドだ。名伯楽として世界中に知られている。

カメラを携えた男が小走りに近寄ってきた。地元のメディアだ。

男がフランス語で袴田に話しかけた。

「少し話を聞かせてくれと言ってますが」

「まだ結果も出てないのに？」

児玉の言葉を袴田が通訳する。

「彼の目にはカムナビが優勢に見えたそうですよ」

児玉は肩をすくめた。

「歩きながらでいいならＯＫです」

袴田が伝えると、男は目を輝かせた。

「素晴らしい逃げでした。日本のＧⅠでも逃げて勝っているそうですが、こちらの馬たちにもその戦法で勝てると考えていましたか？」

袴田が通訳する言葉に、児玉は首を振った。

「あの馬は逃げることしかできないんです。競馬場がどこであれ、逃げます。相手は関係ない」

袴田がフランス語に訳すと、男が目を丸くした。

「必ず逃げるというのは気性の問題ですか？」

「ウイ」

児玉はフランス語で言った。

「このレースはＧⅡですが、ＧⅠである凱旋門賞も逃げるんですね」

「ええ。それしか選択肢がありませんから」

「幸運を祈ります。いいレースでした」

男は児玉に握手を求めてきた。児玉がその手を握るとにっこりと笑い、去っていく。

児玉は肩から力を抜いた。

フランスで現地メディアからインタビューを受けるなど、一年前には想像したこともなかった。

カムナビが児玉と厩舎スタッフをここまで連れてきてくれたのだ。カムナビを管理することで児玉をはじめ、スタッフたちは経験を積み、ホースマンとしての腕が磨かれた。

カムナビと厩舎スタッフの滞在費を捻出してくれているのは小森朋香だ。夫の達之助が亡くなった今、馬のことなど放り出してもおかしくないのに、夫の夢を繋ごうとしてくれている。

カムナビと小森夫妻には感謝しかない。

競馬とは感謝と密接に繋がっている競技だ。感謝のない者に、幸運の女神は微笑まない。

下馬所につくと、ちょうどカムナビが本馬場から戻ってきたところだった。

小田島と佐久間が人馬を出迎え、カムナビに引き綱を付ける。小田島はいつもと変わらなかったが、佐久間は興奮していた。

カムナビは息を荒らげている。スタミナに優れたこの馬でもしんどい勝負だったのだ。

カムナビから下りた若林がヘルメットとゴーグルを外しながら近づいてきた。

「どうでした？　差し返してますか？」

「おれたちにもわからない。写真判定を待つだけだ」

「やっぱり、良馬場だと最後の脚が鈍りますね。でも、一度抜かれたら盛り返しましたよ。あの負けず嫌いは相当なもんです。相手が迫ってきたのがゴール間近でよかったですわ」

「そうだな」

児玉はうなずいた。ルロワがカムナビを抜くのがもっと手前だったら、いくらカムナビが負けず嫌いだとはいえ、ゴールまでに抜き返そうという気は起きなかっただろう。ゴールまであとわずかだったから、ガス欠寸前の体でも、もう一度踏ん張ることができたのだ。

「ただ、具合は滅茶苦茶いいです。過去イチですね。これで本番でさらに上昇したら、ひょっとしたらひょっとするかもです」

「なんにしろ、雨が必要だな」

「ええ。雨は必須です」

若林が苦笑した。

落ち着きを取り戻していた観客席が再びどよめいた。

「確定が出ました」

　袴田が言った。声が上ずっている。

「カムナビです。カムナビが勝った！」

「本当ですか？」

　佐久間が叫んだ。

「微差でカムナビの勝ちです」

「先生、やりましたよ。こいつがやっちゃいましたよ！」

　佐久間が飛び跳ねた。それが気に障ったのか、カムナビが佐久間を噛もうとした。

「あっぶねー。なにするんだよ」

　佐久間はすんでのところでカムナビの攻撃をかわし、後ずさった。

「おまえが変な動きするからだろうが」

　小田島が佐久間を睨みつける。

「だって、勝ったんすよ。抜かれたところを差し返して勝ったんです。喜ぶなっていうのが無理でしょう」

　児玉は小田島と佐久間のやりとりに耳を傾けながら、若林に向かって右手を突き出した。若林がその手を握ってくる。

「いい騎乗だった」

「こいつが凄いんです」

　若林はカムナビに顔を向け、目を細めた。

　カムナビは鼻息を荒らげたまま、周りの人間たちを睨んでいた。

　その顔は、疲れてるんだから早く休ませろと言っているかのようだった。

＊＊＊

ソファに座っている収を見て、徹は唇を結んだ。収は胸の前で手を合わせ、きつく目を閉じている。

「親父、どっちだと思う――」

三上徹はテレビ画面を睨みながら叫ぶように言った。衛星放送の競馬専門チャンネルが、ニエル賞の生中継をやってくれたのだ。

「どっちだ？」

「なにやってんだよ」

「心臓がばくばく言って、とてもじゃないが見てられんかった」

収が目を開けた。

「勝ったか？」

「わからないから訊いたんじゃないか。微妙だよ。差し返したようにも見えたし、届かなかったようにも見える。写真判定さ」

「雨が降ってりゃ、楽勝だったべ」

収が肩から力を抜いた。

「しょうがねえだろう。向こうも夏は滅多に降らないんだから」

「それで、レースはどうだったんだ？」

「ったくもう……」

徹は顔をしかめながらレース展開を説明してやった。

「もうダメかと思ったんだけど、あいつの勝負根性は凄いよ」

「そうか。際どい勝負だったんだな」

テレビのアナウンサーが、確定が出た模様だと告げた。

「どっちだ？」

徹は目を凝らした。画面の向こうの確定板に数字が点《とも》る。

一着はカムナビだった。

「カムナビだ。あいつが勝ったぞ」

徹は立ち上がり、小躍りした。GⅡで僅差だったとはいえ、海外のレースに勝ったのだ。喜びが胸の奥から滾々《こんこん》と湧き出てくる。三上牧場の生産馬が国内GⅠや海外のGⅡを制するなど、だれが想像しただろう。当の自分でさえ、一年前までは考えたこともなかったのだ。

「次は凱旋門賞だぜ、親父」

「ああ」

気のない返事だった。

「なんだよ。わくわくしないのかよ」

徹は拍子抜けした。

「凱旋門賞だぞ。GⅡぐらいで苦戦してる馬が簡単に勝てるレースじゃない」

「接戦だったのは良馬場だったからだろう。道が渋ればパフォーマンスだってもっと上がる」

「降らなかったらどうするんだ」

「なんでそんなにテンション低いんだよ」

徹は言った。以前の収なら、もっと強気だったはずだ。

凱旋門賞で勝てる馬を作るのだと言い張り、馬の血統の専門書や血統表と格闘し、ナカヤマフェスタの血統にあうのはこの牝馬しかいないと、フラナリーを無理を言って譲り受けた。若馬のうちから荒れた馬場で走ることに慣らさなければと徹の反対を押し切って放牧地を改良した。

カムナビは収の鬼気迫る執念が作りだした馬なのだ。

その馬がいよいよ凱旋門賞に挑戦するというのに、収のテンションは下がっていく一方だった。

「凱旋門賞だぞ」

収が口を開いた。

「日本の名だたる馬たちが何度も挑戦して、ことごとく撥ね返されてきた。そんな高い壁を、うちの馬が乗り越えられると思うか。繁殖牝馬だって数頭しかいない、小さな小さな牧場だぞ」

「その小さな牧場が作った馬が、GⅠ勝ったじゃないか。ニエル賞だって勝った。凱旋門賞で勝ち負けできるかはわからないけど、やってくれるさ」

喋りながら、徹はおかしさを覚えた。これでは立場が逆ではないか。

以前は徹が悲観的な意見を口にした。収はどこまでも楽観的だったのだ。

「ロンシャンにはおまえひとりで行け。テレビで見るだけでもこたえるのに、現地で観戦なんかしたら、心臓が破裂する」

「馬鹿言うなよ。カムナビの晴れ舞台じゃないか。親父が見に行かないでどうするんだよ」

すでに飛行機のチケットは予約済みだし、現地での滞在先も児玉がアレンジしてくれている。

「怖いんだ」

収が言った。

「カムナビが負けたらと思うと、胃の腑《ふ》が縮み上がる。十数年、試行錯誤繰り返して、近隣の牧場に笑い物にされて、息子のおまえにまで愛想を尽かされて、それでも諦められなくて作った馬だ。これなら凱旋門賞で勝負できるだろうって自信を持てた馬だ。それが通用しなかったらどうする。

おれの十数年は無駄だったってことになるべ。そんなの、耐えられん」

収は怯えているのだ。自分の信念が、そのために費やしてきた努力や時間が、すべて意味のないことだったと突きつけられるのを恐れている。

カムナビは最後の馬だ。収はそう思い定めている節がある。繁殖牝馬の買い付けも、繁殖牝馬に付ける種牡馬の選定もすべて徹に任せて、自分は半ば引退する腹づもりなのだ。

カムナビが凱旋門賞で惨敗したら、自分の競馬人生のすべてが否定される。そう思っているのかもしれない。

「親父さあ――」

徹は声を和らげた。

「凱旋門賞でボロ負けしたっていいんじゃないかな」

収が右の眉を吊り上げた。

「あいつはホープフルステークスを勝った。GI馬になったんだ。それだけでも、うちの牧場にとっては偉業だよ。親父の夢と執念が、とうとうGI馬を生みだしたんだ」

徹は唇を舐め、次の言葉を探した。言葉はすぐに見つかった。

「もし、凱旋門賞でカムナビが負けても、おれは諦めない。カムナビよりもっと強い馬を作って、いつか、凱旋門賞を勝ってやる」

「おまえ……」

収の唇がわなないていた。

「カムナビのおかげで、親父の夢がおれのここにも宿ったんだ」

徹は自分の胸を指さした。

「もちろん、家族を養わなきゃならないから、夢ばかり追っかけてるわけにはいかない。でも、親父もそうやって来たんだろう？」

　収がうなずいた。

「カムナビのおかげだよ。そりゃ、勝って欲しいけど、もし凱旋門賞で負けたっておれはかまわない。おれが親父の夢を継ぐんだ。どっちかってぇと、カムナビが負けて、おれが作った馬が勝つ方がいいかな」

「はんかくさい」

　収が言った。顔にはかすかな笑みが浮かんでいる。

「行くか、ロンシャン」

「当たり前だろう。もう飛行機のチケットも取ってるし、向こうの宿だって押さえてるんだ」

　徹は言い、テレビに目を向けた。ニエル賞の最後の直線が映し出されていた。

　カムナビが抜群の手応えで直線に向かっていく。徹はその姿を凱旋門賞に重ね合わせた。

　本番でも、カムナビは間違いなく先頭で直線を迎えるはずだ。しかし、良馬場の最後の直線では後ろの馬に追いつかれ、一度は差された。

「雨が降りゃ、こんなふうにはならないさ」

　徹は呟いた。

　頭の奥には、濡れたターフの上を颯爽《さつそう》と駆けてくるカムナビの姿が浮かんでいた。

12

　調教に出る支度がそろそろ終わるという頃、ドアがノックされた。

　若林は欠伸を噛み殺しながらドアを開けた。小田島が苦虫を噛みつぶしたような顔で立っていた。

「どうしました？」

「カムナビの悪い癖が出た」

若林は顔をしかめた。カムナビがこちらへ来て二ヶ月以上が経《た》っている。環境に慣れてきていつ駄々をこねはじめるかとびくびくしていたところだった。

「牝馬も効きませんか？」

「ああ、ヴィヴィたちが牝馬を馬場に入れてくれてるんだが、もうその手には乗らんと言わんばかりだ」

「行きましょう」

若林はヘルメットと鞭を手に取り、部屋を後にした。袴田の家を出ると、厩舎と馬場の間で仁王立ちしているカムナビが目に入った。引き綱を手にした佐久間がなんとかして歩かせようとしているが、梃子でも動かない様子だ。

美浦にいるときのカムナビに戻ってしまったのだ。凱旋門賞まであと三週間を切った。強い負荷をかけた調教ができないとなると大問題だ。

「だめか、佐久間」

声をかけると、佐久間が泣き出しそうな顔をこちらに向けた。

「だめです。こいつ、一ミリも動かないつもりですよ」

「とりあえず、跨がってみましょう」

小田島に告げ、若林はゴーグルを装着し、ヘルメットを被った。カムナビに近づき、小田島の助けを借りて背中に跨がる。

「カムナビ、後もうちょっとの辛抱だ。もうひとつレースを走れば、日本に帰れる。美浦はおまえの庭だろう？　もう一踏ん張りしてくれよ」

首筋を撫でながらカムナビに語りかけた。その後で、前進を促してみたが、カムナビはぴくりとも動かなかった。

「いい加減、駄々をこねるのはやめろ。次のレースは小森さんの弔い合戦なんだぞ」

若林は苛立《いらだ》ちを抑えきれず、乱暴に手綱を動かした。カムナビが荒い鼻息を漏らした。耳が後ろに倒れる――耳を絞るといって、馬が不機嫌だったり怒りを覚えたりするときの動きだった。

まずい――そう思った次の瞬間、カムナビがいきなり立ち上がった。

若林は手綱を強く握り、鐙にかけた足に力を込めた。

前脚が地面についたと思うと、次は後ろ脚だった。尻っぱねというやつだ。背中にずれていた重心が、今度は前方に移動させられる。

引き綱を持っていた佐久間が地面に転がっているのが視界の隅に入った。

いきなり立ち上がられて、引き綱ごと引っ張られたのだ。

尻っぱねの次はまた後ろ脚だけで立ち上がる。

立って、尻っぱねをして、また立って。

まるでロデオだった。カムナビはなにがなんでも若林を振り落とすつもりでいる。

「やってみろよ」

若林は呟いた。これは根比べだ。若林が振り落とされるか、カムナビがくたびれ果てて暴れるのをやめるか。

いいだろう。付き合ってやる。

凱旋門賞で最高の状態で騎乗したくて、数ヶ月前からジムで体幹トレーニングに汗を流してきた。

こちらに来てからも、トレーニングは続けている。成果は上々で、二十代に若返ったかのように体が軽い。

カムナビは暴れ続けている。無尽蔵のスタミナを誇る馬だ。ちょっとやそっとのことではへたばるまい。

佐久間が立ち上がってカムナビから離れていく。小田島が心配そうにこちらを見つめている。

暴れるカムナビに翻弄されながらも周囲の状況は確認できている。手綱を握る手も、鐙にかけた足もまだ余力十分だ。

袴田厩舎のスタッフが集まってきた。ラウシンのスタッフの姿も見える。

ラウシンは一週間前に袴田厩舎にやって来た日本調教馬だ。カムナビ同様、凱旋門賞に挑むのだ。

ラウシンは広東語《カントン》で流星。宝塚記念を勝ってシャンティイにやって来た。

どれぐらいの時間が流れたのか。カムナビは疲れた様子も見せずに暴れている。少しずつ手足の筋力が奪われていく。

このままでは落とされるのも時間の問題だ。

まったく、たいしたやつだ、おまえは。

そう思った瞬間、笑いの発作が襲いかかってきた。

日仏のホースマンたちの前で、暴れる馬を制御できずに振り回されている。まるで漫画じゃないか。

いや、カムナビは本当に漫画みたいな馬だ。パンパンの良馬場では出番なしだが、道が渋った途端、別馬のように疾駆する。

変な馬だ。変で、凄い。

若林はカムナビにしがみつきながら笑いはじめた。

＊　＊　＊

「凄いね」

暴れ回るカムナビを見つめながらヴィヴィエンヌが言った。日本語だ。

「もう十分以上暴れ回ってるのに、全然疲れた様子がないわ」

続いた言葉はフランス語だった。

「日本じゃしょっちゅうこんなことやってるんだ」

佐久間は右の掌を開閉しながら答えた。引き綱をいきなり引かれたときに摩擦熱で軽い火傷《やけど》を負ったのだ。

「こっちに来てからは面倒かけなかったから、油断しちまったなあ」

佐久間の言葉に、ヴィヴィエンヌが振り返る。

「今の日本語は長すぎてわからないわ」

「あいつのせいで、ほら」

佐久間はヴィヴィエンヌに掌を見せた。

「可哀想《かわいそう》に……」

ヴィヴィエンヌの表情が曇る。

「火傷に効く軟膏《なんこう》持ってきてるから、後で取りに来いよ」

声をかけてきたのはラウシンの乗り役である竹村《たけむら》だった。ラウシンを管理する工藤《くどう》厩舎のスタッフは、袴田厩舎の離れを借りて生活している。

「ありがとうございます」

「それにしても、相変わらずだな、カムナビは。こっちに来たらおとなしくなったって聞いてたのによ」

「昨日までは優等生だったんですよ」

「馬が猫被ってたってわけか」

竹村は笑いながら歩き去っていった。工藤厩舎のスタッフは、最初のうちこそ暴れるカムナビを見守っていたが、いつの間にか姿を消していた。

慣れっこだから、すぐに興味を失ったのだ。だが、袴田厩舎のスタッフはまだ居残っている。フランスではこれだけ暴れる馬は稀なのかもしれない。

「タカも凄いわ」

ヴィヴィエンヌが今度は若林のことを褒めた。

「普通ならとっくに振り落とされてる」

「日本じゃ、荒馬は若林に任せろって言われてるぐらいだからな」

佐久間は日本語で言った。だが、ヴィヴィエンヌには通じたようだ。

「フランスにもああいう馬が得意なジョッキーがいるわ」

ヴィヴィエンヌのフランス語もすぐに理解できた。競馬に関することならなんとなく会話が成立する。

「そろそろカムナビもくたびれてきたみたい」

ヴィヴィエンヌが言った。佐久間はスマホを取りだして画面を見た。

「もう十五分近く暴れっぱなしだからなあ。さすがのスタミナお化けもそろそろガス欠かな」

佐久間はスマホをズボンのポケットに押し込むと、少しずつカムナビとの距離を詰めた。カムナビの動きが止まったら、すかさず引き綱を持つのだ。暴れ出したときは油断していたせいで地面に転がされた。あの二の舞はごめんだ。

佐久間とは反対側にいた小田島も身構えている。

カムナビが動きを止め、いなないた。佐久間は引き綱に飛びついた。小田島が逆側に引き綱を付ける。ふたりで引き綱を引き、いざというときに備えた。

だが、カムナビにはそれ以上暴れるつもりはなさそうだった。鼻息を荒らげたまま、その場に立ち尽くしている。

「おれの勝ちだな、カムナビ」

若林が言った。若林も息を荒らげ、顔は水を被ったかのように汗で濡れていた。

＊　＊　＊

小田島は馬房の中のカムナビを見つめた。カムナビは上機嫌で窓の外を眺めている。

一昨日は暴れまくり、昨日は調教馬場で急に方向転換して若林を振り落とした。

放馬した後は勝手にシャンティイの馬場を駆け回って姿を消し、小田島たちを大いに慌てさせた。見つかったのは馬場から離れた森の中で、大木の陰で草を食んでいた。

「まったく、おまえって馬は……」

小田島は首を振りながら馬房に入った。厩舎に来た当初は一緒に馬房にいるのは危険極まりなかったが、今ではそんなことはない。小田島を自分の世話係として認めているらしく、よほど虫の居所が悪いときでなければそばにいるのをゆるしてくれている。

「調教が嫌いなのはわかる。あれが好きな馬なんて、滅多にいねえからな」

小田島はカムナビに話しかけた。カムナビは外を見つめたままだが、耳が小田島の方に動く。聞いてはいるのだ。

「だけどよ、調教やらねえと競馬じゃ勝てねえんだよ」

小田島はスマホを取りだし、小森から送られてきたビデオレターを再生した。スマホの画面をカムナビに向ける。

小森の声が馬房に流れた。

カムナビが窓から離れ、体を反転させた。スマホの画面に目を向ける。興味をそそられているようだった。

「この人はおまえの馬主だった人だ。この人が買ってくれなかったら、今頃おまえはこの世にいなかったかもしれねえ。まあ、ある種の恩人だ」

カムナビはまだスマホを見つめている。

「この人はな、こないだ亡くなっちまった。まだ若いのに痛ましいことだと思わねえか」

小田島は口を閉じた。

無心にスマホを見つめるカムナビはあどけない顔をしていた。若林を振り落とそうと暴れ回っていたときとは別馬のようだ。

馬の気性が荒れるのは、調教やレースで過酷なことをやらされるからだ。

野生の馬は全力で走ることなど滅多にない。捕食獣から逃げるとき以外はまず走らない。だが、サラブレッドは走ることを強いられる。調教で走らされ、レースではさらに力を振り絞って走らなければならないのだ。走ることが好きな馬などいない。

だから、賢い馬は調教がはじまりそうだと察知して駄々をこね、暴れる。

現役の間は荒ぶる気性で名を馳せた馬が、現役を退いて走る必要がなくなった途端、顔つきも気性も穏やかになったという例は掃いて捨てるほどある。もう、全力で走らされることがないからだ。

それほど競馬はサラブレッドにとって過酷なのだ。

好きで馬を鞭打つ者などいない。

サラブレッドは特殊な生き物だ。競馬で使うために人間が従来の馬に手を加え、サラブレッドをこの世に誕生させた。野生のサラブレッドなどこの世にはいないのだ。

人間と共にあり、競馬で走ることを宿命づけられた動物なのだ。

結果を出せなかった馬は、結局のところ、食用の肉にされる。

だから、調教助手も騎手も、馬を鼓舞するために鞭を入れる。

走れ、走れ、必死で走れ。じゃないと、おまえの居場所はなくなるぞ。

サラブレッドは哀《かな》しい生き物だ。

だが、だからこそ愛おしい。自分が関われる間は全力を尽くして世話をしてやろうと思う。調教や競馬で疲れ切った体と心を、なんとかして癒してやりたいと思う。

競馬もサラブレッドも、人間が自分たちの都合で作りだしたものだ。馬にとってははた迷惑なだけだろう。

それでも——競馬に携わる者の大半は馬を愛さずにはいられない。馬に対する愛がなければ、ホースマンは務まらない。

「小森さんのためにも、おまえのためにも、凱旋門賞で頑張ってもらいたいのよ。勝てとは言わねえよ。競馬には相手がいるんだ。おまえが百パーの力を発揮しても、上には上がいたってこともある」

カムナビはスマホを見つめ、スマホから流れてくる小森の声に耳を傾けている。

「それでもよ、おまえを百パーの状態で凱旋門賞に送り出したいのよ。小森さんのため、そして、おまえのためにな。おまえ、GⅠ馬ったって、二歳のGⅠ勝っただけじゃねえか。で、親父がナカヤマフェスタだろう。このままでも日高の種牡馬場が種馬として迎え入れてくれるかもしれねえけど、前途多難だよ。そんなに牝馬は集まらないって。だけど、凱旋門賞勝ってみろよ。もしかしたら、あの社台スタリオンステーションだって揉み手しておまえが欲しいって言ってくるかもしれねえぜ。牝馬だって一杯集まってやりたい放題だ。どうだ？　頑張ってみねえか？」

カムナビがまた体を反転させた。スマホの動画にも小森の声にも飽きたのだ。また、顔を窓に向け、外を眺めはじめる。

「頼むよ、カムナビ。今回だけでいいんだ。今回だけ、真面目に追い切りやってくれ。真面目にレース走ってくれ。そしたら、その後のことはもうどうでもいいからよ。頼む」

小田島は顔の前で両手を合わせ、カムナビに頭を下げた。

カムナビの耳が動く。

カムナビは聞いている。意味など理解してくれるはずもないが、小田島の声を聞いている。

「やってくれるか、カムナビよ」

小田島はカムナビの顔を覗きこんだ。

勝手に近寄るな——そう言わんばかりにカムナビの鼻息が荒くなった。

「怒るなよ」

小田島は後ずさった。

「ちょっと顔が見たくなっただけじゃねえか。おまえの気に入らないこと、おれはやらねえだろ？」

小田島は静かに馬房を出た。

「頼んだぞ、カムナビ。一生に一度のお願いだ」

馬房の中のカムナビにもう一度頭を下げる。手にしたスマホからは、まだ小森の声が流れていた。

＊　＊　＊

小森朋香はパソコンのモニタを見つめながら溜息を漏らした。

開いたメールに添付されていたのはカムナビのフランス滞在に関する、児玉厩舎からの請求書だ。カムナビについているスタッフふたりの滞在費。カムナビを繫養してくれている袴田厩舎への支払い、カムナビの食費その他諸々。

聞いてはいたがかなり高い。

すでに払っているカムナビとスタッフを現地に送るための旅費を含めれば億に近い金額だ。

夫の遺志を大切にしたい。だから、凱旋門賞に関しては目を瞑《つぶ》ろうとは思う。だが、これが最後だ。カムナビが競走馬としてのキャリアを終えたら、競馬とはきっぱり縁を切ろう。

達之助は朋香と勇馬に十分すぎるぐらいの財産を遺してくれたが、それでも将来を思うと不安に駆られる。余計な出費はできるだけ抑えたいのだ。

競馬には恐ろしいほどの金がかかる。

達之助はカムナビを二百万で買い、カムナビはすでに一億を超える賞金を稼いでいる。傍《はた》から見れば大儲けだと思うかもしれないが、毎月児玉厩舎に払う繫養費、各競馬場への輸送費だけでも馬鹿にならない。おまけに、今回のフランス遠征で、カムナビにかかる経費は完全に赤字だ。

生前の達之助は一度に持つ馬は三頭までと決めていた。それ以上になると金が回らなくなるからだ。

「それにしても、こんなにかかるものなのね」

朋香は頰杖《ほおづえ》をつき、再び溜息を漏らした。

「行け！　行け!!」

リビングから勇馬の叫ぶ声が聞こえてきた。

朋香はもう一度溜息を漏らす。

カムナビを応援するためにフランスに行くと告げたときから、勇馬の競馬熱に火が点いてしまったのだ。暇があれば達之助が契約していた競馬専門チャンネルをつけては熱心に見つめている。

「行け、行け！　差せ、差せ!!」

勇馬の声が熱を帯びていく。

「勇馬、静かにしなさい。近所迷惑でしょ」

朋香は腰を上げ、リビングに移動した。

勇馬はソファの肘掛けに跨がっていた。騎手にでもなったつもりなのか、右手におもちゃの刀を持ち、テレビに映るレース中継に合わせて刀を振り下ろしている。

「やった！　差した！　勝った！」

テレビに映るレースが終わると、勇馬はソファから飛び降りた。

「ママ、ぼくが応援してた馬が勝ったよ」

「そう。よかったわね。だけど、声が大きすぎ」

「ごめんなさい。つい興奮しちゃった。凄い末脚だったんだよ。他の馬が止まってるみたいだった」

勇馬は競馬用語もかなり覚えていた。朋香はテレビに視線を走らせた。映っているのは地方競馬の中継のようだ。

「ぼく、騎手になる」

勇馬が言った。

「騎手になって、カムナビに乗るんだ」

もし、勇馬が騎手になれたとしても、その頃にはカムナビは引退している。どう説明しようかと迷っていると、勇馬が首を振った。

「あ、ぼくが騎手になる頃にはカムナビはもう引退してるんだ。だったら、カムナビの子に乗る。ぼくとカムナビの子でＧＩを勝つんだ」

勇馬は刀をかざした。

朋香はまた溜息を漏らした。

＊＊＊

厩舎に小田島の姿はなかった。一仕事終えて昼寝でもしているのかもしれない。

佐久間はカムナビの馬房に足を向けた。カムナビは窓から顔を出し、外の様子を眺めていた。いつもそうなのだ。なにが気になるのか、飼い葉を食べ終えると決まって窓の外に目を向ける。

「よお」

佐久間はカムナビに声をかけた。カムナビの耳が動く。目は窓の外に向けたままだが、佐久間の声は聞こえているのだ。

「ここんとこ、やんちゃが過ぎるんじゃねえの？　若林さん、腰いわしちゃったみたいだぞ」

カムナビに振り落とされた若林は腰を地面に強く打ちつけた。今日は袴田の紹介で、パリで開業している整体師のところへ行っている。整体師は日本人で、腕もいいそうだ。

「おれなんかが頼んだって、おまえには屁でもないだろうけどさ、頼むよ。今回だけはおれらに付き合ってくれよ」

佐久間は顔の前で両手を合わせた。

「今回だけでいいんだ。おれらのためじゃなくて、小森さんのために。な、いいだろう？　日本に戻ったら、おれのこと噛むなり蹴るなり、好きにしていいからさ――」

他人の気配を感じて、佐久間は口を閉じた。小田島が厩舎に入ってきた。

「なにやってんだ？」

小田島は飼い葉桶をぶら下げていた。外で洗っていたのだろう。

「いや、ちょっと、カムナビにお願いしてたんですよ。今回だけでいいから真面目にやってくれって」

小田島が笑った。

「みんな、やることは同じだな」

「みんな？」

「若林は昨日の夜、おれは今朝、今回だけは頼むってカムナビに頼み込んだ」

「考えることは同じっすね。居ても立ってもいられなくて、神頼みでもなんでもやってやるって気分なんすよ」

「文字通り神頼みだな」

佐久間はうなずいた。毎年、七千頭前後のサラブレッドが生まれ、頂点を目指す。そのうち、オープンまで駆け上がっていけるのはほんの一握り。ＧⅠを勝つような馬は神様に等しい。おまけに、カムナビは神の座す山という意味だ。カムナビに頼み事をするというのは神頼みをするのと同じだった。

「こいつはおれたちの神様ですもんね」

「荒ぶる神様だけどな」

小田島が苦笑しながら言った。

「もう少し穏やかで優しい神様なら言うことないんですけど」

「人間の思い通りにならないからこその神様じゃねえか。せいぜい崇《あが》め奉って機嫌良くしてもらわねえとな」

小田島がカムナビに向ける目つきは優しいものだった。

「小田島さん、いつかカムナビも引退するじゃないですか。こいつがいなくなった後、おれらをまたフランスに連れてきてくれる馬なんて現れますかね」

「どうかな。児玉厩舎は言ってみりゃ、二流の厩舎だ。クラシックに出たり、GIを狙えるような馬が入ってきたことはまずねえ」

「ですよね」

佐久間はまたうなずいた。

「だけど、こいつのおかげで流れが変わるかもしれねえ。うちのテキは曲がりなりにもGIトレーナーになって、凱旋門賞に管理馬を走らせるんだ。馬主たちの間じゃ、二流の上ぐらいの厩舎になってるんじゃねえかな」

「今よりいい馬が入ってきたとしても、凱旋門賞に出せる馬なんて一握りですもんね」

「ああ。そこら辺のGIより狭き門だからな」

「おれ、幸せなんすよ。今、物凄く」

佐久間は言った。

「フランスに連れてきてもらって、こんな凄《すげ》えところで馬に稽古つけられて、おまけにフランス人の可愛いガールフレンドまでできちゃって」

「言ってろ」

小田島が苦笑した。

「カムナビには感謝してもしきれないっす。こいつがいなかったら、おれは今頃、ふて腐れたままトレセンで調教に乗って、箸にも棒にもかからないような馬を競馬に送り出してるんです」

「だろうな。わかるよ」

「ずっと考えてたんですよ。カムナビに報いてやるにはどうしたらいいんだろうって。やっぱ、最高の状態で凱旋門賞に送り出してやることだろうって。こいつが種馬になれるよう、できる限りのことしてやらなきゃって」

「殊勝なこと言うようになったじゃねえか」

「また来たいっすね、フランス。来年も再来年もその次も」

「おれはこの年だから、これっきりで十分だな」

佐久間は馬房の中に目を移した。カムナビは相変わらず窓の外を見つめていた。

＊　＊　＊

「おや？」

若林は首を傾げた。カムナビが駄々をこねることなく調教馬場に入ったのだ。

「どうしたんだよ、今日は？」

カムナビのうなじを掌で軽く叩く。腰に軽い痛みが走った。先日、カムナビに振り落とされたときに地面に打ちつけてしまったのだ。幸い、袴田が紹介してくれたパリの整体師のおかげで悪化はせずに済んだ。

「ちゃんと走ってくれるのか？」

半信半疑で促すと、カムナビはキャンターで駆けはじめた。

「どういう風の吹き回しだよ」

今日のカムナビはやけに素直だ。牝馬の姿を追い求めているわけでもない。若林の指示に従って走っている。

「おれ、間違えて別の馬に乗ってるんじゃないよな?」

口に出して言ってみた。背中の乗り味は間違いなくカムナビのそれだ。小田島と佐久間が引いてきた馬に跨がったのだから、カムナビ以外の馬であるはずがない。わかっていても首を傾げてしまう。それぐらい、今日のカムナビは穏やかだった。

「なら、一丁走ってみるか」

若林はカムナビをさらに促した。準備運動はすでに佐久間がやっている。カムナビの体もほぐれていた。

カムナビの走る速度が上がる。若林は視界の隅を流れていく景色を目安にカムナビの走る速度を調整した。

こちらは日本の調教馬場とは違い、距離を示すハロン棒がない。これでどうやって時計を計れというのかと最初は面食らったが、今は馬場の左右の景色である程度の距離が読めるようになっていた。

景色を物差しにした距離と体内時計を合わせるのだ。

騎手の体内時計は正確だ。何年、何十年もの間、調教や競馬に乗っているうちに体内時計は正確さを増していく。競馬になれば、ストップウォッチがなくても秒刻みで時間を把握し、馬を走らせることができる。

逃げ馬が刻むラップが速いのか遅いのか。それは逃げ馬に跨がる騎手が体内時計で決めるのだ。

調教馬場の直線コースが終わるまで残り八百メートルというところで、若林はカムナビにゴーサインを出した。即座にカムナビが全力疾走に移っていく。

百メートルほど走ったところで、カムナビはトップスピードに達し、その速度を維持して走り続けた。

カムナビは脚が速い馬ではない。だが、トップスピードを維持する能力は桁外れだった。無尽蔵のスタミナがその能力の源だ。

背中の筋肉が滑らかに動いている。四肢はしっかりと地面を捉え、推進力が衰えることはない。重戦車という言葉がぴったりの走りだ。田圃のような泥濘《ぬかるみ》でも、カムナビは怯むことなくひた走る。

直線の終わりが見えてきた。若林はカムナビを抑えた。走る速度が徐々に落ち、直線の終わりを迎える頃にはキャンターに戻る。

「本当に真面目に走りやがった」

若林は嘆息し、労うためにカムナビの首筋を撫でた。そのままキャンターで引き返す。

馬場の出入口に戻ると、佐久間の顔が綻んでいた。

「おれの頼み、聞いてくれたんだな、カムナビ」

カムナビに引き綱を付けながら上機嫌で声をかける。

「頼みってなんだ？」

若林はカムナビの背中から下りながら訊いた。

「今回だけは、調教も競馬も真面目に走ってくれって。日本に戻ったら好きにしていいって」

佐久間は照れ笑いを浮かべた。

「小田島さんも頼んだらしいっすよ。若林さんもなんでしょ？」

若林はうなずいた。関わる人間すべてが、カムナビに頭を下げたのだ。カムナビが上機嫌なのはそのせいかもしれない。

「腹一杯飼い葉食ってよく休め」

若林はカムナビに声をかけると小田島のいる方に足を向けた。小田島はスマホを睨んでいる。

「どうしました？」

声をかけると小田島が顔を上げた。

「いよいよ、夏が終わるみたいだ」

小田島は若林にスマホの画面を向けた。天気予報を見ていたらしい。パリ近郊の一週間予報が表示されている。来週から気温が下がる予報だった。雨マークもちらほらと見受けられる。

「雨が降る」

若林は言った。

「そうよ。パンパンの良馬場ともおさらばさ。待ちに待ってた雨が降るんだ」

小田島は満面の笑みを浮かべた。

神頼みを聞いてくれたのはカムナビだけではなかったようだ。天気を司《つかさど》る神様も、若林たちの願いを聞き入れてくれたのだ。

＊　＊　＊

目が回るような忙しさだった。

調教師としての日々のスケジュールをこなし、管理馬を出走させるレースを決め、騎手を手配する。さらには、フランスに渡航するための準備にも追われている。自分ひとりなら手荷物ひとつで飛行機に飛び乗るところだが、今回は妻も同行するし、小森親子と三上親子の面倒も見なければならない。

児玉は管理馬のレースを見届けると、ターフに背中を向けた。このレースが今日の最後のレースだ。すぐに美浦に戻り、溜まっている雑事を片づけなければならなかった。

騎手とレース内容を吟味するために検量室へ向かっていると、児玉を呼ぶ声がした。振り返ると、顔見知りの馬主が手を振っていた。

「永澤《ながさわ》さん、ご無沙汰してます」

児玉は笑みを浮かべ、足を止めた。永澤誠《まこと》が足早に近づいてくる。小太りの背の低い男だ。父親から受け継いだ精密機械の部品を造る会社の業績が好調で、最近は馬主としても名を馳せている。カムナビと同じく凱旋門賞に出走する予定のラウシンも永澤の馬だった。

「児玉先生、申し訳ないんだが、お願いしたいことがあって」

永澤は額に浮いた汗をハンカチで拭いながら言った。

「なんでしょう?」

「実は、ラウシンの飼い葉用の飼料を今日の飛行機で追加で送る予定だったんだけど、機体に問題が発生したとかでフライトがキャンセルになってしまったんだ。明日の便に振り替える手筈は整えたんだけど、今日の分のラウシンの飼い葉が足りなくなるかもしれない。少し、カムナビのものを分けてもらえないかと思ってね」

「かまわないですよ。うちのスタッフに伝えておきます」

「ありがたい。助かるよ。去年まで工藤厩舎の海外遠征を仕切ってたスタッフが辞めちゃってね。不手際が増えちゃって」

有能なホースマンだったが、父が急逝し、実家を継がなければならなくなったと聞いていた。

「お互い様です。うちになにかあったら、工藤先生のところにお願いすることもあるでしょうし」

「後で、工藤先生からもお礼の電話なりメールがいくと思うから」

児玉はうなずいた。工藤調教師は管理馬が重賞に出走する予定だから、今日は関西にいるはずだ。

「ちょっと失礼します。騎手と話をしなきゃならないもので」

「今のレース、惜しかったね」

児玉はうなずき、踵を返した。児玉の管理する馬はハナ差の二着だった。できればここで勝っておきたかったが仕方がない。

検量室で騎手との話を終え、競馬場を出ようと歩きはじめると、永澤が視界に入った。どうやら、児玉を待っていたようだ。

「慌ただしいね」

永澤が言った。児玉と肩を並べて歩き出す。

「厩舎にやり残した仕事が山積みになってるんです。フランス行きが迫ってますから」

「君のところは海外遠征は初めてだったね」

「ええ。弱小厩舎ですから、海外どころか、重賞を勝てることも滅多にありません」

「あの馬は道悪が得意そうだね」

「向こうのスタッフが逆さてるてる坊主をぶら下げてます」

「ラウシンも道悪は不得手じゃないんだが、向こうの道悪は半端ないからね」

ラウシンは今年の宝塚記念を勝って凱旋門賞に向かった。梅雨時の宝塚記念は馬場が荒れることが多く、そこで勝つ馬はたいてい道悪に強い。それでも、凱旋門賞には撥ね返され続けてきた。

「工藤先生もね、向こうに行くと分が悪いから、秋は国内に専念した方がいいって言ってたんだ。わかってるんだよ。わかってるんだ。それでも、どうしても凱旋門賞で走らせてみたくてね」

「お気持ちはよくわかります」

児玉は言った。

「日本馬で初めて凱旋門賞を勝ったら、最高に気分がいいだろうね」

「ええ」

「今年のノーザンのセリで、キズナ産駒の馬を買ったんだ」

ノーザンのセリというのは、セレクトセールのことだ。日本競走馬協会が主催する日本最大の若駒のセリだ。競走馬協会は社台グループが中心となって設立した組織で、そのため、セレクトセールにはノーザンファームをはじめとする社台グループの馬が多数上場される。数億円の値がつく良血馬が売り買いされるのだ。永澤が買ったキズナ産駒の牡馬の買値も一億を超えたはずだった。

「その馬、預かってもらえないかな」

「はい？」

児玉は耳を疑った。永澤が馬を預けるのは東西の名だたる厩舎ばかりだ。

「去年のホープフルステークスから考えてたんだ。牧場の担当者もパワーがあって、いい脚を長く使える馬だって言ってる。クラシック獲るなら有力厩舎だけど、海外、それもヨーロッパのＧＩを狙うなら、君に預けるのも面白いんじゃないかってね」

「わたしでいいんですか？」

「言っちゃ悪いが、カムナビなんてだれも見向きもしなかった馬だろう。雨が降って道悪になったからとはいえ、ああいう馬を曲がりなりにもＧＩで勝たせたんだ。卑下することはないよ。君なら、ぼくのキズナ産駒をカムナビみたいに仕上げることができるんじゃないかと思ってるんだ」

「光栄です。ありがとうございます」

児玉は頭を下げた。

「こちらこそ、引き受けてくれてありがとう。これが初めての付き合いになるけど、末永くよろしくお願いします」

永澤も頭を下げた。

カムナビが厩舎にいい流れを引き寄せてくれた。永澤の馬でまずまずの成績をあげることができれば、他の有力馬主から馬を預かる機会も増えていくかもしれない。

ＧⅠを勝つ馬は神様だ——昔から競馬界でよく使われる言葉だ。カムナビはまさしく、児玉厩舎にとっての神様だった。

13

三上徹はスマホの画面に目を凝らした。表示されているのはイギリスのブックメーカーが付けた凱旋門賞出走馬の単勝オッズだった。

今年、凱旋門賞に出走登録しているのは十八頭。フルゲートにはならず、カムナビは無事出走できる予定だ。

カムナビの単勝オッズは三十倍。十八頭中の十番目だった。

「ふざけんなよ」

徹は呟いた。イギリスのブックメーカーはありとあらゆるファクターを精査してオッズを決定するという。実際、カムナビの十番人気というのは妥当だ。ニエル賞を勝ったとはいえ、近年、ニエル賞を経由した馬の凱旋門賞での成績は芳しくない。三歳馬で四歳以上の古馬より斤量が軽くなるとはいえ、簡単なレースではないのだ。

カムナビ以外の日本馬は二頭。今年のダービーを勝ったドブラミエントと宝塚記念を勝ったラウシン。ドブラミエントは七番人気、ラウシンは五番人気になっている。ドブラミエントはスペインのサッカー用語でオーバーラップのことだ。

「日本ダービー勝つ馬が雨のロンシャンでまともに走れるかっての」

徹はまた呟いた。

日本ダービーが行われるのは五月の府中競馬場だ。梅雨入り前の五月晴れが続いてパンパンの良馬場で行われることがほとんどだ。そのため、ノーザンファームをはじめとする有力な生産者は、ダービーで勝つために軽い馬場での瞬発力に長けた馬を作ろうとする。

実際、ダービーを勝つのはそういう馬たちがほとんどだ。

だが、ダービーで勝ち負けするような馬は、基本、道悪を苦手とする。これまで多くのダービー馬が挑戦してきたが、泥濘のような馬場に苦しみ、ほとんどが着外で終わっている。

例外はディープインパクトとオルフェーヴルだけだ。ディープインパクトはレース後の薬物検査で使用禁止薬物が検出されて失格となったが、レースでは三着で入線した。そして、オルフェーヴルは二年連続の二着。最初の年はほとんど勝っていたレースだった。

この二頭は規格外の化け物なのだ。

「特にオルフェーヴルは化け物だよな。あの馬は頭がおかしい」

良馬場の府中や京都競馬場でも圧倒的な走りを見せ、泥んこ馬場と化したロンシャンでも変わらぬパフォーマンスを見せる。オルフェーヴルこそが日本競馬界が生んだ最高傑作だと徹は思っている。

「いつか、うちの繁殖にオルフェーヴル付けたいよな――」

徹は独り言をやめ、スマホから視線を外した。収が試着室から出てきたのだ。

イギリスほど厳格なドレスコードはないが、凱旋門賞では観客もスーツを着なければならない。

どうせなら、新しく仕立てたスーツで応援に行こうと、ひと月ほど前に札幌にある老舗《しにせ》の仕立屋をふたりで訪れたのだ。スーツができあがったと連絡が来たのが三日前。牧場の仕事を前倒しで片づけて、車を飛ばして札幌までやって来た。

試着室から出てきた収はダークブルーのスーツに身を包んでいた。

「やっぱり、派手すぎるべ」

収が口を開いた。表情が硬いのは照れているからだ。

「似合うよ、親父」

徹は言った。本心だった。普段は作業着しか着ない男で、冠婚葬祭の折に黒い礼服を着るぐらいだ。記憶を探っても、収がスーツを着た姿は思い出せない。

「はんかくさい。親をからかうもんでない」

収が渋面を作った。

「いや、マジで似合うよ。肩幅が広いからかな。礼服着るときもなかなかだなって思ってたけど、親父、スーツ似合うじゃん。もっと着た方がいいよ。ねえ？」

徹は仕立屋の主人に同意を求めた。

「とてもお似合いです。こういう感じの渋い脇役俳優、いますよね」

主人の言葉に、収の表情が和らいでいく。息子の言葉は信じがたいが、その道のプロの言葉は素直に受け入れるのだ。

「着たままでいてください。きついところがあれば、すぐにお直ししますから。それでは、次は息子さんの番ですね」

主人に促され、徹は試着室に入った。徹が選んだのはグレイに白いピンストライプが入ったスーツだ。生地を一目見た瞬間、気に入った。収のものと合わせるとなかなかの出費になるが、カムナビの馬券で儲けた金がまだ残っている。

手早くスーツを身につけ、鏡に映る自分をチェックしてから試着室を出た。

「馬子《まご》にも衣装だな」

収が言った。

「そりゃこっちの台詞だよ」

「お似合いです」

主人が満足そうにうなずいた。徹は姿見の前に立った。収に似て肩幅が広い。自分でもスーツは似合うと思っていた。

「ちょっとこっち来いよ」

収に手招きする。並んで姿見に映る自分たちを見て、徹は吹きだした。

「田舎のヤクザの親分と若頭みたいだわ、これ」

収も釣られて笑い出した。

「よし。これでロンシャンに行くぞ。親分と若頭でカムナビを応援するんだ」

そう言う収の顔は満更でもなさそうだった。

＊＊＊

ヴィヴィエンヌの唇は柔らかく、舌の動きは卑猥《ひわい》だった。股間がはち切れそうで、佐久間は目眩を覚えた。

長い口づけが終わり、ヴィヴィエンヌが佐久間の胸に顔を埋《うず》めた。

近所のカフェでディナーを食べ、その足でカラオケを歌いに来た。日本のようなカラオケボックスはなく、酒場のステージで歌うのだ。

佐久間とヴィヴィエンヌはカウンターの端に陣取っている。ヴィヴィエンヌがアニメソングを数曲歌ったが、その後はなかなか順番が回ってこず、ふたりでちびちびと酒を酌み交わしている間に口づけがはじまったのだ。

最初のうちは周りの視線が気になって集中できなかった。だが、佐久間たちを気にする者はいなかった。恋人同士が口づけを交わすのは当たり前のことなのだ。

「凱旋門賞が終わったら、ワタルは帰っちゃうのね」

ヴィヴィエンヌは溜息を漏らし、ビール瓶に手を伸ばした。

「そうだな。そうなるよな」

佐久間は他人事のように答えた。

凱旋門賞が終われば日本に帰る。わかっているのだが、どこか現実離れして思えるのだ。

「いいわ。わたしが日本に行くから」

ヴィヴィエンヌはそう言ってビールをラッパ飲みした。

「日本に行けば好きなだけアニメグッズ買えるし、カラオケボックスにも行けるわ。カラオケボックスって、マイク独り占めできるんでしょ？」

「うん。まあ、そうだけど。仕事や住むところ探すの大変だぞ」

「ワタルの家があるじゃない。仕事もワタルが紹介してくれればすぐに見つかるはずよ。わたし、馬乗りとしてはなかなかでしょ？」

佐久間が住んでいるのは美浦トレセン内の宿舎だ。集合住宅の一室で、間取りは３ＤＫ。夫婦で住んでいる者もいるが、同棲《どうせい》というのはまずい。ヴィヴィエンヌが日本に来るというのなら、トレセンの外に賃貸物件を探さなければならない。

「ヴィヴィと日本で暮らすってか。それも悪くないかもなあ」

佐久間は頭の後ろで手を組んだ。

カムナビとの出会いがいろんなことを変えた。厩舎には活気が出てきたし、佐久間の仕事に対する取り組み方も変わった。フランスに何ヶ月も滞在するなんて、去年の自分には想像することすらできなかった。もちろん、フランスの可愛らしい女性を恋人にすることもだ。

これは多分、きっかけなのだ。これまでの自分を清算して、新しく生まれ変わる。

日本に戻ったら、調教師試験を受けるための勉強をはじめるか——漠然と思う。

競馬の世界から足を洗おうと考えた時期もある。だが、自分には馬に乗る以外の能力がない。騎手としては挫折しか味わわせてもらえなかったが、やはり自分は馬が好きなのだ。馬に乗ることが好きなのだ。

そう気がつき、調教助手として生きていくことを決めた。だが、そろそろ別の生き方を考えてもいいのかもしれない。馬から離れられないというのなら、残された道は限られている。どこかの牧場に就職して生産に携わるか、調教師になるか。

競馬の世界における一方の花形が騎手なら、もう一方の花形は調教師だ。どうせ馬と関わって生きていくなら、調教師を目指すのも悪くはない。

調教師試験は難関だが、焦らず、時間をかけて挑んでいけばいずれは合格できるかもしれない。

「なにをぼんやりしてるの？」

ヴィヴィエンヌが顔を覗きこんできた。

「日本でヴィヴィとどうやって暮らそうかって考えてたのさ」

佐久間は答えた。

「その前に、わたしのパパを説得しなきゃ。日本で暮らすなんて言ったら、きっと荒れまくるわ」

馬に関わる仕事に就くと言ったときも大変だったらしい。ヴィヴィエンヌの父親は娘をそばに置いておきたいタイプらしいのだ。

「先のことはそのときになったら考えよう。それより今は、したいわ」

「したい？」

佐久間は首を傾げた。フランス語はかなり理解できるようになってきたが、細かいニュアンスは難しい。

「さっきのキスで火が点いちゃったの。ワタルとしたい」

「おれもやりたいけど、どこで？」

佐久間は訊いた。厩舎の部屋では周りが気になって没頭できないのだ。

ヴィヴィエンヌが微笑み、ハンドバッグの中をかき回した。すぐに、馬をかたどったキーホルダーを引っ張り出す。

「友達のシモーヌの部屋の鍵よ。シモーヌはボーイフレンドとバカンスに行ってるの。留守の間、部屋を好きに使っていいって」

「行こう」

佐久間は腰を上げた。

ヴィヴィエンヌの言うとおりだ。先のことはそのときになってから考えればいい。今は、張り裂けそうな股間をなだめるのが先決だ。

佐久間は支払いを済ませると、ヴィヴィエンヌの腰に腕を回して酒場を出た。

＊　＊　＊

若林は跨がっている馬の首筋を優しく撫でた。馬は落ち着いている。

空を見上げる。先ほどまでは日差しが降り注いでいたが、灰色の雲がすっぽりと太陽を覆っていた。乾燥した真夏の空気はどこかに去り、湿った風が頬を掠《かす》めていく。

シャンティイ競馬場で行われる第五レースは六頭立て、芝二千メートルの競馬だ。

若林が跨がっているのはシャンティイに厩舎を構えるアンリ調教師が管理するサマーインサイアム。六歳の牡馬だ。袴田の計らいで乗せてもらえることになった。

フランス滞在をはじめた頃は、どこの馬の骨だという態度でほとんどの調教師が相手にしてくれなかったが、ここのところはぽつりぽつりと騎乗依頼が来る。

若林の腕が認められたというのもあるが、一番大きいのは佐久間の尽力のような気がしてならない。

佐久間はヴィヴィエンヌと共に、シャンティイの厩舎を回っては若林を売り込んでくれているのだ。

フランス語も短期間でずいぶん上達したし、日本では見たことのない行動力だった。

案外、馬乗りよりもマネージメント稼業の方が向いているのかもしれない。フランスに来て、隠れていた才能が目を覚ましたのだ。

ゲート入りがはじまった。サマーインサイアムのゲート番号は六。大外枠だが、六頭立てでは関係ない。調教師からは馬群の中に入れて、最後の直線で外に出して追えと指示されている。

サマーインサイアムはおとなしくゲートに入り、ゲートが開くと猛獣のように唸りながら飛び出した。

「マジかよ」

調教にも乗ったが始終落ち着いてリラックスしている馬だった。まさか、本番でいきなりテンションを上げるとは思ってもいなかった。

サマーインサイアムはハナを切りそうな勢いだったが、若林は手綱を操って制御した。抗おうとするサマーインサイアムをなんとかなだめすかす。そのうち、馬は抗うのをやめ、馬群の真ん中、やや外寄りの位置で落ち着いた。

それにしてもタイトな競馬だ。

若林は周りの馬たちのポジションを確認しながら舌を巻いた。馬と馬の間が詰まっている。日本ではもっとゆったりした馬群になるのだが、ヨーロッパは違う。タイトな馬群のまま周回し、最後の直線で馬を弾けさせる。

毎年、各国のトップジョッキーが日本の短期騎手免許を取得して競馬に乗りに来る。だれもかれもが上手なのは、タイトな馬群の中で馬を操る技術を若いときから磨いているからだ。

ありがたい。

若林は思う。こうしてフランスで競馬に乗っているのはカムナビとのレースのためというより、自分のキャリアのためだ。海外の競馬に慣れ、技術を磨き、いずれ、日本馬が海外のＧⅠに参戦するときに騎乗を依頼されるような騎手になりたい。

カムナビのおかげで日本ではＧⅠジョッキーになれた。次は海外でＧⅠを勝ってみたかった。

ゆったりとした流れのままレースは進んでいった。ヨーロッパではスローペースで競馬が進むのが主流だ。ハイペースの競馬にはまずお目にかかれない。

これがアメリカだとハイペースが主流になる。日本はスローからハイペースまでなんでもあり。お国柄が出るのだ。競馬は実に面白い。

馬群が三コーナーに差し掛かった。ジョッキーたちが仕掛けどころを探っている。

サマーインサイアムの手応えは、序盤に力んだことを考えればなかなかのものだった。これなら、早めに仕掛けてもゴールまで保ちそうだった。

若林は腹を括った。手綱を押し出し、サマーインサイアムにゴーサインを送る。

サマーインサイアムはコーナーで徐々に加速しはじめた。日本馬のようにすぱっと切れる脚はない。代わりに、トップスピードを維持する能力に長けている。カムナビと同じだった。

若林が仕掛けたのを機に、レースが動きはじめた。四コーナーの出口では各馬が横に広がり、ゴール目指してスパートをかけていく。

サマーインサイアムはゴールまで残り百メートルというところまでは先頭を走っていた。しかし、後ろからやってきた二頭に抜かれ、三着で入線した。単勝四番人気で三着なら、上々の結果だ。

下馬所に戻ると、アンリ調教師が満面の笑みで待っていた。下馬した若林に右手を差し出してくる。若林はその手を握った。

アンリ調教師が早口のフランス語でなにかをまくし立てた。一言も理解できず、助けを求めて周囲に目をやる。佐久間とヴィヴィエンヌがこちらに向かってくるのが見えた。

「佐久間、通訳を頼む」

若林は佐久間に手招きした。

「任せてください」

佐久間は近くまでやって来ると、アンリ調教師に会釈した。アンリ調教師の言葉に耳を傾ける。

「いい騎乗だったって言ってますよ。仕掛けどころが早いかと思ったけど、おかげで三着に残れたって。あの馬、いつも差しが届かなくて四、五着って結果が多かったそうで」

「凄いな。もうペラペラじゃないか」

「競馬とアニメのことしかわかりませんよ」

佐久間が笑った。アンリ調教師が言葉を続ける。

「凱旋門賞までこっちにいるんだったら、何頭か乗って欲しい馬がいるそうです」

「乗る」

若林は即答した。

「なんすかその返事の速さ。初めて風俗行った童貞君みたいっすよ」

「やかましい。さっさと伝えろ」

佐久間がフランス語でなにかを言うと、アンリ調教師の笑顔がさらに明るくなった。その口から柔らかいフランス語が放たれる。

「凱旋門賞、応援するから頑張れって言ってます」

佐久間が言った。

「メルシ・ボークー」

若林はもう一度アンリ調教師の手を握った。

＊＊＊

小田島は欠伸をしながら手にしていたスマホから目を離した。窓の外を見ていたカムナビが振り返り、睨んでくる。

カムナビの馬房の前にキャンプ用の折り畳み椅子を持ってきて、スマホで日本のニュースをチェックしていたのだ。

おれの縄張りで勝手なことをするな——カムナビのきつい目はそう訴えている。

カムナビは縄張り意識の強い牡馬だった。競馬でなにがなんでも先頭を走ろうとするのは、自分の縄張りを守ろうとしているのかもしれない。

「欠伸ぐらいいいだろうが」

小田島は腰を上げ、背中を伸ばした。長い時間スマホと睨めっこしていたせいで体のあちこちが強張っている。

年を食った。

昔はどうということもなかったことが応える。中央競馬会の規定で、厩務員の定年は六十五歳と決められている。後二年足らずでこの仕事に別れを告げなければならないのだ。

小田島は群馬の中都市で生まれ育った。高校を卒業すると北海道に渡って日高の牧場を手当たり次第に訪ねて、五軒目の牧場で仕事を得た。

馬が好きだったわけではない。北海道で暮らしてみたかったのだ。北海道と言えば雄大な大地。雄大な大地と言えば牧場だろう。そんな短絡的な考えだった。

馬のことはなにも知らなかったが、すぐに好きになった。

でかくて温かくて、人懐っこい馬はいかにも愛くるしい。嫌なことがあっても、馬に触れてその体温を感じているとどうでもいいという気分になってくる。

気性難の馬でも、根気よく接していればいずれ心を開いてくれるようになるし、そうなったらそうなったで元々人懐っこい馬より愛おしく思えてくる。

生傷は絶えなかったが馬を恨んだことはない。自分が未熟だから怪我をするのだ。

三年目の夏、牧場を訪れていた客に声をかけられた。小田島の働きぶりが気に入ったというのだ。後で知ったのだが、岸《きし》という美浦トレセンに所属する調教師だった。岸は馬を大切に扱うことで知られていた。その岸が自分の厩舎に来ないかと誘ってくれた。

やっと牧場での暮らしに慣れてきたところでどうしたものかと思い悩んでいると、牧場主が背中を押してくれた。

中央競馬は日本の競馬のトップだ。そこで働けるなんてこんな素晴らしいことはない。行ってこい。嫌になったら戻ってくればいい。また雇ってやる。

そうか。しくじっても戻ってこられるのか。

そう思うと気分が楽になった。春になるまで待って、茨城に向かった。そのまま岸厩舎の一員になった。以来、ずっと美浦に居着いている。

あれから四十年もの時が流れた。岸が定年を迎えて厩舎が解散した後も、美浦の厩舎を転々とした。

牧場でもトレセンでも、馬はやはりでかくて温かくて可愛かったのだ。

競馬に関しては悔しい思い出の方が多い。一流と呼ばれる厩舎で働いたこともあったが、小田島に回ってくる馬でGIに手が届いたのはカムナビしかいなかった。

重賞で勝つこともほとんどなく、オープンまで行ってくれれば御の字というのが小田島の厩務員人生だった。

競馬で成績を残せなかった馬は、いずれ厩舎を去ることになる。牝馬なら生まれ故郷の牧場に帰って母になるが、牡馬は地方競馬に転入するか、乗馬として第二のキャリアを歩むか、食肉になるかぐらいの選択肢しかないのだ。

自分が世話を焼いた馬が厩舎を離れるときは胸が掻きむしられる。多くが食肉になったのだ。

それが辛くて哀しくて、厩務員を辞めようと思ったことは数えきれないぐらいあった。

それでも、厩舎には小田島を待っている馬がいて、その馬に触れていると哀しみが薄れていく。

馬は本当にでかくて温かいのだ。馬に触れていると、傷ついた心が温かいものでくるまれていくのを感じる。

この一頭だけ。この一頭の面倒を見たら辞めよう。

そう思い、しかし、また次の担当の馬がやって来ると、辞めるに辞められず、いたずらに時が過ぎた。

今でも、成績の出せなかった馬が厩舎を離れるときは胸が痛む。だが、辛いとは思わなくなった。

生きとし生けるものは必ず死ぬのだ。その生の長短だけで馬が幸せだったかどうかは測れない。

せめて、自分のそばにいる間だけでも愛情を込めて世話を焼いてやろう。それで心安らぐなら、その馬は幸せな馬生を送ったといえるのではないか。

いつしか、そんなふうに思えるようになっていた。

自分が担当してきた馬たちが幸せだったのなら、自分の厩務員人生もまた幸せなものだった。

心の底からそう思えた。

だが、その幸せな厩務員生活も、もうすぐ終わりを迎える。寂しいが、仕方がない。

「ナビよ」

小田島はカムナビに語りかけた。

「まさかな、厩務員生活も終わりに差し掛かったところでフランスに来ることになるとは想像もしていなかったわ。おまえのおかげだな。たいした馬だ」

カムナビの耳が前に傾いた。小田島の言葉を聞いている。

「おれはよ、おまえに感謝してるんだぞ。伝わってるか?」

カムナビは身じろぎもせずに小田島を見つめている。

「まあ、入厩したての時みたいにいきなり襲ってきたり噛みついたり蹴ったりはしなくなったもんな。少しは伝わってるんだろうな」

小田島は馬房に近づいた。カムナビの鼻息が荒くなる。小田島に心をゆるしてはいるが、だからといって自分の縄張りで勝手な振る舞いはゆるさない。

カムナビはそういう馬だ。

「これに勝てばよ、おまえ、間違いなく種馬になれるぞ」

小田島は柔らかい声で言った。

「おれが担当してきた馬で、種馬になったやつはまだいねえんだよ。頼む、種馬になってくれ。種馬になって、幸せな余生を送ってくれ。四十年も馬の世話焼いてきたんだ。一頭ぐらい、厩舎を離れるときに胸を張って見送れる馬がいてもいいだろ？」

カムナビがそっぽを向いた。小田島に対する興味がなくなったとでもいうように、また窓の外に目を向けて動かない。

小田島は苦笑した。

「いいんだよ、ナビ、それで。おまえらしく振る舞ってりゃいいんだ」

小田島は再び椅子に腰を下ろした。スマホに目を向け、再びニュースに目を通した。

「小田島さん、昼飯行きませんか」

厩舎の外から声がした。ラウシンのスタッフだ。

「おれは遠慮する」

小田島は答えて、またカムナビに目をやった。

「小田島さんはほんと馬が好きですね」

小田島はそれには答えず、カムナビを見つめたまま深くうなずいた。

＊　＊　＊

袴田厩舎は慌ただしくなった。日本から児玉と数人のスタッフ、それにラウシン陣営も到着したのだ。

厩舎の敷地内ではフランス語と日本語が飛び交い、一気に賑やかになった。

工藤厩舎のだれかがキムチを持ってきたらしく、その匂いを嗅いだフランス人たちが顔をしかめていた。あの匂いは慣れていないものには強烈だ。

佐久間は逸る心を抑えようと努めた。今日は、レース前の最終追い切りだ。児玉と工藤が話し合って、カムナビとラウシンで併せ馬を行う予定になっていた。

併せ馬というのは複数の馬が一緒に調教を行うことだ。単走よりレースに近い追い切りができる。ラウシンの鞍上はジョー・ウェラーと発表されていた。ジョーはイギリス人で世界が認めるトップジョッキーだった。佐久間の憧れのジョッキーでもある。

そのジョー・ウェラーの追い切りを生で見られるのだ。落ち着けという方が無理だった。

ジョーはこれまでにも何度も短期免許で来日しているが、栗東の馬に乗ることが多く、美浦での追い切りを直《じか》に見たことはない。レースでも、裏方の佐久間は馬場の近くでその騎乗振りを見ることはかなわなかった。

「なにぼうっとしてるんだ、佐久間」

小田島に怒鳴られて、佐久間は我に返った。追い切り前の準備運動は、自分がカムナビに跨がって行うことになっている。

「すみません」

佐久間はヘルメットの上から頭を叩き、自分に活を入れた。

フランスまでやって来たのはジョーの追い切りを見るためじゃない。カムナビを勝たせるためだ。

小田島の手を借りてカムナビに跨がる。小田島が引き綱を持って、角馬場と呼ばれる小さな調教馬場に向かった。そこで負荷の軽い準備運動を行って本追い切りに備えるのだ。

厩舎の一角でジョーと若林が談笑していた。ジョーは片言の日本語を話せるらしい。

自分もまだ現役のジョッキーだったら、ふたりの会話に加わることができたのに。悔しさがふつふつと湧いてくる。自分はジョッキーとして日の目を見ることがなかった。下手だったわけではない。ただ、運がなかったのだ。たった一度でいい、いい馬が回ってきて、その馬を勝たせることができていたら、自分の運命は違ったものになっていただろう。

「ワタル、リラックスして」

ヴィヴィエンヌの声がした。少し離れたところでこちらに手を振っている。佐久間は笑顔をヴィヴィエンヌに向けた。

そうだ。騎手を辞めたからこそ、長期間フランスに滞在してヴィヴィエンヌと絆《きずな》を深めることができたのだ。なにも、悪いことばかりじゃない。

佐久間は深呼吸をした。カムナビの首筋を撫でる。

「まだ本番じゃないからな。焦るなよ」

カムナビは落ち着いていた。賢い馬だから、本番ではないことはちゃんと心得ている。ここのところ、追い切りで駄々をこねたりしないのは、佐久間や小田島、それに若林の願いを聞き入れることにしてくれたのかもしれない。

角馬場に入り、ゆっくりカムナビを動かしていく。若林から教わった、馬術を取り入れた動かし方だ。まだ完全に自分のものにはなっていないから、集中する必要がある。カムナビと文字通り人馬一体にならなければならないのだ。

動かしているうちにカムナビが首を丸く曲げた。気合いが入ってきている証拠だ。これ以上、テンションを上げてはいけない。

「リラックス、リラックス」

自分とカムナビに言い聞かせながら運動を続ける。

「OKだ」

児玉の声がした。馬場に入ってから三十分が経ったということだった。集中していたせいで短く感じる。

佐久間はカムナビを馬場の外に誘った。児玉と若林、小田島が待ち構えている。若林の隣にはジョーの姿もあった。

「グッド・ライド」

佐久間と目が合うと、ジョーは微笑みながら右手の親指を突き立てた。

「サンキュー」

心臓が早鐘を打つのを感じながらカムナビから下りる。自然と、足がジョーの方に向いた。

「英語、できますか？」

ジョーが日本語で訊いてきた。

「フランス語なら」

佐久間はフランス語で答えた。

「フランス語は得意じゃないんだけど……君は元騎手なんだって？　ワカバヤシサンに聞いたよ」

ジョーのフランス語はアクセントがおかしく、鼻母音を無視したものだった。それでも、意味は理解できた。

「ウイ」

佐久間は言ってから生唾を飲み込んだ。口の中がからからでうまく言葉が出てこない。

「馬に跨がってる姿が美しい。いい騎手だったんだろうと思ったよ」

「メルシ」

佐久間は唇を舐め、腹を括った。

「握手してもらっていいですか。あなたはずっと憧れの騎手だったんです」

「もちろん」

ジョーが右手を差し出してきた。佐久間はその手を握った。

「ありがとうございます。ラウシンと一緒に頑張ってください。でも、先着するのはうちの馬です」

ジョーが笑った。

「カムナビはいい馬だけど、ぼくの馬はもっといいよ」

ラウシンが厩務員に連れられてきた。ジョーは佐久間にウインクすると、ラウシンの方に歩いていった。

「さあ、行こうか。凱旋門賞に向けての最終追い切りだ」

児玉が言った。佐久間は若林がカムナビに跨がるのに手を貸してやった。若林が鐙に足を掛けるのを待って、カムナビの体をそっと叩く。

「ありがとうな、カムナビ」

ジョーと握手できたのはカムナビのおかげだ。カムナビが騎手時代も、騎手を辞めてからもなにかを恨むだけだった自分の人生を変えてくれたのだ。

＊　＊　＊

児玉は双眼鏡を目に押し当てた。

先行するカムナビをラウシンが鋭い脚で追い上げていっている。

日本とは違い、シャンティイの調教場は、馬の様子を確認できるスタンドなどはない。双眼鏡で可能な限り馬の姿を追い、その後のことは騎手に聞いて確かめるしかない。

「はじめの頃は、馬の姿が見えない調教なんて不安でしょうがなかったけどな」

隣にいた工藤が言った。工藤は六十代半ばのベテラン調教師だ。海外遠征も経験を積んでいる。

二頭の姿が双眼鏡から消えた。児玉は溜息を押し殺しながら双眼鏡を目から離した。

「ほんと、不安でしょうがないです」

「郷に入れば郷に従えだよ。これでも、昔に比べりゃ、よくなったんだ」

「ええ、二ノ宮厩舎のスタッフだった人から、エルコンドルパサーの頃の話は聞いてますから」

「そういえば、君は二ノ宮先生のところにいたんだったな」

児玉はうなずいた。

「あの頃はなにからなにまで大変だった。今は、少なくとも袴田君みたいに日本人調教師がこっちにいるからな。本当に時代は変わった。変わらんのは秋の天候とロンシャンの馬場だけだ。当日までこのままの天気だといいんだけどな」

工藤は空を見上げた。秋のパリ周辺は雨の季節だが、今年は降水量が少ないのだと袴田から聞かされていた。シャンティイはもちろん、ロンシャンの馬場も乾いている。週末の天気予報は雨となっているが、小雨が降る程度らしい。

「君んところは雨がばんばん降ってほしいんだろうが、うちは良馬場希望だ」

工藤が言った。

「ラウシンは重馬場の宝塚を勝ちましたけど、それでもこっちの馬場はきついですか」

「日本とは別物だからね。おれも何度か重馬場巧者の馬を連れてきたけど、まったく歯が立たなかった。土砂降りの雨が降ったらお手上げだよ。対応するには、それこそエルコンドルパサーみたいに半年ぐらい長期滞在して馬の体から作り替えにゃならん」

児玉はうなずいた。だからこそ、カムナビをクラシックでは走らせず、余裕をもってフランスに送り出したのだ。

「大昔は、日本の競馬場の馬場も酷いもんだった。雨が降ると、あちこちにぬかるみができてな」

工藤は祖父の代からの、根っからの調教師一族の出だ。祖父が現役だった頃から競馬に親しみ、古いことをなんでも知っていて生き字引とも呼ばれている。

「だから、北海道の生産者は躍起になって力のある、重馬場に強い血統を育てたもんだ。今は、アメリカから連れてきたスピード血統が主流だが、だから、ロンシャンの馬場に歯が立たんのよ。カムナビの牝系には古い日高の馬の血が入ってるんだろう？」

「ええ」

日本の牝系は、それこそ明治の時代、御料《ごりよう》牧場や小岩井《こいわい》農場が海外から導入してきた馬たちが祖だ。日高の生産者たちがその血を連綿と受け継いできた。

工藤の言うとおり、今はアメリカなどから買ってきたスピードに勝る血統が多数を占めている。日高の古い血筋は時代に置いてけぼりにされてきた。

三上収の執念が、そんな埋もれつつある血筋からカムナビを作り上げたのだ。

カムナビの祖父であるステイゴールドは日高の牝馬と多く種付けされ、その中からカムナビの父であるナカヤマフェスタや、GⅠを六勝し、多くのファンから愛されたゴールドシップが生まれた。

ゴールドシップは関節や繋ぎがとても柔らかいことで知られているが、今は、新冠町《にいかっぷちょう》のビッグレッドファームで種牡馬として繋養されている。アメリカ由来の馬たちに比べると体が硬いとされる日高の牝馬たちに、ゴールドシップの柔らかさが付け加えられたら、また新たなサラブレッドの歴史が幕を開けるかもしれない。

人間は何百年もの間、サラブレッドを改良し続けてきた。その歴史に終わりはない。

「だから、カムナビは重馬場でもへいっちゃらなんだ。日本競馬の伝統があの体に息づいてるんだな」

工藤は口を閉じ、苦笑いを浮かべた。

「まあ、その代わり、スピードが足りないから、日本でおっきなレースを勝つのはしんどいだろうけどな」

「このまま日本には連れて帰らず、ずっとヨーロッパで走らせますかね」

「それもありだな。袴田君の厩舎に移籍させる手もある。なんにしても、だ」

工藤はまた空を見上げた。

「頼むから、日曜まで天気が持って欲しいよ」

「すみません。うちのスタッフは逆さてるてる坊主作って、毎日雨乞いしてます」

工藤が笑った。

「自分たちの管理する馬を勝たせたいって気持ちは、みんな一緒だからな。お、戻ってきたぞ」

工藤の視線の先に、追い切りを終えたカムナビとラウシンの姿があった。鞍上の若林とジョー・ウェラーが語り合っている。

「どうだった？」

児玉は若林に訊いた。

「指示どおり、先行させせて、ラウシンが追いついてきたらまた脚を伸ばさせる追い切りができました。しかし、ラウシンは速いですね」

「宝塚記念を勝った馬だからな」

児玉は話しながら、カムナビの肩の辺りを慎重に撫でた。追い切りやレースを終えた馬には必ずやる労いの挨拶だ。頑張ったことを褒めてもらえば気分がよくなるのは人も馬も一緒だった。だが、カムナビには用心しなければならない。些細《ささい》なことで気分を害すからだ。

幸い、カムナビは機嫌を損ねることもなく、引き綱を付けに来た小田島に甘える仕草を見せている。息は上がっていない。筋肉の張りも肌の艶もいい。二歳の時に入厩して以来、最高の状態にあることは間違いなかった。

後はレース当日に雨が降ってくれることを祈るのみだ。

「ジョーとはなにを？」

児玉はカムナビから下りてきた若林に訊いた。

「凱旋門賞に出る有力馬の情報を教えてもらいました。まあ、こっちは自分の競馬をするだけですけどね。それにしても――」

若林は空を見上げた。

「真夏みたいな青空じゃないですか。話が違いますよ」

「袴田君も今年の気候はおかしいと首を捻ってたよ」

「今夜も、小田島さんたちと雨乞いやりますか」

「そうしよう」

降るなと思えば降り、降ってくれと願えば降らない。天候とはそういうものだ。競馬を長くやっていると、諦めがつくのも早くなる。

雨よ降れと切実に思う。だが、降らないのならしょうがない。いずれにせよ、最善の準備をしてゲートが開く瞬間を待つだけだ。

「三上親子も日本で雨乞いしているそうだ」

児玉は言った。

「まもなくこっちに来ますね。小森さんの奥さんと息子さんも」

「ああ」

「カムナビが勝つところ、見せてやりたいなあ」

若林が言った。児玉は深くうなずいた。

＊　＊　＊

「わあ、素敵なお部屋ね」

美和子《みわこ》が室内を見渡して溜息交じりに言った。薄い化粧を施しただけの額にうっすらと汗が滲んでいる。北海道で暮らしている人間には、東京の九月はまだ夏も同然らしい。

「引っ越そうかなって考えてるの。息子とふたりだけだと広すぎて」

それに、達之助との思い出が詰まりすぎている——朋香は言葉を途中で飲み込んだ。

「それもそうかもね」

「主人がまとまったお金残してくれたけど、先のこと考えると不安だし」

「だよね。あ、これ、お土産。旦那の手作りのイクラの醤油《しょうゆ》漬けと、ベーコン。口に合うかどうかわからないけど」

美和子の夫は函館で無国籍料理のレストランをやっている。ネットで検索をかけてみたら、思いのほか評価が高かった。

美和子とは小学校から高校まで机を並べて学んだ幼馴染みだ。朋香同様、東京生まれの東京育ちだが、中学の頃から北海道で暮らしたいと夢を育み、念願叶って札幌の大学に入学した。卒業後も東京に戻ってくることはなかった。長く札幌で暮らしていたのだが、一昨年結婚して、夫が店を持つ函館に移り住んだのだ。

美和子と会うのは十年ぶりだった。結婚式には出たかったのだが、スケジュールが合わずに叶わなかった。相変わらずエネルギッシュで、周りにいる人間にも活力を与えてくれる。

「座ってゆっくりしてて。コーヒー淹れてくるから」

「先に焼香済ませておく」

美和子は仏壇の前に進み出た。朋香は受け取った土産を持ってキッチンに移動した。

美和子から電話があったのは先週のことだ。達之助の葬儀に出られなかったことを詫《わ》び、会って話したいことがあるから家に行ってもいいかと訊かれた。

幼馴染みと久しぶりに会って話し込むのも悪くはない。朋香は美和子の申し出を受け入れた。

イクラやベーコンを冷蔵庫に収め、コーヒーを淹れてリビングに戻ると、美和子はソファに腰を下ろしていた。

「どうぞ、召しあがれ」

コーヒーと一緒に、近所で評判のケーキ屋で買ってきたフォンダンショコラを出した。美和子は昔から美味しいチョコレートには目がなかったのだ。

美和子はコーヒーを啜り、フォンダンショコラを口に運んだ。

「美味しい。やっぱり、東京は違うわよね。北海道も美味しい物だらけだけど、繊細さじゃ東京の圧勝」

美和子の言葉に朋香は微笑んだ。

「うちの旦那のイクラ、向こうじゃ評判いいんだけど、北海道だからちょっと味が濃いのよね。朋香と勇馬君、だいじょうぶかな」

「だいじょうぶよ。ほら、うちの主人、北海道の新鮮な海鮮を謳《うた》い文句にした居酒屋のチェーンを経営してたでしょ。イクラからなにから、味も北海道そのままに作らせてたの」

「なら、安心ね……それにしても突然だったよね」

美和子は仏壇の遺影に目を向けた。

「あれ、口取り式って言うんだっけ？　その時の写真だよね」

「そうなの」

朋香はうなずいた。口取り式というのは競馬が終わった後、勝った馬と馬主や調教師、騎手などが記念写真を撮るセレモニーだ。遺影に使ったのはカムナビがホープフルステークスを勝った時のものだった。達之助の表情があまりにも誇らしげで、遺影にするならこれしかないと思ったのだ。微笑む達之助の横にはカムナビの顔も写り込んでいる。葬儀に訪れてくれた競馬関係者は、口を揃えて素晴らしい遺影だと言ってくれた。

「主人にとっては初めてのGI勝利だし、この写真を遺影にして喜んでくれてるんじゃないかと思ってるの。あ、GIっていうのはね――」

「だいじょうぶ。ちゃんとわかってるから」

美和子が笑った。

「うちの旦那、もうとんでもない競馬好きなの。函館で競馬が開催される時期は気もそぞろで商売に身が入らないのよ。夏で稼ぎ時だっていうのに」

「そうなんだ。知らなかった」

「わたしと結婚する前は、それこそ借金しながら馬券買ってたのよ。今は週に一万円までってわたしが決めて、厳守させてるけど」

「ちゃんと守ってるの？」

「うん。さすがに、競馬より愛する女房の方が大事みたい」

「はいはい。もうお腹いっぱい」

朋香は笑った。達之助が死んでから、こんなに笑ったことはなかった。美和子との再会は期待通りだ。

「それでね、旦那、今はカムナビにぞっこんなの」

「カムナビに？」

朋香は目を見開いた。

「もともと三石《みついし》の生まれだから、日高の馬を応援してるのよ」

「みついし？」

「地名よ。今は新ひだか町三石。日高の馬が名だたる良血馬たちを蹴散らしてGI勝って、今度は凱旋門賞に行くんだって、春からずっと言ってるの」

「知らなかったわ」

「当たり前よ。わたしだって、達之助君がカムナビの馬主だなんて、こないだまで知らなかったもの」

そうだ。達之助が馬主の資格を取ったのは八年ほど前。その頃には、美和子と連絡を取ることもほとんどなくなっていた。

「あるとき、スマホで競馬の情報集めてた旦那が素っ頓狂な声をあげてね。カムナビの馬主が死んじゃったって。それで、わたしにスマホの画面見せるの。そしたら、小森達之助って名前が書いてあるじゃない。驚いちゃった。間違いなく朋香の旦那だよねって調べたわ」

朋香は遺影の達之助を見つめた。美和子から達之助の死を悼むメッセージがＬＩＮＥで送られてきたのは達之助の死の一週間後ぐらいだった。連絡をしたわけでもないのに、どうして知ったのだろうとぼんやりと思ったことを覚えている。そういう経緯だったのだ。

「それでね、これ――」

美和子がハンドバッグからお守りを取りだした。

「旦那の実家の近くにある神社のお守りなんだけど、昔から三石の牧場の人たちが、このお守り持って自分たちが生産した馬の競馬の応援すると、不思議と勝つことが多かったんだって。よかったら、カムナビの応援に行くときに持っていって欲しいっていうのよ」

「どうしてわたしが向こうに行くってわかったの？」

朋香は訊いた。

「わたしも旦那に、朋香が行くかどうかもわからないじゃないって言ったのよ。そしたら、凱旋門賞だぞ、行くに決まってんだろって凄い剣幕で」

朋香は思わず笑った。自分は競馬には疎いが、競馬に関わる人たちは、生産者も調教師も厩務員も騎手もファンも、みんなとてつもない思い入れを持って馬を競馬に送り出すのだ。最近、それが少しわかってきた。

「ありがとう。持っていく」

朋香はお守りを受け取った。それを胸に押し抱く。美和子の夫だけではない。多くのファンが、凱旋門賞で走るカムナビの姿を心待ちにしているのだ。このお守りは、そんなファンの心が込められている。大切にフランスまで持っていかなくては。

「旦那、喜ぶわ。レースの日は、店の片付け放《ほ》ったらかして、テレビの前で応援してるわよ、絶対」

「ありがたいわ。ありがとうございますって伝えてね。主人もきっと喜んでる」

「ああ、なんかほっとした。凱旋門賞の前に会いに行って渡してこいって、ずっとうるさかったのよ。店もあるし、朋香だって旦那を亡くしたばかりで大変だろうし、いつ連絡しようかって考えてるうちにどんどん時間だけ過ぎてっちゃって」

「美和子なら、いつ連絡してくれてもいいのよ」

「そう言ってもらえると嬉しいわ」

美和子は表情を和らげ、フォンダンショコラを頬張った。

「いろいろ落ち着いたら、函館に遊びにおいでよ。あちこち案内してあげるし、美味しい物たらふく食べさせてあげるから」

「うん。行く行く。ちょうど気晴らししたいなって思ってたところなの。息子は主人の両親が喜んで預かってくれるし、久しぶりにひとりで旅行して独身気分を味わいたいわ」

「なんだったら、わたしも少し長い休みもらって、ふたりで北海道一周でもしようか。北海道暮らしが長いから、あちこちに知り合いがいるのよ。道民って親身だからもてなしてくれるわよ」

「フランスから戻ったら計画立てるわ。どうせなら、冬の北海道がいい」

夏の北海道は達之助と一緒に何度か訪れたことがある。今度は冬に行って、雪に覆われた牧場と、そこで寒さに耐えて暮らすサラブレッドを見てみたい。三上牧場の徹に頼めば、いろいろと便宜をはかってくれるだろう。

「ねえ、美和子。今夜の宿はどうなってるの?」

「新宿のビジネスホテル予約してるけど」

「キャンセルしてうちに泊まりなさいよ。勇馬にも会って欲しいし、久しぶりに、夜遅くまで話し込もうよ。ホテルのキャンセル料、わたしが持つから」

「じゃあ、遠慮なく」

美和子はスマホを手に取った。ホテルに電話をかけてキャンセルを伝える。朋香はもう一度、お守りを胸に押し抱いた。

旧友を連れてきてくれたカムナビに対する感謝の気持ちが胸に溢れていた。

14

シャルル・ド・ゴール空港は、大きな窓から西日が差し込んで、むっとするような熱気で充満していた。

海外旅行にはあまり縁のない人生を歩んできた収を連れて税関を通り、到着ロビーに抜けると、児玉調教師と乗り役の佐久間が迎えに来てくれていた。

「児玉先生」

徹は児玉に手を振った。児玉の顔に笑みが広がった。

「親父、児玉先生がわざわざ出迎えに来てくれたぞ」

収の背中を押し、スーツケースを引きながら児玉たちのもとに向かった。

「わざわざすみません」

収が丁寧に頭を下げる。

「いいんですよ。気にしないでください。同じ便に小森さんの奥さんと息子さんも乗っているはずなんですが」

児玉の言葉に、徹は首を傾げた。トイレに行くたびに、知った顔はないかとエコノミークラスの座席に目を走らせたが、小森親子の姿はなかった。向こうはビジネスクラスなのだろう。

「袴田厩舎からバンを借りてきてるんです。小森親子も一緒にロンシャンへ向かいます」

児玉の言葉に徹はうなずいた。

「カムナビの様子はどうですか?」

「絶好調ですよ。うちに来てから、一番の出来です。どんな気まぐれを起こしたのか、こっちでは真面目に稽古をしてくれてます」

「本当ですか？」

「後は、足りるかどうかだけですね。それと、雨が降るのか降らないのか」

児玉は恨めしげな目を窓の方に向けた。

「雨が全然降ってないって聞いてますけど」

徹は言った。

「ええ。異常気象です。スタッフ全員で逆さてるてる坊主作って、毎晩雨乞いしてるんですが」

児玉が苦笑した。

「うちでも作ってましたよ、逆さてるてる坊主。お袋と女房にも手伝わせて」

「思いはみんな一緒ですね。あ、出てきた」

児玉の声に振り返ると、小森朋香と息子の勇馬が姿を現したところだった。

「お待たせしてすみません」

小森朋香が頭を下げた。左手で息子の手を握り、右手で大きなスーツケースを引いている。佐久間が駆け寄って、スーツケースを引き取った。

「息子のトイレで手間取ってしまって」

「気にしないでください。我々もさっき着いたばかりですから」

恐縮する小森朋香に、徹は笑顔を向けた。小森の見舞いに行った際に顔を合わせている。

「この度は、ご主人が亡くなったにもかかわらず、カムナビを凱旋門賞に送り出してくれて、本当にありがとうございます」

収が小森朋香の前に進み出て、深々と頭を下げた。徹は目を瞠った。父が他人にここまで礼を尽くす姿は見たことがなかった。

「やめてください、三上さん。わたしは、主人の遺言に従ってるだけなんです」

「それでも、奥さんが決断してくれなければ、カムナビはここにはいません。本当に感謝してるんです」

小森朋香は一瞬、途方に暮れたような顔をしたが、すぐに首を振り、収を真っ直ぐ見つめた。

「こちらこそ、主人に大きな夢を見させてくれて本当にありがとうございました。あの人、死ぬ間際までカムナビのことを気にかけてましたから」

「サラブレッドを作り続けてきて、本当によかった」

収の目が潤んでいる。カムナビは、生産者としての収の集大成ともいえる馬だ。その馬に、馬主がそこまで大きな思いを寄せていたというのはこの上ない喜びだろう。

「さあ、行きましょう。車が待ってます」

児玉に促され、徹たちは移動しはじめた。建物を出てすぐの所に、真っ白なバンが停まっている。運転席にいるのは小柄な愛らしい白人女性だった。

「袴田厩舎のスタッフのヴィヴィエンヌです。今日はわざわざ運転手役を買って出てくれました」

バンに乗り込むと、児玉が運転手の女性をみなに紹介した。佐久間が最後に助手席に乗り込んで、ヴィヴィエンヌの頬にキスをした。ヴィヴィエンヌが顔を綻ばせる。どうやらふたりは相思相愛のようだった。

「佐久間君、やるね」

徹は佐久間を冷やかした。

「アニメが取り持つ縁なんです」

佐久間が照れ笑いを浮かべた。カムナビはキューピッドの役まで務めたらしい。なんという馬だろう。

車が動き出す。それと同時に、徹は胸の高鳴りを覚えた。

ついにフランスまでやって来た。日高の小さな小さな牧場で生まれた馬が、凱旋門賞まで辿り着いたのだ。

徹は隣の収に目をやった。収は唇を噛み、真っ直ぐ前方を見据えている。

気合いが入っているときに見せる表情だった。収もまた、胸の高鳴りを抑えられずにいるのだ。

＊＊＊

収はバンを降りると真っ直ぐ厩舎に向かった。あらかじめ、児玉にカムナビのいる厩舎は聞いていた。

厩舎の奥から鼻歌が聞こえた。日本の演歌だ。

「小田島さん？」

声をかけながら厩舎に入る。小田島が馬房の前に椅子を置いて腰掛けている。

「三上さん、長旅、お疲れ様です」

小田島が腰を上げて頭を下げた。

「カムナビの様子はどうですか？」

「さっきまでは静かだったんですがね。三上さんたちの車に気づいて鼻息を荒くしてますわ。生まれ故郷の匂いに気づいたかな」

「ちょっといいですか？」

収は馬房に近づいた。

「久しぶりの再会ですからね。ゆっくりしていってください」

小田島はそう言って、厩舎から出ていった。

「カムナビ」

収はカムナビに声をかけ、馬房の前に立った。カムナビは窓の外に顔を向け、前脚で床に敷き詰められた寝藁を掻いている。

「カムナビ」

もう一度声をかけるとカムナビがゆっくり振り返った。収に気づくと、体を回転させて近づいてくる。収は目を閉じた。カムナビの鼻息を感じた。カムナビは収の匂いを確かめているのだ。じっと動かず、気の済むまで匂いを嗅がせてやった。

しばらくすると鼻息が感じられなくなった。目を開ける。カムナビが収を見つめていた。

「久しぶりだな」

収は囁くような声で言った。

「毛艶がぴっかぴかじゃないか。小田島さんが毎日心を込めて手入れしてくれてるんだべ。おまえも幸せ者だわな」

記憶がよみがえる。カムナビがまだ仔馬で三上牧場にいた頃、収もまた毎日、心を込めてカムナビの手入れをしたのだ。

おまえは凱旋門賞に出るんだぞ、凱旋門賞を勝つんだぞ——体を洗いながら、繰り返し言い聞かせた。息子の徹はもちろん、近隣の同業者たちはそんな収を鼻で笑っていた。

夢を持たんでなんでこんな商売やってられる。夢はでかけりゃでかいほどいい。

それは収の信念だった。

カムナビだけではない。三上牧場で生まれ育った馬のすべてを、収は丹念に手入れをし、凱旋門賞で勝てと言い聞かせてきた。

その夢が、手を伸ばせば届くところまで来ている。

飛行機の中で、何度も自分の頰をつねった。すべてが現実離れして感じられ、まるで自分が幽霊にでもなったような気がする。

フラナリーにナカヤマフェスタを付けるのはもうやめた。これ以上夢を追いかければ、三上牧場の経営が傾き、徹や嫁に迷惑をかけることになる。

自分の夢は叶わなかったと諦め、牧場は徹に任せて隠居を決め込む。

そのつもりだったのだ。

だが、カムナビが、最後に夢を託した馬が、その夢に向かって走るのだ。

そう考えるたびに胸の奥が熱くなり、体の震えが止まらなくなる。

「触ってもいいか」

収はカムナビに語りかけた。

「昔みたいによ、おまえに触りたいんだ。いいべ？」

収は馬房に足を踏み入れた。カムナビは気を荒立てるふうもなく、大きな漆黒の目を収に向けている。

収はそっと腕を伸ばした。カムナビの胸に触れる。薄い皮膚と分厚い筋肉だった。そしてなにより、温かい。

自分の夢が血と肉を備え、立派なサラブレッドとして出現したのだ。

「勝たんくてもいい」

収はカムナビに触れたまま言った。

「無事にゴールしてくれたらそれでいい。こっちに来る前に、浦河の牧場の連中と話したんだが、おまえが勝っても負けても、イーストスタッドで種牡馬入りさせてくれるそうだ」

イーストスタッドは、浦河の牧場が共同出資で運営している種牡馬牧場だ。小森達之助はアロースタッドで種牡馬にしたかったようだが、結局は生まれ故郷の浦河で種牡馬になる。

「ホープフルステークス勝って、凱旋門賞も走るような馬は浦河の誇りだって言ってくれてな。うちの牧場で生まれて種馬になるの、おまえが初めてだな」

収はカムナビの首筋を撫でた。

「今度はおまえの血を引く馬で、徹たちが夢を育む番だ。おれはもう、おまえが凱旋門賞に出てくれるだけでいい」

収はカムナビを見上げた。カムナビは落ち着いている。カムナビの胸に頬を押し当てた。

「ありがとうな、カムナビ。本当にありがとうな」

目頭が熱かった。すぐに涙がこぼれ落ちる。

自分は果報者だ——収は思った。自分の作った馬でこれほどまでに胸が満たされる生産者がどれだけいるというのか。

「ありがとう」

収はカムナビへの感謝の言葉を何度も何度も口にした。

15

「話が違うじゃないか」

児玉は天を睨みあげた。抜けるような青空が広がり、太陽が真夏のようにぎらついている。

この一週間、雨はまったく降らなかった。フランスのテレビは連日、異常気象だとがなり立てている。気温も高いまま推移しており、秋の気配は遠ざかる一方だった。

凱旋門賞を主催するフランスギャロの発表では、パリロンシャン競馬場の馬場はボンとなっていた。

日本では馬場状態は良、稍重、重、不良の四段階で区分けされるが、フランスではさらに細かく、十段階に分かれている。ボンは日本で言う良と稍重の中間ぐらいの状態だ。

まとまった雨が降れば、馬場は一気に悪化していくのだが、レースが行われる明日の天気予報は晴れのち曇り。雨は降りそうにない。

例年、この時期には決まって雨が降り、パリロンシャン競馬場の馬場は重か不良になる。それを見越して、皐月賞もダービーも捨ててカムナビをフランスに向かわせたのだ。

「話が違う……」

児玉は恨みがましい目で空を睨み続けた。

「天気に文句言ってもしょうがないべ、児玉先生」

そばにいた三上収が児玉の肩を叩く。三上収は首からぶら下げた双眼鏡を目に当てていた。背中に若林を乗せて、角馬場で軽い運動をするカムナビを見ているのだ。

「それはわかってますが……なにも今年に限って異常気象にならなくてもいいじゃないですか。馬場が渋ってこそのカムナビですよ」

「なんも。そら、雨が降った方がいいけど、あいつはとねっこの頃、こっちと似たような凸凹の放牧地で走り回っとったのさ。なんとかなるんでないかい」

三上収が双眼鏡を目から離した。フランスに到着してからは、毒気が抜けたような表情になっていた。小森と共にカムナビを見に行った時の、どこか狂気じみた雰囲気は微塵も感じられない。

カムナビの凱旋門賞出走が叶ったことで満足しているらしかった。

無理もない。家族経営の小さな牧場が生産した馬が、日本でＧＩを勝ち、明日、凱旋門賞で走るのだ。それだけでも望外の幸せだろう。

だが、自分はそうは言っていられない。カムナビがホープフルステークスを勝ってくれたことで児玉厩舎の株は上がっている。凱旋門賞で好走させることができれば、その株はさらに跳ね上がる。

美浦の児玉厩舎の隣は、今井健一《いまいけんいち》調教師の厩舎だった。今井は名伯楽の名をほしいままにし、毎年毎年、良血馬が入厩してくる。手に入れたＧＩの勲章は二十個を軽く超えている。

今井厩舎がこの世の春を謳歌する一方、児玉の厩舎はいつまで経ってもうだつが上がらなかった。

今は足もとにも及ばないが、いつか、今井と対等に話ができる調教師になってやる。

長い間、その思いを胸にしまい込んできた。今がその思いを実現するチャンスなのだ。大馬主の永澤が自分の持ち馬の管理を頼んできた。永澤に続く馬主が現れるかどうかは、カムナビの走り次第なのだ。

勝てはしなくても、勝ち負けを競うレースはしてほしい。

何頭かの例外を除き、日本の調教馬が惨敗を繰り返している凱旋門賞で勝ち負けの勝負ができれば、児玉厩舎の未来はさらに開ける。

「なるようになる。なるようにしかならん。それが競馬だべさ、児玉先生」

三上収が言った。胸の内を見透かされたような気がして、児玉は唇を噛んだ。

「人間がどれだけ勝利を望んでも、その日の馬場状態だったり展開だったりで勝ちを拾うこともあれば、勝ちが掌からこぼれ落ちていくこともある。残念だし悔しいし、それでもまた次の週には競馬があるんだから、歯を食いしばってこらえて前に進まにゃならん。そういうもんだべ」

三上収が振り返った。

「ええ」

「児玉厩舎のスタッフが、カムナビに心血を注いできたことはみんなわかってるのさ。あとは、馬と鞍上に任せるだけ。勝負は時の運。今年雨が降らなくて、カムナビが負けるとしたら、競馬の神様がまだ凱旋門賞には早いって言ってるんだとおれは思うことにしたわ」

三上収が微笑んだ。

「だってさ、これまで何十頭もの馬と、何百人ものホースマンが喉から手が出るほど欲しくて挑戦し続けてきた凱旋門賞だべさ。そう簡単には勝てんて」

「それはわかってますが……」

児玉は頭を掻いた。

「先生がピリピリしてると、カムナビもかっかしちまう。肩の力抜いて、すべては競馬の神様にお任せするのさ」

「そうですね」

児玉はうなずいた。

「普段はそうするよう心がけてるんですが、凱旋門賞ともなると、どうしても……この場所にまた来られるかどうかわかりませんから」

「来られるさ。おれはもう隠居するけど、倅《せがれ》が頑張って馬を作る。うちみたいな小さな牧場でも、諦めずにやってたらGI獲れるってなったら、他の牧場の連中だって頑張るべ。そん中から、また児玉先生と巡り会う馬がいて、別の夢見させてくれるのさ。それがサラブレッドっちゅう生き物だわ」

三上収はまた双眼鏡を目に当て、カムナビの姿を追った。

「人間が勝手に作り上げてよう。走りたくもないのに走らされて。それでも健気《けなげ》に走って人間に夢を見させてくれる。サラブレッドは本当に愛おしい生き物だべ」

「そうですね」

児玉は今度は深くうなずいた。サラブレッドは愛おしい。その感情はすべてのホースマンに共通するものだった。

「若い頃はさ、牧場の倅なんかに生まれついた自分の運命を憎たらしく思ったこともあったんだ。休みは取れないし、冬は寒いし、金にはならんし。だけど、今じゃ、牧場に生まれてよかったって心の底から思ってる。馬を愛し、馬に愛され、馬に夢を託し、馬に夢を与えられる——そんな人生、他にだれが経験できる」

「そうですね」

児玉は同じ台詞を繰り返した。それしか頭に浮かばなかったのだ。

馬を愛し、馬に愛され、馬に夢を託し、馬に夢を与えられる——けだし名言だ。

人馬一体という言葉があるが、サラブレッドは人間なしには生きていけない。人が寄り添って初めて、サラブレッドはその生を全うできる。

そのことをサラブレッドに関わる人間は決して忘れてはならないのだ。

もう、天候を恨むのはやめだ——児玉は頭を振った。

カムナビが無事にゴールすることを祈ろう。無事であれば、また別の夢を見ることができる。

凱旋門賞がすべてではない。

「あれ、先生、なんか憑きものが落ちたみたいな顔してるべ」

振り返った三上収が言った。

「三上さんのおかげで憑きものが落ちたんです」

児玉は微笑んだ。

＊＊＊

「それでは、明日のラウシンとカムナビの健闘を祈念して、乾杯！」

袴田の声と共に、一斉にシャンパングラスが掲げられた。袴田厩舎、児玉厩舎、工藤厩舎のスタッフや関係者が一堂に会しての前夜祭だ。ラウシンの馬主である永澤が発案し、袴田が快諾したと聞いている。

料理はデリバリーだが、シャンパンは値の張る物を永澤が手配した。

三上徹はそのシャンパンをひとくち啜った。

「美味い」

思わず唸る。シャンパンの味の違いなどわからないが、間違いなく、自分が飲んだ中で一番美味しいシャンパンだった。

徹は左右に視線を走らせた。収はラウシンの生産牧場であるノーザンファームの人間と語らっている。こんなセレモニーとは縁のない人生だったろうに、臆する気配もない。人として、ホースマンとして、自分は父親の足もとにも及ばない。

胸に湧き起こる苦い思いを、シャンパンで胃に流し込む。視界の隅に、居心地が悪そうにしている小森朋香の姿が映った。息子の勇馬は、別室で袴田の娘たちとゲームに興じているはずだ。

「小森さん、お腹は減ってませんか？　なにか取ってきましょうか」

徹は朋香に声をかけた。会場は袴田家のリビングとダイニング。ダイニングのテーブルの上に料理が並べられている。

「わたしは結構です」

朋香が強張った笑みを浮かべた。

「居心地悪いですよね。友達がひとりでもいれば別なんでしょうけど」

「そんなわけじゃないんですけど……」

「ぼくも居心地よくないんです。十何年も競馬に関わる仕事をしてきたけど、こういう場に呼ばれることなんてなかったから」

「よくあることじゃないんですか？」

「日本じゃあまり聞きませんね。祝勝会はよくやるみたいですけど。どっちにしろ、うちみたいな小さな牧場はあんまり関係ない」

「そうなんですか……」

「祖父の代には活躍馬が何頭もいたんですけど、ずっと落ち目で。カムナビがＧＩ勝ってくれるまではＧＩどころか重賞やオープン特別にも縁がなかったですから」

「オープンとくべつ？」

朋香が首を傾げた。

「サラブレッドにもランクがあって、中央だと新馬・未勝利馬、一勝馬、二勝馬、三勝馬、四勝すると晴れてオープンになって、重賞でも勝負できるくらいになるんです。オープン特別っていうのは、重賞よりちょっと格下のレースですね」

「そうなんですか。わたし、競馬のことなんにも知らなくて」

「カムナビが最初で最後の馬ですか？」

徹は訊いた。朋香が困ったというように目を伏せた。

やはり、小森達之助の遺志を受けてカムナビの馬主にはなったが、競馬と関わりを持つつもりはないのだろう。

「ごめんなさい。ここに集まってる人たちはみんな競馬に情熱を持ってるのに、わたしだけ場違いですよね」

「いいんですよ。好きじゃなきゃやっていけない世界だから。お金もかかるし、自分の馬が競馬の最中に怪我をして、安楽死させるしかなくって、それが辛くて競馬から足を洗ったっていう馬主さんもたくさんいるぐらいですから。カムナビの馬主になってくれただけでも感謝してます」

徹はぺこりと頭を下げた。

「わたしはただ、主人の遺志に従っただけで……」

「旦那さんが死んだら、旦那さんの持ち馬全部売り払って競馬には見向きもしないっていう人が多いんですよ」

徹は冗談めかした口調で言った。朋香の顔が綻んだ。

「とにかく、明日はカムナビのレース、しっかり見てあげてください。競馬には興味がなくても、自然と応援する気持ちが湧いてきますから」

「そうします」

朋香が生真面目な表情を浮かべてうなずいた。

「小森さん――」

児玉の声がして、徹は振り返った。児玉が工藤調教師と永澤を伴ってこちらに近づいてくる。

「紹介します。こちら、調教師の工藤さんと、ラウシンの馬主の永澤さん。小森さんの奥さんです」

児玉が双方を紹介する。

「ご葬儀に伺えなくて申し訳ありませんでした。小森君とは競馬場で顔を合わせるとたまに馬のことで話し込んだりしてたんですよ」

永澤が朋香の手を取った。

「こうやって持ち馬が同じ年の凱旋門賞に出走するのも縁です。なにかあったら、遠慮なく言ってください。競馬のことでも、それ以外のことでも相談に乗りますよ」

「永澤製作所の社長さんです」

徹は朋香に耳打ちした。

「ありがとうございます。なにかありましたら、お言葉に甘えさせていただきますので」

「息子さんのこととか、なにかと心配事がおありでしょう。本当に遠慮しないでくださいよ」

「永澤さん、こちらは三上牧場の三上徹さん。収さんの息子さんです」

児玉の言葉を受けて、永澤が徹に顔を向けた。

「さっき、お父さんに説教されましたよ。大手牧場の馬ばっかり買ってると、そのうち日高の馬産が寂れて競馬が成り立たなくなるぞって」

永澤が笑いながら言った。

「申し訳ありません。うちの親父、口が悪いもので」

「それじゃ、今度三上牧場の馬を買いましょうと言ったら、自分はもう隠居して息子に全部任せるから、息子と話せと」

「まったくもう……」

徹は頭を掻いた。

「うちは永澤さんに買ってもらえるような馬はなかなか作れないんです。小さくて、資金もなくて……」

「わかってますよ。日高の牧場のことはだいたい頭に入ってますからね」

永澤が徹の肩を抱き、ダイニングの隅に誘った。徹は戸惑いながら、朋香に目をやった。児玉と工藤が朋香の話し相手になっている。

調教師というのは気が利かなければやっていけない商売なのだ。ふたりとも、朋香をもてなそうと必死のようだ。

「三上牧場、今繋養している繁殖は五頭ほどでしたね」

永澤が言った。

「ええ。昔はもっと繋養していたんですが、今は五頭が限界です。家族経営なもので」

「七十年からの歴史がある牧場だから、敷地は相当広いですよね」

確かに、永澤の頭には日高の牧場の情報がしっかりとインプットされているようだった。

「ええ。祖父の代には二十頭ほど繋養していましたから」

「わたしの馬を預託することはできますかね」

「はい？」

徹は自分の耳を疑った。永澤は大馬主だ。セレクトセールで億を超える馬を何頭も競り落とし、重賞はもちろん、GIレースの常連でもある。そんな馬主が自分の馬を三上牧場に預託するなど、想像したこともなかった。

「引退した牝馬は普通、生産牧場に戻って繁殖牝馬になりますよね。これまではわたしもそうしていたんですが、自分で馬を作ってみたいとずっと考えていたんです。自分の馬を自分の牧場で繁殖にして、自分で考えた種馬を付ける。ただね、一から牧場を作るにはちょっとこれがね」

永澤は右手の親指と人差し指で円を作った。

確かに、大馬主が自分で牧場を作り、馬を生産する――オーナーブリーダーになるのは昨今のトレンドだった。

セリで買った馬でダービーを勝ちたいという思いから、自分で生産した馬でダービーを勝ちたいという思いに移ってきているのだろう。

「どこかの牧場と共同でやっていけないかと考えているんだけど、さっき、小森さんの奥さんにも話したように、これは縁だと思ったんだよ」

「で、でも、うちは厩舎も粗末ですし、新しい厩舎を建てる余裕は——」

「だから、共同でと言ったでしょう」

「え、ええ」

「設備投資にかかる資金は永澤ホールディングスが出します。人手が必要なら人件費も」

永澤ホールディングスは、永澤が設立した競馬関連の会社だ。

「本気でおっしゃってるんですか」

徹は言った。永澤がうなずいた。

「既存の牧場と協力し合ってなにかやりたいというアイディアはずっと温めていたんだよ。どこの牧場がいいか、頭を悩ませてたんだけど、ラウシンが三上牧場と巡り会わせてくれた。こう言っちゃなんだけど、潰れかかった老舗の牧場はわたしの考えていた条件にぴったりなんだ。考えてみてくれないかな。日本に戻ったら、一度、牧場にお邪魔するよ」

永澤は徹の肩を叩き、工藤厩舎のスタッフが集まる一角に移動していった。徹はその背中を見つめながら何度も生唾を飲み込んだ。

収を探した。先ほどまでいた場所に姿はない。

どこだ。どこにいる、親父。

血走った目を左右に走らせる。収はダイニングテーブルのそばで食べ物を物色していた。

「親父、親父——」

徹は覚束《おぼつか》ない足取りで収のもとに向かった。

＊　＊　＊

袴田の家を出て空を見上げる。ヨーロッパの昼は長い。空はまだほのかに青かった。小田島は舌打ちした。

すぐに、同じように空を見上げている人影に気づいた。目を凝らす――若林だった。

「雨は降りそうもねえな」

小田島は若林に声をかけた。

「ピーカンですもんね」

若林が首を振った。

「だけど、さっきシャンティイのベテラン厩務員と話をしたんですよ。佐久間に通訳してもらって」

若林が話しながら近づいてくる。小田島はうなずいた。若林と佐久間が、小田島と同年配のフランス人を囲んで話し込んでいたのには気づいていた。

「わかります？」

若林は右手の人差し指の先端を舐め、突き立てた。

「昼間は南風だったのに、今は北風なんです」

小田島は風に意識を集中させた。確かに、北風が吹いている。そのせいか、空気もひんやりしているようだった。

「南風が北風に変わると、スコールみたいな雨が降るって言うんですよ」

「本当かよ」

小田島は再び空を見上げた。一筋の雲すら見当たらない。

「信じる者は救われるって言うじゃないですか。まあ、降らなかったら降らなかったでしょうがないですけどね」

「さばさばしてるな」

「だって、天気は変えられませんからね」

小田島は若林と肩を並べて歩き出した。言葉を交わすまでもなく、足はカムナビのいる厩舎に向かっていた。

「降ってほしいときには降らなくて、降らないでほしいときに降る。競馬じゃよくあることじゃないですか。若い頃は天候を恨めしく思ったこともありますよ。だって、おれに回ってくる馬は、パンパンの良馬場じゃ勝負にならないのがほとんどだし。金曜日になると、雨乞いしたもんです」

「その気持ちはよくわかるな。おれが担当する馬も、たいていは良馬場で切れる脚がない」

「雨乞いしようが恨もうが、天候は人間の力じゃ変えられない。だったら、余計なこと考えずに競馬に集中しよう。そう思えるようになったのは三十過ぎてからですかね」

「ずいぶん時間がかかったな」

「だめなジョッキーでしたから」

若林が笑った。

厩舎に入り、カムナビの馬房の前まで進んだ。カムナビは例によって外に顔を向けていた。馬房にいるときは食うか寝るか外を見ているか。それがカムナビのライフスタイルだ。

小田島は馬房の外からカムナビの馬体を見つめた。皮膚は薄く、艶光りしている。発達したトモの筋肉は今にも薄い皮膚を突き破ってしまいそうだ。鬣も尾の毛もサラサラなのは、小田島が毎日手入れを欠かさないからだ。

勝負は時の運だが、せめて、最高に格好のいい姿で送り出してやりたい。

小田島に限らず、厩務員なら同じ思いで馬に接しているはずだ。

明日も、競馬前の軽い運動のあとに手入れをし、競馬が終わったあとは念入りに体を洗ってやる。脚に異常はないか、呼吸が乱れていないか、気分が落ち込んでいないか。

厩務員は馬の母親代わりだ。

「ナビよ、いよいよ明日が本番だぞ」

小田島はカムナビに声をかけた。カムナビはかすかに耳を動かしただけだった。

「勝っても負けても日本に帰って、検疫が済んだら生まれ故郷の牧場で放牧だ。ゆっくりできるぞ」

児玉のプランでは、帰国後はひと月ほど北海道で休ませ、十一月の後半に帰厩させる。年末の有馬記念に出走させるのだ。

六月の宝塚記念と年末の有馬記念はともにグランプリと呼ばれ、ファンの投票が行われる。獲得票数の多い馬に優先出走権が与えられるのだ。カムナビはファンが多い。出走は叶うだろう。できれば、日本調教馬初の凱旋門賞勝利という土産を持って有馬記念に出走させてやりたい。

だが、祈れば願いが叶うというのなら、とっくの昔に日本の馬が凱旋門賞を勝っているはずだ。

競馬は人智が及ばない。だからこそ、多くの人間が魅入られる。

「スムーズにハナを切れるといいな」

小田島は若林に顔を向けた。

「いい枠順になりましたからね。なんとかいけると思います」

カムナビに割り振られた馬番は十二番。ゲート番は三番。カムナビの他に逃げを打ちたいだろう馬は大外枠になっていた。テンは向こうの方が速いが、枠を考えれば有利なのはカムナビだ。

スムーズにハナを切ったら、あとはそのまま逃げ切れるようにと祈るだけ。レースがはじまったら、調教師にも厩務員にもできることはない。

「雨が降ってくれりゃ、言うことないんだがなあ」

小田島の声が厩舎に響いた。ラウシンの馬房から小さくいななく声が聞こえた。ラウシンは神経質な馬だ。カムナビの図太さを分けてほしいと工藤調教師が冗談めかして言っていた。

「あいつにとっちゃ、このまま晴天が続く方がいいんでしょうしね。競馬の神様がどっちに微笑んでくれるか……いずれにせよ、人事を尽くして天命を待つ。それしかないですからね」

若林が言った。小田島はうなずいた。

＊＊＊

「できた」

ヴィヴィエンヌが顔を綻ばせた。手元には形の歪んだてるてる坊主がある。佐久間が懇切丁寧に作り方を教えたのだが、ヴィヴィエンヌにはものを作る才能はなさそうだった。

「上手にできたじゃないか」

佐久間は思ったことはおくびにも出さず、笑みを浮かべた。

「ちょっと形が変かな」

「そんなことはない。初めてにしては上出来だ。早速吊そう」

ふたつのてるてる坊主を糸で括り、窓際に吊す。てるてる坊主の頭には小石を詰め込んである。おかげで、てるてる坊主は見事に逆さになった。

「テルテルボウズ」

ヴィヴィエンヌが言った。

「これは逆さてるてる坊主。本当は晴れますようにって祈るためのものなんだけど、逆さにすると雨が降りますようにっていうお祈りになる」

「カムナビのために、雨が降るといいな」

「降るさ。ヴィヴィエンヌが一生懸命逆さてるてる坊主を作ったんだ。それに、リュックも言ってただろう。南風が北風に変わったら必ず雨になるって」

リュックというのは袴田厩舎のベテラン厩務員だ。若林に乞われて通訳をやったときにその話が出た。

馬場が田圃のようになるほどの雨が降るかと訊いたら、雨量はわからない。だが、明日は間違いなく雨が降るとリュックは言ったのだ。

その言葉に一縷《いちる》の望みを託し、佐久間とヴィヴィエンヌは逆さてるてる坊主を作ったのだ。どうか、雨が降りますように。

ヴィヴィエンヌも今ではすっかりカムナビ陣営の一員だった。

「泣いても笑っても明日が本番。それが終わったら、みんな帰っちゃうのね。寂しくなるな。ねえ、本当にワタルを追いかけて日本に行ってもいい？　迷惑じゃない？」

「迷惑なもんか。それより、問題はヴィヴィエンヌのお父さんだろう？」

途端に、ヴィヴィエンヌの表情が曇った。

先日、ヴィヴィエンヌは父に電話をかけたのだ。そこで、日本人のホースマンと付き合っていること、できれば、そのホースマンと共に日本に行きたいと思っているということを伝えた。

父親は激怒した。娘がどこのだれと付き合おうと結婚しようと構わない。だが、地の果てまで行ってしまうのはゆるさない。

フランス人にとって、日本は地の果てらしい。

ヴィヴィエンヌはなんとかその場を収め電話を切ったが、以降、父親と連絡を取った様子はなかった。

「ワタル、日本に戻ったら、すぐにわたしと住む家探してよ」

「わかってるけど、本当にいいのか？　家族と遠く離れることになるんだぞ」

「いいの。わたしが愛してるのはワタルだから」

言葉とは裏腹に、ヴィヴィエンヌの表情は冴《さ》えない。父親と仲が悪いわけではないのだ。父親は娘が遠くに去っていくことを望んでいない。ただそれだけだった。

ヴィヴィエンヌだって好《す》き好《この》んで家族と離れたいわけではない。ただ、愛した男が日本人だったというだけだ。

ヴィヴィエンヌと一緒にいたい。いずれは結婚したいと思っている。だが、悲しい思いをさせたくはない。

どうすべきなのか。

答えはそこにあり、佐久間にもはっきりとわかっていた。

「おいで、ヴィヴィ」

佐久間はヴィヴィエンヌを抱き寄せた。ヴィヴィエンヌが胸に顔を埋めてくる。

愛おしかった。ヴィヴィエンヌの表情も、体の柔らかさも、匂いも、なにもかもが愛おしい。

「カムナビ、勝てるかな」

ヴィヴィエンヌが言った。

「神のみぞ知る」

佐久間は答え、ヴィヴィエンヌの頬に唇を押し当てた。

16

朋香は圧倒されていた。

競馬場に集う人々は思い思いに着飾り、笑顔を絶やすことなく談笑している。ある人はシャンパングラスを片手に、ある人はカナッペをつまみながら。

朋香の知っている日本の競馬場とは大違いだ。競馬を見に来たというより、パーティに参加しに来たという趣だった。

「日本の競馬場とは違って華やかでしょう」

隣の永澤が言った。

「ええ」

答えたのは児玉の妻の彩子《あやこ》だった。彩子もまた、パリロンシャン競馬場に来るのは初めてだと言っていた。

なんとなく気後れしていた朋香と彩子を見かねて、永澤が案内役を買って出てくれたのだ。

「日本だとパドックは柵で囲われてるけど、こっちはそんなものないしね。馬と人の距離が本当に近い。馬との暮らしが根づいてる文化なんだとしみじみ感じますよ。大きなレースがあると、みんな着飾ってね。日本もこうなるといいんですが」

「そうですね」

朋香は微笑みながら、勇馬と繋いだ手に力を込めた。勇馬は周りの雰囲気に好奇心を刺激され、あっちへ行きたい、こっちへ行きたいと駄々をこねまくっている。

「彩子さん、朋香さん」

人混みの向こうから日本語が聞こえてきた。朋香は息を飲んだ。工藤調教師の妻の恵理《えり》が鮮やかなブルーのドレス姿で近づいてくる。

朋香も彩子も和服だった。洋装であればどんなドレスを着るべきなのか迷うし、和服の方が間違いがないと思ったからだ。

「そのドレス、とっても綺麗」

彩子が溜息を漏らした。

「ヨーロッパに来たら、気恥ずかしさなんか捨てて着たいものを着ないとね」

恵理が微笑んだ。頬が赤いのはシャンパンのせいだろう。

「ちょうどいい。恵理さん、この二人、よろしく。わたしは勇馬君に付き合ってくるから」

「そんな、気を遣っていただかなくても――」

「こういうところでは、男同士、なにが楽しいかわかり合えるんですよ。さ、おいで、勇馬君」

勇馬が朋香の手を振りほどいた。満面の笑みを浮かべて永澤の手を取る。

「まずは、ジョッキーの見えるところに行こうか。外国のジョッキーはみんな格好いいぞ」

「うん。行く」

永澤と勇馬は実の親子のように仲睦《なかむつ》まじく、人混みの中に消えていった。

「気が利く馬主さんで助かるわ」

恵理が言った。

「本当に、お世話になりっぱなしで」

朋香は言った。

「人が多くて気疲れしたでしょう。どこかで座って休みましょうか」

「ええ」

恵理に誘われ、カフェの屋外テーブルに移動した。飲み物を訊ねられ、コーヒーと口にすると、恵理が首を振る。

「郷に入っては郷に従え。シャンパンになさい。アルコールが入ったら、少しは気分が楽になるわ」

「気分良さそうに見えませんか？」

彩子が言った。

「わたしも初めて海外の競馬場に来たときは気疲れして大変だったもの。慣れるまでは本当に大変」

恵理は店員を呼び、英語でシャンパンを注文した。

「昔は英語も通じなかったのよ。フランスも進歩したわ。それにしても――」

恵理は手を目の上にあて空を見上げた。

「少し雲が出てきたけど、雨は降りそうにないわね。凱旋門賞当日に雨が降らないのってまずないのに」

朋香は恵理に倣って空を見上げた。朝から雲ひとつない晴天だったのだが、うっすらとした雲が出ている。

児玉調教師はもとより、厩舎のスタッフ、騎手の若林たちが、逆さてるてる坊主を作って雨が降るよう強く願っていた。

カムナビには雨が降った方がいいのだそうだ。

「うちの馬は雨が降らないとだめなんでしょうか」

朋香は彩子に訊いた。

「旦那は雨が降った方がいいって言ってましたね」

「うちの馬は、逆に降らない方がいいのよ。夫は朝からにやついてたわ。雨が降らない凱旋門賞に出走できるのはラッキーだって」

　恵理が言った。

「恵理さん、ごめんなさい。わたしは雨が降るようお祈りします」

「当然よ。どの厩舎も、自分たちの管理する馬に少しでも有利な馬場になってほしいっていつも願ってるものなの。悪いなんて思わなくていいわ。わたしはわたしで、このまま晴れててくれって願ってるんだから」

　シャンパンが運ばれてきた。恵理が慣れた仕草で支払いを済ませる。

「ご馳走《ちそう》になります」

　彩子が礼を言ってグラスに手を伸ばした。

「じゃあ、お互いの馬の健闘を祈って、乾杯しましょう」

　それぞれがグラスを掲げ、軽くぶつけあった。朋香はシャンパンをひとくち啜り、グラスの底から立ちのぼる気泡を見つめた。

　どうか、カムナビのために雨を降らせてください——気泡に祈った。

＊＊＊

　佐久間は居ても立ってもいられず、厩舎の外に出た。

　雲が少しずつ増えている。だが、このままではレースには間に合わない。

「頼むよ。リュックが雨は必ず降るって言ったじゃんかよ」

「少しは落ち着いたら。人間に天気を変えることなんてできないんだから」

後を追いかけてきたヴィヴィエンヌが佐久間をなだめるように言った。ヴィヴィエンヌは鮮やかな花柄のミニのワンピースを着ている。裾から伸びた脚がまぶしいほどだ。

「わかってるけど、じっとしてられないんだ」

佐久間はジャケットの皺を伸ばした。ターフを思わせる鮮やかな緑のジャケットに真新しいチノパン。ネクタイは去年の日本ダービーのものだ。ダービーの時はＪＲＡが毎年ネクタイを作る。

三日前にふたりでパリに出向き、ヴィヴィエンヌのお気に入りだというブティックでジャケットとワンピースを買った。ワンピースは佐久間からヴィヴィエンヌへのプレゼントだ。カムナビがニエル賞を勝った時の進上金が入ってきたから懐は温かい。

パリから厩舎に戻ると、ヴィヴィエンヌは早速ワンピースに着替え、厩舎のスタッフに見せて回った。

ワタルが買ってくれたのよ。最高に素敵なワンピースだと思わない？

満面の笑みを浮かべて厩舎を練り歩くヴィヴィエンヌは、間違いなく世界で一番キュートな馬乗りだった。

「ほら。少しずつ雲が出てきてる。雨は降るわよ」

佐久間は唇を嚙んだ。確かに、雨は降るかもしれない。だが、レースに間に合わなければ意味がないのだ。レース前に土砂降りの雨が降って馬場がぬかるんでこそ、カムナビは本領を発揮できる。

「もし雨が間に合わなくても、カムナビは大丈夫かもよ」

ヴィヴィエンヌが言った。

「どういうこと」

「もう、こっちに来て三ヶ月ぐらいになるでしょう？　毎日のようにシャンティイの馬場で走って、筋肉の付き方も来た頃とは変わったわ。トモの筋肉が凄く発達してる。わかる？」

佐久間はうなずいた。

「こっちの馬場で走れる体になったのよ。あれなら、良馬場でもいい走りができると思うわ」

「だといいんだけど……」

ヴィヴィエンヌの言うとおり、ニエル賞の後あたりから、カムナビの体つきは変わってきた。もともとトモの筋肉が発達した馬体だったが、さらに一回り大きくなり、胸前の筋肉もより立派になっている。

日本の中長距離を走る馬はすらっとした体型が普通だ。陸上の短距離ランナーが筋肉ムキムキなのに対し、マラソンランナーは痩せぎすなのに似ている。

こっちへ来て、カムナビはムキムキのマッチョに変貌を遂げた。日本の馬場ではこれまで以上に苦戦するだろう。だが、欧州の、とりわけフランスの馬場では軽々と走れるのだ。

「雨が降ればラッキー。でも、降らなくても大丈夫。そう思ってればいいのよ」

佐久間はヴィヴィエンヌを抱き寄せた。

「ヴィヴィ、おまえは最高にイカしてる」

ヴィヴィエンヌにキスをした。すぐに、ヴィヴィエンヌの舌が佐久間の口の中に滑り込んできた。

＊＊＊

「まったく、見えないところでいちゃつけってんだ」

小田島は厩舎の外でキスをしている佐久間とヴィヴィエンヌを見て舌打ちした。

佐久間はやることなすことすっかりフランス人だ。こんなにこっちの水が合うとは本人も思ってはいなかっただろう。

「ナビ、入るぞ」

小田島はカムナビに声をかけてから馬房に入った。

カムナビは鼻息が荒い。今日がレースの日だと理解しているのだ。競馬場の喧噪《けんそう》が、カムナビの興奮をさらに煽《あお》り立てる。

「落ち着け。競馬があるってだけで、他はなんにも変わらん」

声をかけながら、カムナビの体にブラシをかける。漆黒の馬体は艶光りしており、動くたびに分厚い筋肉がうねる。惚れ惚れするような体つきだ。

佐久間と若林が根気よく仕上げ、カムナビ自身も駄々をこねることなくそれに付き合ったからこその、究極の馬体だった。

隅々までブラシをかけると、今度は鬣を編み込んでいく。カムナビにとっての檜《ひのき》舞台なのだ。精一杯綺麗にして送り出してやりたかった。

「こっちでの暮らしもこれで終わりだな、ナビよ」

丁寧に鬣を編み込んでいきながら、語りかけ続ける。耳の動きでカムナビが小田島の声に意識を向けているのがわかる。

「競馬が終わったらゆっくり休んで、明後日には飛行機に乗って帰国だ。美浦に戻ったら、また暴れるのかよ?」

カムナビがぎろりと小田島を睨んだ。どうやら、暴れるつもりのようだ。

「困ったやつだな。稽古しなきゃ、競馬で勝てないんだぜ。海外の方が静かだもんなあ。フランスにもう飽きただろうから、今度はオーストラリアにでも行くか。あそこにゃ、メルボルンカップっていう、おまえにぴったりのレースがある。もちろん、GⅠだぞ」

メルボルンカップは芝長距離のレースで、オーストラリアの国民的行事となっている。かつて、日本馬が勝ったことがあるが、そのときの鞍上である騎手は、いまだにオーストラリアで一番知名度の高い日本人だった。

「あそこで勝てば気分がいいだろうなあ。厩務員生活も晩年になって、海外を渡り歩くってのも悪くはねえ」

鬣を編み終えて、小田島はカムナビの肩を優しく叩いた。

「立派だ。おまえは本当に立派なサラブレッドだ。ありがとうな。おれに世話させてくれてよ」

カムナビがこちらに目を向けた。小田島の手入れが終わったら、いよいよレースだ。

「そろそろ行くか」

小田島は一旦馬房を出て、壁際にハンガーで吊しておいた上着に袖を通した。

十年ぶりに買った背広だ。カムナビが恥ずかしい思いをしないよう、厩務員だって一張羅《いっちょうら》を着込むのだ。

「佐久間、装鞍所に向かうぞ」

厩舎の外に声をかける。

「はい」

佐久間が元気よく答え、厩舎に駆け込んできた。

「いよいよっすね」

「雨はどうだ?」

佐久間が首を振った。

「そうか。仕方ねえ。やれるだけのことはやったんだ。後は、ナビと若林に任せるだけだ」

佐久間と共に馬房に入り、カムナビを外に出す。厩舎を後にすると、カムナビは体を震わせた。

人間で言うところの武者震いだ。

「思い切り暴れてこい」

小田島はカムナビを見上げ、微笑んだ。

＊＊＊

感無量だった。

三上収はパリロンシャン競馬場の緑鮮やかな本馬場を見ながら溜息をついた。

ついにここまでやって来たのだ。

エルコンドルパサーの激走に刺激され、なんとか凱旋門賞で勝負できる馬を作りたいと脇目も振らずに突っ走ってきた。

血統を勉強し直し、試行錯誤を繰り返した。凱旋門賞どころか、中央で勝つ馬すら出てこず、周囲からは揶揄《やゆ》され、家族からは嘆かれた。

それでも、諦めることはできなかった。

二十数年、とにかく凱旋門賞を目指し続け、やっとカムナビが生まれ、こうしてパリロンシャン競馬場に自分がいる。

なぜ凱旋門賞だったのか。自分でもよくわからない。世界には凱旋門賞に匹敵する大レースがいくつもある。

イギリスのキングジョージ六世&クイーンエリザベスステークス、アメリカのブリーダーズカップ、オーストラリアのメルボルンカップ。

だが、収の頭には凱旋門賞しかなかった。エルコンドルパサーの果敢な挑戦、ステイゴールドの血を引くナカヤマフェスタとオルフェーヴルの勝ちにも等しい二着。日本馬たちが高い壁に撥ね返されるたびに奮い立ち、ナカヤマフェスタの産駒で凱旋門賞に挑むと腹を決めた。

エルコンドルパサーは長期滞在でフランスの馬場で走れる体に作り替えた。だが、ナカヤマフェスタとオルフェーヴルはそうではない。ステイゴールドの血こそが、凱旋門賞を攻略する鍵なのだ。

ナカヤマフェスタ産駒は日本ではあまり走らない。当たり前だ。いい繁殖牝馬が集まらないし、そもそも、日本の高速馬場とは適性が合わない。だが、欧州なら――フランスなら。

カムナビは収の狙いどおりの馬体と筋肉を備えて生まれてきた。だが、父親の気性もそっくりそのまま受け継いでしまった。難しい馬をなんとか凱旋門賞まで連れてくることができたのは、ひとえに児玉厩舎のおかげだった。

「小森さんに売ったのは本当に正解だった」

収はひとりごちた。馬場から周りに目を移す。近くには徹の他にラウシンの馬主の永澤、小森朋香と勇馬、そして児玉調教師と工藤調教師の妻たちがいる。

徹は手にしたグラスの中身をがぶ飲みしている。昂揚《こうよう》と不安で浮き足だった気分をなんとか落ち着かせようとしているのだ。

実際にこの場に立つまでは、自分も息子のようになるだろうと思っていた。夢にまで見た舞台なのだ。それこそ足が震え、なにも喉を通らないような状態になるのではないかと心配していた。

実際には、自分でも驚くほど落ち着いていた。もちろん、昂揚はある。なにがしかの不安も覚える。だが、心は透き通っていた。まるで解脱でもしたかと思えるほど穏やかだ。

ここで勝つのが夢だと思っていたが、どうやら違ったらしい。夢に向かって歩き続けた人生こそがなによりも誇らしいのだ。フランスに到着した日にカムナビに語りかけたように、もはや、勝ち負けはどうでもよかった。ここまで連れてきてくれただけで十分だ。無事にゴールしてくれれば、それ以上望むものはない。

「なんで落ち着いていられるんだよ」

徹が近づいてきた。頬が赤い。競馬場に着いてからずっと飲み続けているのだ。

「おれたちがやきもきしたところでなにも変わらんべや」

収は答えた。

「そうだけど……なんていうか、この辺がぎゅっと締めつけられてるようでさ」

徹は自分の左胸を指さした。

「凱旋門賞だからな。そうなるのはわかるさ」

「本当にカムナビがここで走るんだよな？　夢じゃないんだよな？」

「ああ。もうすぐパドックに姿を現すべ」

「ちきしょう。雨が降ってくれればなあ」

徹が恨めしそうな目を空に向けた。午前中は快晴だったが、今は雲が日差しを遮っている。

「あれ？」

徹が瞬きを繰り返した。収も空を見上げた。瞼に冷たいものが落ちた。

「雨だ」

徹が叫んだ。

「雨だぞ、親父。恵みの雨だ」

徹は小躍りして女性陣の方に足を向けた。

「朋香さん、雨ですよ。待ちかねていた雨が降ってきた」

徹は小森朋香の手を取って踊り出しそうな勢いだった。

収は苦笑しながら腕時計を見た。凱旋門賞の発走まではあと三十分。雨はしっかりと降りはじめていたが、まだ小雨だ。雨脚がとんでもなく強くならない限り、馬場はそう変わらないだろう。それでも、雨は雨だ。晴れているよりはよっぽどいい。

「カムナビよ、おまえは持ってるなあ」

収は呟いた。周りの観客たちは、屋根のある場所への移動をはじめていたが、収はその場を動かなかった。

誂《あつら》えたばかりのスーツが濡れていくが、かまいはしなかった。

雨の中を走る馬たちは、逃げ馬を除くと決まって泥んこになる。濡れるぐらいなんだというのか。

「ハナを切れよ、カムナビ。綺麗な馬体のままゴールまで帰ってこい」

収は脳裏に浮かぶカムナビに語りかけた。

＊＊＊

「雨だ！　雨だ!!」

佐久間は空に手をかざしながらその場で飛び跳ねた。

「雨が降ってきたぞ、ヴィヴィ！」

ヴィヴィエンヌは穏やかな笑みを浮かべて佐久間を見つめていた。

「よかったね。逆さてるてる坊主を作った甲斐《かい》があったよ、ワタル」

「当たり前だよ。ヴィヴィが一生懸命作ってくれたんだ」

佐久間はヴィヴィエンヌに向き合い、両手を取った。

「ヴィヴィはカムナビの――」

口を閉じて首を振る。

「おれたちの幸運の女神様だ」

「なに言ってるの、ワタル？」

「ありがとう」

ヴィヴィエンヌを抱きしめ、頬に唇を押し当てる。

「決めたよ、ヴィヴィ。おれは決めた」

ヴィヴィエンヌの耳元に囁く。ヴィヴィエンヌが顔を上げた。

「決めたって、なにを？」

「レースが終わったら言うよ。今は、カムナビの走る姿に集中したいんだ」

「うん、そうだね。ほら、ワタル、雨脚がどんどん強くなっていくよ」

ヴィヴィエンヌが空を見上げた。彼女の言うとおり、雨脚は次第に強くなっている。だが、まもなく発走する凱旋門賞の馬場を悪化させるには雨量が足りない。

もっと早く降りはじめてくれていたら——そう思いはするが、しかし、降ることは降ったのだ。雨はカムナビにとってプラスになる。馬場がぬかるまなくても、芝が濡れ、滑りやすくなるからだ。

佐久間は胸の前で手を組み、祈った。

カムナビを、全馬を無事にゴールさせてください。

＊　＊　＊

降り出した雨は次第に雨脚を強めていた。

だが、馬場状態を変えるには降り出すのが遅すぎた。

「もっと早く降ってほしかったな」

児玉は馬上の若林を見上げた。

「お天道《てんと》様に恨み言をいってもしょうがないですよ。人事を尽くして天命を待つ。それが競馬じゃないですか」

若林はそう言って、白い歯を見せた。騎手という人種は腹を括るのが早い。生死を賭けて馬を御しているのだ。余計な考えは騎乗の邪魔なのだろう。

「せっかくのスーツが濡れてますよ、先生」

小田島が言った。児玉は小田島と共にカムナビを引き、本馬場に向かっているところだった。

「小田島さんこそ、せっかくの一張羅が濡れてますよ」

「おれはいいんです。安物だから」

「カムナビがいいレースをしてくれるなら、スーツが濡れたってかまいやしないさ」

児玉は朗らかに笑った。若林の言うとおりだ。

人事を尽くして天命を待つ。

ここまで来たら、調教師にできることはなにもない。

パドックから本馬場へと向かう道の周りには大勢の人がいた。傘を差す者もほとんどおらず、だれもがこれからはじまるビッグレースに心を躍らせている。パリロンシャンでは、この時期に雨が降るのは当たり前なのだ。

「頼むぞ、カムナビ」

児玉は左手でカムナビの肩に触れた。薄い皮膚の下で筋肉がうねっている。カムナビは首を曲げ、鼻息荒く歩いている。

気合いが入ってきた証拠だ。間もなくレースだということをカムナビは理解している。ほとんどの馬がそうなのだ。

だれにも自分の前は走らせない。

カムナビのぎらついた目がそう語っていた。

「思うように走れ」

児玉は呟いた。

「若林がおまえをきっちり誘ってくれる」

「プレッシャーかけないでくださいよ」

頭上から声が降ってきた。

「聞こえたか？」

「なんだか、五感が研ぎ澄まされているような感覚なんです」

「ゾーンに入ったな」

「そんなの、今まで入ったことないですよ」

そう言って笑う若林の顔からは緊張は微塵もうかがえなかった。

若林はこの大舞台を楽しんでいる。

ならば、行けるだろう。

フランスに来て、カムナビの調教も順調に進んだ。若林もフランスでの騎乗に慣れた。後は、人馬の能力と技倆《ぎりょう》が足りるか足りないかだけだ。

足りれば勝つ。足りなければ負ける。

競馬とはそういうものだ。

児玉は胸を張った。

みんな、見てくれ。これが、児玉厩舎自慢の馬だ。

誇らしい気分で胸が一杯だった。

＊＊＊

カムナビがパドックをこちらに向かって歩いてくる。引いているのは調教師の児玉と厩務員の小田島だ。

小森朋香は胸を押さえた。

日本の競馬場のパドックとはまったく雰囲気が違う。馬と人を遮る柵もない。

カムナビはその中を、誇らしげに歩いていた。雨に濡れた肌は艶っぽく光り、眼光鋭い目は真っ直ぐ前を見つめている。

美しい——朋香は思った。

一度、達之助と北海道の日高を旅行したことがある。達之助にとっては馬を見てまわるのが最大の目的だったが、朋香にとっては初めての日高で海と空と牧草地の織りなす風景に目を奪われ、海鮮や野菜などの新鮮な食材に心を奪われた旅だった。

その時に見た馬たちは穏やかで愛らしかった。

だが、競馬場にいる馬は猛々しく、美しい。極限まで研ぎ澄まされた刃物を思わせる。切れ味は凄まじいが、気をつけなければすぐに刃こぼれしてしまう。儚さを伴った美しさだ。

この美しさに、達之助は魅入られたのだろう。

年が変われば知り合いの牧場に電話をかけ、どこかから届く若駒のカタログを読みふけっていた。自分の予算で買えるのは日高の馬だけだからと言いながら、セレクトセールという馬が高額で取引されるセリにも毎年欠かさず通っていた。

美しい馬のオーナーとなり、その馬が競馬で勝つ瞬間に立ち会いたい。

達之助は口癖のようにそう言っていた。

中央でも地方でも、達之助の馬が勝つことは何度かあった。だが、大きなレースには手が届かなかった。高い馬にはそれだけの理由があるのだ。

カムナビは達之助にとって、初めての中央重賞勝ち馬だ。ただの重賞ではない。ＧⅠを勝った。どれだけ嬉しかっただろう。どれだけ誇らしかっただろう。カムナビの歩みを、オーナーとして見届けたかったはずだ。だが、それは叶わなくなってしまった。

だから、自分が——そう思い、達之助の遺志を引き受けた。せめて、カムナビだけは、自分が最後まで見届けるのだ。

「いやあ、雨に濡れてると凄みが増しますね、カムナビは」

隣にいた永澤が言った。

「そうですか？」

「ええ。晴れてるときの何倍も見栄えがする。道悪が得意な馬って、雨が降ると自分がより速く走れるってわかってるんじゃないかなあ。気迫が違ってきますよ」

「ラウシンには雨はよくないんですよね」

「ええ」

永澤が苦笑した。

「でも、しょうがない。これが凱旋門賞です。今まで雨がまったく降らなかったのがおかしい」

カムナビがすぐ近くまでやって来る。朋香が永澤から視線を外した途端、カムナビと目が合った。

漆黒の瞳の奥に、荒ぶる魂が見えたような気がした。

朋香はカムナビに手を振ったが、カムナビは歯牙にかける様子もなく、朋香の眼前を通り過ぎていった。

あなた、カムナビが無事ゴールできるよう見守って――朋香は手を組み、遠ざかっていくカムナビの後ろ姿をいつまでも見続けた。

17

引き綱が外されると、カムナビはいきなり立ち上がった。若林はカムナビの首にしがみついた。

「先制パンチはやめてくれよ」

カムナビが四足歩行に戻ったところで鞍の上の尻の位置を直し、手綱を握り直した。軽く促すと、カムナビは走りはじめた。

雨で濡れはじめたターフの上でも、カムナビのフットワークは軽かった。気合いの入り方も申し分ない。

濡れたターフはスリッピーだが、その下の路盤はぬかるむところまで行っていない。もっと重くなった方がカムナビにはいいのだが、無い物ねだりをしたところで仕方がない。

与えられた条件は全馬に平等だ。後は、すべての能力を出し切って足りるかどうか。

若林は顔を上げ、周りを見渡した。雨に濡れたパリロンシャン競馬場は熱気に包まれている。これまで、ここパリロンシャンでも、シャンティイの競馬場でも競馬に乗ったが、凱旋門賞はまったく雰囲気が違う。

GⅠの中でも格式の高いレースなのだ。

騎手になるために競馬学校に入った頃は、いつか、凱旋門賞で騎乗依頼が来るような騎手になりたいという野心を持っていた。騎手になって数年も経つと、その野心は萎《しぼ》んで消えた。凱旋門賞だの、アメリカのブリーダーズカップだのと口にする前に、日本での乗り鞍を確保しないことには食べることもままならない。

才能豊かな騎手たちと競い合っていると、自分はただの凡人なのだという現実を突きつけられる。ぬきんでた才能はない。馬主たちに可愛がられるための営業力もない。

ならば、自分にあるのはなんだ？

自問し続けて数年後に、答えを見つけた。

それは競馬に対する愛と意地だ。このふたつだけなら、他の騎手たちと比べても遜色はない。

美浦の厩舎を回り、調教に乗せてくれと頭を下げた。どんな荒れ馬でも嫌がらずに跨がった。おかげで荒れ馬を御す技術を身につけ、その技術によって少しずつ乗り鞍が増えていった。デビュー前から跨がって競馬を教え、やっとものになってきたと思ったら乗り替わりが告げられる。若林が丹念に仕込んだ馬が檜舞台に立つとき、背中に跨がるのは若林ではなく、一流と目される騎手なのだ。

悔しかったが、飲み込むしかなかった。馬を取られるのが嫌なら、取られないような騎手になるしかないのだ。

辛抱強くやってきて、重賞をいくつか勝てるまでにはなった。だが、GIには手が届かず、このままGIを勝てずに騎手を引退することになるのかと諦めかけていた。

そんなときにカムナビが現れ、喉から手が出るほど欲しかったGIジョッキーの称号を手に入れた。

雨が降らなければ他の馬が勝っていたはずだ——そんな声が度々耳に入ってきたが、気にならなかった。雨は降り、馬場は悪化したのだ。そしてカムナビが勝った。

晴れようが雨が降ろうが、条件はどの馬にも平等だ。

ホープフルステークスを勝ったことで、心の奥底で苔《こけ》むしていた若き日の野心が目を覚ました。

馬主と調教師は凱旋門賞を目指すと言っている。ならば、自分も行けるのか。凱旋門賞でカムナビに乗れるのか。

心が躍った。まるで子供の頃に返ったかのようだった。

だが、胸の高鳴りにブレーキをかけるもうひとりの自分がいた。

また、乗り替わりになるんじゃないのか？　おまえは凱旋門賞どころか、フランスで競馬に乗ったこともないんだぞ。滅多に出られない大舞台だ。馬主も調教師も、現地の騎手に乗ってもらいたいと思うのが普通だろう。

否定したかったが、できなかった。競馬は勝ってなんぼだ。少しでも勝つ確率が上がるなら、そちらを選ぶのが当たり前なのだ。

乗り替わりを告げられるのかもしれない。そう思うと昂ぶっていた心が凍りついた。凱旋門賞でカムナビの背中に違う騎手が乗っている姿を想像するだけで胸が痛んだ。

こんな心持ちのままでは競馬に集中できない。

そんな時に、小森から凱旋門賞でも騎乗してくれと告げられたのだ。

その言葉を耳にした瞬間、全身の血が沸き立つような感覚があった。

やってやる。凱旋門賞という大舞台で世界をあっと言わせてやる。

日本での騎乗依頼を断ってまでフランスに長期滞在するのを決めたのは背水の陣を敷くためだ。フランスの競馬に慣れ、本番で人馬のパフォーマンスを最大限に発揮する。

凱旋門賞にすべてを投じるのだ。

若林は目を閉じた。冷たい雨が顔に当たり、観客のざわめきが耳に飛び込んでくる。意識を研ぎ澄ませると、雨は気にならなくなり、ざわめきも消えた。

聞こえるのはカムナビの息づかいと足音だけ。感じるのはカムナビの筋肉の動きだけ。

「よし」

若林は目を開けた。

自分もカムナビも整った。

勝ち負けはどうでもいい。最高のレースができるかどうか。重要なのはそれだけだった。

＊　＊　＊

返し馬が終わり、各馬がゲート裏に集まってくる。

三上徹は空を見上げた。雨は降り続いているが、勢いは強くない。これでは馬場が不良にはならないだろう。

「くそ」

徹は唇を噛んだ。

「雨のことはもう忘れろ」

収が言った。

「そんなこと言ったってよ――」

徹はジャケットの胸ポケットに手を当てた。ポケットの中にはカムナビの単勝馬券が入っている。

現地ではカムナビは八番人気で単勝オッズはおよそ二十倍。一番人気は今年、イギリスのダービーを勝った三歳の牡馬、レッドタンバリンだった。

「ここまで来たら、勝って欲しいじゃんか」

徹の声は聞こえたはずだが、収は返事をしなかった。

「くそ」

徹はもう一度毒づいた。

各馬が輪乗りをはじめた。カムナビは相変わらず輪乗りには加わらず、少し離れたところに立って、他の馬たちを睨みつけている。

「フランスに来ても気性は変わらないか」

徹は自分の声が掠れていることに気づき、唾を飲み込んだ。

間もなく各馬がゲート入りし、レースがはじまる。

鼓動が速まり、喉が渇く。

「よく落ち着いていてられるな、親父」

徹は泰然としている父親に言った。

「この目に、カムナビの走りをしっかりと焼き付けてやるのさ」

収が言った。

日に焼けた皺だらけの顔を馬場に向け、節くれ立った手でレーシングプログラムを握りしめている。

ダークブルーのジャケットを羽織った収は、馬に人生のすべてを捧げてきた牧夫だ。

徹は生まれて初めて、自分の父を格好いいと思った。自分も年を取ったら、父のようでありたい。

「はじまるぞ」

収の声に視線を転じる。各馬のゲート入りがはじまっていた。

「だめだ」

徹は目を閉じた。胸が締めつけられて、とてもじゃないが見ていられない。

「はんかくさい」

収の声が耳に飛び込んできた。

＊＊＊

「いよいよだな」

隣で馬たちのゲート入りする様子を見ていた工藤が言った。

「ええ、もうすぐですね」

児玉は答えた。

「初めての凱旋門賞だろう。おまえさん、落ち着いてるな。普通はもっとテンション上がるもんだぞ」

「うちの馬はあれですからね」

児玉は微笑んだ。

「無事に調教つけられただけで御の字という気持ちなんです。後は、無事にゴールしてくれればと願うだけですよ」

「トレセンで何度か暴れてるところ見たけど、とんでもない馬だもんな、あれは」

工藤がうなずいた。

「だけど、なにか一発やるとしたら、決まってああいう気性の馬だ。カムナビはフェスタ産駒だろう？」

「ええ」

「おれは、祖父のステイゴールドが香港で走ったときに現地にいたんだ。それまではなにをどうやったってGIじゃ二着が関の山の馬だった。池江《いけえ》先生がどんだけ苦労したか」

池江というのはステイゴールドを管理していた調教師だ。ディープインパクトも管理しており、名伯楽の誉れが高かった。

その池江調教師をもってしても、ステイゴールドを重賞で勝たせることはなかなかできなかった。

「香港ヴァーズの最後の直線、今でもよく覚えてるよ。ハナを走る馬との差は絶望的な距離があった。それをさ、ほんとに飛ぶように走って見る間に差を縮めて、最後はアタマ差で勝った。池江先生はもちろん、スタッフもファンもぽかんとしてたな。いつもあれぐらい走っとったら、GIいくつも勝っただろうに。だけど、あれがステイゴールドって馬よ。いつだって人の意表を突く。あれで種馬になって、だれも期待なんかしてなかったけど、オルフェーヴルとゴールドシップという化け物を二頭も送り出した。エルコンドルパサー以外で、凱旋門賞で二着に来たのはステイゴールドの子供だけだぞ」

「ですね」

「ステイゴールドも名うての暴れ馬だった。あれの血は、なんだか恐ろしいものを秘めてるような気がしてならんよ」

その烈《はげ》しい気性が、レースに集中するととてつもない推進力となることがある。その爆発力はおとなしく従順な馬の比ではない。

「残念なのは、おれにとってもおまえさんにとっても、実に中途半端な雨の降り方だってことだな」

工藤が首を振った。ラウシンにとっては雨は降らない方がよく、カムナビにとっては降れば降るほどいい。実に小憎らしい小雨が降り続いている。

「ま、なんにしろ、なるようになるし、なるようにしかならん。それが競馬だな」

「ええ。それが競馬です」

児玉はうなずいた。

＊　＊　＊

小田島はゲート入りの順番を待つカムナビをじっと見つめていた。

普段なら、カムナビの返し馬がはじまるとレースをじっくり見る間もなく、下馬所へ向かわなければならない。だが、今日は佐久間が下馬所で待機してくれている。

「近くでレースをじっくり見て来てください。レースが終わった後のことはおれに任せて」

佐久間はそう言ってくれたのだ。

長いホースマン人生だが、自分の担当する馬のレースを間近で見るのは初めてだった。日本なら、下馬所へ向かうバスに設置された小さなモニタで競馬を見守るのだ。

カムナビは四肢をターフに踏みしめて立ち、他の馬たちを睨みつけている。

勝ち気な馬だ。だれにも前を走らせたくないというのは、その気性がもたらしたものだ。自分の視界前方はすべて自分の縄張りで、その縄張りに侵入してくる者は決してゆるさない。

児玉厩舎に入厩してきたばかりのときは、馬房に入ろうとする厩務員に襲いかかった。ほとんどすべてのスタッフが蹴られ、嚙まれ、壁に押しつけられて怪我をした。カムナビには本当に苦労させられた。

朝起きて厩舎に行くのが憂鬱になったほどだ。

それが今では、小田島には気をゆるしてくれている。おそらく、カムナビがこの世で最も信頼する人間が小田島なのだ。

その愛と信頼にこたえようと、できうる限りのことをカムナビにしてきた。

「ナビよ、無理はするな。無事ゴールしてくれればそれでいい」

小田島はカムナビに声をかけた。カムナビが小田島を見た。人間の耳には届くはずのない距離からの声に、カムナビが反応したのだ。

体の大きさはもちろん、脚力も聴覚も、馬は人間を遥かに凌駕《りょうが》する。

「おれの声が聞こえたのか、ナビ……」

小田島はその場にくずおれそうになった。なんとか踏ん張ってこらえる。

これからカムナビが大舞台で走るのだ。担当厩務員が感極まって尻餅をつくなどという失態は見せられない。

カムナビの順番が来た。カムナビは係員に誘導されてゲートへ向かっていく。

「ナビ、ナビ、ナビ――」

小田島は顔の前で両手を組み、目を閉じた。

＊　＊　＊

三上収は双眼鏡を目に当て、ゲートに入るカムナビを見つめた。雨で濡れた肌から湯気が立ちのぼっている。気合いは入っているが落ち着いた様子だった。

「いよいよだな。カムナビ」

収は呟いた。カムナビ同様、自分の心も落ち着いている。こんな穏やかな気持ちで凱旋門賞を迎えるとは思ってもいなかった。

長年挑んできた自分の夢が結実するかもしれないのだ。意気込んで当然ではないか。興奮に我を忘れたところでだれもがゆるしてくれるだろう。

だが、落ち着いている。まるで、凪《なぎ》の海のように心は穏やかだ。

潮が満ちるように静かにゆっくりと喜びが押し寄せてくる。

自分が作り上げた馬が、世界の檜舞台で走るのだ。生産者としてこれ以上の幸せはない。勝ち負けはおまけに過ぎない。

「よくぞ、ここまで来てくれた」

収は双眼鏡を強く顔に押し当てながら、カムナビに、小森達之助とその妻に、児玉厩舎のスタッフたちに感謝した。

＊＊＊

「全馬がゲートに入ったわ」

ヴィヴィエンヌがスマホの画面を見つめたまま言った。画面にはレース中継が映し出されている。

「レースがはじまったら、二分半ほどで勝者が決まるわ」

佐久間はヴィヴィエンヌの言葉にうなずいた。パリロンシャン競馬場の芝二千四百メートルの走破タイムはおおよそ二分半前後になる。馬場がよければもっと速い時計になり、渋れば遅い決着になる。今日の馬場なら、二分半前後だ。

「大きなレースの時はいつも胸が押し潰されそうになるわ。自分の厩舎の馬が出てたら、心臓が口から飛び出そうになる」

「わかるよ」

佐久間はスマホを見つめながら言った。カムナビはゲートの中で落ち着いている。これなら、スタートで出遅れることはないだろう。

「ワタルは落ち着いてるわね」

佐久間は顔を上げた。

「そんなことないよ。もう、緊張しておしっこ漏らしちゃいそうだ」

「やめてよ」

ヴィヴィエンヌが笑いながら佐久間の肩を叩いた。

「ねえ。なにを決めたの？」

ヴィヴィエンヌの顔から笑みが消えた。佐久間はヴィヴィエンヌの腰に腕を回し、抱き寄せた。

「愛してる」

ヴィヴィエンヌの耳元に囁いた。次の瞬間、スマホからゲートが開く音が聞こえた。

＊＊＊

ゲートが開くのと同時に、カムナビが猛然と駆けはじめた。ロケットスタートというやつだ。

「ほう……」

若林は溜息を漏らした。カムナビはこれまでの競走人生で最高のスタートを切ったのだ。

先陣争いを仕掛けてくるだろうと読んでいた十番枠の馬はわずかに出遅れたのか、まだ後方にいる。

若林は手綱を握ったまま、カムナビのリズムで走るのに任せた。

パリロンシャン競馬場の芝二千四百メートルはまず、向こう正面の千メートルの直線からはじまる。スタートからしばらくは平坦だが、四百メートルを過ぎたあたりから十メートルの高低差の上り坂となる。その地点までは馬なりで走るというのが当初からの作戦だった。

振り返る。先陣争いを挑んでくる馬はいない。十番枠の馬も後方待機策を選択したようだ。

坂が近づいてきた。若林は軽く手綱を引いた。カムナビに走る速度を落とせと合図を送ったのだ。

カムナビが首を振った。若林はさらに強く手綱を引いた。ここでペースを落として三コーナーからフォルスストレートにかけてペースを上げ、後続の脚を削っていくというのがレースプランだ。このままのペースで走り続ければプランが狂うどころかカムナビの脚が保たなくなる。

カムナビが頭を持ち上げ、激しく首を振る。若林の指示に応えたくないのだ。

「抑えろ。脚が保たない。道悪じゃないんだぞ」

若林は思わず口走った。振り返る。後続との差が開いていた。ジョッキーたちはカムナビのペースが速すぎると見て、追走してこない。

若林は唇を舐めた。カムナビのやりたいようにやらせれば脚が保たない。かといって力任せに抑えつけようとすれば、さらにカムナビの体力を消耗させることになる。

どうする？　どうすべきだ？

すぐに腹が決まった。

いいだろう。好きなように走ってみろよ、カムナビ。

若林は手綱を緩めた。

＊　＊　＊

「引っかかってる！」

三上徹は頭を抱えた。

カムナビは抜群のスタートを決めてハナを奪ったが、向こう正面の坂の手前で鞍上が手綱を引くと、それに逆らって頭を上げたのだ。

「これまではうまく折り合えてたのに、肝心な時に、なんでだよ」

絶望が心を蝕《むしば》み、徹は呻いた。

＊＊＊

カムナビが頭を上げた瞬間、児玉は唇を嚙んだ。

これまで、行きたがるカムナビに若林が競馬を教えてきた。勝つためには――他の馬に前を走らせないためには、道中は力をセーブする必要がある。

カムナビもそれを理解し、力を溜めることを覚えたのだ。

それが、肝心要《かなめ》の人舞台で若林の指示に抗っている。

ステイゴールドの血が騒いでいるのか。人に従うことをよしとしなかったあの馬の血が目覚めたというのか。

児玉は先頭を走るカムナビを凝視した。すでに、上り坂に差し掛かっている。このまま行けばオーバーペースだし、鞍上と喧嘩《けんか》を続ければやはり体力を消耗する。

「行かせろ」

児玉は呟いた。

「こうなったら、カムナビの思うとおりに走らせろ、若林」

＊＊＊

ゲートが開くと、カムナビはだれよりも速く飛び出した。

朋香は雨に濡れた漆黒の馬体に目を奪われた。しなやかに伸びた四肢は力強く、美しい。

牧場にいるときと競馬に臨むときとでは馬はまったく違う。必死で走る姿を見れば自然と応援したくなるし、それが自分の所有馬となるとなおさらだ。

ああ、達之助はこれで競馬の虜《とりこ》になったのだ。

朋香は小さくうなずき、口を開けた。

「カムナビ、頑張れ!!」

声を張り上げる。カムナビは先頭を走っていた。後続の馬たちとの差がどんどん開いていく。

カムナビは美しく、見栄えがする。

隣の彩子が悲鳴に似た声をあげた。

「どうしたんです?」

朋香はわけもわからず訊いた。

「カムナビが折り合いを欠いてるの」

彩子が答えた。

「折り合い?」

「騎手の指示に逆らってるのよ。あれだと、ゴールまで体力が保たないわ」

彩子の声に、目をカムナビに向ける。カムナビは顔を上げ、首を左右に振っていた。

「どうにかならないんですか?」

朋香は縋《すが》るような気持ちで彩子に訊いた。彩子は呆然とした表情で首を横に振った。

＊＊＊

「カムナビが引っかかってる」

　ヴィヴィエンヌが叫ぶように言った。

「うん。完全に若林さんと喧嘩してるな、あれは」

　佐久間は言った。

「ニエル賞では引っかかる素振りなんて全然見せなかったのに……ワタルはどうして落ち着いてるの？」

「なんとなくこうなるんじゃないかって予感はあったんだ。あの暴れ馬がこっちに来てからはまずまずいい子にしてたからさ。おれたちの裏をかくつもりでいるんじゃないかって」

　ヴィヴィエンヌがきょとんとした顔で佐久間を見る。さすがに、今の日本語は理解できなかったらしい。

「とにかくさ、一筋縄じゃいかない馬なんだよ、あいつは」

　佐久間はフランス語で言った。

「ずっと付き合ってきたからわかるんだ。ずっとこっちの隙をうかがってたんだ、あいつは。小田島さんも今頃苦笑いしてるぜ――」

　佐久間は口を閉じた。

　カムナビの頭の位置がまた下がっている。若林はもう手綱を引いていない。なのに、後続との差は開くばかりだ。

「マジかよ、若林さん」

若林は馬の好きに走らせると腹を括ったのだ。

＊　＊　＊

「やりやがったな、ナビよ」

小田島は苦笑した。

なにかしでかすとは思っていた。だが、こちらに来てからはあまり手をかけさせなかったので、気性が大人になったのかと思ったものだ。

だが、父はナカヤマフェスタ、祖父はステイゴールド。そんな血統の馬が大人になったからといって変わるはずがない。

稀代のひねくれ者の血筋なのだ。

ありあまる能力を有しながら、その気性のせいで大成できない。そんな馬を腐るほど見てきた。

カムナビも間違いなくその血を引いている。

「いいさ、ナビよ。好きなように走れ。それがおまえって馬だよな」

小田島は呟き、また苦笑した。

＊　＊　＊

カムナビは飛ばしていた。鞍上の若林はカムナビを抑えることを諦め、好きなように走らせている。

「やっぱり、血か……」

三上収は双眼鏡を覗きながら呟いた。

ナカヤマフェスタは散々、人の手を煩わせた。同じステイゴールドの血を引くオルフェーヴルは、世界中の人間が勝利を確信した次の瞬間、右に刺さって凱旋門賞の勝利を投げ捨てた。

そういう血筋なのだ。

荒ぶる魂が競馬に集中すれば爆発的な強さを見せる。

その血に賭けた。それぐらいの血統でなければ、日高の小さな牧場から凱旋門賞まで駆け抜けていく馬など生まれないと思ったからだ。

その血が、凱旋門賞の舞台で荒れ狂っている。

「いいさ。それも込みでナカヤマフェスタに賭けたんだ」

収は呟いた。

カムナビは坂を登り切り、下りに差し掛かっていた。スピードはまだ落ちない。

「しかし、楽しそうだな、カムナビよ」

坂を駆け下っていくカムナビは本当に楽しそうに走っていた。

＊＊＊

周りの観衆が大声で叫びはじめた。

フランス語はわからない。だが、右側にいる恰幅《かっぷく》のいい白人が叫ぶフランス語は理解できた。

アレ、アレ、アレ、カムナビ!!

行け、行け、行け、カムナビ!!

白人はそう叫んでいるのだ。どうやら、他のフランス人たちもカムナビを応援しているらしい。

何故《なぜ》かはわからない。

朋香はコースに目をやった。カムナビが先頭を走っている。後ろの馬たちとの差は広がるばかりだ。

「カムナビは大逃げを打ってるのよ。それで、観客が興奮してるの」

彩子が教えてくれた。

なぜカムナビが大逃げを打つとフランス人たちが興奮するのかはわからない。

それでも――気分がよかった。達之助の馬をフランス人たちが声を張り上げて応援している。

「アレ、カムナビ！」

朋香は叫んだ。

＊＊＊

坂を登り切ったところで後続との差を確かめた。十馬身から十二馬身といったところか。追いかけてくる馬はおらず、その差はさらに広がろうとしていた。

「まったく、前代未聞ってやつじゃねえの？」

若林は呟いた。近年の凱旋門賞で大逃げを打って勝った馬は記憶にない。一番新しいところでも、フランスの名手、オリヴィエ・ペリエが手綱を握ったエリシオぐらいだろう。それも二十五年以上前の話だ。

欧州の競馬はスローペースからロングスパート合戦になるという展開が多い。そもそも逃げ馬が勝つことは少ないのだ。だから、凱旋門賞で大逃げを打つ馬もいない。

だが、そんな欧州のペースに付き合うから、日本馬は長い間凱旋門賞で後塵を拝し続けてきたのではないか。欧州で走り慣れている馬や騎手たちを戸惑わせることができたら、もしかするとチャンスは膨れ上がるのかもしれない。

だから、カムナビにも勝機があると踏んでいたのだ。道悪が得意だからだけではない。カムナビが逃げ馬だからこそだ。

若林は細心の注意を払って手綱を握っていた。カムナビの気分を害さず、かといって暴走させることなく走らせなければならない。手綱を引けばカムナビは抗い、体力を消耗させるだろう。

手綱は緩めたまま。カムナビの首と頭の動きに制限をかけず、自分の重心の位置で緩やかにカムナビをコントロールする。

カムナビはリズムを崩さず走っていた。オーバーペースだが、暴走ではない。そのぎりぎりのラインを保っている。

このペースで走り続ければ、最後の直線ではさすがのカムナビも脚がいっぱいになるだろう。惰性で走って先頭でゴールするか、後ろの馬に追いつかれるか。

それが今年の凱旋門賞だ。

カムナビは坂を下り、三コーナーへと向かっていく。カムナビのコーナーワークは抜群に上手い。ここでまた後続との差が開いていく。

三コーナーを曲がりきったところで再び後続との差を確かめる。

十五馬身。そろそろ、他の騎手たちの心に焦りが芽生える頃だ。

目の前にはフォルスストレートが延びている。三コーナーと四コーナーを結ぶ直線だ。

カムナビが最後の直線と勘違いしてさらに行きたがる素振りを見せた。

「まだだ」

若林はありとあらゆる技術を駆使してカムナビをなだめた。

まだだ、カムナビ。まだゴールじゃない。

カムナビが力を抜いた。若林の意思を汲み取ったのだ。

人馬一体——言い古された四文字熟語が脳裏に浮かんだ。

今、おれとカムナビは一体になって走っている。

これまでに感じたことのない感情が湧き起こる。

これは、なんだ？　なんだ、これは？

一瞬の間を置いて、それが喜びだということに思い至った。

これまでに感じたことのない、細胞のひとつひとつが沸き立つような喜び。

これこそが騎手の醍醐味ではないのか。これを味わうために、みんな命を賭《と》して馬に跨がっている。

おれも、やっとそれを感じることができた。カムナビと巡り会ったことで騎手として祝福されたのだ。

「もう少しだ、カムナビ。もう少しで長かった旅も終わるぞ」

若林はカムナビに語りかけた。

＊＊＊

カムナビが四コーナーを回りきろうとしていた。後続との差は十二馬身。流石《さすが》に差が開きすぎたと感じた各騎手たちが、フォルスストレートで差を詰めはじめたのだ。

「よし、よし、よし」

児玉は何度もうなずいた。雨は小降りのままだが、後続の馬たちは予定外の脚を使っている。カムナビの息が保てば、逃げ切り勝ちも夢ではない。

直線に入ったところで鞍上の若林がカムナビを追いはじめた。鞭はまだ使っていない。力強いが穏やかな追い方に見えた。

ここまでカムナビはかなりの体力を使っている。いきなり全力で追うより、なるべく負荷をかけないようにと気を遣っている。

「いい騎手になったな、若林」

児玉は溜息を漏らした。

パリロンシャン競馬場、芝二千四百メートルの最後の直線は五百三十三メートル。府中競馬場のそれとほぼ同じだ。

逃げ馬には長すぎる。

それでも、カムナビと若林なら――

児玉は右手を握りしめ、叫んだ。

「行け、カムナビ！」

＊　＊　＊

直線も半ば近くに差し掛かると、後続との差が見る間に縮まっていった。

ヴィヴィエンヌがしがみついてくる。

「アレ、カムナビ！　アレ、アレ!!」

小さな体でどこから出てくるのかと驚くような大声で叫んでいる。

佐久間はレースを見つめながらヴィヴィエンヌの肩を抱き寄せた。

ヴィヴィエンヌは震えていた。自分も震えている。凱旋門賞で大逃げを打っているカムナビの姿に心を奪われているのだ。

「凄いよ、カムナビ。本当に凄い馬だよ」

ヴィヴィエンヌがフランス語で言った。

「当たり前だ。あいつはカムナビだぞ」

佐久間は日本語で応じた。

ふたりでみっしりとくっつき合いながら叫ぶ。カムナビを鼓舞する。

「アレ、カムナビ！　アレ、アレ!!」

「行っけー、カムナビ！　そのまま行っちまえ!!」

＊＊＊

最後の直線に入ると、若林は振り返った。後続との差は八馬身ほど。残り五百メートルの直線を粘れるかどうかが勝負の分かれ目だった。

カムナビの脚色もさすがに鈍っている。

若林は舌鼓を鳴らした。

「もう一踏ん張りだ、カムナビ。このままだと抜かれるぞ。他の馬に前を走られてもいいのか」

カムナビが舌鼓に応えるようにじりじりと加速しはじめた。いや、加速しているわけではない。減速が抑えられたというだけのことだ。とにかく、カムナビは踏ん張っている。

直線に入ってから百メートルが過ぎた。若林はまた振り返った。馬群の先頭を走っている馬との差は五馬身。確実に差が詰まっている。

若林はカムナビに鞭を入れた。

走れ、カムナビ。最後の力を振り絞れ。

二度、三度と鞭を入れる。カムナビが奮い立つのが伝わってきた。

全身全霊でカムナビを追う。手綱を引き、手綱を緩め、また手綱を引き、緩める。

そうやってカムナビを鼓舞するのだ。

走れ、走れ。なんとしてでも先頭でゴールを駆け抜けろ。

二百メートルが過ぎた。振り返る。差は三馬身。

また鞭を入れる。カムナビを追う。カムナビの脚色は鈍る一方だ。前半を飛ばしすぎた。

カムナビがそう走りたいと訴え、若林はその訴えを聞き入れた。

悔いはない。

ただ、最後まで戦い抜くだけだ。

スタンドの様子が視界の隅に入る。観客が声を張り上げ、身振りを交えて馬たちに声援を送っている。

「アレ、カムナビ」

サラブレッドたちの足音に混じってフランス語が聞こえた。フランス人の観客がカムナビに声援を送っている。

「アレ、カムナビ！　アレ、アレ」

ひとりの声ではなかった。何十人、何百人というフランス人がカムナビを応援している。

「この走りを見せられたらそうなるわな」

若林は微笑み、また、鞭を振るった。

後ろの馬たちの足音が少しずつ確実に近づいてくる。だが、カムナビの大逃げを捕まえようとして脚を使っているはずだ。ゴール前で追いついてくる馬は二、三頭というところだろう。

残り二百メートルでまた振り返った。

すぐ後ろに馬がいた。ジョッキーの着ている勝負服でそれが一番人気の馬だとわかった。若林自身、一番の強敵になると目をつけていた馬だった。

やっぱりおまえか——死に物狂いでカムナビを追った。カムナビの脚はあがりつつあった。さしものスタミナお化けも気力が尽きかけている。

もう少しだ。あともうちょっとでゴールだ。踏ん張れ。

追っても追ってもゴールが近づいてこない。まるで悪夢を見ているかのようだ。ラストの直線をこれほどまでに長く感じたことはない。

残り百メートル。視界の隅に、外から追い上げてくる馬の顔が入った。

抜かれる——そう思った次の瞬間、カムナビが加速した。他馬に迫られ、自分の前を走らせてたまるかと気力を奮い立たせたのだ。

「なんて馬だ、おまえは」

若林は感嘆しながら鞭を振るった。並ぶ間もなく交わされると思ったが、そうはならなかった。カムナビの並外れた自我が、抜かれることをゆるさない。

残り五十メートル。アドバンテージは追いついてきた外の馬にある。だが、カムナビの勝負根性は桁外れだった。このままなら、勝ち負けになる。ほんの少しでも運のある方が勝つ。

それが競馬というものだった。最後の最後で、馬の能力以外のなにかが勝負を決めるのだ。

若林はカムナビを追った。追って追って追いまくった。

ゴール板が見えてきた。父のナカヤマフェスタが届かなかった一着の座がその先に待ち構えている。

走れ、走れ、走れ——若林はカムナビを鼓舞し続けた。

ふいに、カムナビが左によれた。これまで、そんな癖は見せたことがなかった。慌てて修正を試みる。手綱を右に引こうとして若林は手の動きを止めた。

カムナビが大きく口を開けて隣の馬に迫ろうとしていた。

嚙むつもりなのだ。抜かれるのが嫌で、襲いかかろうとしている。

なんて馬だ——嚙みつこうとするカムナビを嘲笑うかのように外の馬がカムナビを抜いた。

そこがゴールだった。

＊＊＊

割れんばかりの拍手と歓声が沸き起こっていた。勝ち馬に向けられたものではない。多くの観客がカムナビの奮闘を称《たた》えている。

児玉は呆然としながらターフを見つめていた。

勝てると思った。ハナ差でしのげる。それほど、最後にカムナビが見せた勝負根性は凄まじかった。

だが、最後の最後でカムナビは左によれたのだ。そんなことは今までなかった。

オルフェーヴルの最初の二着の時の競馬が脳裏によみがえった。あのときのオルフェーヴルは勝利を目前にして、突然、右によれたのだ。その瞬間、日本競馬界の悲願だった凱旋門賞の勝利は遠ざかっていった。

人に従うことをよしとしないステイゴールドの血が肝心要の時に騒いだのだ。

「カムナビも同じか……」

児玉はうなだれた。

「とんでもない馬だな、あれは」

横にいた工藤が口を開いた。手にしたスマホの画面を見つめている。

「よれたんじゃない。隣の馬に嚙みつきにいったんだ」

工藤がスマホの画面を児玉に向けた。レースリプレイが映し出されている。ゴール直前、カムナビが左によれた瞬間の映像だ。

児玉は映像を食い入るように見つめた。

カムナビは目を血走らせ、口を大きく開けていた。

「な？　嚙みつきにいってる」

「そうですね……」

「オルフェの時と同じだな。大一番の時に限ってステイゴールドの血が騒ぐんだ。なにも今日じゃなくてもいいのになあ」

児玉は笑った。笑いが止まらなかった。

＊　＊　＊

「やらかしてくれたな」

小田島は苦笑しながら頭を振った。

「なにかやるんじゃねえかとは思ってたけど、まさか嚙みにいくとはな」

小田島には、ゴール前、カムナビが外の馬に嚙みつきにいったのがはっきりとわかった。

「フェスタの子はフェスタか。まったく、サラブレッドってのは面白い生き物だな」

小田島は空を見上げた。今になって、雨が本降りになってきた。

＊　＊　＊

「なにが起きたの？」

ヴィヴィエンヌが佐久間を見つめてきた。

「わからないよ」

佐久間は答えた。僅差で勝負が決まると思っていたのに、突然、カムナビが左によれて抜かれてしまったのだ。

「勝てると思ったのに」

ヴィヴィエンヌの目が涙で濡れていた。

「おれも同じだよ」

佐久間は空を見上げた。

「せめて、この雨が三十分早く降ってくれてたら、間違いなくカムナビが勝ったのに」

雨は無情に降り注ぎ、レースの終わった後のターフを濡らしていた。

＊　＊　＊

小森朋香は自分の目を疑った。勝てると思っていたのに、カムナビが突然失速し、負けてしまったのだ。

「いやあ、惜しかった」

近くで観戦していた永澤がそばにやって来た。

「オルフェーヴル、ナカヤマフェスタ、そしてカムナビ。ステイゴールドの血を引く馬たちがみんな二着。本当に惜しい」

「悔しい」

朋香は言った。目頭が火照っている。悔し涙が今にもこぼれ落ちそうだ。

「え？」

「滅茶苦茶悔しいです」

永澤が柔らかな笑みを浮かべ、うなずいた。

「そうでしょう。こんなに悔しいレースは滅多にあるものじゃない」

「どうしたらいいんですか？　どうしたらこの悔しさを晴らせますか？」

「来年、またカムナビとここに来て雪辱を果たすか、凱旋門賞で勝てる馬と巡り会うまで馬主を続けるか」

「馬主を……」

達之助との約束だから、カムナビの面倒は最後まで見る。だが、カムナビが競走生活を引退したら、競馬からは一切身を引くつもりだった。

「ハナ差で負けた。あとちょっとで勝てた。展開さえ味方してくれれば……みんなね、そういう悔しい思いを積み重ねて、馬主をやめられなくなるんです」

「わたし――」

朋香は言葉を失った。

「ほら、勇馬君が泣いてますよ」

永澤に指摘されて、傍らの勇馬が大泣きしているのに気づいた。

「カムナビが負けちゃったよ」

勇馬は雨と涙でずぶ濡れになった顔をターフに向け、呪文のように同じ言葉を繰り返している。

「まだ子供だから将来のことをどうこう言っても仕方ないけど、勇馬君の騎手になりたいっていう気持ちがもし変わらなかったら――自分の馬に自分の息子が乗って走るっていうのも馬主の醍醐味のひとつですよ」

朋香は永澤の笑みを呆けたように見つめ続けた。

＊＊＊

三上徹は頭を抱えてうずくまった。あともう少しというところで、勝利が掌からこぼれ落ちたのだ。

日高の小さな牧場で生まれた馬が、日本競馬界の悲願を達成するという夢も潰《つい》えてしまった。

「なんであそこで噛みつきにいくかな」

徹は呟き、歯ぎしりをした。

当歳《とうさい》のときからきかん気な馬だった。気が強く怒りっぽく、同じ年に生まれた馬たちを放牧地で威嚇しては誇らしげにいないていた。

その気性が大一番で爆発してしまったのだ。

「真っ直ぐ走ってたら勝ったかどうかはともかく、僅差の勝負にはなってたよな」

落胆が大きすぎて立ち上がることができない。スーツの内ポケットに入れていたスマホからメールやＬＩＮＥの着信を告げる電子音が立て続けに鳴り響いた。

徹は震える手でスマホを取りだした。

日高の牧場仲間たちからのメッセージが大量に届いている。

負けて悔しいけど、夢を見た。おれたちもおまえの親父さんに負けないぐらいでっかい夢を見てやる。

メッセージを要約すれば、ほとんどがそんな内容のものだった。

ノーザンファームをはじめとする大手の牧場の生産馬がクラシックを席巻するのを指をくわえて眺めるしかなかった日高の牧場の若いホースマンたちが、カムナビの走りに感銘を受けたのだ。

「負けたけど、負けじゃない」

徹は立ち上がった。

「夢を見て、その夢を追い続ける。そうすりゃ、いつか……」

徹は口を閉じ、レースが終わったばかりのターフに目をやった。

兵《つわもの》どもが夢の跡。

夢は終わらない。父に続くのだ。世間があっと驚くような馬を、必ず作りだしてみせる。

徹はターフから目を外すと、父に向かって足を踏み出した。

＊＊＊

涙が止まらなかった。体が震え、胃の腑が火傷しそうに熱い。

カムナビは負けた。だが、周りにいたフランスのホースマンたちが次々にやって来て、収に握手を求め、カムナビの走りを賞賛していく。

レースがはじまる前、収がカムナビの生産者だと袴田がみなに紹介してくれたのだ。

「できることならカムナビに勝たせてやりたかった。みんなそう言ってますよ」

袴田の言葉に、また涙が溢れてくる。

「あそこで隣の馬に噛みつきにいくなんて、とんでもないファイターだって。みんな、ナカヤマフェスタのことを覚えてるんですよ。惜しい二着だったあの馬の産駒がどんな走りをするのかって興味津々だったみたいですね」

フランスのホースマンがフェスタのことを覚えている。きっと、カムナビのことも忘れまい。

生産者冥利に尽きる。

勝てなかったのは残念だが、悔しくはない。己が生涯をかけて研究し、苦心して作り上げた馬が凱旋門賞という牙城にあと一歩というところまで迫ったのだ。

それ以上を望めばバチが当たる。

かなえられなかった夢は、徹たち若い世代に託すのだ。

レースを終えて引き上げてくるカムナビの姿が目に入った。先頭を走っていたから、泥をかぶることもなく、綺麗な馬体はうっすらと汗を掻いて艶光りしている。

カムナビは怒っているようだった。最後の最後で、他の馬に前を走られたことが気に食わないのだ。

「カムナビ！」

収は声を張り上げた。耳が持ち上がり、カムナビがこちらを見た。

「ありがとう、カムナビ。ありがとう」

収はカムナビに向かって深々と頭を下げた。

＊　＊　＊

馬上の若林は破顔していた。児玉が手を貸すと、若林が馬から下りた。鞍や腹帯を手際よく外していく。

「いやあ、やられました。一筋縄でいく馬じゃないってのはわかってたけど、まさか、あそこで勝ち馬を噛みにいくとはね。こいつの方が一枚上手《うわて》でしたよ」

若林は馬具を脇に抱えると、カムナビの首筋を軽く叩いた。

「間違いなくナカヤマフェスタの子ですね。いや、ステイゴールドの一族って言った方がいいのかな」

若林が児玉に向き直り、頭を下げた。

「申し訳ありませんでした。もしかしたら勝てたかもしれないのに、おれのミスで負けてしまいました」

「あれはミスとは言えないよ」

児玉は若林の肩を叩いた。カムナビはこれまで、レース中に他馬を噛もうとしたことはない。あれは予測不能だったのだ。

「勝てるという感触はあったのか?」

「勝ったかどうかはわかりません。真っ直ぐ走らせていれば、ハナ差の決着にはなったと思います。勝ち馬が迫ってきたときのこいつの勝負根性は半端なかったですから」

若林がカムナビを見上げた。カムナビには佐久間が引き綱を付けている。小田島は別の場所でレースを見ていたはずだ。

「ほんとにとんでもない馬ですよ。道悪の馬場になってたら完勝してたと思います。こっちの馬場をこれっぽっちも苦にしないんだ。だけど……日本に戻ったらまた駄々をこねて調教嫌がるんだろうな。真面目にやってくれればめっちゃ強いのに」

若林が苦笑した。

「なんとかこの馬のポテンシャルを引き出せるように頑張ってみようじゃないか」

児玉は言った。

「まあ、やれるだけやってみますか。じゃあ、後検量行ってきます」

若林が検量室に消えていく。児玉は溜息を漏らした。

「先生、話があるんですけどいいですか？」

佐久間が口を開いた。児玉は佐久間とヴィヴィエンヌに顔を向けた。ヴィヴィエンヌの瞼が腫れている。かなり泣いたのだろう。

「なんだ？」

「おれ、児玉厩舎辞めます」

「なんだよ、突然、藪《やぶ》から棒に」

「フランスに残ります」

佐久間が児玉の耳元で囁いた。

「この子とこっちで結婚します」

「そ、そうか」

「袴田先生には相談して、袴田厩舎で通訳兼調教助手として雇ってもらえることになってるんです」

児玉は目を細めた。

「逞しくなったな、佐久間。日本にいるときとは別人だ」

「カムナビに鍛えられましたから」

佐久間が苦笑した。

「すみません。相談もせずに勝手に決めて」

「優秀な調教助手がひとりいなくなるのはきついが、しかたがない。なんとなくこうなるんじゃないかっていう予感はしてた」

「ありがとうございます」

佐久間は児玉に一礼すると、引き綱を差し出した。

「すみません。これ、ちょっとお願いします」

児玉が引き綱を受け取ると、佐久間はヴィヴィエンヌに向き直り、片膝をついた。上着の内ポケットから指輪のケースを取りだした。

ケースを開き、ヴィヴィエンヌにフランス語でなにかを告げる。ヴィヴィエンヌが両手で口を覆った。涙に濡れた目を大きく見開き、何度もうなずく。

「ウイ、ウイ、ウイ！」

ヴィヴィエンヌが叫ぶように言った。佐久間のプロポーズを受け入れたのだ。

児玉が知る限り、最高に素敵なプロポーズだった。

エピローグ

「シャンティイへお帰りなさい」

緑の牧草地帯が前方に広がると、ステアリングを握るヴィヴィエンヌが朗らかな声をあげた。日本語がずいぶん上達している。二児の母となり、子育てをしながら袴田厩舎で働いている佐久間をサポートしていると聞かされていた。

「十年ぶりですね。なにも変わってないわ」

隣に座る小森朋香が窓の外に目を向けた。

「ええ、なにも変わってませんね」

児玉は答えた。

朋香は窓を開け、牧草地の景色をスマホで写真に撮った。すぐにスマホを操作しはじめる。

「写真を送って勇馬に見せてやろうと思って」

「そうですか」

児玉はうなずいた。小森勇馬は去年、競馬学校の騎手課程に入学した。騎手になるという思いを貫いたのだ。

朋香は細々と馬主を続けていた。毎年一頭、三上牧場の生産馬を買って、児玉厩舎に預けるのだ。いつか、カムナビの血を引く馬で凱旋門賞に向かい、その馬に息子を乗せるのが夢だと語っていた。あの凱旋門賞の後、日本に戻ったカムナビはいつものカムナビに戻ってしまった。いや、さらに悪化したと言っていい。

調教をとことん嫌い、なにをしても調教馬場には入らない。何度か競馬に使ったがどれも惨敗した。調教できないのだから当たり前だ。フランスに渡ればもしやと思い、翌年の凱旋門賞に再び乗り込んだが、調教嫌いは直らなかった。競馬も見せ場のないまま十二着に終わった。

なにもかもが、父のナカヤマフェスタと同じだった。

ありあまる能力を有しながら、それを発揮することなく競走馬としてのキャリアを終えたのだ。

それでもホープフルステークス優勝、凱旋門賞二着の経歴は輝かしく、カムナビは浦河のイーストスタッドに種馬として迎え入れられた。種付け頭数は決して多くないが、毎年、コンスタントに牝馬を集めている。

カムナビの血統に夢を託す日高の生産者が増えたからかもしれない。

袴田厩舎の佇《たたず》まいも変わってはいなかった。ヴィヴィエンヌの操る車が袴田の家の前で停まった。家から、袴田とイヴリンが笑みを湛《たた》えて出てきた。

児玉と朋香は車を降り、ふたりの元に歩み寄った。

「お久しぶりです」

袴田夫婦と握手を交わす。朋香はイヴリンとハグをした。

初夏のシャンティイは空気も爽やかで心地がよかった。

「またここに来るのに十年かかりましたよ」

「一回こっきりの調教師も大勢いますよ。戻って来られただけよしです」

袴田が答えた。

「そうですね。ピリカはどうですか?」

「元気いっぱいです。さすが、カムナビの娘といったところですかね。会いに行きますか?」

「ええ」

「荷物はうちのスタッフが部屋まで運んでおきますから」

「ありがとうございます」

児玉は頭を下げ、厩舎に向かう袴田の後に続いた。朋香もイヴリンと話しながらついてくる。この十年、朋香はフランス語を学んでいた。カムナビの子で凱旋門賞に戻って来ると決めたからだ。

ピリカは飼い葉を食んでいた。父と同じ黒鹿毛の馬体は艶めいていて体調の良さを物語っている。

「ピリカ」

朋香が馬房に近づいた。ピリカが寄ってくる。朋香が鼻筋を撫でると、気持ちよさそうに目を細めた。

ピリカは朋香が大好きなのだ。

父に似ず、人懐っこいのは牝系の血筋のせいだろう。普段は穏やかだが、いざ競馬となると父方の血が騒ぐのか、闘争心をあらわにする。

牝馬クラシックの第二戦、大雨の中のオークスを勝ち、暮れの有馬記念でも古馬に混じって僅差の二着に入った。

それで、朋香と話し合い、今年の凱旋門賞にチャレンジすることに決めたのだ。父は逃げ馬だったが、ピリカは差し、追い込みを武器とした。戦法は違うが、道悪が得意なのは一緒だ。

ピリカという名は馬主である朋香がつけた。美しいものを意味するアイヌの言葉だ。父はカムナビ、母はエヤム。母の名もまた、アイヌ語でなにかを大切にするという意味の言葉だ。

エヤムは三上徹が繁殖牝馬セールで買い付けた馬だった。父の収と徹、それに児玉の三人でセリにリストアップされた牝馬たちの血統を調べ上げ、これこそカムナビの血に合うのではないかと決めた馬だった。

ピリカはカムナビとエヤムの間にできた最初の馬だった。

三人の思惑どおり、ピリカはいい馬に育った。まさかクラシックを勝てるとは思わなかったが、いずれ時計のかかる競馬場のＧⅠを制し、凱旋門賞に向かえればとは思っていた。

雨のオークスと冬の有馬記念。このふたつのＧⅠで好成績を収めたということは、パリロンシャンの馬場でも勝負になるかもしれないということだ。

鞍上はもちろん若林だ。朋香は自分の持ち馬には若林しか乗せなかった。

若林はこの十年の間にＧⅠを五勝し、馬主の信頼の厚い騎手へと生まれ変わっていた。

カムナビと巡り会ったことで、児玉厩舎も若林もそのあり方が一変したのだ。カムナビには感謝してもしきれない。

外で子供が騒ぐ声が響いた。大人の声が子供を叱責する。フランス語はわからないが、馬のいるところで騒いではいけないと諭しているようだ。

厩舎の入口に、父親とふたりの子供のシルエットが浮かび上がった。

「児玉先生」

父親が口を開く。佐久間だ。ヴィヴィエンヌとの間にできた兄妹《きょうだい》をどこかで遊ばせていたらしい。

「お久しぶりです」

近づいてきた佐久間の顔はよく日に焼けていた。逞しい牧夫の顔だ。

佐久間はフランス語だけでなく英語も流暢《りゅうちょう》に喋れるようになり、今では調教助手だけではなく、フランスに遠征してくる外国の陣営に欠かせないコーディネイターとなっている。

「ピリカ、いい馬ですよ、先生。親父みたいに調教嫌がったりもしないし、もう天使みたいな馬です。ヴィヴィもピリカに首ったけなんですよ」

佐久間は話しながら近づいてきて、児玉に右手を差し出した。児玉はその手をしっかりと握った。

「おまえがいてくれると心強いよ」

「カムナビの子が来るまでは、袴田厩舎を絶対に辞めないってヴィヴィと決めたんです。めっちゃ引き抜きのオファー来るんですけどね」

「そうだろうな」

児玉はうなずいた。

「また、祭のはじまりですね」

佐久間が言った。

「ああ。凱旋門賞という祭だ。大いに楽しもう」

児玉は微笑んだ。佐久間の子供たちが馬房に近づいていく。ピリカが頭を下げ、子供たちに自分を撫でさせた。

今回の凱旋門賞はどんな祭になるのだろう。児玉は微笑みながら、ピリカを愛《め》でる子供たちを見守った。

【初出】「小説すばる」二〇二二年七月号～二〇二三年九月号
単行本化にあたり、加筆・修正を行いました。なお、本作品はフィクションであり、人物、団体等を事実として描写・表現したものではありません。

【装幀】　岡　孝治
【写真】　iStock.com/brazzo/Alexia Khruscheva/winhorse

駳　星周（はせ・せいしゅう）

一九六五年、北海道生まれ。横浜市立大学卒業。九六年『不夜城』でデビュー。翌年に同作で第一八回吉川英治文学新人賞を受賞。九八年『鎮魂歌　不夜城Ⅱ』で第五一回日本推理作家協会賞、九九年『漂流街』で第一回大藪春彦賞を受賞。二〇二〇年『少年と犬』で第一六三回直木賞受賞。他の著書に『ソウルメイト』『陽だまりの天使たちソウルメイトⅡ』『約束の地で』『淡雪記』『雪炎』『神奈備』『雨降る森の犬』『黄金旅程』など多数。

フェスタ

二〇二四年三月一〇日　第一刷発行

著　者　馳《はせ》　星周《せいしゅう》

発行者　樋口尚也

発行所　株式会社集英社

〒一〇一−八〇五〇　東京都千代田区一ツ橋二−五−一〇

電話　〇三−三二三〇−六一〇〇（編集部）

〇三−三二三〇−六〇八〇（読者係）

〇三−三二三〇−六三九三（販売部）書店専用

印刷所　ＴＯＰＰＡＮ株式会社

製本所　加藤製本株式会社

ISBN978-4-08-771860-7　C0093

定価はカバーに表示してあります。

馳 星周の本

集英社単行本

黄金旅程

装蹄師の平野敬は北海道の浦河で養老牧場を営んでいる。注目しているエゴンウレアという競走馬は、以前装蹄し、間違いなく超一流の資質を秘めた馬だと確信していた。だが気性が荒く、プライドも高い馬で誰もが調教に手を焼いていた。敬は、覚醒剤所持で服役していた元騎手で幼馴染の和泉亮介の才能を信じて、エゴンの乗り役を頼むことに――。